MAJA SCHENDEL
The Fire Inside Us

AF204144

 GOLDMANN

MAJA SCHENDEL

THE

Fire

INSIDE US

ROMAN

GOLDMANN

Penguin Random House Verlagsgruppe GmbH FSC® N001967

1. Auflage
Originalausgabe Januar 2025
Copyright © by Maja Schendel 2025
Copyright © dieser Ausgabe 2025
by Wilhelm Goldmann Verlag, München,
in der Penguin Random House Verlagsgruppe GmbH,
Neumarkter Str. 28, 81673 München
produktsicherheit@penguinrandomhouse.de
(Vorstehende Angaben sind zugleich
Pflichtinformationen nach GPSR)

Umschlaggestaltung: UNO Werbeagentur GmbH
Umschlagmotiv: Getty Images / naphakm;
Trevillion Images / Mark Owen; FinePic®, München
Redaktion: Lisa Wolf
ES · Herstellung: ik
Satz: Uhl + Massopust, Aalen
Druck und Bindung: GGP Media GmbH, Pößneck
Printed in Germany
ISBN: 978-3-442-49506-1

www.goldmann-verlag.de

Für Ricarda

Playlist

@Lifelikecharlie – »The Fire Inside Us«
The Verve – »Bitter Sweet Symphony«
Kings of Leon – »Sex on Fire«
Placebo – »The Bitter End«
Taylor Swift – »Anti-Hero«
Linkin Park – »Shadow of the Day«
Radiohead – »Creep«
Bruce Springsteen – »I'm On Fire«
Queens of the Stone Age – »The Lost Art of Keeping a Secret«
Placebo – »Purify«
Djo – »End of Beginning«
Ich + Ich – »Vom selben Stern«
Queens of the Stone Age – »Villains of Circumstance«
Soundgarden – »Black Hole Sun«
David Guetta (feat. Sia) – »Titanium«
Lady Gaga – »Bad Kids«
U2 – »With or Without You«
Therapy? – »Nowhere«
H-Blockx – »Ring of Fire«
Don Henley – »The Boys of Summer«
Artemas – »I Like the Way You Kiss Me«

Prolog

Die Farben sind so wunderschön. Rot, Orange, Gelb zeichnen flackernde Formen in die Luft. Ein Meer aus Flammenblumen. Ich gieße noch etwas Spiritus hinein. Ein dumpfer Knall. Jemand schreit. Das Feuer breitet sich aus. Es klettert über den Rand der Feuerschale. Ich hab es freigelassen, und nun tanzt es wild im trockenen Gestrüpp, wiegt sich hin und her und brennt sich einen Weg zum Trailer. Es knistert und knackt, Scheiben springen, Rauch steigt mir in die Nase, hinterlässt ein kratzendes Gefühl im Hals. Ich muss husten.

»O mein Gott, was tust du da?« Eine Frau schüttelt mich, die leere Spiritusflasche fällt zu Boden.

»Ich ...« Mein Hirn ist leer. Ich habe keine Ahnung, was ich hier mache. Ich wollte nur die Farben sehen. Aber der Trailer ... Es zieht mich dorthin. Ein ungutes Gefühl dringt wie durch Watte zu mir durch. Ich dränge mich an der Frau vorbei, die lauthals nach Hilfe ruft. »Feuer! Es brennt!«

Der Türrahmen ist heiß, und im Inneren des Trailers ist vor lauter Rauch nichts zu sehen. Es nützt nichts, ich muss da rein. Ich halte die Luft an, krabble auf allen vieren hinein, taste mich vorwärts, stoße an ein Hindernis. Es klirrt. Mir fällt etwas auf den Rücken, und ich zucke zusammen. Ein Wimmern. Das kam nicht von mir, oder? Die Luft wird knapp, aber ich unterdrücke den Drang zu atmen. Ich muss weiter. Nur noch ein kleines Stückchen, gleich habe ich das Ende des Wohnwagens erreicht. Es brennt in meinen Augen, Tränen laufen mir über das Gesicht. Fahrig taste ich in der Umgebung herum, fühle den Bettrahmen und krieche darunter. Da ist eine Hand, die ich in meine nehme. Mir wird schwindelig, und ich kann nicht anders. Ich muss atmen. Heißer Qualm strömt in meine Lunge, und ich keuche. Keine Farben mehr, nur noch Schmerz.

Kapitel 1

Erin

To-do-Liste Dienstag 23.05.

6:00   Daily Walk ✔

6:30   Morgenroutine ✔

9:00   Frühschicht in der Uni-Bibliothek ✔

12:00   Mittagessen Mensa ✔

12:30   Telefonat mit Kelly
(wg. Besorgungen für das Rescue-Center) ✔

13:00   Studierzeit Aggressionsverhalten bei Hunden

15:00   Biologiekurs bei Prof. Dr. Rafferty

18:00   Abendessen mit Susan (Susan kocht)

19:00   Bullet-Journal aktualisieren

Ein Hund mit kontrollkomplexbedingten Aggressionsproblemen hat in den meisten Fällen eine sehr geringe Frustrationstoleranz. Dies zeigt sich durch offensives Verteidigungsverhalten. Dazu gehört ...

»Erde an Erin!«

Eine Hand an meiner Schulter. Ich zucke zusammen und schaue verwirrt von meinem Buch auf. Es ist Olivia.

»Was ist?« Nur langsam finde ich in die Bibliothek der San Francisco State University zurück.

»Ich hab dich zweimal angesprochen.« Mit einem Grinsen im Gesicht schüttelt sie den Kopf, sodass ihre roten Locken fliegen.

Das passiert mir regelmäßig. Seit ich lesen kann, verschwinde ich oft einfach zwischen den Buchdeckeln und bekomme nichts von meiner Umgebung mit. Meine Freunde kennen das.

»Du warst total weggetreten.« Olivia wirft einen interessierten Blick auf mein Buch, dann verzieht sie das Gesicht. »Dr. Allen schickt mich. Du sollst in einer halben Stunde zu ihm ins Büro kommen.«

»Aber ...« Ich schlage mein Bullet-Journal auf, das neben dem dicken Schinken über Aggressionsverhalten bei Hunden vor mir auf dem Tisch liegt. »Ich habe jetzt noch fünfzig Minuten Studierzeit, danach beginnt der Biologiekurs. Wie jeden Dienstag.« Meine Kopfhaut kribbelt, und ich streiche mir eine braune Strähne hinters Ohr. Alles in mir sperrt sich gegen Dr. Allens Bitte. Nicht, weil ich ein unangenehmes Gespräch erwarte, sondern weil es meinen ganzen Plan durcheinanderbringt.

»Ehrlich, Erin. Als Jahrgangsbeste ist es bestimmt kein Problem für dich, mal ein bisschen weniger zu lesen. Du weißt sowieso schon alles.« Sie zwinkert. »Keine Ahnung, was er von dir will, aber es klang wichtig.«

»Okay, danke.«

»Bis später.« Olivia nickt mir zu, dann dreht sie sich um und geht. Ich atme tief durch, versuche, mich zu entspannen. Nur eine minimale Änderung meines Tagesablaufs, nichts Schlimmes.

Das werde ich schon schaffen. Ich blättere zum morgigen Tag, checke meine Termine und trage die zwanzig Minuten Studierzeit, die mir jetzt abhandenkommen, vorm Abendessen ein. Geht doch. Zufrieden klappe ich meinen Planer zu und denke kurz drüber nach, was Dr. Allen mit mir besprechen will. Aber ich darf nicht abschweifen, jetzt sind erst mal die aggressiven Hunde dran. Damit ich die Zeit nicht aus den Augen verliere, stelle ich einen Erinnerungston an meinem Handy ein. Als es klingelt, sammle ich meine Bücher zusammen und stecke sie in den regenbogenfarbenen Jutebeutel, den ich mir beim letzten Basar im Rescue-Center gekauft habe. Dann mache ich mich auf den Weg zu meinem Doktorvater. Um zu seinem Büro zu kommen, muss ich in den Nordosten des Campus. Die Frühlingssonne wirft einen schwachen Schimmer auf den Weg vorbei am Wissenschaftsgebäude, wo ich wie immer einen Blick auf die Alligator-Statue werfe. Faszinierende Tiere. Kaum jemand weiß, dass sie durch ihren langsamen Stoffwechsel eine Lebenserwartung von neunzig Jahren haben können. Allerdings nur, wenn man sie lässt. Die Realität sieht da leider anders aus. Meistens erreichen die Tiere nicht einmal mein Alter. Fünfundzwanzig. Das ist nur ein Viertel von dem, was ihnen in die Gene gelegt wurde. Ein Jammer. Und das alles nur, weil wir ihren Lebensraum zerstören.

Ich gehe ins Gebäude, weiche einigen Studenten aus, die sich angeregt unterhalten, und klopfe wenig später an Dr. Allens Tür. Nichts passiert. Ich horche angestrengt, kann aber keine Stimme aus dem Inneren hören, also drücke ich vorsichtig die Klinke. Es ist abgeschlossen.

»Ah, Erin, sehr schön.« Dr. Allen kommt mit einem Stapel Hefter unter dem Arm auf mich zu. »Könnten Sie kurz?« Er drückt mir die Hefter in die Hand. »Einen Moment.« In seinen Taschen kramt er nach dem Schlüssel und öffnet uns die Tür zu seinem Büro. »Bitte«, sagt er, deutet hinein und nimmt mir den Stapel wieder ab.

»Danke.« Unschlüssig bleibe ich vor dem vertrauten schweren Schreibtisch aus Eiche stehen und mustere die grüne Lampe im Siebzigerjahre-Stil. Wahrscheinlich wurde die Einrichtung hier noch nie ausgetauscht.

»Setzen Sie sich doch, Erin.« Dr. Allen legt die Heftordner in die überquellende Ablage, seufzt und lässt sich in seinem Stuhl nieder. Ich nehme gegenüber von ihm Platz. Er wirkt gestresst, aber die Lachfalten um seine Augen zeugen von seiner ungebrochenen Lebensfreude. Er ist mit Abstand der engagierteste Professor, den diese Uni zu bieten hat, und ich bin mehr als dankbar, hier ein Stipendium bekommen zu haben. Ohne diese Möglichkeit hätte ich niemals studieren können.

»Ich habe großartige Neuigkeiten für Sie, deshalb der spontane Termin.« Der Blick, mit dem er mich mustert, ist stolz, fast triumphierend. Ich habe nicht die leiseste Ahnung, worauf er hinauswill.

»Okaaay«, sage ich gedehnt, und er lächelt.

»Dann spanne ich Sie nicht länger auf die Folter, ich weiß, Sie haben einen engen Zeitplan.« Er zwinkert mir zu. Natürlich kennt er meine Macke, und mir macht es nichts aus, wenn er mich damit ein bisschen aufzieht.

»Ja, meinen Biologiekurs darf ich nicht verpassen.«

»Werden Sie nicht.« Er sieht sich suchend um, nimmt die Lesebrille und setzt sie auf. Aus einer Schublade holt er ein Schriftstück mit dem Logo des Forschungsprogramms der Universität. »Ich habe heute Morgen mit Mrs. Howard gesprochen. Es kommt nicht oft vor, aber im Forschungsprogramm wird eine Stelle frei.«

Ich brauche einen Augenblick, um zu begreifen, wovon er spricht. Mrs. Howard ist eine absolute Koryphäe auf ihrem Gebiet und mein großes Vorbild. Ich kann mir nichts Schöneres vorstellen, als wissenschaftlich zu arbeiten und dafür zu sorgen, dass unsere Tierwelt es ein Stück weit besser hat. Für das Forschungsprogramm mit dem angegliederten Wildlife-Rescue zu arbeiten, wäre mehr, als ich mir je erträumt hätte. Nur, was hat die freie Stelle mit mir zu tun? Ich muss erst noch meine Doktorarbeit schreiben, und selbst wenn ich die schon fertig hätte, wäre ich sicher nicht die Einzige, die heiß auf diesen Job ist.

»Warum erzählen Sie mir das?«

»Sie wollen die Stelle mit einer vielversprechenden Doktorandin besetzen.« Dr. Allen nimmt die Brille ab, lehnt sich zurück und verschränkt lächelnd die Arme vor der Brust. Offenbar wartet er auf eine Reaktion von mir.

»Doktorandin? Es soll also eine weibliche Person sein?«

Dr. Allen lacht auf. »Sehr witzig, Erin.« Er schüttelt belustigt den Kopf. »Es soll keine weibliche Person sein. Aber es wird eine weibliche Person. Und zwar Sie.«

»Ich.« Das Wort klingt wie ein heiserer Schluckauf.

»Ja. Mrs. Howard war schon immer sehr angetan von Ihnen und hat sich bereits entschieden. Wenn Sie Ihre Doktorarbeit jetzt angehen, können Sie direkt danach mit der Arbeit im Forschungsprogramm starten.«

»Aber ...« Der Rest vom Satz bleibt irgendwie stecken. Ich weiß überhaupt nicht, was ich dazu sagen soll. Natürlich hab ich immer von so einem Job geträumt, aber das geht zu schnell. Ich ziehe mir die Ärmel meines dünnen Strickpullis weit über die Handflächen und kralle die Fingernägel ins Bündchen. »Ich hab mir noch kaum Gedanken gemacht zur Doktorarbeit.«

»Dann fangen Sie am besten gleich damit an. Pläne zu schreiben, ist doch Ihre leichteste Übung, Erin.« Er blättert in seinen Unterlagen. »Eine Verhaltensstudie wäre bestimmt was für Sie. Außerdem passt das zu Ihrer zukünftigen Tätigkeit im Programm.« In seinen Augen blitzt etwas auf. »Ich kann Sie in den Yosemite-Park bringen. Ein Freund von mir arbeitet dort als Ranger. Sie müssen sich nur noch überlegen, welche Tierart Sie beobachten möchten und welches Thema Ihre Doktorarbeit haben soll.«

Forschungsprogramm, Yosemite, Tierart. Ich bin überfordert. »Ähm ...« Mehr bringe ich nicht heraus. Gedanken fliegen durch meinen Kopf wie ein aufgescheuchter Schwarm Stare. Ich kann keinen richtig fassen. Diese Unordnung verunsichert mich. Unwillkürlich greife ich zu meinem Kettenanhänger. Ein kleiner Schutzengel, den mir meine Tante Susan geschenkt hat, als ich sechs Jahre alt war und ständig Angst hatte.

»Alles gut, Erin. Am besten, Sie machen für heute Feierabend«, sagt er, bevor er lacht. »Auch wenn Sie das natürlich nicht machen und in den Biokurs gehen werden. Überlegen Sie sich danach alles in Ruhe. Ich bin überzeugt, Sie schaffen das.« Er wirft einen Blick auf seinen Kalender. »Und morgen sprechen wir noch einmal miteinander, ja? Können Sie gegen fünfzehn Uhr?«

Wie in Trance krame ich meinen Planer aus der Tasche. Morgen Nachmittag habe ich einen Termin mit Jane zur Nachhilfe. Ich habe ihr versprochen, ihr zu helfen, und ich werde auf keinen Fall absagen. Vielleicht kann ich den um eine halbe Stunde verschieben ... Mir behagt das alles nicht, trotzdem nicke ich. Was bleibt mir auch anderes übrig?

Dr. Allen lächelt mir aufmunternd zu, als ich mich verabschiede und mich auf den Weg zu meinem Biologiekurs mache.

Später biege ich mit meinem klapprigen Chevy in die Dolores

Street ein. Wie immer gibt er ein leises Klappern von sich, und ich hoffe inständig, dass er nicht vorhat, in den nächsten Wochen den Geist aufzugeben, denn ich kann mir keinen neuen Wagen leisten. Fast mein gesamtes Erspartes und eine erhebliche Finanzspritze von meiner Tante sind dafür draufgegangen, und ich weiß, dass Susan viel mehr gegeben hat, als sie eigentlich kann. Sie sagt es nicht, aber in unserer kleinen Frauen-WG gibt es seitdem nicht mehr den guten Kaffee von Starbucks, sondern nur den vom Discounter. Ich seufze. Susan ist zu gut für diese Welt. Nicht das erste Mal bin ich froh, dass sie mich aufgenommen hat und ich bei ihr das Zuhause gefunden habe, das Mom mir nie geben konnte.

Einfache Reihenhäuser säumen die Straße, und vor unserem ist tatsächlich noch ein Parkplatz frei. Die Spätfrühlingssonne wärmt meine Arme, als ich aussteige. Nicht mehr lange, dann hört man die Mieter der schicken Luxusapartments gegenüber täglich im Pool plantschen.

»Hallo, bin da«, rufe ich, während ich die Tür zur Wohnung öffne.

»Perfekt, Essen ist fertig«, antwortet Susan.

Der Duft von gebratenen Tomaten liegt in der Luft, ein Rezept, das zu den günstigsten Mahlzeiten gehört, die ich kenne. Tomaten, Zucker, Gewürze und dazu ein einfaches Brot. Schmeckt himmlisch.

Nachdem ich meine Tante kurz umarmt habe, setze ich mich an den winzigen Tisch, der bereits gedeckt ist. Dennoch folge ich dem Impuls, mein Bullet-Journal hervorzukramen.

Während Susan unsere Teller füllt, blättere ich zu dem heutigen Tag und aktualisiere die To-do-Liste. Am liebsten würde ich direkt in die Planung gehen, denn das Gespräch mit Dr. Allen pikst wie ein Dorn in meinem Hinterkopf.

»Erin, Schatz. Tu mir einen Gefallen und klapp deinen Kalender zu. Nur solange wir essen, okay?« Susan sieht mich mit hochgezogenen Brauen an.

Seufzend komme ich ihrem Wunsch nach und widme mich den Tomaten, die sie mir gegeben hat. Aber im Kopf geht die Gedankenspirale weiter, die ich mit meinem Planer versucht habe zu stoppen.

»Erzähl mir, was los ist.« Meine Tante tunkt ein Stück Brot in den Sud und schiebt es sich in den Mund. Sie hat dieselben braunen Augen wie ich. Und wie meine Mutter. Aber sonst sieht sie ihr kein bisschen ähnlich. Ein komplett anderer Mensch, und zwar nicht nur äußerlich. Ihr habe ich es zu verdanken, dass ich nicht untergegangen bin. Wenn sie mich nicht vor neunzehn Jahren zu sich geholt hätte, dann … Ich wische den Gedanken beiseite und berichte Susan, was mich so unruhig macht.

»Das verstehe ich gut. Aber ich bin mir sicher, du kriegst das hin.« Sie lächelt zuversichtlich.

Ich weiß es zu schätzen, dass sie mir Mut macht, und wahrscheinlich hat sie recht. Das ungute Gefühl, vor einem tiefen Graben zu stehen und rüberspringen zu müssen, lindert es dennoch nicht. Aber ich musste schon zigmal springen. Und ich werde es wieder schaffen.

Nach dem Essen gehe ich in mein Zimmer. Es ist genauso winzig wie die Küche, aber das macht mir überhaupt nichts. Ich habe hier mein eigenes Reich, und das war nicht immer so. Für einen Moment strecke ich mich auf dem Bett aus, streiche über die Patchworkdecke, die Susan selbst gemacht hat, und fühle die unterschiedlichen Stoffe unter meiner Hand. Von den im Dunkeln leuchtenden Sternen, die seit meiner Kindheit an der Decke kleben, lösen sich ein paar an den Spitzen. Aber das tut der Wirkung keinen Abbruch – ich liebe es, vor dem Einschlafen in den Sternenhimmel zu schauen, auch wenn es nicht der echte ist.

Ich stehe auf und setze mich an den Schreibtisch. »Hallo, Vera«, begrüße ich die kleine Aloe-Pflanze, die auf der Fensterbank neben mir steht, und berühre sanft ihre Blätter.

Dann ziehe ich ein großes Blatt Papier aus der Schublade und notiere alles, was ich für die Doktorarbeit im Yosemite bedenken muss. Ich mache mir Listen, unterteile die großen Aufgaben in viele kleinere Schritte, und mit jedem Eintrag in mein Bullet-Journal wird der Druck auf meiner Brust ein winziges bisschen leichter.

Kapitel 2

Jesse

Seit fast einer Stunde marschieren wir durch die Wildnis des Yosemite-Parks. Vorbei an uralten Bäumen, über mit allerlei Grünzeug bewachsenen Boden, aus dem auch mal der ein oder andere Stein herausragt. Die Sonne scheint durch die Blätter, wirft Reflexionen auf den kleinen Pfad, dem wir vom Camp aus gefolgt sind. Eigentlich bin ich kein Naturfreak, habe immer lieber an Autos herumgeschraubt oder war bei Einsätzen der Freiwilligen Feuerwehr dabei – aber seit ich im Crane Fire Camp stationiert bin, hat sich das geändert. Die Stille, der Frieden und das pure »Sein« hier draußen lassen mich aufatmen.

Unser Campleiter Joe gibt das Kommando zum Anhalten. Endlich haben wir die gesuchte Stelle erreicht. Das Gebiet ist von etlichen Laubbäumen bewachsen, keine Ahnung, welche, damit hab ich mich nie beschäftigt. Es ist sowieso egal, denn viele von ihnen müssen weg, auch wenn ich es nicht leiden kann, in die Natur einzugreifen. Aber die Brandschneise muss sein, zu ihrem Schutz, bevor wir in der Hochsaison der Waldbrände noch mehr Naturflächen verlieren.

Zuerst begutachtet Joe, wie wir die Bäume anschneiden sollen, markiert die Stämme und teilt dann die Gruppen auf: Fünf Männer gehen mit ihm nach rechts, die anderen fünf folgen mir nach links. Maddox ist leider einer von ihnen. Er wirft mir einen missbilligenden Blick zu, dann macht er sich an die Arbeit. Kurze Zeit später zerstört das Geräusch der Motorsäge die Idylle, und die Luft füllt sich mit dem Geruch nach frischem Holz und Benzin. Die Männer sind weit genug auseinander, damit sie sich nicht in die Quere kommen. Das erste »Achtung – Baum fällt« ertönt, und die Motorengeräusche verstummen. Mit einem ohrenbetäubenden Krachen stürzt die Krone zu Boden. Wir beginnen mit dem Entästen und sägen den breiten Stamm in transportfähige Stücke. Obwohl die Temperaturen Ende des Frühlings längst nicht so hoch sind wie in einigen Wochen, läuft mir der Schweiß übers Gesicht. Verdammte Sicherheitskluft. Alles in Orange, damit jeder auf den ersten Blick sieht, dass wir zu den Strafgefangenen gehören. Und dann auch noch der Helm. Da tröstet mich nicht einmal die Bemerkung meiner Schwester, wie sehr meine dunklen Haare und die blauen Augen durch die Farbe zur Geltung kommen. Ich ziehe eine Grimasse, weil im Camp andere Dinge wichtiger sind. Wie im echten Leben. Aber ich bin froh, dass ich meine Strafe hier draußen absitzen darf und dazu noch etwas Sinnvolles tun kann, statt in irgendeiner Zelle ewig über das nachzudenken, was jetzt zu Hause ohne meine Anwesenheit passiert. Mein Magen krampft sich zusammen. Dad wird schon irgendwie klarkommen, ja, aber meiner Schwester wird er nicht helfen können. In einem Anflug von Frust kicke ich einen Ast von mir. Diese Hilflosigkeit ist einfach nur ätzend.

Maddox ruft Sam etwas zu, das ich nicht verstehe, deutet auf mich, und anschließend lachen beide. Er kann es einfach nicht lassen, zu provozieren. Genauso wie Mike. Sein bester Freund, der leider draußen frei herumläuft und mit dem meine Schwester zusammen ist. Ich tue so, als hätte ich nichts mitbekommen, schultere ein Stück Holz und schaffe es zu dem Platz, den Joe als Lagerstätte eingerichtet hat. Hier stapeln wir das Holz, weit genug weg von der Brandschneise, wo am Ende nur noch der blanke Boden übrig sein wird, damit das Feuer kein Futter findet.

Stundenlang fällen wir einen Baum nach dem anderen, bis wir erschöpft eine Pause einlegen. Ich setze mich auf den Stamm des Baums, der eben erst gefallen ist. Die Schnittfläche ist noch frisch, Flüssigkeit quillt hervor und rinnt an den Seiten der Rinde hinunter. Erst im Camp habe ich gelernt, dass Bäume bluten, wenn man sie umlegt.

Als ich den Kopf in den Nacken lege und tief Luft hole, fällt mein Blick auf ein Streifenhörnchen, das ein paar Meter entfernt einen Baum hochhuscht. Zum Glück ist es keiner der markierten Bäume. Über der Krone prangt der Himmel in einem satten Blauton, und die Sonne strahlt so hell, dass ich die Augen zusammenkneifen muss. Ich wende mich ab und drehe meine Wasserflasche auf.

Plötzlich klatscht mir etwas ins Gesicht. Maddox hat sich mit einem großen Ast in den Händen umgedreht und mich mit den Zweigen getroffen.

»Hey! Kannst du nicht aufpassen?« Ich reibe mir über die schmerzende Wange.

Maddox sieht mich an. »Ach, hat die Pussy sich wehgetan? Das wollte ich aber nicht.«

Ein paar der Männer lachen.

Ich stehe auf, fixiere Maddox. »Dünnes Eis. Sehr dünnes Eis«, sage ich. Und genau das ist es. Ich will mich nicht mit ihm anlegen, das wäre für keinen von uns beiden gut. Aber ich leite die kleine Gruppe und darf nicht zulassen, dass Maddox jemanden in Gefahr bringt, weil er unkonzentriert ist.

Wir starren uns an. Obwohl ich dieses Machogehabe ätzend finde, senke ich den Blick nicht. »Vielleicht machst du mal eine Pause.«

Maddox fällt es sichtlich schwer, nachzugeben. Aber er tut es. Er wirft den Ast hin, lacht übertrieben laut und macht eine abfällige Handbewegung, als wäre ich nicht seiner Zeit und Mühe wert. Ich atme unauffällig tief aus. Noch mal gut gegangen. Maddox ist kein schlechter Mensch. Zumindest will ich das glauben. Mike hat einen schlechten Einfluss auf ihn, und er hat einfach nur falsche Entscheidungen getroffen, die ihn hierhergeführt haben. Wie alle von uns. Aber er ist mit Abstand der Auffälligste. Ich streiche mir über die Wange, fühle etwas Nasses. Ein bisschen Blut, nichts weiter. Mit dem Wasser aus der Flasche wasche ich mir das Gesicht. Auf keinen Fall werde ich es melden – das ist genau das, was Maddox will. Er weiß, wie wichtig den anderen Loyalität ist und was passieren wird, wenn ich ihren Respekt verliere. Ich bin nicht so dumm, es in den letzten vier Monaten drauf anzulegen. Wenn ich die Zeit ohne Zwischenfälle überstehe, bin ich frei und kann wieder zurück nach Hause. Meine Familie braucht mich.

Kapitel 3

Erin

To-do-Liste Mittwoch 24. 05.

5:00	Daily Walk
5:30	Morgenroutine
7:00	Arbeit im Rescue-Center
12:30	Mittagessen in der Mensa
13:00	Vorlesung Genetik
~~15:00~~	~~Nachhilfe Jane~~
15:00	Treffen mit Dr. Allen
15:30	Nachhilfe mit Jane NEU
17:40	Studierzeit Aggressionsverhalten bei Hunden vom Vortag zu Hause nachholen NEU
18:00	Abendessen Susan (ich koche)
19:00	Bullet-Journal aktualisieren

Ganz allmählich wird es heller, und der Tag kündigt sich an, als ich die letzten Meter zurück zu unserer Wohnung gehe. Fröstelnd ziehe ich die Strickjacke enger um meinen Körper, die Stunde, die ich heute früher unterwegs bin, merke ich an der Außentemperatur. Aber ich brauche meinen festen morgendlichen Ablauf, nichts könnte mich dazu bringen, darauf zu verzichten. Lieber stehe ich eine Stunde früher auf, so wie heute. Ich schleiche mich in unsere Frauen-WG, um Susan nicht zu wecken. Ihre Schicht in der Reinigungskolonne der Apartmenthäuser beginnt erst um zehn. Leise bereite ich mir einen Kaffee mit der French Press zu, schäume Vanillemilch auf und gebe eine Prise Zimt auf den Schaum. In meinem Zimmer setze ich mich mit meinem Journal an den Schreibtisch, genieße den ersten Schluck, denn der ist immer der beste, und notiere mir in Ruhe alles Wichtige zu dem bevorstehenden Tag. Nachdem ich den Kaffee ausgetrunken habe, mache ich zehn Minuten Yoga, gehe duschen und style meine hellbraunen Haare, bis sie mir gewohnt wuschelig auf die Schultern fallen. Ein bisschen Mascara und Lipgloss – und fertig. Ich weiß nicht, wieso, aber der immer gleiche Ablauf gibt mir ein gutes Gefühl. Und Sicherheit.

Eine halbe Stunde später parke ich meinen Wagen wie jeden Mittwoch auf dem Parkplatz der Hundeauffangstation California Rescue Dogs. Meine Kurse fangen an diesem Tag erst später an, weshalb ich Kelly bei der Frühschicht unterstützen kann. Vor vier Jahren hab ich sie kennengelernt. Für einen Augenblick legen sich eiskalte Hände um mein Herz, als ich an die Situation zurückdenke, die uns zusammengeführt hat. Ich war unterwegs zur Uni, fuhr nichts ahnend und in Gedanken versunken die übliche Strecke, bis mir im Graben eine Mülltüte auffiel. Sie bewegte sich. Ich hielt an, näherte mich ihr vorsichtig und hörte dann einen qualvollen Laut, der sich mir bis heute tief in mein Innerstes gegraben hat. In der Tüte, die fest zugeschnürt war, befand sich ein verletzter Hund. Ein lebendes Wesen mit Gefühlen und einer Seele, weggeworfen wie überflüssiger Müll. Ich habe nach dem nächstgelegenen Rescue-Center gegoogelt und den Chihuahua Goliath, wie er später genannt wurde, zu Kelly gebracht. Ihr Engagement für die ungewollten Hunde und ihr großes Herz haben mich vom ersten Moment an in den Bann gezogen. Seitdem helfe ich ihr und dem Center, sooft ich kann, und statte Goliath regelmäßig einen Besuch ab.

Ich will gerade aussteigen, da vibriert mein Handy. Es ist Dylan.

Wollte dir nur einen schönen Tag wünschen.
Grüß die Hunde von mir :-) und melde dich doch mal.
Bis hoffentlich bald!

Zum Glück nur eine Nachricht, aber trotzdem. Es ist eine von vielen, die mich zu mehr Kontakt auffordern. Obwohl ich ihm mehrfach gesagt habe, dass ich nicht will. Wir sind über ein Jahr getrennt. Auch wenn ich gern mit ihm befreundet wäre, funktioniert es irgendwie nicht. Er macht sich Hoffnungen, die ich ihm nicht erfüllen kann und will. Ich werfe das Handy auf den Beifahrersitz. Mit einer Futterspende aus dem Supermarkt um die Ecke betrete ich das schlichte Plattengebäude.

»Hallo«, formt Mrs. Martin mit den Lippen, das Telefon am Ohr. Seit vielen Jahren leitet sie die Station und ist immer sehr beschäftigt. Sie deutet auf das Futter, dann auf mich und flüstert: »Danke.«

Dann wendet sie sich ab und diskutiert mit jemandem über verwahrloste Neuzugänge. Unwillkürlich versetzt es mir einen

Stich, weil es viel zu häufig passiert, dass Hunde aus miserablen Haltungsbedingungen zu uns kommen.

Ich gehe durch den Eingangsbereich bis zur hinteren Stahltür. Die Geräusche werden immer lauter, die Hunde kläffen, bellen, jaulen und knurren. Als ich den Trakt mit den vielen Zwingern betrete, ist es kaum auszuhalten. So ist es immer, kurz bevor es Futter gibt. Manche Hunde sind auch den ganzen Tag laut, einfach, weil sie mit der Situation nicht klarkommen, Langeweile haben oder frustriert sind. Andere werden ganz still und apathisch, ziehen sich zurück und geben sich auf. So wie das kleine verfilzte Knäuel in Zwinger acht, an dem ich gerade vorbeigehe. Einer der Neuzugänge, von denen Mrs. Martin sprach. Er hockt zusammengekauert und zitternd in der hintersten Ecke und sieht mich aus großen Kulleraugen an.

»Hey, Erin.« Kelly zieht mich in eine kurze Umarmung. »Schön, dass du da bist. Wir haben gestern acht neue Hunde bekommen.« Sie presst die Lippen aufeinander. »Einer in einem echt schlechten Zustand. Er lässt sich nicht anfassen. Vielleicht schaffst du es ja. Wir müssten dringend schauen, ob er Verletzungen unter dem verfilzten Fell hat.«

»Ich kümmere mich nach dem Füttern um den Kleinen.«

»Das ist super. Aber Goliath darfst du auch nicht vergessen.« Kelly zwinkert mir zu.

»Natürlich nicht.«

Nachdem ich Goliath gefunden hatte, musste er operiert werden. Er war so stark am Auge verletzt, dass er es verlor. Außerdem hat er kaum noch Zähne. Der Schönste ist er also nicht gerade, und deshalb wird er bei Adoptionsanfragen auch immer übersehen. Verstehen tue ich das nicht, Goliath ist ein Schatz. Lieb, genügsam und ja, auch ein bisschen speziell, aber gerade das macht seinen Charakter aus. Ehrlich gesagt ist er mir sehr ähnlich. Mir fehlen zwar keine Zähne, und meine Augen sind beide an ihrem Platz, aber ich bin auch speziell und habe in der Vergangenheit etwas Schlimmes erlebt. Trotzdem habe ich es überstanden und mich wie Goliath durchgekämpft.

»Okay, los geht's, die Damen und Herren sind hungrig.« Kelly trällert die letzten Worte, und ich muss lachen. Trotz der Schicksalsschläge, die sie hier fast täglich miterlebt, bleibt sie fröhlich und schafft damit eine entspannte Atmosphäre für die Tiere. Ihr blonder Pferdeschwanz wippt hin und her, während sie sich auf den Weg in die Futterküche macht. Wenn sie nicht gerade alles für die Hunde gibt, beschäftigt sie sich mit Make-up-Tutorials. Jemand, der Kelly nicht kennt, würde sie glatt für eine oberflächliche Tussi halten. Dabei ist sie das komplette Gegenteil. Ich kenne keinen empathischeren und tiefgründigeren Menschen als sie.

Nach einer Stunde sind alle Hunde mit Futter und Wasser versorgt. Wir gönnen uns eine Verschnaufpause, bevor es weitergeht. Die Tiere dürfen in den Freilauf, und die Zwinger werden sauber gemacht.

Es ist fast zehn Uhr, als ich endlich Zeit finde, mich zu dem kleinen verfilzten Etwas in Zwinger acht zu setzen. Er zittert und versteckt sich hinter dem Körbchen, nur die Ohren und die weit aufgerissenen Augen sind zu sehen. Ich weiß genau, wie er sich jetzt fühlt. Oft genug habe ich mit meiner eigenen Angst zu kämpfen. Mit dem Rücken zum Tier gehe ich langsam in die Knie, erzähle ihm mit unaufgeregter Stimme, dass er hier in Sicherheit ist und ich ihm nichts tun werde. Natürlich weiß ich, dass er kein Wort versteht, aber den Tonfall kann er schon einschätzen, und indem ich ihm den Rücken kehre, zeige ich ihm, dass ich keine Bedrohung bin. So verharre ich im Zwinger, rede mit dem Kleinen, ohne ihn auch nur einmal anzuschauen. Irgendwann nehme ich ein Leckerli aus der Hosentasche, rolle es vorsichtig in seine Richtung und drehe mich seitlich zu ihm. Er hat aufgehört zu zittern und reckt die schwarze Nase in die Luft. Ich sehe weg, um ihm Raum zu geben, und tatsächlich: Nach ein paar Minuten schleicht er sich langsam an den Leckerbissen ran. Ein kleiner Erfolg. Während er frisst, strecke ich ihm vorsichtig meine Hand entgegen. Erst erstarrt er, dann fängt er an zu schnuppern, und mir gelingt es, ihn am Kinn zu berühren. Diese Momente geben mir ein Gefühl der Zuversicht. Auch wenn ich selbst unter meinen Ängsten leide, bin ich trotzdem in der Lage, anderen da herauszuhelfen. Vielleicht sogar genau deswegen.

Nicht bei allen Hunden gelingt die Kontaktaufnahme in so kurzer Zeit, bei manchen dauert es Tage, in denen wir stundenlang neben ihnen sitzen und auf den richtigen Moment warten. Oft ist es auch nicht ungefährlich, wenn sie sich entscheiden, dass Angriff die beste Verteidigung ist. Aber was ich bei Tieren so faszinierend finde, ist, dass man sie genau lesen kann. Ein kurzes Zucken im Mundwinkel, ein leichtes Sträuben des Nackenfells, und ich weiß genau: Ziehe ich mich jetzt nicht zurück, bin ich selbst schuld, wenn ich gebissen werde. Tiere sind nicht hinterlistig oder unberechenbar. Menschen schon.

»Na, du ...« Ich streichle über seine schwarze Fellmatte, die nicht gerade gut riecht und sich furchtbar anfühlt. »Soll ich dich davon befreien? Du wirst sehen, dir geht es sofort besser.« Behutsam nehme ich ihn hoch, und er lässt es geschehen, auch wenn ich an seinem Zittern merke, dass er mir noch nicht ganz vertraut.

Eine halbe Stunde später bringe ich einen gefühlt anderen Hund zurück in Zwinger acht. Zumindest sieht der Kleine anders aus, das Fell ist kurz geschoren, und er wirkt noch dünner als vorhin. Aber er kann sich viel besser bewegen ohne die Filzplatten, die überall auf der Haut zu Reizungen geführt haben. Nur auf dem Kopf hab ich die struwweligen Haare stehen lassen.

»Hey, gute Arbeit«, lobt mich Kelly, die an den Zwinger tritt und den Kleinen mustert. »Er sieht ein bisschen aus wie Einstein, findest du nicht?«

Ich muss lachen. »Ja, stimmt. Hallo, Einstein. Nun musst du nur noch so schlau sein, die richtige Familie von dir zu überzeugen. Aber dabei helfen wir dir.«

Nachdem ich Einsteins Körbchen noch mit einer weichen Decke ausgestattet habe, widme ich mich endlich Goliath. Der kleine Chihuahua-Opa springt vor Freude am Gitter hoch, als er mich kommen sieht. Sein aufgeregtes Quietschen trifft mich direkt ins Herz, und mir schießen Tränen in die Augen.

»Hallo, kleiner Mann.« Ich öffne die Tür, beuge mich zu ihm hinunter, und er hüpft an mir hoch, erwischt mit seinem kalten Näschen meine Wangen. »Beruhig dich, ich bin ja da«, murmle ich und kraule ihn hinter beiden Ohren.

Wieder einmal frage ich mich, warum niemand ihn will. Er hat ein tolles Zuhause mehr als verdient, nach allem, was er mitmachen musste. Aber ich kann ihn nicht nehmen. Er wäre ständig allein, wenn ich in der Uni bin. Susan arbeitet auch den ganzen Tag. Das wäre nicht fair. Seufzend ziehe ich Goliath sein Geschirr an und gehe eine Runde mit ihm spazieren. Nachdem ich noch einmal ausgiebig mit ihm gekuschelt habe, ist der Vormittag schon vorbei, und ich muss mich auf den Weg zur Uni machen. Die Arbeit im Rescue-Center ist eine echte Herausforderung, aber nicht zum ersten Mal bin ich dankbar, dass meine eigenen Probleme und Sorgen dabei immer in den Hintergrund treten. Keinen einzigen Moment habe ich an die Doktorarbeit, den Yosemite-

Park, Dr. Allen und das Forschungsprogramm gedacht. Dafür prasselt es jetzt wieder auf mich ein. Nach dem Genetikkurs steht mein Termin mit meinem Doktorvater auf dem Plan.

Dr. Allen begrüßt mich in seinem Büro mit einem strahlenden Lächeln.

»Hallo, Erin. Ich bin ganz gespannt, was Sie sich überlegt haben. Nehmen Sie doch Platz.«

Selbst wenn ich nicht mit meinem Journal und einer großen Mappe hier reingekommen wäre, wüsste Dr. Allen, dass ich gestern stundenlang an einem Essay und dem Plan für eine mögliche Umsetzung gebrütet habe. Er kennt mich einfach zu gut. Ich setze mich, und in der nächsten halben Stunde besprechen wir, was den Schwerpunkt meiner Doktorarbeit ausmacht und wie viel Zeit ich für die entsprechenden Verhaltensbeobachtungen im Yosemite aufbringen müsste.

»Mir gefällt, dass Sie sich für die Maultierhirsche entschieden haben. Die meisten Studenten sind scharf auf Bären und Wölfe, und dementsprechend gibt es auf dem Gebiet schon viele unterschiedliche Studien.« Dr. Allen tippt mit der Spitze seines Kugelschreibers auf mein Essay. »Ich denke, mit acht Monaten sollten Sie gut auskommen. Drei Monate Beobachtungen im Park, zwei Monate, um Ihre Ergebnisse zu ordnen und zu einer Doktorarbeit zu strukturieren, und weitere drei Monate, um sie zu schreiben.«

Das ist ein sportlicher Plan, aber machbar. Und genau das, was ich mir schon selbst zurechtgelegt habe.

»Sie könnten direkt anfangen, wenn Sie wollen. Ich rufe Brandon Thompson an, er schuldet mir noch einen Gefallen.« Mein Doktorvater lächelt zufrieden.

»Thompson?«, hake ich nach und versuche, das Wort »direkt« zu verdauen. Ich hab zwar jetzt einen Plan, wie ich die Doktorarbeit angehen kann, aber ich muss auch das ganze Drumherum bedenken. Wo werde ich unterkommen? Wie komme ich täglich ins Gelände, um eine Herde zu finden? Was ist mit der Verpflegung? Kann ich meine Morgenroutine einhalten? Beim Gedanken, dass ich meine Gewohnheiten ändern muss, wird mir abwechselnd heiß und kalt.

»Ja, er ist Ranger im Yosemite-Park.«

»Wie bitte?« Mit großen Augen sehe ich zu Dr. Allen auf.

»Brandon Thompson.« Er mustert mich einen Moment. »Sie schaffen das, Erin. Ich weiß, irgendwo da drin ist Ihre Spontaneität und Lust auf Abenteuer versteckt.« Mit dem Finger deutet er sich auf die Herzgegend.

Wenn er wüsste. Mein Hasenherz würde jetzt am liebsten davonspringen. Aber ich reiße mich zusammen und stelle ihm all die Fragen, die mir auf der Seele brennen.

»Das klären wir sofort.« Mein Doktorvater greift nach dem Telefonhörer und wählt eine Nummer.

»Howdy, Allen«, antwortet eine tiefe Stimme amüsiert. Dr. Allen grinst und sieht plötzlich aus wie ein Schuljunge. »Hey, Brandon. Ich will einen Gefallen einlösen.«

Die beiden reden eine Zeitlang über Nebensächlichkeiten, und in meinem Kopf dreht sich fröhlich das Gedankenkarussell. Endlich kommt Thompson zum Punkt. Ich bekomme ein Zimmer mit Bad im Yosemite Valley, im Zentrum neben dem Verwaltungsgebäude. Ein Praktikant, der täglich ein Camp in der Wildnis versorgt, nimmt mich morgens und abends mit. Essen bekomme ich im Touristenzentrum, sogar für Lunchpakete ist gesorgt. Ich erlaube mir, ein klein wenig aufzuatmen. Das klingt zumindest nach einer Struktur. Auch wenn die Feinheiten noch nicht stehen, kann ich einen Plan aufstellen und mich darauf vorbereiten.

Kapitel 4

Erin

To-do-Liste Donnerstag 25.05.

6:00   Daily Walk ✔

6:30   Morgenroutine

7:30   Recherchearbeiten zum Yosemite-Park

8:30   Pläne ausarbeiten

12:00   Mittagessen Mensa

12:30   Übergabe Nachhilfe Jane

13:00   Material zusammensuchen aus der Uni

14:30   Bei Wallmart einkaufen

16:00   Essen für Susan vorbereiten

16:30   Fertigmachen für die Party

17:30   Bullet-Journal aktualisieren

19:00   Party im Rescue-Center

Nach einem unruhigen Spaziergang sitze ich endlich mit einem Becher Kaffee in meinem Zimmer am Schreibtisch. Obwohl ich diese Routine sonst genieße, konnte ich heute nicht schnell genug wieder nach Hause kommen, um an der nötigen Struktur für die nächsten Wochen im Yosemite-Park zu arbeiten. Noch so viel, was ich klären muss: Mit welchen Gefahren werde ich konfrontiert, welche Strategien kann ich anwenden, um die Risiken zu minimieren? Ich nehme ein großes Blatt Papier und lege eine Mindmap an. In die Mitte schreibe ich das Wort »Risiken« und liste rundherum alle Dinge auf, die mir dazu einfallen, mache Anmerkungen, was ich noch recherchieren muss. Als Susan eine Stunde später den Kopf hereinstreckt, um mir einen guten Morgen zu wünschen, habe ich eine Landkarte mit allen möglichen Gefahren erstellt und fühle mich nicht mehr so getrieben. Ich kann mir zu allen Punkten passende Lösungsstrategien überlegen. Dann bin ich wenigstens vorbereitet und nicht hilflos ausgeliefert.

»Anti-Hero« von Taylor Swift ertönt – der Klingelton von meinem Handy. Wenn es ein Lied gibt, das zu mir passt, dann dieses. Ich schnappe mir mein Handy und schaue aufs Display. Es ist Kelly.

»Hey, Zuckerschnecke«, begrüßt sie mich, und ich muss lachen. Von Kellys positiver Einstellung und ihrer Begeisterung könnten sich viele Menschen eine Scheibe abschneiden.

»Selber«, kontere ich, weil mir nichts Besseres einfällt.

»Du denkst doch an die Party heute Abend? Nicht, dass du auf die Idee kommst, dich davor zu drücken.« Kelly schnalzt.

»Niemals. Ich weiß doch, wie viel Mühe du dir gegeben hast. Das werde ich mir bestimmt nicht entgehen lassen.«

»Dann ist ja gut.« Im Hintergrund ist das Bellen von ihrem Colliemix Dagobert zu hören. »Ich muss Schluss machen, mein Typ wird verlangt.«

»Ist nicht zu überhören«, sage ich und lache wieder. »Bis später!«

Ich beende den Anruf und mustere einen Moment das Display. Ein Foto von mir und Goliath dient als Bildschirmschoner. Er versucht darauf verzweifelt, mein Gesicht abzuschlecken, während ich mich lachend dagegen sträube. Seufzend lege ich das Handy weg.

Gegen Mittag ist es Zeit, um an die Uni zu fahren. Jane benötigt weiter Nachhilfe, und da ich die nächsten Wochen beschäftigt bin, bespreche ich mit ihr das weitere Vorgehen. Sie wird sich den Theorieteil der Genetik selbst erarbeiten, und dann hat sich Olivia bereit erklärt, ihr bei der wissenschaftlichen Analyse zur Seite zu stehen. Wenn ich einmal meine Hilfe zugesagt habe, ziehe ich das auch durch. Aber mit meinem Wochenplan sollte Jane keine Probleme haben, sich den Stoff einzuprägen und auch ohne mich zurechtkommen.

Jane nimmt mich zum Abschied in den Arm. »Danke, Erin. Ohne dich wäre ich echt aufgeschmissen.«

»Immer gern«, antworte ich. »Sehen wir uns nachher noch im Rescue-Center? Kelly findet, dass meine Expedition Grund zum Feiern ist …« Ich verziehe den Mund zu einem schiefen Grinsen. Natürlich freue ich mich, einen schönen Abend mit meinen Freunden zu verbringen, aber nach Feiern wird mir erst zumute sein, wenn ich das Ganze hinter mir habe.

Jane lächelt. »Klar. Bis später dann!«

In Gedanken hake ich den Punkt auf meiner To-do-Liste ab und widme mich der nächsten Aufgabe. Dr. Allen hat mir erlaubt, Equipment von der Uni auszuleihen. Für die Kameras, Stative, Objektive fehlt mir das nötige Kleingeld. Meine alte gebrauchte Kamera, die ich vor vier Jahren auf einem Flohmarkt erstanden habe, erfüllt nur noch bedingt ihren Zweck und eignet sich nicht für die Aufnahmen, die ich brauche. Eine Stunde später habe ich die Geräte sowie ein Beobachtungszelt in meinem Auto verstaut. Auch erledigt. Jetzt nur noch ins Einkaufszentrum für die Kleinigkeiten und ein paar feste Schuhe und passende Kleidung. Als ich schließlich auch damit fertig bin, kribbelt die Unruhe in meinem Nacken. Ich werde wirklich und wahrhaftig in den Yosemite-Park gehen, um dort in der wilden Natur eine Herde Maultierhirsche zu beobachten. Ganz allein. Ich. Inmitten einer unberechenbaren Umgebung. Ein kalter Schauder läuft mir über den Rücken, und ich schüttle unwillig den Kopf, um die Gedanken daran zu vertreiben. Wenn ich mich weiter damit beschäftige, komme ich aus der negativen Spirale nicht mehr raus, gerate in Panik und schmeiße alles hin. Und das darf nicht passieren. Ich will den Job bei Mrs. Howard so sehr, es ist DAS Ziel auf meinem Fünf-Jahres-Plan.

Gegen fünf Uhr stehe ich im Bad unserer Frauen-WG vor dem Spiegel.

»Alles okay bei dir?« Susan kommt herein, während ich mir die Wimpern tusche.

Ich zucke mit den Schultern. »Ja, schon.«

Sie lässt sich auf dem geschlossenen Toilettendeckel nieder und schlägt die Beine übereinander. »Das wird bestimmt großartig, du wirst sehen. Ich bin so stolz auf dich. Und sie wäre das auch.«

»Danke. Für alles«, murmle ich und sehe sie kurz durch den Spiegel an. »Du bist hier. Sie nicht.«

»Ach, Schatz. Ich weiß.« Sie lächelt gezwungen, und ich sehe den Ernst in ihren Augen. Genau wie ich ist sie traurig, dass der Mensch, der das jetzt ebenfalls mit mir und mit uns erleben sollte, keinen blassen Schimmer davon hat. Meine Mom hat sich für ein anderes Leben entschieden.

»Versprich mir, dass du trotzdem feierst, ja? Deinen Mut, die Dinge anzugehen, auch wenn du allen Grund hättest, davonzulaufen. Du tust es nicht.« Susan greift nach meiner Hand und drückt sie.

»Okay, versprochen.« Ich kann nicht zählen, wie oft wir diese »Klogespräche« geführt haben. Alle wichtigen Dinge haben wir in diesem winzigen Raum diskutiert. Meinen Spleen mit dem Bullet-Journal, meine Erinnerungen an Mom und meinen Erzeuger, finanzielle Sorgen, Liebeskummer und was ich mir für meine Zukunft wünsche. Ich weiß nicht, warum wir das so machen, aber das ist auch egal. Es ist ein Erin-Susan-Ding, und es fühlt sich tröstlich an.

Susan steht auf, umarmt mich von hinten, und unsere Blicke treffen sich erneut im Spiegel. Meine hellbraunen Haare stehen im Kontrast zu ihrem schwarzen Schopf. Aber die rehbraunen Augen verbinden uns. Sie haucht mir einen Kuss aufs Haar und verlässt den Raum. Ich tupfe mit dem Finger noch ein bisschen Lipgloss auf meinen Mund, atme tief durch, dann mach ich mich auf den Weg ins Rescue-Center.

Kelly hat auf der Terrasse des Gebäudes ein kleines Büfett aufgebaut, bunte Lampions hängen am flachen Dach des Plattenbaus, und Wolldecken liegen bereit, um sich darin einzukuscheln. Ich entdecke Olivia, Jane und Luke aus der Uni, außerdem Mrs. Martin, Max, der unser Junge für alles ist, und Jillian, die Tierpflegerin, die schon seit der Gründung des Rescue-Centers dabei ist. Ein paar Adoptanten, die den Kontakt zu uns gehalten haben, sind ebenfalls in Begleitung ihrer Schützlinge da. Die Hunde tollen ausgelassen über den Rasen. Ein bisschen Frieden in einem geschützten Rahmen – hier und jetzt ist die Welt gerade in Ordnung. Fröhlich werde ich begrüßt, von den Menschen mit

Umarmungen, während die Hunde ihr gesamtes Repertoire aufbieten: kalte Nasenstupser gegen nackte Beine, anrempeln, um sich den Hintern kraulen zu lassen, oder sie umkreisen mich wild mit heraushängender Zunge wie Goliath, mein Chihuahua-Opa. Ich beuge mich zu ihm herunter, tätschle seinen kleinen Kopf und hebe ihn schließlich hoch, damit die anderen Hunde ihn nicht über den Haufen rennen. Die Vormittage am Mittwoch im Rescue-Center mit Kelly werden mir fehlen. Aber vor allem Goliath. Der Kleine bedeutet mir viel, und sowohl Kelly als auch Mrs. Martin haben mehr als einmal gesagt, dass ich die richtige Adoptantin für ihn wäre. Auch wenn mein Herz nichts lieber möchte, macht mir mein Kopf einen Strich durch die Rechnung. Ich schaffe es gerade eben so, die Kontrolle über mein Leben zu behalten. Mit einem Hund an meiner Seite? Das wäre unberechenbar. Was alles passieren könnte, auf das ich keinen Einfluss habe. Undenkbar. Es würde alles aus dem Ruder laufen.

Ich setze mich zu den anderen an den Tisch, und als mein Blick auf Goliath fällt, der mich mit großen Augen anhimmelt, bildet sich ein Kloß in meinem Hals. Einmal mehr bereue ich, dass ich aufgrund meiner Vergangenheit diese übertriebene Struktur in meinem Leben brauche.

»Ihr beiden gehört einfach zusammen, wenn du mich fragst.« Unbeabsichtigt setzt Kelly meinen Gedanken noch die Krone auf.

»Ich weiß«, antworte ich und nehme einen großen Schluck von der Weinschorle, die vor mir steht. Aber ich erkläre Kelly nicht, warum ich es nicht kann. Nur wenige wissen, wie mein Leben ausgesehen hat, bevor ich zu meiner Tante gekommen bin, und obwohl ich Kelly als meine beste Freundin betrachte, habe ich ihr nie Details aus meiner Vergangenheit erzählt. Dylan ist der Einzige, der in die dunklen Jahre eingeweiht ist und mich mit seinem übertriebenen Beschützerinstinkt immer wieder daran erinnert. Aber ich will das nur vergessen.

»Unsere Erin in der Wildnis. Wer hätte das gedacht?« Mrs. Martin hebt das Glas.

»Ob sich die Hirsche an deinen Plan halten werden?« Max zwinkert mir zu, und ich grinse.

»Klar, ich bring denen das schon bei«, antworte ich, woraufhin alle lachen.

»Auf eine erfolgreiche Zeit im Yosemite«, sagt Kelly.

Wir stoßen alle in der Mitte des Tisches an, Gläserklirren erfüllt die Luft.

Es ist ein schöner Abend, die Luft ist noch ein bisschen kühl, aber ich spüre schon den Sommer kommen. Die Hunde stauben einige Fleischreste vom Büfett ab, rollen sich auf den vorbereiteten Decken zusammen, und langsam wird es dunkel. Schließlich verabschiede ich mich, weil ich wie immer früh morgens aufstehen werde, um meine Morgenroutine durchzuführen. Da wird auch die Reise in den Yosemite-Park nichts dran ändern.

Ich will gerade in mein Auto steigen, als mich eine Stimme hinter mir zusammenzucken lässt.

»Erin? Was habt ihr gefeiert?«

Ich drehe mich um und blicke in das Gesicht von Dylan. Das kann doch nicht wahr sein!

»Was tust du hier?« Ich verschränke die Arme vor der Brust und starre ihn wütend an.

»War nur gerade in der Nähe und hab mir Sorgen um dich gemacht.« Er macht eine abwehrende Handbewegung. »Ich hab Olivia heute bei Starbucks getroffen, und sie meinte, dass ihr hier sein werdet. Aber den Grund für die Feier hat sie nicht gesagt.«

»Das geht dich auch nichts an, Dylan«, sage ich mit fester Stimme. Ich kann nicht glauben, dass das hier gerade passiert.

»Sei doch nicht gleich so feindselig. Ich wollte nur wissen, wie es dir so geht, was du so machst. Und du antwortest mir nicht.« Er klingt tieftraurig, und für einen kurzen Moment werde ich weich.

Wir waren lange zusammen, auch wenn die letzten beiden Jahre sich eher angefühlt haben, als wären wir Geschwister. Dylan hat mich durch eine verdammt schwierige Zeit begleitet. Trotzdem. Wir sind kein Paar mehr, und ich bin ihm keine Rechenschaft schuldig. Er braucht mich nicht mehr zu beschützen, ich kann und will das allein schaffen.

»Wir sind nicht mehr zusammen, Dylan«, sage ich und seufze. »Und dafür gibt es einen guten Grund.«

»Ja, das war ein Fehler, und ich bereue es. Wirklich. Ich war betrunken, und zwischen uns …«, lamentiert er.

»Lief schon länger nichts mehr«, vollende ich seinen Satz. »Es musste so kommen, weil wir nicht mehr wir waren, verstehst du?«

Er blickt zu Boden, antwortet nicht. Der Stachel sitzt immer noch tief in meinem Herzen. Ich habe ihm voll und ganz vertraut, mit allem, was ich habe und was ich bin. Nur um dann herauszufinden, dass er mich mit seiner besten Freundin betrügt. Für mich kann es kein Zurück mehr geben.

»Mach's gut, Dylan. Ich werde jetzt fahren.« Mir fällt noch auf, dass er den Pullover trägt, den ich ihm zu seinem letzten Geburtstag geschenkt habe: *My girlfriend is a scientist but all I have is this f**cking hoodie.* Ironie des Schicksals. Wir waren jahrelang ein eingeschworenes Team, bis er das enge Band achtlos zerschnitten hat. Ich schlucke trocken, steige in meinen Wagen und fahre los, ohne noch einmal in den Rückspiegel zu schauen.

Kapitel 5

Jesse

Ich habe mich gerade auf das Feldbett in meinem Container gelegt, als Joe in der Tür auftaucht. »Komm mit, wir müssen uns unterhalten«, sagt er nur und geht.

Garcia neben mir zieht die Augenbrauen hoch und mustert mich. »Bekommst du jetzt einen Anschiss?«

»Keine Ahnung«, gebe ich zurück und stehe auf.

Garcia ist eine Labertasche, aber ich mag ihn, und es ist okay, den Container mit ihm zu teilen. Was der Campleiter von mir will, weiß ich allerdings auch nicht. Mit einem mulmigen Gefühl folge ich ihm quer durchs Lager. Auf der großen freien Fläche umringt von Bäumen und Sträuchern sind dreißig Container in Reih und Glied aufgestellt. Am Eingang zu unserem Camp stehen die Trailer der Mitarbeiter und ein Container, der als Büro dient. Joe setzt sich gerade an seinen spartanischen Schreibtisch und deutet auf den Stuhl davor. Ich nehme Platz.

»Was ist das da in deinem Gesicht?«

»Nix weiter. Hab nicht aufgepasst«, erkläre ich.

Er runzelt die Stirn. »Nicht aufgepasst?«

»Ja.«

Joe zieht sein typisches Verhör ab, da kann ich mit umgehen, denn er ist absolut fair. Nicht so wie Wilson, einer der Wärter im staatlichen Gefängnis, der seine Machtposition geliebt und auch ausgenutzt hat.

»Okay. Gut. Wir bekommen morgen Besuch. Eine Verhaltens- biologin kommt in unser Camp. Eigentlich sollte sie im Valley untergebracht werden, aber es gab eine kurzfristige Planänderung. Der Ranger hat mir gerade Bescheid gegeben. Sie wird hier irgend- welche Hirsche beobachten.« Er zieht eine Grimasse.

Ich sage nichts, sondern warte einfach ab, dass er weiterspricht, auch wenn ich nicht weiß, warum er mir das erzählt.

»Du wirst dich um sie kümmern, klar? Auf ihre Sicherheit ach- ten, mit ihr zu den Viechern gehen und so weiter.«

»Ich soll was?« Ich richte mich auf und schüttle den Kopf. »Wieso?«

Joe lacht süffisant. »Wieso man in einem Strafgefangenencamp auf eine Frau aufpassen sollte? Dein Ernst?«

Ich seufze. Bei so Typen wie Maddox ist es sicher ratsam, Vor- sicht walten zu lassen. Aber in diesem Camp sind schließlich keine Schwerverbrecher untergebracht, und unter den Mitarbeitern be- finden sich auch einige Frauen. »Wieso ich?«

»Du machst dich gut als Gruppenführer. Ich denke, ich kann mich auf dich verlassen.«

Schöne Scheiße. Und ich dachte, nicht mit Maddox aneinan- derzugeraten, wäre mein größtes Problem. Ein Problem, das zur Gefahr für meine Freiheit in vier Monaten wird.

»Lob ist nicht so dein Ding, oder?«

Erst jetzt merke ich, dass ich nichts gesagt habe. Leider habe ich auch kein Pokerface. »Nicht wirklich.«

»Egal. Du bist für die Biologin zuständig, wirst dafür von den Arbeiten freigestellt. Aber wenn es eng wird, musst du trotzdem ran, verstanden?« Joe sieht mir direkt in die Augen, aber die Härte darin ist nur Show. Er gehört zu den Guten und will, dass seine Schützlinge ihre Chance nutzen. Ich bezweifle, dass mir das mit einer Frau im Schlepptau gelingen wird. Aber ich nicke, schließlich bleibt mir nichts anderes übrig.

Das Funkgerät knackt. »Crane Fire, bitte kommen.«

»Crane Fire, hier Joe Miller«, meldet sich Joe.

»Mike Brown. In zwei Minuten bin ich da und bring dir Nolan, wie abgesprochen«, sagt die Stimme aus dem Gerät.

»Verstanden, over and out«, antwortet Joe und sieht mich an.

»Und noch was – ich hab einen Neuen für dich, du weißt, was du zu tun hast.«

Auch das noch. Ich nicke und folge Joe auf den Platz nach draußen, wo gerade ein Geländewagen der Polizei vorfährt. Zwei Beamte steigen aus und öffnen die hintere Tür. Misstrauische Blicke treffen auf mich und checken die Umgebung. Der Typ ist nicht viel älter als ich, höchstens Anfang dreißig. Sein Hals ist voll mit bunten Tätowierungen, sieht aus wie irgendwelche Ornamente.

»Aussteigen, Nolan. Du bist jetzt zu Hause«, flachst einer der Männer.

Umständlich klettert er aus dem Wagen und hält den Beamten auffordernd seine noch in Handschellen steckenden Arme hin. Wortlos wird er befreit, Brown nickt Joe zu, und schon sind sie wieder weg.

»Terry Nolan – ich bin Joe Miller, der Campleiter, und das ist Jesse Davis. Er sagt dir alles, was du wissen musst. Regel Nummer vier: Verkack das hier nicht, es gibt nur diese eine Chance.«

Der Typ reckt das Kinn. »Verstanden«, antwortet er dann aber.

Joe klopft mir kurz auf die Schulter, verschwindet in seinem Bürocontainer und lässt mich mit dem Neuling allein.

»Ich kann dir nur raten, auf ihn zu hören. Auch wenn es erst mal verlockend aussieht, so ganz ohne Zäune und Kameras. Du wirst nicht weit kommen hier in der Wildnis. Wenn sie dich dann schnappen, verdoppelt sich deine Strafe. Und glaub mir, sie werden dich schnappen, Terry.«

Er mustert mich skeptisch aus dunklen Augen. »Nolan«, brummt er. »Niemand nennt mich Terry.«

»Okay, Nolan.« Einen Moment lang frage ich mich, ob er einer der wenigen Straftäter ist, die so dumm sind, einen Ausbruch zu versuchen. In den letzten Monaten hatten wir nur Coleman, der nach einer Auseinandersetzung mit einem Schwarzbärweibchen freiwillig zurückgekommen ist, um seine Wunden versorgen zu lassen. Bei ihm hatte ich gleich so ein komisches Gefühl. Nolan kann ich noch nicht einschätzen.

Die meisten begreifen aber schnell, dass ihnen nichts Besseres passieren kann, als hier draußen zu sein, jeden Morgen den Sonnenaufgang sehen zu können, sich an der frischen Luft zu bewegen, einen Hauch der Freiheit zu schnuppern, die auf uns wartet, und jeden Abend mit dem Gefühl einzuschlafen, etwas wirklich Sinnvolles getan zu haben.

Nachdem ich ihm das Camp gezeigt, den Betreuern und Feuerwehrleuten vorgestellt und ihm seinen Container zugewiesen habe, drücke ich ihm den Zettel mit unseren Regeln in die Hand. Auf der einen Seite die Campregeln, auf der anderen die Feuerregeln. »Auswendig lernen. Was da steht, kann dein Leben retten.«

Campregeln

1. Es gilt, was der Campleiter/die Betreuer sagen.
2. Gegenseitiger Respekt ist oberstes Gebot.
3. Keine Handys/kein Alkohol/keine Drogen/kein Sex.
4. Jeder bekommt nur eine Chance.
5. Feuer nur in der Feuerschale, nie unbeaufsichtigt lassen, mit Sand löschen.
6. Zigaretten nur in den Ascheimer entsorgen.
7. Strafgefangene dürfen sich allein nicht mehr als 500 Meter vom Camp entfernen.
8. Telefonate nach Absprache mit dem Campleiter.
9. Einmal im Monat gibt es einen Besuchstag.
10. Freigang nur in außergewöhnlichen Fällen.
11. Ausrüstung muss zweimal die Woche gewartet werden.

Feuerregeln

1. Nur ein ruhiger Geist kann gute Entscheidungen treffen.
2. Keine Alleingänge: Es gilt, was der leitende Feuerwehrmann sagt.
3. Nie bergauf vor Feuer fliehen.
4. Flammen, die höher als 1,20 Meter sind, müssen mit Unterstützung gelöscht werden.
5. Brandgeschehen nach folgenden Kriterien beurteilen: Rauch (Farbe, Dichte), Wärme (unter 300 °C/unter 450 °C/über 450 °C), Flammen im Rauch, Flammen (Glut, Glimmen/kleine Flammen/hohe Flammen), Luft (Luftströmung), Umgebung.
6. Verhalten bei Bränden: Funk, Rückweichen, Ausschau, Überwachung.
7. Maßnahmen beim Auffinden einer verletzten Person: Person ansprechen, Atmung kontrollieren, kurzen Notruf absetzen, Eigenwärme erhalten, Trösten/Beruhigen.

»Klingt nach einer Menge Spaß.« Nolans Miene ist unergründlich, ich weiß nicht, ob er es ernst meint oder einen Scherz gemacht hat.

»Es ist auf jeden Fall besser als im California State Prison«, erwidere ich.

»Wie du meinst.« Er sieht sich noch einmal um. »Welche Rolle spielst du hier? Der Vorzeigesträfling?«

»Nein. Ich will nur meine Strafe absitzen und wieder raus.« So einer ist er also. Nolan sollte man im Blick behalten.

»Guter Plan, Alter.« Er grinst, aber es wirkt eher wie ein Zähnefletschen. »Das will ich auch.«

»Na, dann …«

Während der Neue sich in seinem Container mit Troy bekannt macht, drehe ich noch eine Runde ums Camp und versuche mir vorzustellen, wer da morgen zu uns kommt. Meiner Meinung nach ist es eine richtig schlechte Idee, eine Frau von außerhalb ohne Erfahrung mit Strafgefangenen in unser Camp zu stecken. So etwas kann einfach nicht gut gehen.

Kapitel 6

Erin

To-do-Liste Donnerstag 01.06.

6:00   Daily Walk ✔

6:30   Morgenroutine ✔

7:30   Checken der Pläne, Landkarten, Bullet-Journal ✔

8:30   Frühstück mit Susan ✔

9:00   Gepäck kontrollieren, einladen und zum Yosemite aufbrechen

12:30   Termin im Verwaltungsgebäude Yosemite-National-park

13:00   Zimmer beziehen

14:30   Umgebung checken, Plan für den nächsten Tag machen

18:00   Abendessen?

18:30   Bullet-Journal aktualisieren

Obwohl ich seit einer Stunde in meinem Auto unterwegs bin, kann ich immer noch nicht fassen, dass ich mit gepackten Sachen auf dem Weg in den Yosemite-Park bin. Ich tue es wirklich. Keine Ahnung, ob es außerordentlich mutig oder einfach nur leichtsinnig von mir ist, aber Fakt ist, ohne diese Aktion bekomme ich den Job bei Dr. Howard auf keinen Fall.

Von Weitem sehe ich die Beschilderung, nur noch wenige Minuten, dann bin ich da. Als ich schließlich durch das Eingangstor fahre, werden meine Hände feucht. An einem Schlagbaum ist ein Hinweis befestigt: *Today's Fire Danger – High.* Unwillkürlich reibe ich mir über die lange Narbe an meinem linken Arm. Feuer. Das hat mir gerade noch gefehlt.

Ich parke vor dem Verwaltungsgebäude im Yosemite Valley. Dr. Allen hat mir gesagt, ich soll mich einfach bei Brandon Thompson melden, der würde mir dann das Zimmer zuweisen. An der Rezeption erklärt mir eine freundliche Mitarbeiterin, wo ich den Ranger finde. Kurze Zeit später sitze ich einem Mann mit einem Zigarillo im Mundwinkel gegenüber.

»Ah, die Studentin von Eddie.« Er grinst. Der Zigarillo wackelt bedenklich, und etwas Asche rieselt auf seinen Schreibtisch.

»Genau. Erin Chase, Verhaltensbiologin. Vielen Dank, dass ich hier Tiere beobachten darf.« Ich reiche ihm meine Hand, die er fest drückt.

»Brandon Thompson.« Er nimmt einen tiefen Zug, pustet den Rauch in die Luft. »Immer. Allerdings gibt es ein kleines Problem.«

»Oh.« Mehr schaffe ich nicht zu sagen.

»Das mit dem Zimmer klappt nicht. Aber ich habe etwas viel Besseres: Im Südwesten ist das Camp des Resozialisierungsprojekts stationiert. Crane Fire. Von dort aus kommen Sie auch viel leichter ins freie Gelände. Und Sie werden komplett mit versorgt.«

Er ist sichtlich begeistert von seiner Alternative. Mir rauscht es in den Ohren.

»Crane Fire?« Meine Stimme ist nicht mehr als ein Krächzen.

»Ja, eine großartige Sache. Strafgefangene, die gemeinsam mit den Firefighters die Feuer im Park unter Kontrolle halten.«

Das Telefon klingelt, und er nimmt mit einem entschuldigenden Blick in meine Richtung ab. Was er mit dem Anrufer bespricht, bekomme ich nicht mit. Strafgefangene und Feuer. Lässt sich irgendwas davon wirklich kontrollieren? Nein. Ich weiß es. Mit schweißnassen Händen google ich nach dem Projekt und werde fündig. Dreißig Kriminelle sind hier im Park mit ihren Betreuern und Firefighters stationiert. Sie wohnen in einem Camp, können sich frei bewegen, tragen keine Handschellen, und es gibt weder Mauern noch Zäune. Wie soll das funktionieren? Sie könnten doch jederzeit ausbrechen. Und vor allem – was haben sie getan, um im Gefängnis zu landen und hierher versetzt zu werden? Mein Magen macht einen Satz, als hätte ich eine Treppenstufe verpasst. Ich kann nicht in dieses Camp!

Und genau deshalb sitze ich die nächste halbe Stunde in meinem parkenden Auto und suche im Internet verzweifelt nach einem Zimmer im Yosemite Valley. Ich brauche nicht mal ein richtiges Zimmer, eine Abstellkammer würde schon reichen oder ein Campingbus oder so was. Aber nichts. Der Ranger hatte recht, alles ist ausgebucht. Schließlich rufe ich Susan an.

»Hey, Schatz«, meldet sie sich. »Bist du gut angekommen?«

»Ich soll in ein Strafgefangenen-Camp«, platze ich heraus.

»Wie bitte?« Susan klingt ungläubig, und ich sehe fast vor mir, wie sie eine ihrer Augenbrauen hochzieht. Mit hastigen Worten erkläre ich ihr, was mir Brandon Thompson gesagt hat und dass ich keine alternative Unterkunft finden kann.

»Das kann doch nicht deren Ernst sein!« Sie holt tief Luft. »Ist das überhaupt erlaubt?«

»Sieht so aus.« Die Worte drängen sich nur mühsam durch meinen zusammengepressten Kiefer. In meinem Kopf spielen sich Horrorszenarien ab: Ein Mann, der mich mit einem Messer bedroht, mich als Geisel nimmt und mit mir durch die Wildnis flieht. »O mein Gott«, stoße ich hervor.

»Ja. Das kann auf keinen Fall erlaubt sein«, antwortet Susan auf meine Bemerkung hin, die ich eigentlich nur denken wollte. »Sprich doch mit Dr. Allen. Der wird sicher eingreifen. Er kann schließlich nicht dabei zusehen, wie eine seiner Studentinnen in Lebensgefahr gerät.«

Ich weiß, es ist nicht ihre Absicht, aber ihre Worte lassen mein Herz bis in meine Kehle schlagen. Mit fast unmenschlicher Anstrengung versuche ich, gegen die Panik anzukämpfen und meine Vernunft einzuschalten. »Okay. Ich rufe ihn an.«

Ich verabschiede mich von meiner Tante, steige aus dem Wagen und laufe mit zitternden Knien ein paar Minuten, bevor ich die Nummer von Dr. Allen wähle. Nach dem dritten Klingelton nimmt er den Anruf entgegen.

»Erin! Was für eine Freude, von Ihnen zu hören«, sagt er nach meiner Begrüßung.

Ebenso hastig wie eben bei Susan erkläre ich meinem Doktorvater, worum es geht. Als ich geendet habe, schweigt er für einige Sekunden, die mir wie eine Ewigkeit vorkommen.

»Nun. Ich kenne dieses Programm. Und es klingt nach einem guten Kompromiss. Brandon würde Sie dort nicht reinbringen, wenn es gefährlich wäre, glauben Sie mir, Erin.« Seine Stimme hört sich weich an und beruhigt mich. Zumindest ein bisschen. Mein logischer Menschenverstand gibt ihm recht, meine Emotionen … na ja. Er redet noch ein paar Minuten über die Notwendigkeit der Resozialisation und der unwürdigen Zustände in kalifornischen Gefängnissen, spricht mir Mut zu, und dann beendet er das Gespräch.

Erschöpft lehne ich mich gegen meinen Chevy, rufe erneut Susan an und berichte ihr, was Dr. Allen gesagt hat.

»Hm«, brummt sie. »Und was willst du jetzt machen?«

Ich kaue auf meiner Unterlippe. »Keine Ahnung.« Stöhnend lege ich den Kopf in den Nacken. Es gibt nichts Schlimmeres, als wenn jemand einem alle Pläne kaputtmacht. Obwohl … doch.

Was mein Erzeuger getan hat, war mehr als schlimm. Mom von sich und diesem widerlichen Zeug abhängig zu machen und in den Abgrund zu stürzen – das ist nicht zu toppen.

»Der Job im Forschungsprogramm ist schon etwas Besonderes.« Susans Worte durchbrechen die negativen Gedanken. »Und wenn Dr. Allen meint … Aber wenn du es nicht aushalten kannst …« Sie macht eine bedeutungsvolle Pause.

Ich weiß genau, sie hält sich zurück. Auch wenn sie mich ermutigt hat, mit der neuen Info wäre es ihr lieber, ich säße schnell wieder an ihrem Küchentisch mit einem ihrer berüchtigten Milchkaffees, die zu achtzig Prozent aus Vanillemilch und zwanzig Prozent sehr starkem Kaffee bestehen, und würde mein Journal mit Plänen füllen. Da wäre ich wenigstens in Sicherheit. Aber im Grunde ihres Herzens weiß sie, dass sie die Vergangenheit loslassen muss. Genau wie ich.

Seit zwanzig Minuten laufe ich auf dem Parkplatz vor dem Verwaltungsgebäude auf und ab. Meine Gedanken kreisen unablässig um all die Dinge, mit denen ich mich nicht beschäftigen sollte. Weil es nichts ändert. Was passiert ist, ist passiert. Das Einzige, was ich in der Hand habe, ist, wie ich mit der Situation umgehe.

Ich kann das Ganze hier und jetzt abbrechen, einfach nach Hause fahren und den Job im Forschungsprogramm bei Mrs. Howard sausen lassen. Susan wäre auch erleichtert.

Im Leben gibt es immer wieder solche Chancen, oder? Wenn sich eine Tür schließt, öffnet sich eine andere. Ich lege den Kopf in den Nacken und atme tief durch. Wem mache ich eigentlich etwas vor? So eine Möglichkeit gibt es sicher kein zweites Mal. Entweder ich gebe auf, oder ich ziehe es durch.

»Mrs. Chase?« Thompson kommt auf mich zu. »Haben Sie sich entschieden? Der Campleiter würde Sie gern abholen.«

»Okay«, antworte ich. Nach seinem kritischen Blick schiebe ich ein entschlossenes »Ja« hinterher. Ich habe mich entschieden.

Eine gefühlte Ewigkeit warte ich auf Joe Miller, und mit jedem Moment, der verstreicht, werde ich unruhiger, weil ich keine Ahnung habe, was auf mich zukommt. Mit dem Zimmer im Valley wusste ich wenigstens, was mich erwartet, und konnte mich drauf vorbereiten. Das ist alles hinfällig. Mein Bullet-Journal kann mir diesmal nicht den sicher strukturierten Rahmen geben, den ich gerade so dringend brauche. Ich fühle mich ausgeliefert, und das macht mich wahnsinnig nervös. Ein Jeep fährt auf den Parkplatz und hält direkt neben mir. Hinter dem Steuer sitzt ein Mann, der in Susans Alter zu sein scheint. Er trägt eine Cap der New York Yankees, die Haut ist braun gebrannt, nur die tiefen Linien um den Mund herum haben der Sonne getrotzt und sind weiß geblieben. Als er jetzt lächelt, sind sie nicht mehr zu sehen. Er lehnt sich vor, öffnet die Beifahrertür und stößt sie ein kleines Stückchen auf. »Erin Chase?«

»Ja.« Ich kralle meine Hände noch fester um den oberen Griff meines Rucksacks.

»Hi, ich bin Joe. Haben Sie noch mehr Gepäck?« Er deutet auf mein Auto, und ich nicke.

»Kann ich meinen Wagen nicht mit ins Camp nehmen?«

»Nein. Erstens ist er nicht geländegängig, und zweitens wäre das eine gute Fluchtmöglichkeit für die Strafgefangenen.« Er legt den Kopf schief und grinst.

Aber was ist mit meiner Fluchtmöglichkeit? Was, wenn ich von den Strafgefangenen fliehen muss?

»Keine Sorge. Ist nur eine Vorschrift. Niemand flüchtet bei uns.« Mit einer eleganten Bewegung schwingt er sich aus dem Jeep und kommt zu mir. Auch wenn er einen netten Eindruck macht, ich glaube ihm kein Wort. »Den Rucksack können Sie vorn mit rein nehmen. Was kommt sonst noch mit?«

Ich öffne den Kofferraum und gebe den Blick auf zwei große Reisetaschen frei. Total übertrieben, aber ich bin lieber für alle Eventualitäten gewappnet. Außerdem brauche ich schließlich einiges an Equipment für meine Beobachtungen: Fernglas, Kamera und Stativ für Fotos und Filmaufnahmen, ein kleines Zelt zum Schutz vor der Witterung, mehrere Decken, Notizbücher, Stifte, meinen Laptop.

»Ach du Sch…« Er schluckt das letzte Wort herunter, nimmt kurzerhand beide Taschen und verstaut sie auf der Ladefläche. »Was ist das alles für ein Zeug?«

Ich will gerade anfangen, aufzuzählen, da winkt er ab. »Schon gut. Ich muss sowieso gleich alles kontrollieren, bevor Sie es mit ins Camp nehmen. Dann wollen wir mal.« Joe klopft auf das Dach vom Jeep, dann steigt er ein, und ich setze mich neben ihn.

Während er vom Parkplatz braust, sehe ich mit einem flauen Gefühl im Magen zu, wie mein Auto im Rückspiegel immer kleiner wird und schließlich ganz verschwindet. Mit zitternden Fingern drehe ich den runden Körper meines Schutzengel-Anhängers um die eigene Achse.

Wir fahren vorbei an Menschengruppen, die den Trailwegen folgen, passieren Brücken über Flüsse, an Felsen, die weit in den Himmel ragen, von dem eine strahlende Sonne scheint, als wenn hier das Zentrum allen Friedens wäre. Die Sonne hat ja keine Ahnung – mehr noch, sie ist Teil des Problems. Das Knistern der Flammen schiebt sich in mein Bewusstsein. Der Schmerz und die unendliche Leere nehmen mir die Luft zum Atmen. Ich umklammere fest meinen Schutzengel und dränge die Erinnerungen mit aller Kraft beiseite.

»Alles okay?« Joe hat eine Augenbraue hochgezogen und sieht mich besorgt an.

»Ja, ja.« Ich ringe mir ein Lächeln ab.

»Wenn Sie das sagen.« Joe wendet sich wieder dem Weg vor sich zu. Mehr als ein Weg ist es auch nicht mehr. »Dann habe ich noch ein paar Infos zum Camp und Verhaltensregeln, die Sie beachten sollten.«

»Okay.« Erleichtert krame ich mein Journal aus dem Rucksack und zücke meinen Kugelschreiber.

Joe runzelt kurz die Stirn, schüttelt den Kopf und erklärt mir, wo und mit wem ich die nächsten Wochen verbringen werde und worauf ich achten muss, während ich alles notiere. Halleluja, es gibt einen Plan.

Joe berichtet mir, dass sich weder Mörder noch Vergewaltiger unter den Strafgefangenen befinden und dass es ein Privileg ist, in diesem Programm zu sein. Nur wenige würden das mit unüberlegten Handlungen aufs Spiel setzen wollen, deshalb funktioniert die Gemeinschaft so gut. Es gibt gemeinsame Mahlzeiten, die aber aufgrund der Einsätze in der Wildnis nur auf grobe Uhrzeiten festgelegt sind. Ich werde einen Wohnwagen am Rande des Camps bekommen, gleich neben denen der Betreuer. Sozialarbeiter,

Feuerwehrmänner und -frauen, Polizisten – es sind einige Berufs-
gruppen im Resozialisierungsprogramm vertreten, und zusammen
helfen sie nicht nur den Strafgefangenen, sondern auch der Natur
des Yosemite-Parks. Weil alles, was Joe beschreibt, total gesittet
und geordnet klingt, fange ich an, mich zu entspannen. Trotzdem
frage ich ihn, ob es Notfallpläne gibt, zum Beispiel wenn ein Feuer
ausbricht oder eine andere Gefahrensituation eintrifft.

»Das hat mich bis jetzt nur die Frau gefragt, die das Camp auf
Sicherheit und Arbeitsschutz überprüft.« Joe wirft mir einen Blick
zu, und das Grinsen verschwindet von seinem Gesicht, als er sieht,
dass ich es ernst meine. »Im Camp gelten die gleichen Regeln wie
überall im Umgang mit Gefahrensituationen: Notruf absetzen,
Menschen helfen, sich aus der Gefahrenzone entfernen. Unsere
Insassen haben spezielle Regeln, weil sie regelmäßig mit Feuer zu
tun haben.« Er deutet auf das Handschuhfach, wo ein ganzer Stapel rot laminierter Karten liegt. »Nehmen Sie sich eine.«

Ich schnappe mir die oberste Karte, lese sie aufmerksam durch
und schiebe sie zwischen die Seiten meines Journals.

Wenig später fahren wir auf das Gelände des Camps und passieren zwei Männer in orangefarbener Schutzkleidung mit geschul-
terten Kettensägen, die einen der Container ansteuern. Ich kann
nicht anders, ich muss an den Horrorfilm mit den Kettensägen
denken. Meine Hände werden wieder feucht.

Joe grüßt die Männer, parkt rückwärts neben einer Kiefer und
stellt den Motor ab. »Da wären wir.«

Er steigt aus, aber ich zögere. Dann wird mir bewusst, dass es
unhöflich wirken könnte, einfach im Auto sitzen zu bleiben. Ich
reibe mir die Handflächen an meiner Jeans ab und folge Joe, der
bereits meine Reisetaschen durchsieht.

»Sorry, muss sein«, sagt er mit einem Schulterzucken.

»Hey, Joe!« Einer der Männer kommt zu uns, lässt die Kettensäge sinken und mustert mich neugierig.

»Was willst du, Maddox?«, fragt Joe schroff.

»Nur Bescheid sagen, dass wir fertig sind mit Abschnitt C.« Der Typ sieht kurz zum Campleiter, dann auf meine schwarze Unterwäsche, die inzwischen auf der Ladefläche verstreut liegt, und wieder zu mir. Was für ein Timing.

»Okay. Danke, Maddox. Du kannst gehen.« Joe verdreht die Augen und räumt meine Sachen wieder in die Tasche. Aber Maddox sieht mich weiter an, grinst und macht keinerlei Anstalten zu verschwinden. Irgendwie muss ich an eine Hyäne denken. Zumindest an den Ruf, den diese Tiere haben – nämlich hinterlistig zu sein. Vollkommen zu Unrecht. Tiere sind nie hinterlistig.

»Sorry, kann ich mal?« Noch ein Mann in Schutzkleidung drängt sich an Maddox vorbei, greift sich eine meiner Taschen, dreht sich zu mir und reicht mir die Hand. »Hey, ich bin Jesse. Ich zeig dir, wo du unterkommst.« Sein Händedruck ist warm und fest. Ich bin dankbar, dass er mich aus dieser schrägen Situation gerettet hat.

»Erin«, erwidere ich und sehe kurz zu Joe, der erleichtert zu sein scheint.

»Ah, Jesse. Perfekt«, sagt er und wendet sich mir zu. »Jesse Davis ist Gruppenleiter und für Sie zuständig. Er wird Ihnen alles zeigen, okay?«

Ich sehe wieder zu Jesse, blicke in kristallklare blaue Augen, ein markantes Gesicht, das von unordentlichen dunklen Haaren und einem Dreitagebart eingerahmt wird. Auf seiner Wange hat er eine frische Verletzung. Von einer Auseinandersetzung mit einem Kriminellen? »Okay.«

Jesse lächelt, und zwei winzige Grübchen zeichnen sich neben seinen Mundwinkeln ab. Er ist ziemlich attraktiv, und genau wie die Hyäne ist er höchstens ein paar Jahre älter als ich.

»Du bist ja immer noch hier, Maddox. Wenn du nichts zu tun hast, ich wüsste da etwas …«, sagt Joe, doch der Typ verschwindet, bevor der Campleiter weitersprechen kann.

»Komm mit«, fordert Jesse mich auf.

Zögerlich schultere ich meinen Rucksack und folge ihm.

»Tu dir selbst einen Gefallen und halte dich von Maddox fern«, raunt er mir leise zu. »Er ist keine gute Gesellschaft.« Der Duft nach Holz und frischer Wäsche steigt mir in die Nase.

O nein. Nicht diese Beschützerschiene. »Danke, aber den Tipp hätte ich nicht gebraucht.« Das hat mich schon bei Dylan wahnsinnig gemacht – dieses ständige Hinweisen auf mögliche Gefahren. Dabei weiß ich es doch am besten, meine Angst ist immer da. »Ich kann gut auf mich selbst aufpassen.«

»Na dann …« Er mustert mich kurz.

»Mein Bauchgefühl sagt mir außerdem, ich sollte mich möglichst von allen hier fernhalten.«

»Das ist doch ein guter Plan, fang am besten gleich damit an.« Er lässt meine Taschen auf den Boden sinken und reicht mir einen Schlüssel. »Siehst du den kleinen Wohnwagen da hinten? Der ist für dich. Ich wohne in dem Container da drüben. Nur falls du es dir anders überlegst und dich doch nicht fernhalten willst, natürlich.« Er verdreht die Augen. Und dann lässt er mich einfach stehen.

Geschockt starre ich ihm hinterher. Was ist denn mit dem los? Keine Ahnung, was er für ein Problem hat – mir kann es jedenfalls egal sein. Ich schnappe mir mein Gepäck und gehe zum Wohnwagen.

Kapitel 7

Jesse

Mit geschlossenen Augen sitze ich in meinem Container und trommle auf den Oberschenkeln, als Garcia stöhnend reinkommt.

»Alter, mir tun die Knochen weh. Diese ewige Schufterei.« Er lässt sich geräuschvoll auf sein Bett fallen. Gerade hatte ich noch eine neue Melodie im Kopf. Ich seufze.

»Jammern macht es auch nicht besser.«

»Also mir hilft es.« Garcia grinst. »Was ist mit der Biologin? Solltest du dich nicht um sie kümmern?« Er reibt sich über den dunklen Bartschatten und sieht mich vielsagend an. »Ich hab gehört, dass Maddox dir zuvorgekommen ist.«

Genervt lege ich den Kopf in den Nacken. »Nie hätte ich gedacht, dass in einem Strafgefangenen-Camp mehr Tratsch die Runde macht als beim Sonntagsbrunch meiner Oma.«

Garcia lacht laut auf. »Was erwartest du? Gibt hier draußen ja sonst nichts.«

Es stimmt. Wir haben nicht sehr oft Kontakt mit der Außenwelt – nur an den Besuchstagen sehen wir hier andere Menschen als die Insassen und die Arbeitscrew. Ich verstehe die Neugier.

Aber dass Maddox gleich zu der Biologin stürmen musste, nachdem er einen durch die Zähne gepressten Zischlaut von sich gegeben hat, fand ich total unangebracht. Auch der Blick, mit dem er sie angesehen hat, war übel. Obwohl mein Beschützerinstinkt mich schon einmal in Schwierigkeiten gebracht hat, konnte ich nicht anders, als dazwischenzugehen. Und außerdem war ich für sie zuständig. Ich schiebe die Gedanken beiseite und konzentriere mich auf die Melodie in meinem Kopf. Mit geschlossenen Augen summe ich ein paar der Töne, und sofort entspanne ich mich. Musik ist wie Magie, mit ihr kann ich alle Misstöne der Welt ausschalten. Zumindest für eine Zeit.

Ein zaghaftes Klopfen an der Tür. »Ähm, hallo?«

Tja. Das war's dann wohl mit der Musik. Garcia springt schneller auf, als ich etwas sagen kann, und öffnet die Tür. »Hallo.« Er lächelt Erin überschwänglich an.

Ich kann seine Reaktion verstehen, auch die von Maddox, denn sie ist ein Hingucker. Verwuschelte hellbraune Haare, braune Kulleraugen und ein Schmollmund wie Sabrina Carpenter. Aber ihr arrogantes Verhalten von vorhin geht gar nicht. Ich bin kein schlechterer Mensch, nur weil ich einen Fehler gemacht habe und hier gelandet bin.

»Ich bin Garcia. Du musst die Biologin sein.«

»Ja. Erin.« Sie sieht irritiert von Garcia zu mir. »Haben die Betreuer keine eigenen Unterkünfte?«

Garcia gibt einen grunzenden Laut von sich. »Schon. Nur sind wir keine Betreuer. Du bist hier bei den bösen Jungs gelandet.«

Ich feiere meinen Mithäftling für den Spruch.

»Aber ...« Ihre Wangen sind nicht mehr ganz so rosig wie gerade eben, und der Teil in mir, den sie vorhin von oben herab behandelt hat, freut sich darüber ein kleines bisschen.

»Du bist doch Gruppenleiter.«

»Ja. Und Insasse im Programm.« Ich gehe zu ihr. »Trotzdem findet der Campleiter mich vertrauenswürdig genug. Soll ich dir alles zeigen, oder willst du dich doch lieber fernhalten?«

Sie zögert kurz, bevor sie das Kinn reckt. »Ich will das Camp kennenlernen.«

»Dann los.« Ich deute auf die Tür.

»Okay.« Sie nickt Garcia zu und folgt mir nach draußen.

Wir gehen ein Stück in Richtung Waldrand, vorbei an den Containern.

»Also, hier sind die Müllbehälter, die immer sorgfältig abgeschlossen werden, wegen der Bären.«

»Tauchen die hier oft auf?«, hakt sie nach, und ich glaube, ein Zittern in ihrer Stimme zu erkennen.

»Im letzten halben Jahr hatten wir nur ein einziges Mal Besuch.« Wir bleiben stehen, und sie zückt ein Notizbuch. »Was machst du da?«

»Ich mache mir einen Plan vom Camp und schreibe alles Wichtige auf«, antwortet sie, als wäre es das Naheliegendste, was man in so einer Situation tut. Dabei ist das hier nicht Alcatraz – nur ein kleines Camp mit dreißig Strafgefangenen und einer ebenso großen Arbeitscrew.

»Warum?« Ich starre auf die Skizze, die sie gerade anlegt. Das ist absurd. Unser Camp ist übersichtlich, es gibt einen großen Platz, der in zwei Hälften eingeteilt ist: In der einen sind alle Container und Wohnwagen aufgestellt, in der anderen eine Feuerstelle, eine halb überdachte Tischgruppe für die Mahlzeiten und rundherum Bäume. Das war's. Keine verschachtelten Wege, keine komplizierten Zusammenhänge.

»Ich wüsste nicht, was dich das angeht.« Sie sieht nicht von ihrer Zeichnung auf, sondern fügt kleine Kästen hinzu. Die Müllcontainer. Ich fasse es nicht. Gleich verziert sie die Seiten noch mit Herzchen und Blümchen.

Die Führung durchs Camp dauert länger als erwartet. Erin muss überall anhalten und Notizen machen – sie schreibt gefühlt jedes Wort auf, das ich sage, und legt dabei eine Präzision an den Tag, die mich zunehmend auf die Palme bringt. Außerdem beäugt sie alle, denen wir begegnen, mit scheuen Augen und einer angespannten Körperhaltung, als müsste sie jeden Moment die Flucht ergreifen. Sie hat so viel Ähnlichkeit mit Bambi, dass ich ein Lachen unterdrücken muss, als mir klar wird, dass sie hier tatsächlich Hirsche beobachten will.

Sie wirft mir einen wütenden Blick zu. »Worüber lachst du?«

»Gar nichts.« Ich atme tief durch und zeige ihr die Duschcontainer, die sie ebenfalls in ihre Karte überträgt.

Zum Glück zeichnet sie nicht noch die Wasseranschlüsse und Lichtschalter ein, sonst wären wir morgen noch nicht fertig. Unauffällig schüttle ich den Kopf und bringe sie zum Küchencontainer, um ihr die gute Fee des Camps vorzustellen.

Maggie ist gerade mit dem Aufräumen fertig. Um ihre Hüften hat sie wie immer die blaue Küchenschürze geschlungen, und pure Freundlichkeit blitzt uns aus ihren hellgrauen Augen entgegen.

»Maggie, das ist Erin. Sie ist die Verhaltensbiologin, von der Joe dir erzählt hat«, sage ich und deute auf meine Begleitung.

»Herzchen, wie schön, dich kennenzulernen«, ruft Maggie aus und schließt ein verdutztes Bambi in ihre Arme. »Ich hab eine kleine Ziegenherde auf meiner Farm«, sagt sie stolz und streicht sich ihre rosafarbenen Haare hinter die Ohren.

»Oh«, antwortet Erin und vergisst tatsächlich für einen Moment, sich Notizen zu machen.

Ich unterdrücke ein Grinsen. Obwohl die Betreuerin, die für das leibliche Wohl im Camp zuständig ist, mit ihrer ungewöhnlichen Erscheinung nicht herzupassen scheint, kann ich mir Crane Fire nicht ohne sie vorstellen. Sie ist manchmal ein wenig zu überschwänglich, findet aber immer für jeden die richtigen Worte.

»Kennst du dich mit Ziegen aus?«, wendet sie sich an Erin.

»Ein bisschen.«

»O gut. Herbie benimmt sich seit ein paar Tagen nämlich seltsam«, plappert Maggie drauflos. »Vielleicht kannst du mir bei Gelegenheit mal sagen, was er für ein Problem hat.« Sie zwinkert. »Aber jetzt muss ich nach Hause. Freue mich schon, mit dir zu reden, Herzchen.«

Maggie drückt Erin noch einmal an sich, und auch ich komme nicht ohne eine Umarmung davon, bevor sie die Bänder ihrer Schürze aufzieht und in den Container huscht.

»Bis morgen«, rufe ich ihr nach. Dann wende ich mich an Erin. »Sie ist die Einzige im Camp, die nicht hier wohnt, sondern täglich zurück auf ihre Farm in Mariposa fährt. Ihr gehört der alte Pick-up da vorn.« Ich deute zu der Baumgruppe, wo auch der Wagen von Joe steht. »Sie versorgt uns mit Lebensmitteln.«

Bambi scheint aus ihrer Starre zu erwachen, denn prompt schlägt sie ihr Notizbuch wieder auf, um etwas hineinzukritzeln.

»Ist das nicht riskant?«, fragt sie.

»Was? Uns mit Lebensmitteln zu versorgen?«

»Nein.« Erin schnaubt genervt. »Mit täglichen Fahrten Flucht oder Schmuggel zu ermöglichen.«

Natürlich. Die bösen Jungs haben nichts anderes im Sinn. »Joe kontrolliert den Pick-up. Außerdem würde eher die Hölle zufrieren, als dass sich Maggie bestechen ließe, falls das deine nächste Überlegung sein sollte.«

Sie öffnet kurz den Mund, sagt aber nichts mehr.

»Okay, gleich haben wir es geschafft.« Ich deute auf einen weiteren Container, an dem gut sichtbar ein rotes Kreuz gemalt ist. »Nur noch die medizinische Versorgung.«

Ich klopfe gegen die Blechwand, und die tiefe Stimme der Notfallsanitäterin bittet uns herein. Mit einer Handbewegung bedeute ich Erin, vorzugehen, und nach einem kurzen Zögern tut sie es.

»Hey, Jesse. Gibt es ein Problem?« Natalie zieht die Stirn in Falten, zieht die runde Brille von der Nase und mustert mich und Erin aufmerksam.

»Nein, wir sind gesund«, antworte ich und lache.

»Dann ist es ja gut.« Die Sanitäterin streicht sich über den langen geflochtenen Zopf und schiebt die Brille zurück auf ihren Platz. Kurz stelle ich die beiden einander vor, und sie geben sich zur Begrüßung die Hand.

Erin scannt das Equipment des Containers, anders kann ich nicht beschreiben, was sie dort macht. »Sind das etwa Kanülen und Skalpelle?« Ihre Stimme klingt erschrocken.

»Ähm, ja. Warum?« Natalie wirft mir einen fragenden Blick zu.

»Weil sie damit rechnet, jederzeit von uns Knastis gekidnappt zu werden, stimmt's?«

Erin funkelt mich an. »So abwegig ist das schließlich nicht. Ich musste auch meine Sachen von Joe durchchecken lassen.«

»Immer mit der Ruhe.« Natalie hebt beschwichtigend die Arme. »Alles wird hier regelmäßig kontrolliert, der Container ist gut gesichert. Bisher ist so etwas noch nicht vorgekommen.«

»Okay. Danke.« Bambi nickt, sieht sich aber weiter skeptisch um, bevor sie sich wieder ihrem Notizbuch widmet.

Ich verstehe ja, dass es einen im ersten Moment ein bisschen überfordern kann, sich mit Strafgefangenen ein Camp in der

Wildnis zu teilen. Aber wir sind schließlich keine Schwerverbrecher, die planen, die Weltherrschaft an sich zu reißen.

Schließlich verabschieden wir uns von Natalie, und ich bringe Erin zurück zu ihrer Unterkunft.

»Danke für deine Zeit.« Sie verzieht die Mundwinkel zu einem Lächeln, was ihr missglückt.

»Ist mein Job«, erwidere ich. »Wir sehen uns später zum Abendessen. Mit deiner Karte findest du das bestimmt.«

Kapitel 8

Erin

To-do-Liste Donnerstag 01.06.

6:00   Daily Walk ✓

6:30   Morgenroutine ✓

7:30   Checken der Pläne, Landkarten, Bullet-Journal ✓

8:30   Frühstück mit Susan ✓

9:00   Gepäck kontrollieren, einladen und zum Yosemite
        aufbrechen ✓

12:30   Termin im Verwaltungsgebäude Yosemite-National-
        park ✓

13:00   ~~Zimmer beziehen~~ vom Campleiter abgeholt werden,
        Wohnwagen beziehen NEU ✓

14:30   ~~Umgebung checken, Plan für den nächsten Tag
        machen~~ Gruppenleiter aufsuchen, Camp zeigen
        lassen, Karte vom Camp zeichnen NEU ✓

~~18:00   Abendessen?~~

19:00 Abendessen NEU

18:30 ~~Bullet-Journal aktualisieren~~

20:00 Bullet-Journal aktualisieren NEU

Ich sitze in meinem Wohnwagen an der winzigen Sitzgruppe und bin froh, dass ich einen Moment Zeit für mich habe, bevor es ein gemeinsames Abendessen gibt. Mir ist das alles zu viel. Zu viele Informationen, zu viele neue Menschen, zu viele Dinge, die ich beachten muss und die außer Kontrolle geraten könnten. Und dann noch ein Krimineller als Gruppenleiter, der für mich zuständig ist. Ich schüttle genervt den Kopf und lehne mich zurück. Mein Handy gibt einen Vibrationston von sich. Schon wieder eine Nachricht von Dylan.

> Sorry, dass ich gestern im Center aufgetaucht bin.
> Ich mach mir nur Sorgen um dich, Babe. Tu mir einen Gefallen und schreib mir wenigstens, dass es dir gut geht.

Babe. Wenn er wüsste, wo ich gerade bin – er würde ausrasten. Erst recht, weil er als Sozialarbeiter ständig mit Strafgefangenen zu tun hat. Er hat meine Angst immer mit seinen gruseligen Geschichten befeuert. Zum Glück ist das Kapitel in meinem Leben abgehakt. Ich wünschte nur, Dylan könnte es auch endlich hinter sich lassen.

> Mir geht es gut, und nenn mich nicht Babe. Wir sind nicht mehr zusammen, Dylan. Das hab ich dir gestern auch schon gesagt.

Seufzend lege ich das Handy weg und betrachte die Karte vom Camp. Ich zeichne die Linien nach, bessere die Stellen aus, die aufgrund der fehlenden Schreibunterlage nicht optimal geworden sind.

Dann schnappe ich mir die Bücher über Maultierhirsche und den Plan für meine Doktorarbeit. Sobald wie möglich will ich raus in die Wildnis, eine Herde finden und meine Beobachtungen starten.

Ich weiß nicht, wie lange ich über meinen Unterlagen gesessen habe, ich komme erst zurück ins Hier und Jetzt, als mir plötzlich Rauchgeruch in die Nase dringt. Das kann doch nicht wahr sein! Bitte nicht. Für einen Augenblick erstarre ich, weil mich Bilder von dichtem Qualm, lodernden Flammen und klirrenden Fensterscheiben einholen, dann springe ich auf und renne nach draußen. Mit zitternden Knien sehe ich mich hektisch nach dem Feuer um. Aber da ist nichts.

»Erin?«

Ich zucke zusammen und drehe mich zu der weiblichen Stimme um.

»Oh, ich wollte dich nicht erschrecken. Ich bin Peyton, eine der Betreuerinnen. Außerdem bin ich bei den Firefighters.«

»Hey«, stoße ich hervor und merke erst jetzt, dass ich die Luft angehalten hatte. Die Frau ist kaum älter als ich, trägt eine khakifarbene Uniform mit einem spitzen Kragen und vielen Abzeichen an der Brusttasche.

Peyton berührt mich sanft an der Schulter. »Ist alles okay mit dir? Du bist ganz blass.«

»Ja, ich …« Meine Stimme klingt heiser, und ich räuspere mich angestrengt. Statt eine Maske aufzusetzen, gebe ich meiner Sorge Raum. »Brennt es hier irgendwo?«

»Ja. Die Männer kümmern sich ums Lagerfeuer, wie jeden Abend.« Sie lächelt und streicht sich das lange blonde Haar zurück. »Ich wollte dich gerade zum Essen abholen.«

»Ist das eine gute Idee?«

»Essen? Das ist immer eine gute Idee.« Peyton lacht, sieht mich dann aber irritiert an.

»Das Feuer«, schiebe ich nach und kann nicht verhindern, dass es klingt, als würde das Kaninchen von der Schlange sprechen.

»Ach so. Das ist alles safe. Wir nutzen eine Feuerschale und haben Sand zum Löschen da. Plus eine ganze Truppe von Menschen, die sich damit auskennen.« Sie zwinkert. »Komm mit.«

Dass so ein Lagerfeuer keine Gefahr ist, hab ich auch mal geglaubt. Ein verhängnisvoller Irrtum.

Nachdem ich mein Journal eingesteckt und den Wohnwagen abgeschlossen habe, folge ich ihr zu der überdachten Sitzgruppe, an der bereits einige Männer sitzen, die sich angeregt unterhalten. In ein paar Metern Entfernung knistert die heiße Glut in einer Schale. Ich suche mir einen Platz, der so weit wie möglich davon entfernt ist. Peyton leistet mir Gesellschaft. Neben uns wird eine Diskussion zwischen zwei Männern immer lauter und hitziger.

»Stell dich nicht so an, wir sind hier nicht bei Wünsch-dir-was, klar?«

»Ach, halt die Klappe. Deine Sprüche kann doch niemand mehr ertragen. Vielleicht noch deine Mom. Aber die ist ja zum Glück nicht hier.« Der glatzköpfige Typ singt das letzte Wort und schaut sein Gegenüber provozierend an.

Angespannt balle ich die Hände zu Fäusten. Die Fingernägel bohren sich in meine Haut. Was hab ich mir nur dabei gedacht, das Angebot anzunehmen? Das Camp ist eine wahrgewordene Horrorvorstellung.

»Carter und Jax.« Peyton spricht die Namen ruhig, aber bestimmt aus und fährt sich mit dem Finger kurz und schnell über die Kehle. »Schluss jetzt.« Sie scheint kein bisschen beunruhigt zu sein. »Oder ihr meldet euch freiwillig zum Waschdienst, mir egal.«

»Ist doch alles gut«, sagt einer der beiden. »Musst ja nicht gleich jeden Spaß für voll nehmen.« Er verdreht die Augen, lacht aber.

»Was du so alles als Spaß definierst, Jax. Echt spannend.« Peyton zieht eine Augenbraue hoch.

»Musst du auch mal probieren.« Er grinst. »Immer korrekt sein wird überbewertet.«

»Danke, aber nein, danke. Ich stehe auf Respekt und so.« Sie lächelt mir zu.

Langsam öffne ich meine Hände wieder und beobachte die drei. Ich bin überrascht, dass sich die Situation so schnell wieder entspannt hat. Damit habe ich nicht gerechnet. Peyton hat es echt drauf, wie der Leitwolf in einem Rudel. Warum kann sie nicht für mich zuständig sein?

Innerhalb kurzer Zeit füllt sich die Sitzgruppe mit den Menschen des Camps. Der Campleiter steht in der Nähe der Feuerschale und scheint die Anwesenheit zu überprüfen. Einige der Gesichter erkenne ich wieder – Garcia und die Hyäne alias Maddox, der mir zuzwinkert. Und Jesse, der Maddox' Geste bemerkt und nicht glücklich darüber zu sein scheint. Er nickt kurz in meine Richtung und spricht dann mit seiner Sitznachbarin. Verstohlen betrachte ich ihn. Seine dunklen Haare fallen ihm locker in die Stirn, und das Lächeln ist so offen und ehrlich. Was hat ihn bloß hierhergebracht? Und warum denke ich überhaupt darüber nach? Ich kann ihn absolut nicht leiden, und es war eben mehr als offensichtlich, dass er von meinem Kontrolltick genervt war. Wahrscheinlich hält er mich für eine Neurotikerin. Soll er doch.

Ich wende mich ab und fange mir einen vielsagenden Blick von Peyton ein.

»Sei vorsichtig mit Jesse. Er ist hübsch anzusehen, aber hinter dem netten Gesicht ...«, flüstert sie.

»Er ist überhaupt nicht mein Typ.« Das stimmt zwar nicht, aber mit seiner Vorgeschichte würde er für mich ohnehin nie infrage kommen. »Weshalb ist er denn hier?«

Peyton winkt ab. »Darf ich nicht sagen. Nur so viel: Ich verstehe nicht, warum er in diesem Programm gelandet ist.«

Mein Kopfkino geht mit mir durch, und ein Schauder läuft mir über den Rücken. Keine weitere Sekunde werde ich mit dem verbringen. Gleich nach dem Essen spreche ich mit dem Campleiter, damit er mich Peyton zuteilt. Das kann ja wohl nicht so schwer sein. Ich werde einfach behaupten, dass ich mich mit ihm nicht wohlfühle. Stimmt schließlich auch.

»Hallo, Mädels«, ruft plötzlich jemand hinter uns, und ich zucke zusammen.

»Mein Gott, Black, kündige dich das nächste Mal vorher an und erschreck unsere Neue nicht zu Tode!« Peyton verpasst dem Bär in Männergestalt einen Klaps gegen den Oberarm.

Ein Grinsen huscht über das Gesicht des Mannes, dessen braune Augen nun auf mich gerichtet sind.

»Sorry. Ich heiße eigentlich Thomas und bin Betreuer, aber alle nennen mich nur Black. Wieso, weiß ich auch nicht.« Er zieht eine Augenbraue in die Höhe, und alle im Umkreis lachen.

Der Typ hat so viel Ähnlichkeit mit Jack Black, dass er jeden Lookalike-Contest locker gewinnen könnte. Ich mustere ihn unauffällig. Vollbart, schwarz mit grauen Akzenten durchzogen, ebenso schwarze Haare und ein schelmisches Funkeln in den Augen.

»Erin«, sage ich hastig, als mir auffällt, dass ich ihn anstarre und keiner mehr spricht.

»Hab schon von dir gehört. Verhaltensbiologin, hm?« Er nickt anerkennend. »Spannend. Im Prinzip ist das, was wir Betreuer machen, ja ähnlich.«

»Psst«, flüstert Peyton von der Seite. »Unsere Zielgruppe hört mit. Sie sollen doch nicht merken, dass wir sie im Blick haben.«

Beide kichern und sehen sich gespielt heimlich um. Offensichtlich ist der Typ nicht nur vom Aussehen dem Schauspieler ähnlich, sondern auch von seinem Humor.

»Komm, setz dich«, sagt Peyton und rutscht ein Stück zur Seite.

Black lässt sich rechts von ihr nieder, und ich werde gegen den Kerl neben mir gepresst, der mich kurz ansieht. Den Blick kann ich nicht deuten, aber sofort geht mein Alarm wieder an. Was er wohl verbrochen hat? Automatisch wandert meine Hand zu meiner Kette.

Joe klopft auf den Tisch, und die Gespräche verstummen. »Hört mal. Wir haben für ein paar Wochen einen Gast hier im Camp.«

Alle Blicke richten sich auf mich. Überwiegend neugierige.

»Das ist Erin. Sie wird hier Tiere beobachten.«

»Ach, das sind wir also für dich«, bemerkt Carter und löst damit Gegröle aus.

»Ich lass mich gern beobachten.« Maddox zieht eine Augenbraue hoch und wirft mir einen intensiven Blick zu.

»Ja, du bist das beste Beispiel für krankhaftes Machogetue«, ruft Peyton. »Mehr gibt es bei dir nicht zu sehen.«

Maddox will etwas erwidern, aber Joe schneidet ihm das Wort ab. »Schluss jetzt. Es geht um … Hirsche?« Er sieht mich fragend an.

»Maultierhirsche. Ich schreibe an meiner Doktorarbeit«, antworte ich.

»Gut, gut. Also. Jesse wird Erin bei ihren Beobachtungen begleiten. Und ihr alle ...« Er sieht jeden Einzelnen fest an. »Benehmt euch. Kann ich mich darauf verlassen?«

Zustimmendes Gemurmel ertönt am Tisch. Mir wird jetzt erst das Ausmaß seiner Worte bewusst. Jesse soll mich begleiten? Jeden Tag? Ich hatte gedacht, er wäre einfach nur hier im Camp für mich zuständig, wenn ich Fragen habe oder so. Nein, das mache ich nicht mit, auf keinen Fall. Der Typ ist ein Krimineller, und ich habe keine Ahnung, was er getan hat. Und dann soll ich mit ihm allein in der Wildnis herumstreunen? Was ist, wenn er irgendetwas Krummes plant? Ich sehe zu Jesse, der vollkommen in ein Gespräch mit seiner Sitznachbarin vertieft ist. Nein, einfach nein.

Mehrere große Töpfe und Schüsseln werden auf den Tisch gestellt. Es gibt Mac and Cheese und zum Nachtisch Wackelpudding. Obwohl mir der Appetit vergangen ist, zwinge ich mich, wenigstens ein bisschen was zu essen. Von Peyton erfahre ich, dass sie schon seit zwei Jahren im Camp arbeitet und immer Feuerwehrfrau werden wollte. Sie ist als einziges Mädchen unter vier Brüdern aufgewachsen. Kein Wunder, dass sie sich so gut durchsetzen kann.

Ein paar der Männer kümmern sich ums Abräumen und den Abwasch, die anderen verschwinden in ihre Container oder setzen sich mit ihren Getränken ans Lagerfeuer. Irre, dass sie sich alle so frei bewegen dürfen. Es gibt keine Zäune ums Camp, niemand wird kontrolliert. Das kann doch nicht funktionieren. Wie leicht könnten sie untereinander Drogen austauschen, sich Waffen zuschieben, die irgendjemand nachts hier einschleust? Ich kann das einfach nicht glauben.

»Kommst du mit?« Peyton deutet zu den Sitzplätzen rund um die Schale.

Ich winke ab. Nie im Leben. »Nein, ich muss noch mit dem Campleiter sprechen.«

Sie nickt, als wüsste sie, was ich vorhabe, und berührt mich freundschaftlich an der Schulter. »Dann vielleicht später.«

Ich lächle nur. Auch später werde ich nicht in die Nähe des Feuers gehen. Wenn es nach mir ginge, wäre das verboten.

»Mr. Miller?« Ich klopfe gegen den Türrahmen von seinem Bürocontainer.

Der Campleiter sitzt vor einem Stapel Unterlagen und blickt auf. »Erin. Joe, bitte. Was kann ich für dich tun?«

»Ich wollte über Jesse sprechen. Es ist nicht nötig, dass er mich begleitet. Ich kenne mich gut mit Tieren aus.«

Er nimmt seine Cap ab und streicht sich über die kurzen Haare. »Glaube ich dir sofort. Aber du kennst dich nicht in der Wildnis aus. Und mit unserer speziellen Situation. Ich trage die Verantwortung, und deshalb wird Jesse dich begleiten«, sagt er ungerührt. »Allein kannst du nicht gehen.«

»Was ist mit Peyton? Mit ihr würde ich mich viel wohler fühlen.«

Joe setzt sich die Cap wieder auf und schüttelt den Kopf. »Peyton brauche ich bei den Männern und draußen beim Feuer. Jesse ist perfekt für den Job. Absolut zuverlässig, und er kennt den Park wie seine Westentasche. Ich vertraue ihm.«

»Aber …« Ich schlucke herunter, was ich sagen wollte.

»Nur weil Jesse sich mal etwas zuschulden hat kommen lassen, ist er nicht gleich ein schlechter Mensch.« Joe mustert mich. »Wir alle machen Fehler, und jeder verdient eine zweite Chance.«

Ich sehe Moms fröhliches Gesicht vor mir. Und die Flammen. Manchmal bedeutet eine zweite Chance für den einen auch den Untergang des anderen. Aber das behalte ich lieber für mich.

»Wenn Jesse sich nicht angemessen verhält, sag mir einfach Bescheid. Aber ehrlich gesagt kann ich mir das nicht vorstellen.«

»Okay.« Ich atme tief durch. »Danke.« Irgendwie fühle ich mich von Joe ertappt. Dennoch rät mir meine Erfahrung, vorsichtig zu sein.

Auf dem Weg zu meinem Wohnwagen werfe ich einen misstrauischen Blick auf die Runde am Lagerfeuer. Ein paar Leute sitzen dort, unterhalten sich und lachen. Jesse klimpert auf einer Gitarre und wirkt ganz versunken in die Musik. Nichts an ihm erinnert an einen Schwerverbrecher, und trotzdem … Um hier zu landen, muss er etwas getan haben. Drogenhandel wie mein Erzeuger? Irgendwie passt das nicht zu ihm. Und einem Betrüger würde der Campleiter wohl kaum sein Vertrauen schenken. Aber was dann?

Bevor Peyton mich entdecken kann, husche ich schnell in mein kleines Zuhause auf Zeit.

Kapitel 9

Jesse

Ich bin wie immer der Letzte am Lagerfeuer und genieße diesen Moment des Alleinseins. Kein schnarchender Garcia, kein nerviger Maddox, nur die wärmenden Flammen, das leichte Rauschen des Windes in den Blättern der umliegenden Bäume, die Dunkelheit, die sich wie ein schützender Mantel um alles legt, und meine Gitarre, deren Klänge sich mit alldem vermischen. Ich summe die Melodie des neuen Lieds, zu dem ich den Text noch nicht kenne, als ich mich plötzlich beobachtet fühle. Suchend sehe ich mich um und entdecke Erin in der Tür ihres Wohnwagens sitzen. Sie lächelt gezwungen. Die hat mir gerade noch gefehlt. Ich nicke ihr zu und spiele einfach weiter. Aber irgendwie kann ich mich nicht mehr konzentrieren. Genervt lasse ich die Gitarre sinken und winke Erin zu mir. Sie steht auf, und es ist offensichtlich, dass sie mit mir reden will. Trotzdem kommt sie nicht näher, sondern schüttelt den Kopf. Keine Ahnung, was Bambi gerade für ein Problem hat, vielleicht braucht sie ihre Karte, um den Weg zu finden. Ich seufze, lege meine Gitarre auf den Boden und gehe zu ihr rüber.

»Was gibt es?«, frage ich.

»Ich wollte mit dir den Plan für die nächsten Tage besprechen.«
Sie strafft fast unmerklich die Schultern.

»Okay, dann komm mit rüber und vergiss dein Notizbuch nicht.« Ich drehe mich um, schon im Begriff zu gehen.

»Nein«, stößt sie hektisch hervor.

Mit gerunzelter Stirn sehe ich sie an. »Warum nicht?«

»Weil …« Ihr Blick richtet sich aufs Lagerfeuer, und kurz flackert etwas in ihren braunen Augen auf, das ich nicht deuten kann. Dann reckt sie das Kinn. »Weil ich einen Tisch zum Schreiben brauche.«

Den hat sie doch bei unserer Tour auch nicht gebraucht. Ich zucke mit den Schultern. »Alles klar.« Ist mir auch egal. Hauptsache, wir bringen das hinter uns. »Ich mache eben das Feuer aus.«

Zurück am Lagerfeuer schnappe ich mir meine Gitarre, nehme eine große Schaufel voll Sand und schütte ihn über die Flammen. Kurz beobachte ich, ob noch irgendwo Rauch oder Glut zu sehen ist, schütte noch eine Portion Sand drüber. Nur zur Sicherheit. Als ich zu Bambi gehe, steht sie immer noch vor dem Wohnwagen und wirkt unschlüssig.

»Wollen wir? Ich hab auch nicht ewig Zeit«, sage ich, und sie erwacht aus ihrer Starre.

»Äh, ja. Hier, bitte.« Sie macht mir Platz und deutet in ihren Wohnwagen. Ich klettere hinein, sie folgt mir, bleibt erst an der offenen Tür stehen und sieht sich suchend um. Dann setzt sie sich steif zu mir an den Tisch, ohne die Tür dabei aus den Augen zu lassen. Irritiert mustere ich sie, dann begreife ich.

»Ich bin nicht Ted Bundy, okay?«

»Natürlich nicht.« Sie rollt mit den Augen. »Welcher Straftäter würde schon zugeben, dass er etwas vorhat?«

»Du denkst, ich habe etwas vor?« Ich verschränke die Arme vor der Brust. Das kann sie nicht ernst meinen.

»Weiß ich nicht, ich kenne dich ja nicht. Und ich hab keine Ahnung, warum du hier gelandet bist.«

»Das geht dich auch nichts an«, sage ich. »Entweder du willst meine Hilfe, oder du lässt es bleiben. Vielleicht fragst du einfach Joe, ob Maddox dich begleiten kann. Der tut dir bestimmt nichts.« Ich kann nicht verhindern, dass ich sarkastisch klinge. Dabei glaube ich nicht, dass Maddox sich an ihr vergreifen würde. Die sexistischen Bemerkungen sind allerdings nervig genug.

Sie funkelt mich wütend an. »Ich brauche weder Maddox noch dich. Ich komme ganz gut allein klar.«

»Na, dann …« Ich stehe auf und springe aus dem Wohnwagen. Das muss ich mir nicht antun, ich hab genug eigene Sorgen.

»Warte«, ruft sie mir hinterher.

Stöhnend bleibe ich stehen und drehe mich um. »Was?«

»Ich darf nicht allein raus«, gibt sie kleinlaut zu.

»Und? Ist das jetzt mein Problem?«

»Wenn ich Joe stecke, dass du dich danebenbenimmst, schon.« Bambi sieht mich mit großen Augen an. Ich kann nicht glauben, dass sie das gerade gesagt hat.

»Erst willst du dir nicht helfen lassen, und jetzt drohst du mir?« Ich schüttele den Kopf. »Und ich soll derjenige sein, der schräge Sachen vorhat.«

»Ich will das einfach nur hinter mich bringen, okay? Ohne die Maultierhirsche kann ich meine Doktorarbeit nicht schreiben.« Sie schiebt ein klein wenig die Unterlippe vor.

»Pass mal auf, Bambi. Ich hab keine Lust auf solche Spielchen. Oder denkst du, ich hätte mich freiwillig gemeldet?«

»Bambi?« Sie sieht mich giftig an.

»Ja, Bambi. Große braune Augen, zierlich, äußerst schreckhaft, immer auf der Hut, und dann willst du auch noch Hirsche beobachten«, zähle ich auf.

»Erstens: Bambi ist ein Weißwedelhirschkalb und somit eine ganz andere Hirschart als die Maultierhirsche.« Erbost stemmt sie die Hände in die Seiten und funkelt mich aus ihren großen braunen Augen an.

»Ach, tatsächlich«, antworte ich gespielt interessiert.

»Und zweitens: Du kennst mich doch gar nicht!«

Ich kann nicht anders, ich muss grinsen. Irgendwie ist sie süß, wenn sie wütend ist.

»Aha. Erwischt. So ist das eben mit den Vorurteilen.«

Ich sehe, wie die Erkenntnis bei ihr einrastet. Aber ihr Stolz lässt es nicht zu, mir recht zu geben.

»Es gibt nur einen Weg«, sage ich. »Du vertraust mir, und ich begleite dich. Dafür lässt du mich mit deinen Vorurteilen in Ruhe. Deal?«

Sie seufzt. »Deal. Aber nenn mich Erin und nie wieder Bambi.«

Ich atme tief ein. »Gut, Erin.« Es kostet mich fast übermenschliche Kraft, das zu sagen. »Wie hast du dir die nächsten Tage vorgestellt?«

Misstrauisch mustert sie mich. Dann scheint sie sich einen Ruck zu geben und bedeutet mir, wieder in den Wohnwagen zu kommen. Etwas genervt über dieses Hin und Her folge ich ihrem Wunsch und setze mich an den kleinen Tisch. Sie knetet ihre Hände, blickt zur Tür, lässt diese aber offen und setzt sich schließlich mir gegenüber. Es ist nicht so, dass ich nicht verstehen kann, dass sie sich unwohl fühlt in meiner Gegenwart. Ich bin kein unbeschriebenes Blatt, aber auch kein Schwerverbrecher, und es macht etwas mit mir, so behandelt zu werden. Wie ein schlechter Mensch, obwohl ich mein ganzes Leben versuche, genau das Gegenteil davon zu sein.

Erin schlägt mit fahrigen Fingern ihr Notizbuch auf, das zwischen uns liegt. Ich erkenne Daten, Listen, Markierungen in unterschiedlichen Farben, Zeichnungen und jede Menge handschriftliche Eintragungen. »Was ist das da alles?«

»Ein Bullet-Journal«, antwortet sie, als wäre damit alles gesagt und ich einfach nur zu dumm, es zu begreifen.

»Und was genau soll das sein?«, hake ich trotzdem nach. Diese Mischung aus scheuem Reh und giftspeiender Kobra, die sie verkörpert, kostet mich meine gesamte Selbstbeherrschung. Bambi mit Tourette-Syndrom.

»Eine Kombination aus Tagebuch, Skizzenheft, To-do-Liste und Kalender. Damit kann man sein gesamtes Leben strukturieren.«

Sie klingt so begeistert, als hätte sie den Heiligen Gral entdeckt. Für mich erinnert es eher an den Friedhof der spontanen Abenteuer. Ich notiere mir auch meine Songtexte und Melodien in einem Notizbuch, aber ich würde nie auf die Idee kommen, meine tägliche Körperpflege in einen bestimmten Zeitraum zu pressen. Egal.

»Wann willst du morgen los?« Ich lehne mich zurück, um ihr ein bisschen mehr Raum zu geben. Vielleicht entspannt sie sich dann.

»Also, wenn ich um Viertel vor fünf aufstehe ...«, murmelt sie und wirft einen Blick in ihr Notizbuch. »... schaffe ich es, um halb sieben zu frühstücken und dann um sieben los.« Sie sieht mich an. »Ab halb sieben gibt es doch was in der Küche, oder?«

»Ja«, antworte ich, obwohl sie sich die Essenszeiten fett auf der einen Seite angemarkert hat.

»Gut. Dann halb sieben zum Frühstück.« Eifrig notiert sie sich die Uhrzeit auf einer neuen Seite.

»Okay.« Ich mache Anstalten, aufzustehen, aber sie hält mich zurück.

»Willst du gar nicht wissen, wo wir hingehen und wie lange wir unterwegs sein werden?«

Ich ziehe die Stirn in Falten. »Wozu?«

»Für deine Planung«, antwortet sie, und ich lache leise.

»Was gibt es da zu lachen?« Erin verschränkt die Arme vor der Brust und funkelt mich an.

»In der Regel haben Strafgefangene keine festen Termine«, stoße ich hervor. »Das Einzige, was ich plane, ist, hier in vier Monaten rauszukommen. Aber auch das hängt letztlich nicht allein von mir ab. Kontrolle ist eine Illusion. Aber wenn du dich besser fühlst, kannst du mir erklären, was morgen auf mich zukommt.«

Sie sieht mich ein paar Sekunden irritiert an. »Ähm, ja, also …« Sie blättert in ihrem Notizbuch, als würde dort stehen, was sie sagen muss. Keine Ahnung, wie man so abhängig von einem Planer sein kann.

»Ich dachte, wir gehen am besten in Richtung des Stanislaus National Forests. An der Grenze halten sich die Maultierhirsche gern auf. Wenn wir eine Herde gefunden haben, suchen wir einen guten Beobachtungsposten, und dann konzentriere ich mich auf meine Arbeit.«

»Okay«, antworte ich. »War's das fürs Erste?«

Sie nickt.

Ich stehe auf, wünsche ihr noch eine gute Nacht, während sie mir nachsieht.

Als ich an der Tür bin, murmelt sie: »Bis morgen.«

Kapitel 10

Erin

Ich stehe zum zweiten Mal auf und kontrolliere, ob die Tür zu meinem Wohnwagen verriegelt ist. Ja, vielleicht habe ich Vorurteile, aber ich befinde mich in einem Camp mit lauter Strafgefangenen! Ich weiß nicht, ob es tatsächlich jemanden gibt, der nicht zumindest ein mulmiges Gefühl hätte.

Bevor ich ins Bett gehe, werfe ich noch einen Blick in mein Journal. Jesse hat sich bereit erklärt, direkt nach dem Frühstück um sieben Uhr aufzubrechen. Ich habe den ganzen Tag verplant, denn es wird dauern, bis wir eine Herde gefunden, das Equipment an einer geeigneten Stelle aufgebaut haben und ich endlich mit den Beobachtungen beginnen kann. Vielleicht klappt es auch nicht auf Anhieb. Es fällt mir schwer, mir vorzustellen, die gesamte Zeit mit dem Typen zu verbringen, der mich Bambi nennt. Was glaubt der eigentlich, wer er ist? Mitten im Nirgendwo allein mit einem Kriminellen. Ich muss verrückt geworden sein, mich darauf einzulassen. Und was heißt hier, *Kontrolle ist eine Illusion*? Das ist doch nur eine Ausrede, um nicht die Verantwortung für das eigene Leben zu übernehmen. Ich klappe mein Journal mit

Schwung zu, sodass es ein leises Knallen von sich gibt. Aber eine Sache muss ich noch machen, damit ich schlafen kann. Ich krame eine Stickerpackung aus meiner Reisetasche, klettere aufs Bett und bringe Sterne an der Decke an. Sie leuchten im Dunkeln und befinden sich auch in meinem Zimmer unserer Frauen-WG. Ein kleines bisschen Zuhause in dieser Wildnis. Gähnend krabble ich unter die Bettdecke, schalte die LED-Lampe aus und betrachte einen Moment den Sternenhimmel. Dann zücke ich mein Handy und schreibe Susan.

Bin im Camp, ist ganz okay hier. Hab meinen eigenen Wohnwagen, der Leiter des Camps ist in Ordnung, und auch die Betreuer des Programms wirken ganz nett. Mach dir keine Sorgen. HDL

Ich halte die Nachricht absichtlich vage, ich will Susan nicht beunruhigen. Wenn sie wüsste, dass mich ein Strafgefangener in die Wildnis begleitet, würde sie im Nullkommanix bei Joe im Büro sitzen. Das wäre mir peinlich, ich bin schließlich erwachsen und brauche weder männliche noch weibliche Beschützer. Ich will das allein schaffen.

Susan hat meine Nachricht schon gelesen und tippt eine Antwort.

Du wohnst in einem Wohnwagen? Bist du sicher, dass du damit klarkommst?

Ich schlucke gegen den Kloß in meinem Hals an. Die ersten sechs Jahre meines Lebens habe ich in einem Trailer verbracht. Mit Mom. Keine guten Erinnerungen. Aber das hier ist etwas anderes.

Ich muss und ich werde.

Okay mein Schatz. Pass auf dich auf und melde dich bitte. HDAL

Susan hat ihrer Nachricht wie immer ein grünes Herz angehängt. Unser Code für »Alles wird gut«. Ich atme tief ein und aus. Wenn es Susan nicht geben würde, ich weiß nicht, ob ich überhaupt noch existieren würde.

To-do-Liste Freitag 02.06.

5:00   Daily Walk

5:30   Morgenroutine

6:30   Frühstück mit Jesse

7:00   Ins Gelände, Herde suchen und beobachten

16:00 Rückkehr zum Camp

17:00 Frisch machen, umziehen

17:30 Plan für den nächsten Tag und Ergebnisse protokollieren

19:00 Abendessen

20:00 Recherchearbeit Kommunikationsverhalten der Hirsche

Bereits vor dem Wecker bin ich wach: Viel Schlaf habe ich nicht bekommen, die fremde Umgebung, die Geräusche und meine Gedanken haben mich lange wach gehalten. Trotzdem oder vielleicht auch gerade deswegen freue ich mich auf meine tägliche Routine.

Ich putze mir schnell die Zähne, ziehe mich an und verlasse um fünf Uhr meinen Wohnwagen. Es dämmert bereits, sodass ich genug sehen kann, aber die Sonne wird sich erst in vierzig Minuten blicken lassen. Die Luft ist kühl, ein sanfter Wind streift durch die Bäume rund ums Camp und lässt die Blätter leise rascheln. Ein Geräusch, das mir eine Gänsehaut bereitet, denn es erinnert mich an das Knistern von Feuer. Ich nehme meinen Schutzengel in die Hand und atme tief durch. Es brennt nicht, ich bin nicht in Gefahr. Obwohl … ich sehe mich um. Noch scheinen keine Campbewohner unterwegs zu sein. Aber es ist alles andere als klug, allein im Halbdunkeln durch ein Camp voller Strafgefangener zu spazieren. Im Yosemite Valley wäre mein morgendlicher Spaziergang kein Problem gewesen. Und nur weil ich jetzt ungeplant hier gelandet bin, werde ich meine Routine nicht aufgeben.

Entschlossen gehe ich in Richtung Bürocontainer, als hinter mir Schritte ertönen. Hektisch drehe ich mich um. Ein Mann in dunkler Kleidung. Ich habe keine Ahnung, ob es einer der Betreuer ist oder … Mein Puls beschleunigt sich. Was, wenn er mich angreift? Mich als Geisel nimmt und mit mir flüchtet? Aber der Mann steuert den schwach beleuchteten Sanitätscontainer an. Trotzdem kann ich mich nicht entspannen. Wo soll ich denn meinen üblichen Spaziergang machen, ohne in eine Gefahrensituation zu geraten? Wenn ich das Camp verlasse und weiter draußen in der Wildnis herumstromere, wird mir möglicherweise jemand unbemerkt folgen. Und dann hört man mich nicht um Hilfe rufen. Also haste ich mehrere Runden durch das Camp, obwohl es dafür eigentlich zu klein ist. Ich drehe mich ständig um und bin schließlich froh, die halbe Stunde vollbekommen zu haben. Gehetzt und nassgeschwitzt komme ich in meinem Wohnwagen an und lehne mich gegen die hinter mir geschlossene Tür. Das war alles andere als optimal. In Ermangelung eines Milchaufschäumers und Zimt bleibt mir nur, einen Instantkaffee mit dem Wasserkocher zuzubereiten. Aber wenigstens habe ich Vanillemilch. Dennoch verziehe ich kurz den Mund beim ersten Schluck, weil er einfach anders schmeckt als sonst. Die Yogaeinheit endet damit, dass ich mir mehrfach Arme und Beine stoße, es ist einfach zu eng in diesem Ding.

Glücklicherweise hat mein Wohnwagen eine Minidusche, sodass ich nicht in die Duschcontainer muss. Das hätte mir gerade noch gefehlt, dort der Hyäne über den Weg zu laufen. Auch wenn ich Jesse nicht traue – Maddox ist definitiv noch eine Steigerung. Ich style mich wie üblich und stehe um halb sieben in Leggins, T-Shirt und einem oversized Hoodie mit gepacktem Rucksack am Küchencontainer. Die Haare sind wuschelig, auf dem Mund Lipgloss, die Füße stecken in festen Wanderschuhen. Suchend blicke ich mich um, aber von Jesse fehlt jede Spur.

»Was kann ich dir bringen, Herzchen?«, ertönt eine melodische Stimme hinter mir.

»Oh, hallo, Maggie.« Die sympathische Köchin. »Müsli? Am liebsten mit Haselnüssen.«

»Ah. Die gesunde Variante«, sagt sie. »Auch einen Kaffee?«

»Ja, gern, mit Milch.«

Sie zwinkert mir zu und verschwindet im Container.

Während ich warte, lasse ich den Blick schweifen. Nur wenige der Männer sind schon unterwegs, wahrscheinlich starten sie heute später zum Einsatz und frühstücken zu einer anderen Uhrzeit. Ich sehe auf meine Uhr. Es ist fünf nach halb sieben. Wo steckt Jesse?

»Bitte, Herzchen.« Maggie reicht mir ein Tablett mit meinem Frühstück, auf dem zusätzlich eine Papiertüte liegt. »Ich hab dir noch was für unterwegs eingepackt. Sei schön vorsichtig da draußen.« Sie berührt mich sanft an der Schulter.

Es scheppert im Container, und sie lacht kopfschüttelnd, bevor sie sich umdreht und gespielt schimpfend in die Küche geht. Ich kann mir vorstellen, dass sie es nur nett gemeint hat, aber ihr Rat, vorsichtig zu sein, kurbelt mein Gedankenkarussell wieder an. Tief seufzend gehe ich zur Tischgruppe und setze mich. Während ich esse, beobachte ich ein Goldmantelziesel, das in der Nähe der Bäume die Umgebung nach Futter absucht. Mein Herz schlägt ein paar Takte schneller. Ich mag die putzigen Tiere, die zur Gruppe der Hörnchen gehören. Leider sind sie oft zutraulicher, als ihnen guttut. Kaum habe ich den Gedanken zu Ende geführt, huscht es zu mir. Ein paar Meter vom Tisch entfernt bleibt es stehen und reckt vorsichtig den Hals. Ich sehe mich um, keiner scheint uns zu bemerken. Verstohlen pule ich eine Haselnuss aus meinem Müsli und werfe sie dem Ziesel zu. Sofort schnappt es sich die Nuss und verschwindet mit ihr zwischen den Bäumen. Ich lache leise, habe aber sofort ein schlechtes Gewissen. Es ist eigentlich nicht richtig, wilde Tiere zu füttern, obwohl ich im Gegensatz zu den vielen Menschen, die sich auch nicht daran halten, ihm wenigstens etwas Artgerechtes gegeben habe.

»Hey«, brummt eine Stimme hinter mir.

Ich drehe mich um. Jesse. Er trägt eine orangefarbene Weste mit dem Logo des Camps. Seine zerzausten Haare fallen ihm ins Gesicht, und er streicht sie zurück, während er sich mit einem Becher Kaffee zu mir setzt.

»Guten Morgen. Du bist spät dran.«

Er legt ein Funkgerät auf den Tisch und ignoriert meine Bemerkung. »Hab ich von Joe, so können wir mit dem Camp in Kontakt bleiben.«

»Okay.« Ich starre einen Moment lang auf das Ding und überlege, wer von uns beiden das bei sich tragen wird.

»Du kannst es nehmen, wenn du willst. Falls du Hilfe holen musst.« Er grinst breit und nimmt einen Schluck von seinem Kaffee. Auch wenn ich mir ein bisschen doof vorkomme, schnappe ich mir das Gerät.

Der Platz füllt sich mit Männern in Sicherheitskleidung, die sich ihr Frühstück holen und es sich an den Tischen bequem machen. Auch Peyton ist dabei. Sie entdeckt mich und kommt zu uns.

»Alles klar?« Der Blick, den sie Jesse zuwirft, ist alles andere als freundlich.

»Immer«, antwortet er. »Warum auch nicht?«

Sie überhört seine Frage und umarmt mich kurz. »Pass auf dich auf«, flüstert sie mir ins Ohr.

Ich umklammere das Funkgerät in meiner Hand. »Wie denn?!«, zische ich ihr zu und hoffe, dass Jesse nichts davon mitbekommt. Denn was soll ich machen? Mir bleibt ja nichts anderes übrig, als auf das Wort von Joe zu vertrauen, und mich von Jesse begleiten zu lassen. Selbst wenn da draußen etwas vorfallen sollte und ich es schaffe, mit dem Camp in Kontakt zu treten – wie lange wird es wohl dauern, bis jemand bei uns ist?

Ich wische die feuchten Hände unauffällig an meiner Hose ab und merke, wie Peyton mir etwas in die Tasche meines Hoodies schiebt. Als ich sie fragend ansehe, schüttelt sie den Kopf, und ich verstehe.

Nachdem Peyton sich auf den Weg zur Küche gemacht hat, stehe ich auf. »Wir sollten los.«

Jesse nickt, trinkt den letzten Schluck aus seinem Becher und deutet auf mein Geschirr. »Fertig?«

»Ja.«

Er sammelt alles zusammen. Während er das Geschirr wieder in die Küche bringt, nutze ich die Chance, um nachzusehen, was Peyton mir untergeschoben hat. Zuerst denke ich, es ist ein Deo, doch dann lese ich, dass es sich um Bärenspray handelt. Könnte nützlich sein, falls ich mir jemanden vom Hals halten muss, egal ob einen Bären oder einen Menschen.

Jesse hat mir trotz Protest den schweren Rucksack mit dem Kameraequipment abgenommen und sich auf den Rücken geschnallt. Ich trage den leichteren, worin ich unsere Verpflegung von Maggie verstaut habe. Die ersten Minuten gehen wir schweigend vom Camp in Richtung Süden. Mir ist mulmig zumute, und ich kann nicht verhindern, dass ich mich ständig zum Camp umsehe. Erst Maggie, dann Peyton, die mir beide raten, vorsichtig zu sein. Misstrauisch mustere ich Jesse, lasse meine Hand in meine Tasche gleiten und taste nach dem Spray. Ich atme aus. Wenigstens hab ich damit die Chance, mich zu verteidigen.

Vor uns teilt eine große verkrüppelte Gelbkiefer den Pfad in zwei schmalere – einer geht nach links, der andere führt nach rechts. Um näher an das Gebiet um den Stanislaus National Forest zu kommen, müssen wir rechts abbiegen, das habe ich heute Morgen auf meiner Karte überprüft. In der Umgebung halten sich die Maultierhirsche am häufigsten auf, weil sie dort die besten Lebensbedingungen finden.

»Wenn du weiter so die Schultern hochziehst, hast du morgen den Muskelkater deines Lebens.« Jesse betrachtet mich und schüttelt den Kopf. »Versuch mal, dich zu entspannen. Ich meine …« Er dreht sich mit ausgebreiteten Armen einmal im Kreis. »Sieh dich um! So viel Schönheit direkt vor deiner Nase, und du machst dir Sorgen, dass ich dich verschleppen könnte.«

Ich bleibe stehen und lasse die Schultern sinken. Mir war gar nicht bewusst, dass sich die Anspannung so stark auf meine Körperhaltung übertragen hat. Dennoch halte ich das Spray weiter fest in meiner Hand. Auch wenn er die Schönheit der Natur zu schätzen weiß, macht ihn das noch lange nicht zu einem vertrauenswürdigen Menschen.

Jesse lächelt und klettert einen Hang am Rand des Pfades hinauf. »Komm, sieh dir das an!«

Worauf hab ich mich nur eingelassen? Mein Plan ist, am besten heute noch eine Herde ausfindig zu machen, damit ich so schnell wie möglich Ergebnisse vorweisen kann.

»Wo bleibst du?«, ruft er mir zu.

Ich hole tief Luft und folge ihm. Selbstverständlich mit dem größtmöglichen Sicherheitsabstand. Als ich oben bin und mich umdrehe, bleibt mir beinahe die Luft weg. Natürlich war mir der Yosemite ein Begriff – aber das … ist im wahrsten Sinne des Wortes atemberaubend. Aus einer schwindenden Nebelschicht ragen Baumkronen hoch, und der Horizont leuchtet in den Farben eines traumhaften Sonnenaufgangs. Pink, Lila, zartes Rosa bis hin zu einem kräftigen Orange und Rot, das die kommende Sonne ankündigt. Bei dem Anblick dieser endlosen Weite, der Intensität der Farben und der nahezu unberührten Natur komme ich mir winzig klein vor. Teil eines größeren Ganzen. Tränen schießen mir in die Augen, und ich schlucke. Ich habe keine Ahnung, warum mich das gerade so überwältigt.

»Weißt du jetzt, was ich mit Schönheit meine?« Jesse sieht mich an und lächelt.

Ich nicke, weil ich meiner Stimme nicht traue. Die letzten Tage waren emotional, und das wird sich in der nächsten Zeit wohl nicht ändern. Aber ich bin bereit, alles für meinen Traum zu tun.

Mit einem weiteren tiefen Atemzug nehme ich das Bild vor mir auf, bevor ich mich an den Abstieg mache.

Wenig später sind wir wieder auf dem Pfad. Jesse geht vorweg, und obwohl mein Misstrauen nicht verschwunden ist, haben sich zumindest meine Schultern entspannt. Vorerst.

»Wird ziemlich warm heute«, sagt Jesse, ohne sich umzudrehen. »Und du wirst dann den ganzen Tag in der Hitze sitzen und Hirsche beobachten?«

»Ja, richtig.« Ich weiß nicht, warum, aber er klingt plötzlich nicht mehr so offen wie eben.

»Was genau gibt es denn da zu beobachten?« Er wirft mir einen etwas abschätzigen Blick zu, als könnte er den Sinn dahinter nicht verstehen.

»Das Verhalten«, gebe ich trocken zurück. Ich habe unter diesen Umständen keine Lust, mich mit ihm zu unterhalten.

»Da wäre ich im Leben nicht drauf gekommen.« Er kickt einen Ast zur Seite und beschleunigt seine Schritte, trotz der Steigung.

Ich stoße angestrengt die Luft aus. Für ihn bin ich das nervige Bambi, um das er sich kümmern muss, obwohl er mit Sicherheit lieber richtig arbeiten würde. Ich wäre auch lieber allein unterwegs, ohne dieses mulmige Gefühl in der Gegenwart von jemandem, der Dreck am Stecken hat. Aber vielleicht wäre es klug, mit ihm zu reden. Wenn ich ihn ein bisschen besser einschätzen kann, hilft mir das, schneller zu reagieren, wenn ich es muss.

»Ich beobachte den Zusammenhalt im Rudel, den Umgang untereinander, der sich im Laufe der Paarungszeit verändert. Die Symbiose mit anderen Tierarten finde ich auch spannend.« Ich unterdrücke ein Stöhnen, denn der Hang, den wir hinaufgehen, wird immer steiler.

»Symbiose?«

»Das sind Kooperationen. Zum Beispiel mit der Gelbschnabel-elster«, antworte ich.

»Was für Kooperationen sind das?«, fragt Jesse interessiert. Ich bin überrascht von seinem ehrlichen Interesse.

»Die Elster übernimmt die Fellpflege der Hirsche und pickt Zecken und andere Parasiten auf. Das ist für beide eine Win-win-Situation.«

»Also so wie bei uns. Wir gehören unterschiedlichen Arten an, arbeiten aber jetzt zusammen. Du kannst deine Doktorarbeit schreiben, und ich …« Er schüttelt den Kopf und verstummt.

»Und du?« Ich bleibe stehen, stemme eine Hand in meine schmerzende Seite. Meine Kondition ist nicht annähernd so gut wie seine.

»Nichts. Hab nur gemerkt, dass es keine Win-win-Situation ist.« Er dreht sich zu mir. »Brauchst du eine Pause?«

Ich winke ab. »Geht schon.«

»Sieht aber nicht so aus. Vielleicht sollten wir was trinken.« Mit einem besorgten Blick aus seinen blauen Augen kommt er zu mir. »Dreh dich um.«

»Was?« Ich starre ihn an, weiche einen winzigen Schritt zurück.

»Du hast die Getränke im Rucksack.« Er deutet auf meine Schultern.

Ich atme tief durch. »Okay.« Mit weichen Knien drehe ich ihm den Rücken zu. Während er hinter mir steht und sich am Rucksack zu schaffen macht, taste ich nach dem Spray in meiner Tasche. Nur für den Fall.

»Hier. Trink was.« Er hält mir eine Flasche Wasser hin und nimmt selbst einen großen Schluck aus einer zweiten.

»Danke.« Ich betrachte ihn von der Seite, während er trinkt.

Diese Fürsorge passt irgendwie nicht ins Bild. Außerdem hab ich das Gefühl, er lenkt ab.

»Du hast also nichts davon, dass du mich begleitest?« Das kühle Getränk tut gut.

»Nein.« Er dreht den Deckel wieder auf die Flasche. »Mehr als Gruppenleiter ist für niemanden drin. Oder dachtest du, ich könnte durch dich meine Strafe verkürzen?« Sein freudloses Lachen trifft mich mehr, als es sollte.

»Natürlich nicht. Ich bin nicht bescheuert.« Okay, das war es mit der Annäherung. Ich gehe an ihm vorbei, weiter den Weg entlang. Inzwischen sind wir über eine Stunde unterwegs und nähern uns dem Gebiet, in dem sich die Hirsche aufhalten könnten.

»Hey, Bambi«, ruft Jesse. »Zu deiner Familie geht es hier lang.«

Ich drehe mich um. Mit einem unterdrückten Grinsen im Gesicht deutet er auf einen Trampelpfad querfeldein.

»Du denkst, du bist witzig, oder?«

Er lacht leise und zuckt mit den Schultern. »Passte einfach zu gut.«

»Lass es einfach.« Ich gehe ein paar Schritte auf ihn zu, inspiziere den Weg, den er vorgeschlagen hat. »Wieso da lang?«

»Da geht es runter zum Fluss. Bei der Hitze heute werden die Viecher bestimmt irgendwann was trinken«, antwortet er.

»Gib mir mal meinen Rucksack«, fordere ich ihn auf.

Prompt lässt er mein Equipment auf den Boden plumpsen und setzt sich seufzend auf einen Felsbrocken.

Ich krame in meinen Sachen nach meinem Bullet-Journal, in dem sich die Karte vom Yosemite-Park befindet. Sorgfältig breite ich sie aus und suche den Punkt, an dem wir uns befinden. Eigentlich wollte ich weiter nach Südwesten, um von dort oben mit dem Fernglas einen größeren Abschnitt überblicken zu können. Mir passt ganz und gar nicht, dass Jesse recht haben könnte. Wenn wir direkt flussabwärts gehen, ist der Weg weniger anstrengend, und die Chance, am Wasser auf die Maultierhirsche zu treffen, ist sehr groß. Wahrscheinlich sparen wir sogar Zeit, denn erst nach oben zu wandern, wird bestimmt noch einmal über eine ganze Stunde in Anspruch nehmen.

»Okay, wir versuchen es.« Ich packe alles wieder ein, Jesse schnallt sich den Rucksack auf und geht vor.

Je weiter wir in die Nähe des Flusses kommen, desto steiniger wird der Weg. Nach einer halben Stunde sind wir unten am Flusslauf. Die Strömung ist an dieser Stelle sehr stark, das Rauschen übertönt fast alle anderen Geräusche. Ich sehe mich um. Ein paar Meter entfernt liegt ein großer Felsbrocken. Ich klettere hinauf und scanne die Umgebung. Keine Maultierhirsche.

»Wir müssen weiter.« Ich winke Jesse zu, der gegen eine Kiefer lehnt.

Schweigend folgen wir dem Fluss, bleiben ab und zu stehen, damit ich mit dem Fernglas Ausschau halten kann. Aber nichts. Irgendwann fängt Jesse an, vor sich hin zu summen. Es ist die Melodie, die er gestern am Lagerfeuer auf seiner Gitarre gespielt hat. Mittlerweile sind wir schon mehrere Stunden unterwegs, mein Hoodie ist längst im Rucksack verstaut, und die Sonne brennt auf meiner Haut. Schweiß läuft mir über die Stirn, und immer noch keine Maultierhirsche. »Kannst du damit aufhören?«, zische ich.

Jesse hebt die Augenbrauen. »Warum?«

»Weil es nervt. Und weil du genauso gut mit einem Megafon herumlaufen könntest, um die Tiere zu verscheuchen.«

»Du übertreibst.« Er verdreht die Augen.

»Ach, ja? Siehst du hier irgendwelche Tiere?« Ich stemme die Hände in die Hüften.

»Ihn scheint es jedenfalls nicht zu stören.« Er deutet auf einen Punkt schräg hinter mir.

Etwa fünfzig Meter von uns entfernt, stakst ein Maultierhirsch ins Flussbett. Er hat ein einfaches Spießgeweih, ist also noch jung. Mit dem Fernglas suche ich die Umgebung ab, aber er ist allein.

»Brauchst du was von deinem Zeug?« Jesse lässt den Rucksack leise zu Boden sinken.

Bevor ich meine Kamera auspacken kann, ertönt ein klatschendes Geräusch. Der Hirsch ist gestürzt. Er versucht aufzustehen, aber es klappt nicht. Immer wieder fällt er hin. Er rudert mit den Vorderbeinen, die Augen in Panik geweitet. Während ich noch darüber nachdenke, dass es unprofessionell ist, als Verhaltensbiologin einzugreifen, läuft Jesse los. Vollständig bekleidet watet er in den Fluss, redet mit einer erstaunlich tiefen und ruhigen Stimme auf das Tier ein, was aber nicht viel bringt. Der Hirsch hat Todesangst. Ich lasse das Fernglas fallen und renne zu Jesse, der inzwischen versucht, das Geweih des Tieres zu packen. Das Wasser ist eiskalt, ich schnappe nach Luft.

»Ich glaube, sein Huf ist eingeklemmt«, stoße ich hervor.

Wasser spritzt zu allen Seiten, während der Hirsch tobt. Jesse nähert sich dem Hinterbein des Tieres, hockt sich ins Flussbett und tastet den Boden ab. Ich nehme den Hirsch in den Schwitzkasten, damit er stillhält. Aber er hat ziemlich viel Kraft, brüllt, schlägt mit dem Kopf um sich, und ich stürze rückwärts ins Wasser.

»Bist du okay?«, ruft Jesse, lässt das Bein aber nicht los.

»Ja.«

Ich rapple mich wieder auf, greife nach dem Geweih, bekomme einen schmerzhaften Stoß ab. Trotzdem versuche ich es weiter. Schließlich halte ich ihn. Mit jedem hektischen Atemzug stoben feine Tröpfchen aus seinen Nüstern. Nur einen kurzen Moment ist er ruhig. Genau diesen Moment nutzt Jesse. »Ich hab's.«

Sofort reißt sich der Hirsch los. Jesse verliert das Gleichgewicht, stolpert in meine Richtung. Beinahe fallen wir um, halten uns aber aneinander fest. Der Hirsch prescht ans Ufer und ist sofort verschwunden.

Mein Herz rast. Ich stehe mit Jesse im knietiefen Wasser, meine Hände an seiner Brust. Er umfasst meine Oberarme. Langsam hebe ich den Kopf und blicke in seine klaren blauen Augen. Eisvogelblau. Ein glitzernder Wassertropfen rinnt von seiner Stirn hinunter zu dem halb geöffneten Mund. Die Wärme seiner Hände dringt durch den nassen Stoff meines Shirts und hinterlässt ein Prickeln auf meiner Haut. Verdammt, was … was passiert hier gerade?

»Hast du dich verletzt?« Jesse schiebt mich ein Stück von sich und durchbricht damit meine Starre. Ich lasse ihn los und weiche zurück.

»Ja. Äh, nein, ich glaube nicht. Du?« Ein Windzug lässt mich frösteln.

»Nicht der Rede wert. Aber wir sollten aus dem Wasser raus«, sagt er.

Zurück auf dem Trockenen zieht Jesse sich die Weste und das nasse Shirt über den Kopf und wringt beides grinsend aus. Ich kann nicht verhindern, dass mein Blick über seinen nackten Oberkörper wandert. Einzelne Wassertropfen rinnen über seine glatte Haut und versickern im Bund seiner Boxershorts, der aus der Jeans herausguckt. Als er aufsieht, drehe ich mich schnell weg. Keine Ahnung, was mit mir los ist, verdammt. Er hat eine Vorgeschichte, die ich nicht kenne, vielleicht hat er sogar einiges mit meinem Erzeuger gemeinsam. Ich darf ihm auf keinen

Fall vertrauen. Seine ganze Art nervt mich kolossal. Außerdem hat Peyton mich vor ihm gewarnt, und sie scheint die Männer im Camp wirklich gut zu kennen. Entschlossen gehe ich zu den Rucksäcken. Wird Zeit, dass ich mich auf die wichtigen Dinge konzentriere.

Kapitel 11

Jesse

Ich muss zugeben, ich habe Bambi unterschätzt. Nie hätte ich gedacht, dass sie sich zu mir ins eiskalte Wasser stürzt, um einen Hirsch zu retten. Sie hatte keine Berührungsängste und hat kräftig zugepackt. Bei mir hingegen … Ich wollte nur verhindern, dass sie umfällt. Das war keine Anmache, sondern reine Nettigkeit. Allerdings weiß ich auch nicht, warum ich sie nicht sofort wieder losgelassen habe. Genauso wenig kapiere ich, warum ich ihr vorhin unbedingt den Sonnenaufgang zeigen wollte. Ihre übertriebene Planerei geht mir auf die Nerven, und außerdem hat sie mich von Anfang an in eine Schublade gesteckt. Es sollte mir egal sein, ich kenne das schließlich schon. Aber irgendwie wollte ich ihr zeigen, dass ein guter Kerl in mir steckt und ich nicht der bin, für den sie mich hält. Wenn wir uns vor drei Jahren kennengelernt hätten, hätte sie bestimmt nicht für eine Sekunde gezweifelt. Aber jetzt – zweifle ich sogar selbst manchmal daran.

Zu sehen, dass der Blick auf die aufgehende Sonne über dem Valley Erin Tränen in die Augen trieb, rüttelte mich wieder wach. Gefühle bringen mich nur in Schwierigkeiten.

Mit dem T-Shirt in der Hand folge ich ihr und breite es auf einem warmen Felsen zum Trocknen aus, während sie hektisch die Taschen durchwühlt.

»Was suchst du?« Ich ziehe meine Jeans aus, die ebenfalls durchnässt ist.

Sie hält eine Wolldecke in die Höhe, schlingt sie um ihre Schultern, bevor sie zu mir sieht. Ihre Augen weiten sich, und sie dreht sich hastig weg. »Wieso bist du nackt?«

»Bin ich nicht, ich hab eine Unterhose an, also reg dich ab.« Ich lege meine Jeans neben das T-Shirt. »Du solltest die nassen Klamotten auch ausziehen. Oder willst du dir den Tod holen?«

Sie wirft mir einen misstrauischen Blick zu, und ich sehe, wie es in ihr arbeitet. Bambi traut mir kein Stück über den Weg. Aber aus irgendeinem Grund kann sie es nicht lassen, meinen Körper abzuchecken. Ich unterdrücke ein Grinsen.

»Du hast nichts, was ich nicht schon mal gesehen habe, okay? Jeden Tag am Strand. Nichts Besonderes.« Ich zucke mit den Schultern und setze mich demonstrativ mit dem Rücken zu ihr in die angenehm wärmende Sonne.

Einen Moment ist es still, dann höre ich es rascheln. »Du bleibst genau so«, sagt sie mit einem drohenden Ton in der Stimme.

»Klar.« Ich schließe die Augen, genieße die Sonnenstrahlen, bis mich ein leises Quieken aufschrecken lässt. Ich drehe mich um und schnappe unwillkürlich nach Luft. Von wegen nichts Besonderes. Erin hat den heißesten Body, den ich je bei einer Frau gesehen habe. Nicht zu durchtrainiert, sondern mit weichen Rundungen an den richtigen Stellen und einer Haut, die im Licht der Sonne sanft schimmert. Fuck. Das ist nicht gut, überhaupt nicht gut.

»Nicht gucken, hab ich gesagt!« Erin hüpft auf einem Bein und reibt sich den Fuß.

Ich reiße mich von dem Anblick los und lege den Kopf in den Nacken. Das hat mir gerade noch gefehlt, jetzt, wo ich in vier Monaten mit alldem hier durch bin. Wenn es keine Probleme gibt. Und Bambi bedeutet genau das: Probleme.

Kapitel 12

Erin

Die Sonne brennt mittlerweile erbarmungslos vom Himmel. Trotzdem hab ich mir die Wolldecke wie ein Handtuch umgewickelt. Niemals würde ich in der Nähe von einem Typen wie Jesse in Unterwäsche herumhüpfen. Das Bärenspray liegt in Greifweite unter meiner Kniekehle. Aber Jesse macht keine Anstalten, mich in irgendeiner Art und Weise anzumachen. Er hat es sich ein paar Meter entfernt bequem gemacht, lehnt entspannt gegen einen Felsbrocken und hat die Augen geschlossen. Und er trägt nur diese knappen schwarzen Boxershorts. Unwillkürlich schüttle ich den Kopf. Die ganze Situation ist absurd. Ich strecke die Hand nach meinem Rucksack aus, bedacht darauf, dass die Decke nicht verrutscht und unfreiwillig meinen fast nackten Körper entblößt. Das fehlte gerade noch. Ich schnappe mir mein Journal und die Karte vom Yosemite. Sorgfältig notiere ich die Begegnung mit dem Maultierhirsch und markiere die Stelle am Fluss. Bei dem Wetter müssten die Tiere eigentlich in der Nähe sein. Vielleicht habe ich doch noch eine Chance, wenn die Klamotten trocken sind, eine Herde zu finden.

»Ist der Vorfall mit dem Hirsch jetzt Teil deiner Studie?«

Ich kann nicht verhindern, dass ich kurz zusammenzucke.

»Da du eingegriffen hast, kann ich es nicht verwenden«, sage ich.

»Du meinst, du hättest das Tier ersaufen lassen, während du daneben stehst und in dein Notizbuch kritzelst?« Jesse sieht mich an, als würde er ernsthaft an meinem Verstand zweifeln.

»Ich weiß, es klingt hart, aber Verhaltensbiologen beobachten nur, sie beeinflussen nicht«, versuche ich zu erklären, was ich selbst für den schlimmsten Part meines Jobs halte.

»Es klingt nicht nur hart. Warum sollte man ein Leben nicht retten, wenn man es kann?« Er reibt sich über die Stirn.

»Weil die Natur das selbst regelt. Der Hirsch wäre vielleicht ertrunken, aber so ist das Leben. Andere Tiere hätten sein Fleisch zum Überleben gebraucht. Wegen uns bekommen sie es nun nicht.« Ich hasse diese Diskussion, habe sie immer gehasst, auch wenn ich den Ansatz verstehe, gefällt er mir nicht.

»Glaubst du das ernsthaft? Wir haben einen Hirsch gerettet und damit fünf andere Tiere dem Tod geweiht?« Jesse steht auf und prüft, ob sein T-Shirt inzwischen trocken ist.

»Möglich ist es«, antworte ich und zupfe an der Wolldecke.

»Warum hast du dann mitgeholfen?« Er dreht sich zu mir, mustert mich so intensiv, dass ich mich ertappt fühle.

»Er tat mir leid«, gebe ich zu.

Ein winziges Lächeln umspielt seine Lippen, bevor er sich das Shirt über den Kopf zieht und mir meins zuwirft. »Wolldecken stehen dir nicht.«

Ich will ihm sagen, dass ihm seine Boxershorts auch nicht stehen, aber … das wäre gelogen. »Danke«, antworte ich stattdessen und versuche in mein Shirt zu schlüpfen, während ich noch in die Wolldecke eingewickelt bin.

Nachdem wir uns beide angezogen und unsere Sachen zusammengesammelt haben, machen wir uns auf den Weg. Mit dem Fernglas halte ich immer wieder Ausschau nach den Maultierhirschen, während Jesse am Funkgerät herumfummelt. Es knackt, und die Stimme von Joe ist zu hören. »Alles klar bei euch?«

»Sind noch auf der Suche, aber ja«, antwortet Jesse.

»Wo seid ihr gerade?«

»Am Moos Creek. Was gibt es bei euch?«

»Ein paar Männer kümmern sich um Abschnitt D«, sagt Joe.

Jesse runzelt die Stirn. »Ohne dich?«

»Peyton ist bei ihnen. Die hat die Gruppe gut im Griff.«

Er lacht anerkennend, aber Jesse scheint nicht glücklich zu sein über diese Information. Bevor er noch etwas erwidern kann, gibt Joe die Anweisung, dass er sich melden soll, wenn wir auf dem Rückweg sind. Dann bricht der Kontakt ab.

Eine Weile gehen wir schweigend den kleinen Trampelpfad am Fluss entlang, umrunden Felsbrocken, während die Sonne auch das letzte bisschen Feuchtigkeit aus den Klamotten brennt. Schließlich siegt meine Neugier. »Magst du Peyton nicht?«

»Wie kommst du darauf?« Jesse springt über einen Ast, der auf dem Weg liegt.

»Nur so ein Gefühl«, antworte ich.

»Peyton macht einen guten Job. Aber Joe hat mehr Erfahrung da draußen.«

»Okay.« Ich habe den Eindruck, da ist noch mehr. Dann wird mir bewusst, dass mich das überhaupt nichts angeht. Und es mich eigentlich auch nicht interessieren sollte, denn wir sind weder Freunde noch sonst irgendwas.

Jesse summt wieder leise vor sich hin, und ich versuche mich auf meine Aufgabe zu konzentrieren. Nachdem wir eine halbe

Stunde flussabwärts marschiert sind, sehe ich sie endlich: eine Maultierhirschherde. Abrupt bleibe ich stehen und werde im nächsten Moment von Jesse angerempelt.

»Hey«, ruft er aus.

»Sorry.« Ich drehe mich um und blicke ihm geradewegs in die Augen. Wir sind uns schon wieder viel zu nah, meine Hand schnellt automatisch zum Bärenspray. Aber er hebt sofort die Arme und geht rückwärts.

»Nichts passiert. Warum bleiben wir stehen?«

»Die Herde.« Ich deute auf die andere Seite des Flusses, wo die Hirsche zwischen den Bäumen auf Nahrungssuche sind.

»Und jetzt? Willst du sie von hier aus beobachten?«, fragt er.

Ich sehe mich um. Die Entfernung von etwa fünfzig Metern ist ideal, aber durch die Bäume sind so viele Hindernisse dazwischen. »Das wäre ein guter Platz.«

Ich deute auf einen Bereich, der ein paar Meter höher liegt. Mehrere umgefallene Bäume haben eine Schneise geschlagen. Die Stämme bieten gute Sitzmöglichkeiten und damit einen hervorragenden Beobachtungsposten. Allerdings müssen wir querfeldein eine nicht unerhebliche Steigung hinaufklettern.

»Na, dann.« Jesse strafft die Schultern, geht an mir vorbei und stürzt sich ins Gestrüpp. Ich folge ihm. Der Boden ist tückisch, es liegen Steine herum, die aufgrund der Vegetation nur schlecht zu erkennen sind. Der schwere Rucksack tut sein Übriges, sodass wir mehr stolpern, als vorwärtszukommen. Total abgekämpft erreichen wir schließlich das Ziel. Ich lasse den Rucksack auf den Boden plumpsen und lehne mich keuchend an einen der Baumstämme.

»Hier.« Jesse wirft mir meine Wasserflasche zu. Es ist bereits das zweite Mal heute, dass er so fürsorglich ist.

»Danke.« Ich nehme einen großen Schluck und stöhne erleichtert. Als ich mich einigermaßen erholt habe, scanne ich die Umgebung. Der Platz ist mit einer Größe von etwa zwanzig Quadratmetern gut geeignet. Durch die umgestürzten Bäume ist eine kleine Plattform entstanden, wo sich auch das Zelt zum Schutz vor der Witterung aufbauen lässt. Die Tiere sind etwa zweihundert Meter von uns entfernt. Ich klettere auf einen Stamm und sehe durch das Fernglas. Perfekt. So kann ich alles überblicken. Konzentriert beobachte ich die Tiere, zähle zwei … drei … vier Weibchen mit gerundeten Bäuchen und eins, nein, zwei, die älter sind. Und der junge Hirsch von gerade eben, sein Fell ist noch ein bisschen feucht. Sobald seine Mutter erneut wirft, wird sie ihn verscheuchen. Maultierhirsche schließen sich Verbänden an, die geschlechtsspezifisch voneinander getrennt leben.

Ich lasse das Fernglas sinken und mache mich daran, mein Equipment aufzubauen.

»Brauchst du Hilfe?«, fragt Jesse und deutet auf mein Zeug. Ich schüttle den Kopf. »Danke, geht schon.«

Das Stativ stelle ich als Erstes auf, befestige die Videokamera daran, die ich sorgfältig ausrichte. Dann schnappe ich mir mein Bullet-Journal und ein zusätzliches Notizbuch für die Verhaltensstudie, die Karte vom Yosemite, einen Stift. Das Zelt zum Schutz vor der Sonne lasse ich erst mal im Rucksack, weil ich endlich loslegen will. Während ich die Tiere nach Merkmalen absuche, damit ich sie unterscheiden kann, durchflutet mich eine innere Ruhe. Ich habe die Kontrolle, zeichne jede Bewegung auf, beobachte die Kommunikation innerhalb der Herde und fühle mich sicher. Mein Stift fliegt nur so über die Seiten, und ich vergesse die Zeit. Bis mich eine leise Stimme ins Hier und Jetzt zurückholt. Jesse. Er sitzt einige Meter entfernt und … singt. Es klingt warm, weich und gefühlvoll. Ich verstehe Wörter wie »Love« und »Trust« und bin so abgelenkt, dass ich die Herde für einen Moment vergesse. Die feinen Härchen auf meinen Armen stellen sich auf, und das gibt mir den Rest. Keine Ahnung, warum mich der Typ so aus der Fassung bringt. Vielleicht weil er immer wieder das Bild stört, was ich von ihm habe. Ich kann ihn nicht einschätzen, weiß nicht, was er als Nächstes tun wird. Dass er sich für einen Hirsch ins kalte Wasser stürzt und darauf achtet, dass ich genug trinke, habe ich jedenfalls nicht erwartet. Genervt schüttle ich den Kopf, um die äußeren wie auch inneren Störgeräusche zu verscheuchen, und richte meine Aufmerksamkeit wieder auf die Maultierhirsche. Ich muss mit Peyton reden. Möglicherweise hilft es, wenn sie mir verrät, was Jesse getan hat.

Kapitel 13

Jesse

Pünktlich zum Abendessen erreichen Erin und ich das Camp. Alle sitzen zusammen an den Tischen, einige schweigen, andere diskutieren lautstark über die Geschehnisse des Tages, bis Maddox uns entdeckt.

»Da ist ja unsere Biologin mit ihrem Hirsch«, ruft er und löst allgemeines Gelächter aus.

Ich lächle über Maddox' Provokation hinweg, lass mich nicht aus der Ruhe bringen. Lieber bin ich ein Hirsch als ein Affe.

»Ein Hirsch ist mit Abstand eines der elegantesten Wesen in diesem Nationalpark«, erwidert Erin.

Ich hab keine Ahnung, ob sie mich gerade verteidigt oder das Gegenteil der Fall ist.

»Hirsche sind Opfer. Futter für die richtigen Tiere.« Maddox lässt seine Brustmuskeln spielen und zwinkert Erin zu.

»Sagt der Aasfresser.« Erin rollt mit den Augen, und diesmal sind die Lacher auf ihrer Seite.

Ich verkneife mir ein Grinsen. Ist schon cool, wenn sich ihre spitze Zunge mal gegen jemand anderen richtet.

Maddox will noch etwas erwidern, aber Joe greift ein. »Wie lautet Campregel Nummer zwei, Maddox?«

»Gegenseitiger Respekt und so«, nuschelt er.

Joe nickt. »Ganz genau.« Dann wendet er sich an uns. »Kommt essen, ihr müsst hungrig sein.«

Dankbar nicke ich Joe zu. Wir lassen die Rucksäcke sinken. Garcia hat mir einen Platz freigehalten, während Peyton am anderen Ende des Tisches Erin zu sich winkt. Die beiden umarmen sich kurz und stecken dann die Köpfe zusammen. Ich traue Peyton nicht, keine Ahnung, was sie mit Erin im Schilde führt.

»Alles klar?« Garcia folgt meinem Blick. »Oder hat sie dich in den Wahnsinn getrieben?«

»Nein. War okay.« Statt Garcia mehr Einblicke zu geben, mache ich mich über die Kartoffeln her und frage ihn, was ich verpasst habe. Trotzdem kann ich es nicht lassen, immer wieder zu Erin und Peyton rüberzuschauen. Peytons Verhalten ist mir suspekt. Die Frau hat zwei Gesichter. Ein höflich zugewandtes, freundliches und fröhliches – und ein dunkles. Aber das zweite Gesicht hat sie bis jetzt nur mir gezeigt. Glaube ich jedenfalls.

»Es hat einen Brand gegeben, oben am Crane Creek«, sagt Garcia gerade.

»Wirklich?« Ich lasse die Gabel sinken.

»Ein Schwelbrand, vielleicht eine weggeworfene Zigarette oder ein Wassertropfen. War schnell gelöscht, weil wir in der Nähe waren.« Garcia nimmt sein Glas, prostet sich selbst zu und trinkt einen großen Schluck.

»Na, dann …« Während ich weiteresse, erzählt mir mein Bettnachbar bis ins kleinste Detail, wie viele Bäume er gefällt, wie viele Äste er zerkleinert und wie viele Stämme er geschleppt hat. Zusätzlich zu dem Löscheinsatz natürlich. Ich wäre gern dabei gewesen. Schon mit sechzehn Jahren hat mich die Arbeit bei der Freiwilligen Feuerwehr mit Stolz erfüllt. Leider währte dieser Traum nicht lange.

Nach dem Abendessen räume ich meinen Kram weg und gönne mir eine ausgiebige Dusche, da ich tatsächlich mal den gesamten Duschcontainer für mich habe. Ich stehe gerade mit einem Handtuch um die Hüften vor dem Spiegel und überlege, ob ich mich rasieren soll, als ich eine Bewegung hinter mir wahrnehme.

»Ganz schön billig, vor ihr den Helden zu spielen, um dich dann an sie heranzumachen.« Peyton lehnt mit verschränkten Armen in der offenen Tür und mustert mich abfällig.

»Ich hab keine Ahnung, wovon du sprichst«, blocke ich ab und drehe ihr den Rücken zu.

»Schon klar, du bist natürlich unschuldig. Und total zu Unrecht hier im Camp.« Sie verdreht die Augen.

»Was willst du von mir, Peyton?«, frage ich sie mit ruhiger, aber fester Stimme. Ich lass mich weder von Maddox noch von ihr provozieren.

Sie lacht glockenhell. »Von dir mit Sicherheit nichts, Davis. Ich weiß schließlich, wie du tickst.«

Unsere Blicke treffen sich im Spiegel. Eine Sekunde, zwei, drei. Dann geht sie endlich. Seit ich ihr einen Korb gegeben habe, stehe ich auf ihrer Abschussliste ganz oben. Vor einigen Monaten hat sie mit mir geflirtet, wollte mir Zigaretten zustecken und sogar dafür sorgen, dass ich regelmäßig mit meiner Schwester telefonieren kann. Auch wenn es verlockend war, mehr Kontakt zu Dad und Caroline zu haben, hat mich ihr unprofessionelles Verhalten abgeschreckt, und ich habe mich nicht drauf eingelassen. Schließlich hat sie mir ihre zweite Seite gezeigt: Ein Nichts wie ich sagt nicht Nein zu einer Frau wie Peyton. Sie hat alles über mich, meine familiären Verhältnisse und auch den Grund für meine Verurteilung in Erfahrung gebracht und versucht, mich damit unter Druck zu setzen. Aber mir ist scheißegal, ob sie es jemandem erzählt, das kann mir nichts anhaben.

Leider hat Joe einen Narren an ihr gefressen. Sie ist auch eine fähige Feuerwehrfrau, keine Frage. Aber als Betreuerin ... Mich würde es nicht wundern, wenn sie Erin brühwarm alles über mich berichtet. Soll sie nur.

Eine Stunde später sitze ich wie jeden Abend am Lagerfeuer und spiele auf meiner Gitarre. Ich bin nicht allein, ein paar Männer sind auch da, sogar Maddox und Peyton. Aber das ist mir egal, wenn ich Musik mache, blende ich alles andere aus. Mit jeder Saite, die ich zupfe, mit jedem Ton, den ich singe, lasse ich los. Das war schon immer so, seit ich die Gitarre von Dad geschenkt bekommen habe. Ich weiß nicht, wie viel Zeit vergangen ist, als ich mitbekomme, wie Erins Name gerufen wird. Irritiert sehe ich mich um. Erin sitzt wieder in der offenen Tür ihres Wohnwagens mit dem Notizbuch auf dem Schoß, schüttelt heftig den Kopf, während Peyton sie mit einigen anderen dazu auffordert, zu uns zu kommen. Es ist mehr als deutlich, dass sie nicht will.

»Lasst sie doch in Ruhe«, sage ich.

Peyton wirft mir einen unfreundlichen Blick zu. Dann steht sie auf und geht rüber zum Wohnwagen. Ich will mich wieder meiner Gitarre widmen, stattdessen beobachte ich, wie Peyton auf Erin einredet. Was soll das? Warum kann Peyton nicht akzeptieren, dass Erin lieber dort drüben sitzen bleiben will? Sie diskutieren eine Weile, dann nimmt Peyton neben Erin Platz, legt ihr den Arm um die Schulter und streicht ihr über den Rücken. Bambi starrt stur geradeaus und scheint alles andere als glücklich zu sein. Was hat Peyton ihr nur gesagt?

Kapitel 14

Erin

Obwohl ich mehr als deutlich gemacht habe, dass ich nicht will, kommt Peyton trotzdem mit einem breiten Lächeln auf mich zu.

»Du willst doch nicht ernsthaft hier allein hocken«, sagt sie und legt den Kopf schief.

»Doch. Hab zu tun.« Wie zum Beweis hebe ich mein Bullet-Journal kurz in die Höhe, nehme den Stift und schreibe einfach drauflos. Hauptsache, es sieht beschäftigt aus.

»Komm schon. Wir beißen nicht.« Sie rollt mit den Augen. »Na ja, bei Jesse wäre ich mir da nicht so sicher, aber die anderen sind alle nett, und außerdem bin ich ja dabei.«

»Ich möchte nicht. Danke«, sage ich mit fester Stimme und hoffe, dass sie endlich nachgibt. Es ist keine Option für mich, näher an die brennende Hölle heranzurücken.

Peyton mustert mich einen Moment, dann setzt sie sich neben mich. Als ich sie ansehe, blitzt eine Erkenntnis in ihren Augen auf. »Es ist das Feuer, oder?«

Ich wende den Blick ab, starre geradeaus auf das flackernde Orangerot, das sich sanft hin- und herwiegt. Plötzlich höre ich das

Keuchen meiner Mutter, die Sirenen der Firefighters, die aufgebrachten Rufe der Nachbarn, und mein Puls beschleunigt sich. Ich schließe die Augen, atme tief ein und aus. Das ist bloß in meinem Kopf. Es brennt nicht, nur die Flammen des Lagerfeuers tanzen in einigen Metern Entfernung.

Peyton legt einen Arm um meine Schultern, streichelt mir sanft über den Rücken. »Tut mir leid, dass ich dich überreden wollte. Ich wusste ja nicht, dass du Angst hast.«

»Schon gut.« Langsam beruhige ich mich wieder.

»Willst du mir erzählen, warum?«, hakt Peyton vorsichtig nach.

»Nein.« Ich streiche über die aufgeschlagenen Seiten meines Journals.

»Okay«, sagt Peyton. »Aber ich verspreche, es gibt keinen Grund dafür. Wir haben hier alles unter Kontrolle.« Sie lächelt zuversichtlich, und ich nicke.

»Gut.«

»Erzähl doch noch ein bisschen, wie es da draußen war«, fordert sie mich auf. »Mal abgesehen von der Hirschrettungsaktion, meine ich.«

Sie zwinkert mir zu, und ich durchschaue sie sofort, bin aber dennoch dankbar für den Themenwechsel. Also berichte ich ihr von meiner Unterhaltung mit Jesse und dass es mich überrascht hat, wie fürsorglich er ist. Peyton hört mir aufmerksam zu, stellt aber keine Zwischenfragen, sondern lässt mich einfach reden. Nachdem ich alle meine Eindrücke losgeworden bin, bemerke ich, wie sie Jesse beobachtet, der am Lagerfeuer sitzt, Gitarre spielt und leise singt.

»Ich weiß, wie das auf dich wirken muss«, beginnt sie. »Auch jetzt – er kommt wie ein totaler Softie rüber. Aber glaub mir, er ist es nicht.«

Sie hat recht. Das Bild passt nicht. Jesse wirkt in diesem Moment viel mehr wie ein Mensch, der in sich ruht, ganz bei sich selbst ist. Die Männer, die sich um ihn herum lautstark unterhalten und lachen, scheinen ihn nicht zu stören. Er hat die gesamte Welt ausgeblendet und versinkt ganz in seiner Musik. Und diese sanfte Stimme …

Peyton schüttelt den Kopf, als sie mich mustert. »Ich bin genau wie du auf diese Masche reingefallen.«

»Aber er interessiert mich überhaupt nicht«, antworte ich.

»Okay«, sagt sie gedehnt, und ich sehe an ihrem Stirnrunzeln, dass sie mir kein Wort glaubt.

»Erin, ich meine es ernst. Jesse ist gefährlich. Zieh einfach dein Ding durch und beachte ihn so wenig wie möglich.«

»Was meinst du mit gefährlich?«, hake ich nach, und mein Magen zieht sich unangenehm zusammen.

»Unberechenbar und manipulativ.« Peyton seufzt. »Wenn es nach mir ginge, wäre er nicht in diesem Programm. Aber weil er als Jugendlicher bei der Freiwilligen Feuerwehr war und sein Anwalt den Richter irgendwie weichgeklopft hat, ist er nun mal hier.« Sie streicht sich eine Strähne von ihrem blonden Haar hinters Ohr.

»Was hat er denn getan?«

»Das kann ich dir nicht sagen. Ich habe sowieso schon viel zu viel erzählt. Behalte das bitte für dich, ja?« Sie lehnt sich kurz vertraut gegen mich. »Sonst bekomme ich echt Schwierigkeiten mit Joe.«

»Klar«, gebe ich zurück. Ich verstehe, dass Peyton professionell sein muss, und bin froh, dass sie mich warnt – aber … wenn ich wüsste, was Jesse getan hat, könnte ich vielleicht besser mit der Tatsache umgehen, dass wir die nächsten Wochen jeden Tag miteinander verbringen müssen. Vielleicht mache ich mir auch etwas vor.

»Ich musste mir meinen Job echt hart erarbeiten«, sagt Peyton. *»Das Nesthäkchen will mit dem Feuer spielen,* hat Dad immer gesagt.« Sie stößt verächtlich die Luft aus. »Du kannst dir bestimmt denken, wie schwierig es als Frau ist, sich in einem von Männern dominierten Beruf zu behaupten.«

»Ja.« Ich betrachte Peyton nachdenklich. Ihre feinen Züge, der sanft geschwungene Mund und die langen Haare machen sie zu einer bildhübschen Frau. »Offensichtlich hast du es super hinbekommen«, schiebe ich hinterher.

Sie lächelt mich an. »Mittlerweile komme ich gut klar. Meine Brüder hocken nur in Büros herum. Mit meiner Arbeit kann ich richtig was bewirken.« Der Stolz in ihrer Stimme erinnert mich an meinen eigenen beruflichen Weg und an das, was ich erreichen kann, wenn ich diese Doktorarbeit hinter mich bringe.

»Warum hast du dich ausgerechnet für dieses Programm entschieden?«, frage ich interessiert. »Du könntest doch auch im County arbeiten.«

Sie zieht die Stirn in Falten. »Hab ich. An die Zeit denke ich nicht gern zurück. Hab in das Team einfach nicht reingepasst. Und die Chefin … ich sag dir, die hatte Haare auf den Zähnen.« Peyton zieht eine Grimasse, lächelt dann aber.

»Macht dir das denn keine Angst, von solchen Männern umgeben zu sein?« Auch wenn ich glaube, die Antwort schon zu kennen, muss ich sie das einfach fragen.

»Nein. Ich kann mich gut wehren. Du hast ja gesehen, die Männer haben Respekt vor mir. Ich fürchte mich nur vor Spinnen«, sagt sie und zwinkert.

Ich muss lachen, so absurd finde ich es, Angst vor Spinnen zu haben, die noch nicht einmal Interesse an uns haben. Ganz im Gegensatz zu diesen Männern hier, die einem durchaus etwas antun könnten.

Wir reden noch eine ganze Weile über Ziele und Träume und wie wir uns unsere Zukunft vorstellen, und ich bin froh, dass ich in Peyton eine Gleichgesinnte gefunden habe. Ihr unfassbarer Mut ist inspirierend. Vielleicht kann ich mir an ihr ein Beispiel nehmen.

Kapitel 15

Jesse

Garcia schnarcht. Ein grunzender Laut beim Ein- und ein pfeifender beim Ausatmen. Ich seufze leise, um ihn nicht zu wecken, strecke mich und stehe auf. Wenn ich schon nicht mehr schlafen kann, nutze ich eben die Zeit für eine schnelle Laufrunde. Ich hab es mir angewöhnt, lieber Sport zu machen, statt stundenlang den Geräuschen von Garcia und meinem eigenen Grübeln zu lauschen. Beides ergibt nämlich nur wenig Sinn.

Im Camp ist es noch ruhig, die Luft ist angenehm kühl, Tau liegt auf den Blättern von Bäumen und Büschen ringsherum. So früh ist die Welt noch in Ordnung, die Natur wirkt harmlos und friedlich. In ein paar Stunden wird es ganz anders aussehen. Die Sonne wird unbarmherzig vom Himmel brennen und kann zu einer großen Gefahr für die Natur werden. Ganz locker trabe ich zum Campeingang, um den Trail zum Tamarack Creek zu nehmen, der in einer Schleife am Camp vorbeiführt. An einem Baum mache ich halt, dehne meine Beinmuskulatur und entdecke plötzlich Erin. Was zum Henker tut sie da? Es sieht aus, als würde sie von jemandem verfolgt werden. Ihre Augen sind weit aufgerissen, und sie dreht sich ständig um, während sie den Hauptweg durchs Camp entlanghetzt. Aber da ist niemand hinter ihr. Und ich dachte immer, Maddox verhält sich seltsam. Bambi toppt das bei Weitem. Am liebsten würde ich mich umdrehen und einfach losjoggen, aber als sie das zweite Mal vorbeihastet, wird mir klar, dass ich den Auftrag von Joe, mich um sie zu kümmern, ernst nehmen muss. Also laufe ich zurück ins Camp. Da sie sich dauernd umdreht, sieht sie mich kommen.

»Was machst du hier?«, keucht sie, als ich neben ihr aufschließe.

»Das wollte ich dich gerade fragen.« Ich kann mir ein Lachen nicht verkneifen. »Wirst du von einem Säbelzahntiger gejagt oder so?«

»Die sind seit gut zwölftausend Jahren ausgestorben!«, stößt sie mühsam hervor, funkelt mich böse an und sieht sich erneut um.

»Und wonach hältst du dann Ausschau?« Ich gehe neben ihr her, während sie so was wie Nordic Walking macht. Hektisches Gehen trifft es eher.

»Ich will nur nicht bei meinem Spaziergang gestört werden!« Ihre Wangen sind mittlerweile rot, die Atmung japsend und keuchend.

»Spaziergang?« Ich ziehe ungläubig die Augenbrauen hoch. »Es sieht eher aus, als ob du auf der Flucht wärst.«

Sie bleibt stehen, schnappt nach Luft und starrt mich wütend an. »Ich bin in einem Camp mit lauter Kriminellen, und es ist noch nicht richtig hell. Natürlich ist das kein entspannter Spaziergang wie sonst.«

»Aber warum tust du dir das denn an?«

»Weil ich meinen Tag immer so beginne, verdammt.« Sie schnaubt, als wäre ich zu einfältig, um zu begreifen, und in ihren Augen brennt ein Feuer, dass ich nur allzu gut kenne. Rebellion.

»Nichts ist hier wie immer. Und die Umstände ändern sich

nicht, nur weil du es gerne so hättest. Wenn du das akzeptierst, geht es dir besser.«

»Du kapierst das nicht«, erwidert sie. »Ich brauche das einfach. Ohne meine Routine komme ich nicht klar.«

»Okay. Aber warum sagst du mir nicht Bescheid? Ich bin schließlich für dich verantwortlich. Und um die Zeit allein durchs Camp zu irren, ist wirklich nicht die beste Idee.«

»Wenn ich dir Bescheid sage – was dann?«, hakt sie nach. Ihre Atmung wird langsam ruhiger, und sie wischt sich den Schweiß von der Stirn.

»Du könntest mich beim Joggen begleiten. Ich hab den Eindruck, deine Kondition würde es dir danken.« Ich grinse. »Morgen früh um fünf?«

Ich kann ihr den inneren Kampf ansehen. Sie runzelt die Stirn, sieht sich um, mustert mich von oben bis unten.

»Mit mir wärst du sicher«, ergänze ich.

»Ja, natürlich«, erwidert sie sarkastisch. »Weil du ein Gruppenleiter bist.«

»Ganz genau.« Ich zwinkere ihr zu.

Sie seufzt. »Mir bleibt ja nichts anderes übrig.«

»Stimmt.«

Mit einem Augenrollen verabschiedet Erin sich und läuft zurück zu ihrem Wohnwagen, während ich meine Laufrunde aufnehme.

Nachdem ich geduscht und den Rucksack gepackt habe, gehe ich zur Tischgruppe, wo Erin bereits sitzt und frühstückt. Als sie leise und zärtlich vor sich hin murmelt, halte ich abrupt inne. Führt sie etwa Selbstgespräche? Aber dann sehe ich ein kleines Nagetier zu ihr auf die Bank springen. Es schnappt sich die Nuss, die Erin ihm anbietet, und huscht davon.

»Ich dachte, Verhaltensbiologen beobachten nur?«, sage ich spöttisch, und sie zuckt zusammen.

Schuldbewusst dreht sie sich zu mir um, reckt dann aber gleich das Kinn. »Goldmantelziesel sind nicht Teil meiner Studie.«

»Ach. Wie praktisch.« Ich kann mir ein Grinsen nicht verkneifen und bilde mir ein, dass Erins Mundwinkel ebenfalls leicht zucken. Aber dann rollt sie mit den Augen und widmet sich wieder ihrem Frühstück.

Ich hole mir ein belegtes Brot und Kaffee aus der Küche und lasse mich neben ihr nieder. Fast unmerklich rutscht sie ein Stück von mir fort. Ihre Ablehnung versetzt mir einen fiesen Stich, auch wenn ich sie verstehen kann. Wir kennen uns kaum. Und vermutlich hat Peyton nicht gerade dazu beigetragen, dass sich Bambi in meiner Nähe besser fühlt. Während das Camp langsam zum Leben erwacht, essen wir schweigend. Ich bin froh, dass wir aufbrechen, bevor Peyton oder Maddox einen dummen Spruch ablassen können. Das würde die Situation mit Sicherheit nicht erleichtern.

Diesmal gehen wir auf direktem Weg zu der kleinen Aussichtsplattform, die wir am Vortag entdeckt haben. Es riecht nach feuchtem Moos, und die Sonne malt helle Flecken auf den Trampelpfad, der durch den Wald hindurchführt. Das ist so viel besser als der Anblick von kahlen Wänden und vergitterten Türen.

Nach fast einer Stunde sind wir endlich angekommen. »Und, sind die Hirsche noch da?«

»Ja.« Erin sieht durch ihr Fernglas und seufzt zufrieden. »Das ist ein guter Platz für sie. Nah am Wasser, und durch die Bäume sind sie vor der Hitze geschützt. Gut möglich, dass sie hier eine Weile bleiben.«

»Kann ich dir irgendwie helfen?« Ich deute auf das Equipment, das sie gerade aus dem Rucksack kramt.

Sie schüttelt den Kopf. Im nächsten Moment vernehme ich ein leises Knacksen.

»Hast du das auch gehört?«, frage ich.

»Nein.« Sie sieht sich kurz um, richtet ihre Aufmerksamkeit wieder auf ihr Vorhaben. Mit geschickten Handgriffen baut sie ein Stativ auf und befestigt die Kamera daran.

Mit einem unguten Gefühl checke ich die Umgebung. Das Geräusch ist nicht mehr zu hören, und ich hab keine Ahnung, was das genau war. Aber ich will lieber auf Nummer sicher gehen. Schließlich sind wir in der Wildnis, und ich bin für uns verantwortlich.

»Du bleibst hier, okay? Wenn was ist, einfach laut rufen.« Ich gebe ihr das Funkgerät. »Oder du nimmst Kontakt zum Camp auf.«

»Was hast du vor?« Sie sieht mich irritiert an.

»Nur ein bisschen umsehen. Nicht, dass wir von einem Bären oder so überrascht werden.« Ich zwinkere ihr zu, damit sie sich keine allzu großen Sorgen macht. Wobei – als Verhaltensbiologin käme sie mit einem Bären vermutlich besser zurecht als ich.

»Alles klar.« Sie nickt, streicht sich eine lose Strähne hinters Ohr und richtet die Kamera aus.

Wachsam streife ich durch die trockenen Sträucher, horche auf ungewöhnliche Geräusche. Aber da ist nur das Knacken von Ästen unter meinen Füßen, das Rascheln von verdorrtem Gras und ab und zu das Rufen eines Vogels. Nichts Beunruhigendes. Ich umrunde unsere Aussichtsplattform in einem Radius von etwa fünfzig Metern, stolpere unsanft über eine Felskante, die aus dem Boden herausragt, und fluche. So langsam komme ich mir paranoid vor, doch dann: Ein Schatten, eine Bewegung. Durch das Dickicht kann ich nicht erkennen, was es ist. Was es tut. Aber ich gehe hinterher. Es nähert sich der Plattform. Ich muss Erin warnen.

Kapitel 16

Erin

Einfach laut rufen. Mit einem Kopfschütteln sehe ich Jesse nach, der sich in leicht geduckter Haltung entfernt. Wenn ich das tue, werden wir die nächsten Tage mit der Suche nach einer anderen Herde Maultierhirsche verbringen. Auf keinen Fall gehe ich das Risiko ein, sie zu verscheuchen. Durch die Kamera sehe ich den jungen Hirsch, der neben einer trächtigen Kuh grast. Wahrscheinlich seine Mutter. Mich wundert es ein bisschen, dass er der Herde noch angehört und nicht als Einzelgänger durch die Natur zieht. Auch wenn sie ihn bald verjagen werden, gebe ich ihm einen Namen für meine Aufzeichnungen. Diver passt super. Ich beobachte gerade die anderen Tiere, untersuche sie nach Merkmalen, die mir helfen, sie zu unterscheiden, als es in der Nähe raschelt. Ob Jesse doch recht hatte? Suchend sehe ich mich um, aber da ist nichts. Bestimmt nur ein Pfeifhase oder ein Gelbbauchmurmeltier. Ich schaue wieder durch die Kamera. Der Mutter von Diver fehlt ein winziges Stück der rechten Ohrspitze. Vielleicht ist sie irgendwo hängen geblieben oder hat den Angriff eines kleineren Raubtieres abgewehrt. Egal – ich trage den Namen Earbite in meine Unterlagen ein und untersuche die nächste Hirschkuh. Wieder ein Rascheln, gefolgt von einem Knacken, ganz in der Nähe. Mein Puls beschleunigt sich. Alles nur, weil Jesses Gerede mit dem Rufen und dem Funkgerät mich nervös gemacht hat. Ich lege mein Bullet-Journal beiseite, taste nach dem Bärenspray von Peyton, das ich auch heute griffbereit in der Tasche habe, und schleiche dem Geräusch entgegen.

»Jesse?«, flüstere ich leise, falls es sich doch nicht um ein Tier handelt. Aber ich bekomme keine Antwort.

Erneut raschelt und knackt es, direkt in dem Busch vor mir. Ich ziehe das Spray aus der Tasche, den Finger auf der Düse, halte den Atem an, mache noch einen Schritt.

»Erin!«

Mit einem Schrei und ohne es zu wollen, drücke ich auf den Auslöser. Vor mir schießt ein felliges Etwas aus dem Gebüsch und rennt davon. Ich lasse das Spray fallen. Die Luft füllt sich mit gelbem Qualm, und Jesse taucht neben mir auf.

»Was zum …« Mehr bekommt er nicht raus. Es brennt wie Hölle auf der Haut und in den Augen. Verdammt! Hustend und keuchend versuchen wir dem Zeug zu entkommen.

»Was war das?« Jesse stöhnt, reibt sich über das Gesicht. Ich kann kaum etwas sehen, meine Schleimhäute brennen wie verrückt.

»Bärenspray«, krächze ich.

»Shit! Zum Wasser«, ruft Jesse, und wir kämpfen uns die fünfzig Meter durch den Trampelpfad von gestern hinunter zum Flussufer. Hastig wasche ich mir Gesicht und Arme, hüpfe schließlich ganz ins kühle Nass, da es etwas Linderung verschafft. Jesse ist direkt neben mir. Als wir nach einer Weile die Augen wieder richtig öffnen können, sehen wir uns an. Jesse ist rot wie ein Hummer. Rund um die Augenpartie ist die Haut geschwollen, zum Teil zieren kleine Bläschen sein Gesicht. Ich taste mich ab. Mit Sicherheit sehe ich nicht besser aus. Was ist das für ein Teufelszeug, ich habe doch nur kurz gedrückt und noch nicht mal auf irgendjemanden gezielt?

Jesse betrachtet mich kopfschüttelnd. »Dich hat's ganz schön erwischt.«

»Was? Guck dich doch mal an! Du siehst aus wie ein Pavianhintern!«, gebe ich zurück. Einen Moment starren wir uns schweigend an. Dann prusten wir los vor Lachen.

Ich kann nicht glauben, was gerade passiert. Schon wieder stehen wir zusammen im Wasser, diesmal nicht, um einen Hirsch zu retten, sondern uns. Vor diesem krassen Bärenspray. Nach ein paar Minuten haben wir uns beruhigt.

Jesse schüttelt immer noch grinsend den Kopf. »Wird nicht langweilig mit dir, Bambi.«

»Ach, halt die Klappe«, antworte ich und stapfe ans Ufer.

Die Haut im Gesicht tut immer noch weh, vor allem meine Augen brennen. Als wir wieder zurück an unserer Aussichtsplattform sind, zieht sich Jesse das Shirt über den Kopf, wringt es aus und legt es zum Trocknen hin, ebenso seine Jeans. Den Anblick von Jesse halb nackt in Boxershorts sollte ich seit gestern eigentlich gewohnt sein, aber halleluja, nein. Die Wassertropfen auf seinem definierten Rücken glitzern im Sonnenlicht. Bevor er es bemerkt, sehe ich weg. Glücklicherweise habe ich diesmal Ersatzklamotten eingepackt. Während Jesse sich nach dem Tier umsieht, das mit Sicherheit über alle Berge ist, nutze ich die Gelegenheit und tausche die durchnässte Kleidung aus. Wenig später kommt Jesse mit dem Spray in der Hand zurück.

»Das beste Zeug auf dem Markt. Damit kann man auch Elefanten abwehren.« Er legt es vorsichtig neben die Rucksäcke, als könnte es jeden Moment erneut losgehen.

»Was war das eigentlich für ein Tier?«, will ich wissen.

»Eines, das weder schreiende Menschen noch Bärenspray mag.« Jesse lacht. »Im Ernst, ich weiß es nicht. Vielleicht ein Wombat oder so.«

»Ein Wombat.« Ich schnaube. »Wombats gehören zu den Diprotodontia. Zur selben Gruppe wie Kängurus. Hast du schon mal Kängurus im Yosemite gesehen?«

»Wenigstens kannst du schon wieder klugscheißen«, entgegnet Jesse. »Egal, was es war. Jetzt ist es weg.«

Ich berühre stöhnend mein Gesicht, lege mein feuchtes Shirt darauf und schließe die Augen. An Arbeiten ist nicht zu denken. Ich höre, wie Jesse nach etwas kramt, dann ist seine Stimme plötzlich ganz nah.

»Das wird helfen«, sagt er sanft und nimmt mir den nicht mehr ganz so kühlen Stoff vom Gesicht. Er hockt vor mir, nur in Boxershorts, als wäre es das Normalste der Welt. In den Händen hält er eine Salbentube. »Gegen Insektenstiche. Aber da Cortison drin ist, hilft es gegen die Schwellung.«

Gebannt sehe ich zu, wie er eine kleine Menge auf seinen Finger gibt.

»Darf ich?« Er hebt die Hand, zögert einen Moment.

Ich weiß nicht wieso, aber ich nicke. Ganz zart berührt er die betroffene Haut um meine Augen, tupft vorsichtig die angenehm kühle Salbe drauf. In seinem Blick ist so viel Wärme und Fürsorge, dass es in meinem Bauch zu kribbeln beginnt. Der Geruch nach frisch gewaschenen Haaren steigt mir in die Nase. Ich schlucke. Habe nicht die geringste Ahnung, warum ich ihn so nah an mich heranlasse. Ich halte die Luft an. Jesses Blick verändert sich, als würde er spüren, dass es mir zu viel wird. Oder begreifen, dass es nicht richtig ist, für uns beide. Er zieht seine Hand zurück und richtet sich auf. »Okay, das reicht.«

»Danke«, murmle ich, ohne zu wissen, ob ich das Eincremen der schmerzenden Hautstellen meine oder dass er damit aufgehört hat.

»Kein Problem.« Jesses Lächeln wirkt angespannt. Er wendet sich ab, setzt sich ein paar Meter entfernt auf einen der Baumstämme und versorgt sein Gesicht ebenfalls mit der Salbe.

Ich atme tief durch. Wird Zeit, dass ich mich ablenke und mit den wirklich wichtigen Dingen beschäftige. Mein Bullet-Journal liegt noch aufgeschlagen mit dem Kugelschreiber in der Mitte neben der Kamera, die ich mit dem Stativ umgestoßen habe. Ich stelle sie sorgsam wieder auf und nehme mein Journal zur Hand. Während ich meine Aufzeichnungen von vorhin studiere, werde ich ruhiger. Ich unterdrücke das Bedürfnis, noch einmal einen Blick auf Jesse zu werfen, stattdessen stehe ich auf und schaue durch die Kamera. Die Herde hat sich zum Glück nur ein wenig entfernt, aber es sind noch alle sieben Tiere da. Diver, Earbite und die anderen, die dringend Namen brauchen. Eine Hirschkuh ist ganz offensichtlich die Älteste der Gruppe – ihr Fell ist stumpf, der Körperbau hager, aber krank sieht sie dennoch nicht aus. Einige graue Haare zieren die Partie um ihre Augen. Ich notiere »Granny« in meinem Bullet-Journal. Fehlen noch vier. Die andere ältere Hirschkuh nenne ich Midlife, weil sie deutlich jünger als Granny, aber im Gegensatz zu den Verbliebenen nicht trächtig ist. Dann ergänze ich noch Shot – sie hat die Narbe eines Streifschusses am Hals; Leg, die auf dem rechten Hinterbein humpelt, und White, bei der einige auffällige weiße Fellsträhnen an der Brust wachsen. Ich bin froh, dass die Gruppe nicht größer ist, obwohl es mir meistens nicht schwerfällt, individuelle Merkmale zu entdecken. Gerade will ich mich an die Dokumentation von Datum, Uhrzeit und allgemeinen Vorkommnissen machen, als mein Handy vibriert.

Ich ziehe es aus dem Rucksack und kann ein genervtes Aufseufzen nicht verhindern. Es ist Dylan. Seine letzte Nachricht kam erst vorgestern, und ich hatte so gehofft, er würde endlich begreifen, dass er mich in Ruhe lassen soll.

> Babe, ich sitze gerade in unserem Diner und muss
> an dich denken. Können wir nicht noch mal reden?
> Ich vermisse dich.

Falsch gedacht. Genervt stecke ich das Handy weg, ohne zu antworten.

»Lass mich raten.« Jesse legt gespielt nachdenklich einen Finger an seine Nasenspitze. »Das war ein anderer Typ, den du wahlweise mit einem Taser oder mit einem Pfefferspray auf Abstand gehalten hast und der dich jetzt auf Schmerzensgeld verklagt.«

»Sehr witzig«, gebe ich zurück. »In der Regel habe ich nix mit Typen zu tun, vor denen man sich schützen muss.«

»Ach, stimmt.« Er macht eine wegwerfende Bewegung. »Hab glatt vergessen, dass du mich für einen Schwerverbrecher hältst.«

»Du sagst mir ja nicht, was du verbrochen hast. Warum bist du hier?«, platzt es aus mir heraus.

»Na, damit du deine Doktorarbeit schreiben kannst.« Mit einem Stirnrunzeln mustert mich Jesse. Als ich ihn weiter durchdringend ansehe, wandern seine Augenbrauen nach oben. »Peyton hat dir doch bestimmt längst alles über mich erzählt.«

»Hat sie nicht.«

Er mustert mich skeptisch, als würde er mir nicht glauben.

»Wirklich nicht«, schiebe ich hinterher.

Er wendet den Blick ab, fixiert einen Punkt in der Ferne und schweigt. Komisch. Wieso denkt er, dass sich Peyton so unprofessionell verhalten würde?

»Warum hätte sie das tun sollen?«

»Keine Ahnung. Um dich vor mir zu warnen?« Er pflückt einen Grashalm ab und steckt ihn sich in den Mund. »Ich gehöre schließlich zu den bösen Jungs.« Sein Tonfall ist sarkastisch.

»Das hat sie getan.«

»Siehst du.«

Peyton hat mir auch das Bärenspray gegeben, aber das behalte ich lieber für mich. Ich würde mir gern selbst ein Bild machen über das, was Jesse getan hat. Aber mir wird bewusst, dass ich die schmerzhaften Erinnerungen aus meiner Vergangenheit auch immer für mich behalte. Nicht einmal Kelly weiß, was mir passiert ist. »Es tut mir leid, ich hätte nicht fragen sollen.«

Jesse sieht mich nicht an, aber er nickt. »Schon gut. Manchmal trifft man eben falsche Entscheidungen.« Mit dieser doppeldeutigen Bemerkung steht er auf und überprüft seine Kleidung.

Während ich noch darüber nachdenke, wandert mein Blick über seinen Körper. Ich kann es nicht verhindern. Seine gebräunten Arme lassen darauf schließen, dass er regelmäßig draußen ist. Genau wie seine Statur: Die harte Arbeit im Camp sieht man ihm an.

»Solltest du nicht lieber deine Hirsche beobachten?« Ein fast unmerkliches Zucken seines Mundwinkels verrät, dass er mich ertappt hat.

»Danke für den Hinweis, wäre ich nicht selbst drauf gekommen.« Ich verdrehe die Augen, widme mich meiner Kamera.

Sein leises Lachen schickt mir ein Prickeln die Wirbelsäule hinauf. Ich weiß nicht, was Jesse an sich hat, das mich immer wieder so aus dem Konzept bringt. Mit seinem Hintergrund ist er kein bisschen vertrauenswürdig, und das ist das oberste Gebot, wenn ich mich auf einen Menschen einlasse. Das Problem ist, wenn man so viel Zeit miteinander verbringt, kommt man sich automatisch näher, ob man es will oder nicht. Ich beschließe, es nicht zu wollen, und schnappe mir mein Bullet-Journal, trage Datum und Uhrzeit ein und beginne, mich wieder auf die Herde zu konzentrieren.

Kapitel 17

Jesse

Seit Stunden sitze ich nutzlos herum. Erin macht nicht viel anderes. Sie guckt durch die Kamera, notiert etwas, guckt wieder durch die Kamera. Manchmal drückt sie zusätzlich auf den Auslöser, der ein leises Klicken von sich gibt. Ich wusste, dass Verhaltensbiologie langweilig ist. Den ganzen Tag nur zusehen, wie andere ihr Leben leben, und das dann stur protokollieren. Dabei gibt es noch so viel zu tun. In Abschnitt D müssen die Wurzeln ausgegraben werden, weitere Bereiche brauchen eine Brandschneise, und die Temperaturen klettern von Tag zu Tag höher, sodass es nicht mehr lange dauern wird, bis das Löschen von Brandherden unsere Hauptaufgabe sein wird. Stattdessen hocke ich hier, lasse mich mit Bärenspray foltern und kann nichts dagegen tun. Obwohl ich genervt bin, muss ich bei dem Gedanken an unseren Schlagabtausch im Wasser schmunzeln. Pavianhintern hat mich noch nie jemand genannt. Nicht einmal Caroline, und das will was heißen, sie hat schließlich kaum ein Schimpfwort ausgelassen. Ich weiß noch, wie wir an meinem sechzehnten Geburtstag abends durch die Straßen getigert sind und sie sich die absurdesten Beschimpfungen für mich ausgedacht hat. Nur deshalb war der Tag einigermaßen erträglich gewesen.

Aber das war, bevor sich alles verändert hat. Bevor sie sich von mir entfernt und sich vor mir verschlossen hat. Bevor sie einen Weg eingeschlagen hat, den ich nicht mitgehen konnte. Ich schließe die Augen, verdränge die Erinnerung, atme tief durch und stehe auf. Mit dem Funkgerät in der Hand winke ich Erin zu, um ihr zu zeigen, dass ich mich ein Stück entfernen werde. Sie nickt. Ich klettere den Abhang hinunter zu dem Weg und folge ihm Richtung Norden. Als ich weit genug entfernt bin, um die Maultierhirsche nicht mehr zu stören, nehme ich Kontakt zum Camp auf.

»Hallo? Hier ist Jesse. Jemand da?«

Es knackt und rauscht in der Leitung, aber niemand antwortet mir. Ist mit dem Empfang was nicht in Ordnung? Ich drehe an dem Rädchen, gehe ein paar Schritte und versuche es erneut. Auch dieses Mal bekomme ich keine Antwort. Mein Bauchgefühl findet das überhaupt nicht gut. Das Funkgerät in Joes Büro ist rund um die Uhr besetzt, allein aus Sicherheitsgründen muss der Kontakt zur Außenwelt aufrechterhalten werden. Dafür wechseln sich die Betreuer in speziell eingerichteten Schichten ab, auch wenn Joe meistens die Nächte übernimmt. Es knistert und knackt.

»Hallo? Groveland Fire Department?«, fragt eine weibliche Stimme.

»Wer ist da?« Und warum fragt sie nach dem Groveland Fire Department? Was zur Hölle ist los im Camp?

»Hier ist Anna. Bist du das, Jesse?«

»Ja. Was ist los bei euch?« Anna ist eine der Betreuerinnen, die sich zusammen mit Maggie hauptsächlich um die Küche kümmert und dafür sorgt, dass die Jungs beim Kochen keinen Blödsinn machen.

»Ein Feuer in Aspen Valley, Abschnitt D. Das halbe Camp ist zum Einsatz dort. Sieht nicht gut aus. Ich wollte gerade Hilfe von Groveland anfordern.«

»Warum sagt mir denn niemand Bescheid?« Inzwischen ist mir egal, ob ich zu laut bin. Scheiß auf die Hirsche, es brennt. Ich muss zurück und helfen.

»Es ist alles unter Kontrolle, Jesse.« Annas Stimme klingt fester als eben noch. »Fahr deinen Beschützerinstinkt runter. Wir brauchen dich hier nicht.«

»Du wolltest doch gerade noch Unterstützung anfordern?«

»Ja, aber das hat nichts mit dir zu tun. Du bleibst bei der Studentin, okay? Wir haben schon schlimmere Situationen gemeistert. Over and out.«

Bevor ich noch etwas erwidern kann, rauscht es in der Leitung. Das glaube ich jetzt nicht. Wir sind noch nicht in der Hauptsaison, und das ist bereits der zweite Brand. Adrenalin peitscht mir durch die Adern, und ich laufe den Weg zurück zu Erin. Sie sieht kurz auf, als ich die Plattform hochklettere, wendet sich dann aber sofort wieder ihren Unterlagen zu.

»Pack die Sachen zusammen, wir gehen zurück zum Camp.« Ich greife mir einen der Rucksäcke, stopfe alles, was herumliegt, hinein.

»Hey«, protestiert Erin. »Wir haben noch mindestens drei Stunden, bis wir zurückmüssen! Ich hab hier zu tun!«

Ich lasse den Rucksack sinken, lege die Hände wie einen Trichter an den Mund und brülle: »Die Party ist vorbei!« Sofort nehmen die Hirsche Reißaus.

Erin springt auf und schnappt nach Luft. »Was soll das, du Idiot?«

»Es brennt, okay? Ich muss zurück und beim Löschen helfen, verdammt!« Meine Stimme überschlägt sich fast, und ich weiß, ich bin gerade alles andere als fair. Ich hasse es, mich so hilflos zu fühlen. Zusehen zu müssen, wie jemand in Gefahr gerät, und nicht eingreifen zu können. Aber hier kann ich eingreifen, und weder Anna noch Bambi werden mich daran hindern!

»Also kommst du jetzt?« Ich packe weiter die Sachen zusammen, bemerke aus den Augenwinkeln, dass Erin sich nicht rührt. Das kann doch nicht wahr sein. »Was ist dein Problem?«

»Du«, zischt sie mit funkelnden Augen. »Ich muss auch meine Arbeit machen, aber das ist dir vollkommen egal. Stattdessen verscheuchst du einfach die Hirsche. Vielleicht suchen sie sich sogar ein anderes Gebiet, damit bringst du meine gesamte Forschung in Gefahr.«

»Hast du eigentlich verstanden, was ich eben gesagt habe?« Ich kann nicht glauben, dass sie mir mit den verdammten Hirschen kommt. Während es brennt.

»Ja, du willst ein Feuer löschen. Aber Joe ist der Meinung, dass du mich begleiten sollst. Das heißt, sie kommen ohne dich klar, oder?« Sie verschränkt die Arme vor der Brust und mustert mich.

»Nicht, wenn es aus dem Ruder läuft.« Ich balle meine Hand zur Faust. Mit diesem Herumdiskutieren verlieren wir wertvolle Zeit.

»Tut es das denn?« Sie reibt sich über ihren linken Unterarm. Bevor ich ihr antworten kann, redet sie hektisch weiter. »Bis du da bist, haben die anderen es bestimmt unter Kontrolle. Wir brauchen schon allein zum Camp eine Stunde.«

Es nervt mich, dass sie nicht ganz unrecht hat. »Wenn du endlich deine Sachen packen würdest und wir uns beeilen, schaffen wir es auch in vierzig Minuten«, erwidere ich dennoch.

Wir starren uns an. Eine Sekunde, zwei Sekunden, drei Sekunden. »Also?«

»Kann ich nicht hierbleiben? Ich komme allein klar.« Erin zuckt mit den Schultern.

Ich seufze. »Mit deinem Monsterbärenspray habe ich keinen Zweifel. Aber ich hab meine Anweisungen. Und außerdem kannst du jetzt sowieso nichts mehr tun.«

»Ja, vielen Dank noch mal«, ätzt sie zurück.

»Ich aber schon, wenn wir Gas geben«, schiebe ich hinterher.

Ein Hauch von Resignation huscht über ihr Gesicht, als sie mir den Rucksack aus der Hand reißt.

Wenig später hasten wir über den Trampelpfad Richtung Camp. Ich versuche gar nicht erst, mit dem Funkgerät Kontakt aufzunehmen, denn ich weiß ganz genau, wer auch immer es hat, wird mir den Arsch aufreißen, weil ich auf dem Weg zurück bin.

Erin keucht hinter mir, aber sie bemüht sich, mit mir Schritt zu halten. Nach einer halben Stunde erreichen wir die verkrüppelte Gelbkiefer. Wir haben es fast geschafft. Wenn ich mich nicht täusche, rieche ich sogar ein bisschen verbranntes Holz. Als ich mich zu Erin umdrehe, hat sich der Abstand zwischen uns deutlich vergrößert.

»Komm, wir sind fast da«, rufe ich und warte ein paar Sekunden, damit sie aufschließen kann.

»Wo brennt es denn genau?«, fragt sie. Statt mich anzusehen, blickt sie sich hektisch um und reibt sich wieder über den linken Unterarm.

»In Aspen Valley. Hast du dich verletzt?«

Ihr Blick fliegt kurz zu mir, bevor sie von ihrem Arm ablässt und den Kopf schüttelt. »Und wo ist Aspen Valley? Ist das in der Nähe?«

»Natürlich, wenn ich jetzt noch stundenlang dahinlaufen müsste, käme ich wirklich zu spät zum Helfen.« Ich setze mich wieder in Bewegung. Aber Erin nicht.

»Was ist denn los?« Langsam nervt mich Bambi.

»Schon gut.« Sie reckt das Kinn und geht weiter.

Kurz darauf erreichen wir das Camp. Aber es ist nicht leer, wie ich erwartet habe, sondern die Männer scheinen bereits zurück zu sein vom Löschen. Joe steht mit einer Gruppe von Leuten in voller Montur und mit verrußten Gesichtern in der Mitte des Platzes. Als sie uns bemerken, drehen sie sich um.

»Was macht ihr denn schon hier?«

Er mustert uns argwöhnisch, und mir fällt ein, dass wir immer noch rote Quaddeln vom Bärenspray im Gesicht haben.

»Was ist mit dem Feuer?«

»Gelöscht«, antwortet Joe. »Was denkst du denn? Wir machen schließlich einen guten Job. Im Gegensatz zu dir, scheint mir.«

Erin hat die ganze Zeit nichts gesagt, steht nur neben mir und inspiziert die Umgebung, als wäre sie zum ersten Mal hier.

»Was ist mit euren Gesichtern passiert?« Joe kommt zu uns herüber, mit einer Handbewegung gibt er den anderen zu verstehen, dass sie erst einmal entlassen sind.

»Ach, das ist eine lange Geschichte«, winke ich ab. »Was war denn in Abschnitt D los?«

Bevor er antworten kann, meldet sich Erin zu Wort. »Das Feuer ist ganz sicher aus?«

Wir drehen uns beide zu ihr um. Sie sieht blass und erschöpft aus. Kein Wunder, ich habe sie den gesamten Weg bis hierher im Stechschritt hinuntergescheucht, und das bei der Hitze heute.

»Ja«, antwortet Joe schlicht, woraufhin Erin ohne ein weiteres Wort zu ihrem Wohnwagen geht. Einen Moment sehe ich ihr nach, dann wende ich mich wieder Joe zu. »Und?«

»Du weißt doch, dass es nicht immer zu erklären ist, wie ein Brand zustande gekommen ist.« Er wischt sich die Schweißtropfen von der Stirn, was einen schwarzen Streifen hinterlässt. »Der Brandherd war in einem Dickicht. Peyton ist mit Carter noch vor Ort geblieben. Sie warten, bis es runtergekühlt ist, und forschen nach der Ursache.«

Ausgerechnet Peyton. »Aber ist es für so große Brände nicht noch zu früh? Gestern gab es auch schon einen.«

Seine Stirn legt sich in Falten, und er seufzt. »Ja, stimmt. Ist mir auch aufgefallen. Aber irgendwann macht sich eben der Klimawandel bemerkbar. Die Brände werden in Zukunft häufiger und stärker sein. Und heute war es heiß und trocken. Warten wir ab, was Peyton nachher berichtet.« Joe wendet sich zum Gehen. »Ich muss unter die Dusche.«

Als ich mich auch gerade auf den Weg zu meinem Container machen will, hält mich seine Stimme zurück. »In einer halben Stunde bei mir im Büro, okay? Ich will die lange Version der Geschichte hören.«

Ergeben nicke ich. Natürlich lässt er mich nicht einfach so davonkommen. Joe ist fair, ja, aber nicht naiv. Mir bleibt gerade noch genug Zeit, mich umzuziehen, den Rucksack auszupacken und in Ruhe etwas zu trinken, dann mach ich mich auf den Weg zu Joe. Als ich an Erins Wohnwagen vorbeikomme, höre ich Wasser plätschern und seufze neidisch. Eine Dusche könnte ich auch gut gebrauchen. Dass sie eben so wortlos abgezischt ist, hab ich wohl meiner bescheuerten Aktion zu verdanken, für die ich jetzt den Kopf gewaschen bekomme. Aber ich konnte nicht anders. Es gibt nichts Schlimmeres, als untätig herumzusitzen, wenn andere in Gefahr sind.

Ich klopfe gegen den Türrahmen von Joes Container. Er blickt kurz auf, winkt mich hinein. »Mach die Tür zu und setz dich.«

Ich nehme vor ihm Platz, wappne mich für das, was kommen wird. Joe mustert mich ernst, streicht sich über die noch feuchten Haare. Sein Gesicht ist gerötet, wahrscheinlich ist er dem Feuer ziemlich nah gewesen.

»Anna hat mir von eurem Funkkontakt erzählt.«

Ich nicke.

»Du willst nichts dazu sagen?«, hakt er nach, schnappt sich einen Kugelschreiber vom Tisch und lehnt sich im Stuhl zurück.

»Es klang, als wäre das Team in Schwierigkeiten. Sie hatte das Groveland Fire Department angefunkt«, verteidige ich mich.

»Hat sie dich um Hilfe gebeten?« Joe ist nicht sarkastisch, seine Stimme klingt auch nicht abfällig oder fies. Es ist einfach eine Feststellung als Frage getarnt.

»Nein.« Ich seufze.

»Gut.« Er dreht den Kugelschreiber in den Fingern. »Ich schätze deine Einsatzbereitschaft, nicht, dass du mich falsch verstehst. Aber du hattest eine Aufgabe zu erledigen. Halte dich in Zukunft daran. Verstanden?«

»Ja.«

»Und was ist das da in deinem Gesicht?« Joe malt mit dem Kugelschreiber einen Kreis in der Luft vor mir.

»Bärenspray«, gebe ich resigniert zu.

Joe zieht die Augenbrauen hoch. »Das musst du mir erklären.«

Kurz erzähle ich ihm, wie es dazu kam, dass sowohl Erin als auch ich eine Ladung von dem Zeug abbekommen haben. Joe sieht mich einen Moment ungläubig an, dann lacht er laut und grunzend. »Eine Frau, die sich zu verteidigen weiß. Respekt!«

Bilder von Carolines blauen Flecken schießen mir durch den Kopf. Ihre aufgeplatzte Unterlippe, überall Kratzer und Striemen. Regungslos starre ich Joe an, und meine Kehle wird eng. Seine Bemerkung hat nichts mit mir zu tun. Trotzdem bahnt sich Wut einen Weg durch meinen Körper, und ich balle die Hände zu Fäusten. Ich muss hier raus.

Kapitel 18

Erin

Es dauert eine ganze Weile, bis ich mich beruhige. Mein Herz pocht immer noch viel zu schnell, und meine Hände hören nur langsam auf zu zittern, während ich ununterbrochen meinen Schutzengel-Anhänger drehe. Minutenlang starre ich aus dem Fenster, suche den Himmel nach dunklen Rauchwolken ab, beobachte die Feuerwehrleute, den Ruß an ihren Armen, die gerötete Haut vom Einsatz und die müden Gesichter. Erst als ich überzeugt bin, dass die Gefahr wirklich gebannt ist, lasse ich mich erschöpft auf mein Bett im Wohnwagen fallen. Ich bin so froh, dass ich die Angst herunterkämpfen konnte und Jesse mir nichts angemerkt hat. Nicht, weil ich mich dafür schäme – sondern weil sie dann noch mehr Raum einnimmt. Je mehr Menschen davon wissen, umso häufiger werde ich mitleidigen und sorgenvollen Blicken ausgesetzt sein, und dann ist die Angst dauernd präsent. Mir reicht es schon, dass Peyton gestern ins Schwarze getroffen hat. Zum Glück hat sie nicht weiter nachgebohrt und mich stattdessen mit ihren Fragen abgelenkt. Seufzend rapple ich mich auf, ziehe kurzerhand die Klamotten aus und nehme eine Dusche.

Das warme Wasser entspannt mich, und wenig später an meinem kleinen Tisch mit einem Becher Instantkaffee und meinem Bullet-Journal fühle ich mich fast wieder hergestellt. Auch wenn der Kaffee immer noch gewöhnungsbedürftig ist. Ich schlage mein Journal auf und werfe einen Blick auf meine Liste.

To-do-Liste Samstag 03.06.

5:00   Daily Walk ✓

5:30   Morgenroutine ✓

6:30   Frühstück mit Jesse ✓

7:00   Ins Gelände, Herde suchen und beobachten ✓

~~16:00   Rückkehr zum Camp~~ ✓

13:00 Rückkehr zum Camp ✓

~~17:00~~ 14:00 frisch machen, umziehen ✓

~~17:30~~ 14:30 Plan für den nächsten Tag und Ergebnisse
           protokollieren ✓

15:00 Recherchearbeit Maultierhirsche NEU ✓

16:00 Telefonat mit Susan NEU

17:00 Rescue-Gruppenchat NEU

19:00 Abendessen

~~20:00   Recherchearbeit Maultierhirsche~~

Ich prüfe meine bisherigen Aufzeichnungen, die dank Jesse nicht so umfangreich sind, wie sie sein könnten. Keine Ahnung, was ihn da vorhin geritten hat, die Hirsche zu verscheuchen und ins Camp zu hetzen, obwohl es eigentlich klar war, dass er nichts würde ausrichten können. So, wie Joe ihn eben angesehen hat, wird er bestimmt einen Einlauf bekommen. Wahrscheinlich zu Recht. Trotzdem. Vorsichtig betaste ich die immer noch gerötete Haut um meine Augen und muss dran denken, wie sanft Jesse die Stellen versorgt hat. Schnell ignoriere ich das Kribbeln, das in meinem Inneren aufsteigt, und widme mich meinen Unterlagen.

Nachdem ich mich eine ganze Weile mit Rechercheliteratur zu Maultierhirschen beschäftigt habe, mache ich eine Pause und rufe Susan an.

»Erin, Liebes. Ich hab schon gehofft, dass du dich meldest. Kommst du zurecht?« Susan klingt atemlos, als wäre sie zum Telefon gehetzt, und ich könnte mir in den Hintern beißen, dass ich ihr von den Strafgefangenen erzählt habe. Ich will nicht, dass sie sich wegen mir Sorgen macht. Sie hat schon genug um die Ohren. Schließlich ist da auch noch meine Mutter. Die ständige Angst vor diesem einen Anruf. Wenn es vorbei ist und sie es endgültig geschafft hat, sich zugrunde zu richten. Ich sollte bei diesem Gedanken traurig sein oder einfach irgendwas fühlen. Aber der Teil meines Herzens, der meiner Mutter gehört, ist taub. Taub wie ein vom Nervensystem abgeklemmter Körperteil. Ich räuspere mich.

»Ja, alles gut«, antworte ich zuversichtlicher, als ich mich fühle. »Ich habe mich mit einer Feuerwehrfrau angefreundet. Sie ist wirklich sehr nett.«

»Eine Feuerwehrfrau?«, echot Susan. Mir ist bewusst, wie schräg sich das anhört. Ausgerechnet ich und eine Feuerwehrfrau.

»Peyton ist außerdem Betreuerin im Programm«, schiebe ich hinterher.

»Oh, gut.« Susan atmet geräuschvoll aus. »Und die Hirsche?«

Ich berichte ihr von der kleinen Herde, die ich entdeckt habe, lasse aber vorsorglich Jesse und die ganzen Zwischenfälle aus. Das Camp ist wirklich das reinste Chaos – ich bin gerade mal zwei Tage hier, und es ist schon so viel passiert.

»Das klingt fantastisch. Ich freue mich für dich.« Meine Tante macht eine kurze Pause.

»Was ist?« Irgendwie habe ich das Gefühl, als würde sie mir etwas verschweigen.

»Nichts, Liebes.« Ich höre, wie sie mit einem Kugelschreiber klackert, was sie immer macht, wenn sie nervös ist. Dann seufzt sie. »Die Miete wurde erhöht. Um fünfzehn Prozent. Aber ich will dich damit nicht belasten.«

»Das ist Wucher«, schimpfe ich. Unser Vermieter ist ein tüchtiger Geschäftsmann, er weiß, was er noch rausholen kann, und tut es auch.

»Ja, wem sagst du das. Aber was Besseres und Günstigeres werden wir nicht finden. Meine Arbeitsstelle ist direkt nebenan.«

»Mit meinem Geld von der Unibibliothek bekommen wir das aber hin, oder?«

»Ich …« Susan stockt. Mir ist klar, dass sie es hasst, von mir etwas anzunehmen, aber ich bin mit meinen fünfundzwanzig Jahren erwachsen und müsste ja auch eine Wohnung selber zahlen, wenn es unsere Frauen-WG nicht gäbe. Dann kann ich den Teil, den ich beisteuere, auch erhöhen. Genau das sage ich ihr.

»Ich weiß«, murmelt sie. »Trotzdem. Nach alldem, was passiert ist, wünsche ich mir einfach etwas Besseres für dich.«

»Deswegen bin ich ja hier«, erwidere ich. »Wenn ich meine Sache gut mache, bekomme ich den Job, und dann wird alles anders«, sage ich, obwohl ich ganz genau weiß, dass manche

Dinge sich nicht ändern werden. Weil es nicht in meiner Macht liegt.

Anschließend schaue ich in unseren Rescue-Gruppenchat hinein. Es gibt wie immer etliche Zugänge, aber auch ein paar erfreuliche Neuigkeiten. Das kleine Fellknäuel, das Kelly und ich Einstein getauft hatten, hat bereits eine tolle Familie gefunden. Die Bilder von dem Kleinen mit seiner Adoptivmutter sind zuckersüß. Ich will gerade aus der Gruppe raus, als das Symbol für einen Videoanruf erscheint. Es ist Kelly. Sie strahlt in die Kamera, die Augen eingerahmt von einem leuchtenden pinkfarbenen Lidschatten. Ihr Mund glänzt in der gleichen Farbe. Aber das Pink reicht in keinster Weise an das Strahlen heran, das aus ihrem Inneren kommt.

»Ich hab eine Überraschung für dich«, trällert sie. Bevor ich irgendetwas sagen kann, hebt sie sich etwas auf den Schoß. Goliath! Er schnüffelt am Handy, und für ein paar Sekunden sehe ich nur seine Zunge, dann wieder ihn und Kelly, die schallend lacht. Mir wird warm bei dem Anblick. Und mir wird klar, wie sehr ich den kleinen Hund vermisse.

»Danke, Kelly.«

Später beim Abendessen berichten die Männer voller Stolz, wie sie das Feuer in seine Grenzen gewiesen haben, als hätten sie einen Drachen getötet. Und genau das ist es auch – ein alles verschlingendes Monstrum, das vor nichts und niemandem haltmacht. Meine Hände werden feucht, und ich taste nach dem Schutzengel um meinen Hals, um ihn fest zu umklammern und die kleine Kugel hin- und herzudrehen. Als ich aufblicke, hält mich Jesses Blick gefangen. Er sitzt schräg gegenüber von mir und beobachtet mich. Nicht abschätzig, sondern mitfühlend. Und das macht etwas mit mir. Ich hole tief Luft, lasse meinen Schutzengel los und widme mich mit aller Kraft meinem Teller. Mitleid will ich nicht. Von niemandem. Erst recht nicht von Jesse, der vielleicht auch das Leben von jemandem ruiniert hat. Wie fast alle hier an diesem Tisch. Meine Muskeln sind so angespannt – bereit, jeden Moment Höchstleistung zu bringen, damit ich fliehen kann. Ich hasse diese Angst.

»Diesmal hast du es nicht geschafft, den Helden zu spielen, Davis«, ätzt Maddox an Jesse gerichtet.

Einige lachen oder murmeln zustimmend. Jesse hingegen isst einfach weiter, spießt seelenruhig eine Karottenscheibe auf die Gabel, als hätte er nichts gehört. Aber ich sehe, wie seine Knöchel weiß werden, und frage mich, was vorgefallen ist, dass die beiden sich nicht ausstehen können.

»Maddox«, sagt Joe scharf. Nichts weiter.

Der zuckt mit den Schultern und trinkt einen großen Schluck aus seinem Glas, den Blick weiter abfällig auf Jesse gerichtet. Trotzdem gibt er nach und schweigt.

»Das ist der Grund, warum der Typ einer der Schlimmsten ist«, flüstert mir Peyton zu. »Er denkt, wenn er einfach ein paarmal was Gutes tut, ist alles andere vergessen.«

Ein Schaudern huscht mir die Wirbelsäule hinauf. Mich macht es wahnsinnig, nicht zu wissen, was Jesse getan hat. Und dass Joe im Gegensatz zu Peyton der Meinung ist, ich hätte nichts zu befürchten. Das bedeutet doch ganz klar, dass einer der beiden falschliegt.

Nach dem Abendessen strömen die meisten wieder zum Lagerfeuer. Ich gehe in Richtung meines Wohnwagens, Peyton lächelt verständnisvoll und folgt mir. Ich habe noch Zeit, weil ich meine abendliche Recherche schon heute Nachmittag erledigt habe. Gezwungenermaßen. Gemeinsam setzen wir uns auf die kleine Tritt-bank davor.

»Erzählst du mir jetzt, was mit deinem Gesicht passiert ist?« Peyton macht eine kreisende Bewegung mit dem Zeigefinger vor meiner Nase.

Ich stöhne. Beim Essen hatte ich abgewunken und gehofft, sie würde es dabei belassen. Aber so wie ich sie bisher kennengelernt habe, beißt sie sich gern fest, wenn sie etwas will.

»Das war dein Bärenspray«, seufze ich.

»Was?« Entsetzt sieht sie mich an. »Er hat dich angegriffen? Das musst du doch sofort melden!« Sie springt auf.

»Peyton.« Ich greife nach dem Ärmel ihres dunkelblauen Shirts. »Jesse hat mich nicht angegriffen.«

Einen Moment lang glaube ich, so etwas wie Enttäuschung in ihren Augen zu sehen, aber dann ist es so schnell vorbei, dass ich mich frage, ob ich mir das nur eingebildet habe.

»Was ist dann passiert?« Peyton lässt sich wieder neben mir nie-der und mustert mich aufmerksam.

Ich erzähle ihr von dem Tier im Gebüsch und dass ich aus Reflex auf den Sprühknopf der Flasche gedrückt habe. »Wir haben beide was von dem Zeug abbekommen. Angenehm war das nicht«, sage ich.

»Das soll es auch nicht sein«, belehrt sie mich. »Aber gut, dass du es dabeihattest. Bitte achte drauf, dass es immer in Griffweite ist, versprichst du mir das?«

Ihre Worte machen mir noch mehr Angst, und ich nicke. Ob-wohl es diesen einen Augenblick gab, wo ich Jesse so weit vertraut habe, dass er mein Gesicht berühren durfte.

Peyton streichelt mir sanft über den Rücken. »Danke. Ich will einfach nicht, dass dir was passiert.«

Meine Kehle wird eng, und ich schlucke gegen den Kloß in meinem Hals an. »Denkst du wirklich, Jesse würde mir etwas antun? Ich dachte, in diesem Programm sind keine Schwerverbrecher.« Das Zittern in meiner Stimme kann ich nicht verhindern.

»Ja, das dachte ich auch. Aber offensichtlich muss man nur die richtigen Kontakte haben, um sich einen angenehmeren Platz als das Gefängnis zu sichern.« Sie schnaubt verächtlich. »Überall gibt es Korruption.«

Nach dem Gespräch mit Peyton fällt es mir schwer, zur Ruhe zu finden. Lange sitze ich an meinem Bullet-Journal, bastle an meinen Plänen und Übersichten, markiere Textstellen mit meinem grünen Lieblingsmarker, stelle To-do-Listen für die nächsten Tage zusammen. Aber es dauert, bis sich eine gewisse Erleichterung einstellt. Viel länger als sonst. Auch das Einschlafen gelingt mir nicht sofort, ich wälze mich ewig hin und her, kontrolliere die Tür, schaue hinaus in den sternenklaren Himmel, öffne das Seitenfenster, schnuppere, ob ich Rauch riechen kann, und bin genervt von mir selbst.

Ein schrilles und unendlich lautes Geräusch lässt mich schließlich hochfahren. Eine Sirene! Mein Herz rast sofort los, und ich springe aus dem Bett. Dabei stolpere ich, weil ich meine Beine nicht unter Kontrolle habe. Bis vor einer Sekunde war ich noch im Tiefschlaf. Was ist hier los?

Draußen gehen überall die Lichter an, Menschen kommen aus den Containern gerannt, streifen sich ihre Uniformen im Laufen über. Joe ist mittendrin und koordiniert die Männer. Es brennt. Ich schnappe nach Luft. Was soll ich jetzt machen? Drinbleiben? Rauslaufen? Hektisch blättere ich durch mein Journal und finde die Notizen zum Verhalten im Notfall. *Ruhig bleiben.* Ja, nur wie denn, wenn mir das Adrenalin mit tausend Meilen pro Stunde durch das System rauscht, verdammt? Ich versuche, langsamer zu atmen. Ein und wieder aus. Aber scheiße, das fühlt sich absolut nicht richtig an, als würde ich einfach nur Zeit verlieren. Ich habe schon einmal genau das Falsche getan. Das darf nicht wieder passieren. Mit zitternden Händen will ich die Tür aufschließen, aber es gelingt mir nicht. Ich schlage gegen den Kunststoff, der mich von der Außenwelt trennt. Einmal, zweimal, dreimal. Und versuche immer weiter, den verdammten Schlüssel zu drehen.

»Erin?«

Gott sei Dank, es ist Peyton. »Ich bekomme die Tür nicht auf«, schluchze ich. Erst jetzt wird mir bewusst, dass ich weine.

»Bleib ganz ruhig, okay? Es ist alles in Ordnung. Das Feuer ist nicht hier«, sagt sie und klingt dabei wirklich nicht aufgeregt, sondern routiniert.

Der Druck lässt ein bisschen nach, und ich richte meine Konzentration auf die Tür und den Schlüssel. Es klickt, und ich bin draußen. Peyton zieht mich in eine tröstliche Umarmung, so warm und sanft, dass die Tränen einfach wieder laufen, obwohl ich es nicht will.

»Alles ist gut. Schhhh«, macht sie und wiegt mich ein paar Momente, bevor sie sich von mir löst.

»Peyton, wo bleibst du?«, brüllt Joe und macht hektische Armbewegungen.

»Ich komme«, ruft sie, und für einen kurzen Augenblick kehrt die Panik zurück. »Du bist hier in Sicherheit, Erin. Bleib bei deinem Wohnwagen, ja? Ich muss jetzt mit den anderen raus, um das Feuer zu löschen.« Zuversicht steht in ihren Augen geschrieben. »Vertraust du mir?«

»Ja«, krächze ich.

»Gut.« Sie nickt, dann dreht sie sich um und läuft eilig zu Joe hinüber. Ich lasse mich auf die Bank sinken, denn meine Knie sind so weich, dass ich befürchte, sie tragen mich nicht mehr lange. Die Sirene ist verklungen, das Camp beinahe leer gefegt. *Ruhig bleiben.* Zwei einfache Worte, die so schwer umzusetzen sind.

Kapitel 19

Jesse

Beim ersten Ton der Sirene bin ich wach. Irgendwie hatte ich es im Gefühl, dass das Feuer heute Nachmittag noch nicht alles war, was auf uns wartet. Joe macht immer einen guten und gewissenhaften Job, aber er hat Peyton zur Ermittlung der Brandursache zurückgelassen. Keine Ahnung, ob und was das zu bedeuten hat. Garcia neben mir stöhnt, steht aber ebenfalls auf. So schnell ich kann, ziehe ich mir die Schutzkleidung über. Bloß nicht hektisch werden, das geht nur nach hinten los. Wenige Sekunden später bin ich draußen auf dem Platz, meine Sinne sind geschärft, ich nehme alles wahr. Die Infos, die Joe uns zuruft, Garcia, der hinter mir schnauft, das Knacken des Funkgeräts, die kalte Nachtluft und der hauchzarte Geruch nach Rauch. Ich rücke meinen Schutzhelm zurecht und überprüfe den Gürtel mit den Werkzeugen. Ich bin bereit. Mit drei Viertel der Besatzung machen wir uns im Laufschritt auf den Weg zum Aspen Valley. Laut den Informationen brennt ein Gebiet in der Größe von mehreren Quadratmetern. Schon von Weitem kann ich erkennen, dass die Flammen ziemlich hoch sind. Das wird knapp.

»Jesse – die Umgebung sichern, wir brauchen eine Brandschneise! Zu hoch zum Löschen. Nimm dir ein paar Leute mit«, ruft Joe.

Ich nicke, winke Garcia, Nolan, Jax, Frank und Cody zu mir. »Ihr zwei geht rechts herum, ihr links.« Mit schnellen Handbewegungen weise ich die Männer ein und übernehme gemeinsam mit Nolan die Mitte. Das ist erst sein dritter Einsatz, ich muss ihn im Auge behalten. »Das ganze Gestrüpp muss weg. Beeil dich!«

Innerhalb von Minuten bin ich schweißgebadet. Nicht nur wegen der harten Arbeit, auch wegen der Nähe zum Feuer, das eine unheilvolle Wärme abstrahlt. Heißer Rauch beißt in meinen Augen, und ich ziehe das Visier runter. Joe bemüht sich mit den anderen, die Flammen unter Kontrolle zu halten, damit sie nicht auf die Umgebung überspringen. Für die kleinen Wasserrucksäcke, die wir alle auf dem Rücken tragen, ist das Feuer schon zu stark. Minutenlang hört man nur das Knistern der Zweige, die sich dem Element unterwerfen, das Keuchen der Männer, die alles geben, um eine Brandschneise zu bilden, und das Zischen der Wasserschläuche. Dann durchschneidet Joes Brüllen die Geräuschkulisse. »Peyton, bist du wahnsinnig? Beweg deinen Hintern da weg, aber sofort!«

Ich drehe mich um. Peyton hat sich dem Brandherd bis auf wenige Meter genähert, versucht ernsthaft, das Feuer auf eigene Faust einzudämmen. Sie hört Joe nicht. Oder sie tut zumindest so. Maddox kommt ihr zu Hilfe, dann Stiles, glaube ich. Ich fasse es nicht. Was zum Teufel soll das?

»Wollt ihr mich verarschen? Ihr geht alle zurück ins Gefängnis, wenn ihr nicht mit dem Irrsinn aufhört!« Joe meint es ernst, das ist kein Spaß mehr.

Maddox und Stiles ziehen die Schwänze ein und überlassen

Peyton ihrem Schicksal. Joe macht ein paar schnelle Schritte auf sie zu und zerrt sie vom Feuer weg. Er packt sie an den Schultern und zischt ihr irgendwas zu, was ich nicht verstehen kann. Keine Ahnung, welche Sicherung bei Peyton im wahrsten Sinne des Wortes durchgebrannt ist. In der gesamten Zeit, die ich hier im Camp bin, habe ich kein einziges Mal erlebt, dass sie sich Joe widersetzt hat, und schon gar nicht, dass sie etwas so Dummes getan hat.

Den Rest der Nacht sind wir damit beschäftigt, das Feuer kontrolliert runterbrennen zu lassen. Immerhin haben wir es geschafft, ein Spotfire zu verhindern, bei dem es durch Funkenflug zu weiteren Brandstellen kommt, die sich zusätzlich zur eigentlichen Flammenfront verbreiten. Auf dem Rückweg herrscht eine extrem laute Stille. Niemand spricht, nur erschöpftes Atmen, das Rascheln unserer Schutzkleidung und die schweren Schritte sind zu hören. Ich bin krass müde, trotzdem denke ich über Peyton nach. Ihr Kontakt zu uns ist manchmal fragwürdig, das Geflirte und die Avancen, die sie mir gemacht hat, sind alles andere als professionell. Aber in ihrem Job als Feuerwehrfrau hat sie sich nie etwas zuschulden kommen lassen. Warum jetzt? Das, was sie eben getan hat, war auch kein Flüchtigkeitsfehler, sondern schlicht dumm. Ich drehe mich nach ihr um. Peyton starrt stur auf den Weg, ihr Gesicht ist wie versteinert. Auch darauf kann ich mir keinen Reim machen. Immer, wenn ich sie ansehe, findet sie einen Grund, mich anzugiften. Und ich bin mir sicher, sie weiß ganz genau, dass ich gerade zu ihr schaue. Warum hat es jetzt ein zweites Mal im Aspen Valley gebrannt? Hat sie die Nachsorge nicht anständig durchgeführt? Ist sie deshalb so ausgerastet, weil dieses zweite Feuer auf ein Versagen von ihr zurückzuführen ist?

In dem Moment, wo wir das Camp erreichen, hellt sich ihr

Gesichtsausdruck auf, und sie beschleunigt ihre Schritte. Sie verfällt in einen Laufschritt und zieht schließlich Erin in ihre Arme, die ziemlich beunruhigt aussieht. Ich würde gerne glauben, dass Peyton ein fürsorglicher Mensch ist, aber meine Erfahrung mit ihr ist eine andere. Ich verstehe gar nichts mehr. Aber eigentlich muss ich das auch nicht. Nicht mein Zirkus, nicht meine Affen. Entschlossen steuere ich die Sanitärcontainer an und nehme eine schnelle Dusche, um den Ruß und den Gestank nach verbrannter Natur von meinem Körper zu waschen.

Eine Stunde später liegen Garcia und ich in unseren Betten. Während er eingepennt ist, sobald er das Kissen berührt hat, will mein Kopf einfach nicht abschalten. Irgendwann bin ich so genervt, dass ich wieder aufstehe und mir Klamotten überwerfe. Ich komme nicht drauf klar, dass es zweimal im selben Abschnitt gebrannt hat. Und dass Peyton sich so merkwürdig verhalten hat, tut sein Übriges.

Leise schleiche ich mich aus dem Camp und laufe durch die Nacht zurück zur Brandstelle. Eigentlich dürfen wir uns nicht weiter als fünfhundert Meter entfernen, aber ich muss es riskieren. Mit der Taschenlampe untersuche ich sorgfältig den Boden, der inzwischen abgekühlt, aber an einigen Stellen immer noch lauwarm ist. Der Geruch nach Rauch hängt in der Luft und vermischt sich mit der Feuchtigkeit der Morgendämmerung. Den Brandherd kann ich deutlich ausmachen, er befindet sich in einer kleinen Senke, hier müssen Büsche gestanden haben, die komplett heruntergekohlt sind. Suchend sehe ich mich um. Ich kann nichts Auffälliges entdecken. Dabei weiß ich noch nicht einmal, nach was ich überhaupt suche. Nach einem Brandauslöser? Einem Brandbeschleuniger? Das ergibt doch überhaupt keinen Sinn, oder? Ich stoße ein genervtes Zischen aus. Der Schlafmangel scheint mir Flausen in den Kopf zu setzen. Wird Zeit, dass ich zurück ins Bett komme, bevor mich noch jemand erwischt und ich wegen meiner Hirngespinste richtig Ärger bekomme. Ich will gerade aufbrechen, als ich etwas im Schein der Taschenlampe entdecke. Winzig und orangefarben. Der Filter einer Zigarette. Wahrscheinlich die Brandursache. Fragt sich nur, ob sie unachtsam oder absichtlich weggeworfen wurde.

Garcia schläft immer noch tief und fest, als ich kurze Zeit später zurück in den Container husche. Inzwischen bin ich so müde, dass ich mir wünsche, ich wäre nicht auf diese absurde Idee gekommen, die wenigen Stunden, die mir bleiben, draußen herumzuschleichen, auch wenn die Kippe sicher in meiner Hosentasche verstaut ist. Bis zum Kinn eingekuschelt schließe ich gerade die Augen, als es leise an der Tür klopft. Einen Moment lang bin ich irritiert und sehe auf die Uhr. Es ist fünf. Ernsthaft? Mir wird klar, dass Erin sich offenbar dazu entschieden hat, ihren »Daily Walk« gegen eine Joggingrunde mit mir einzutauschen. Ich fasse es nicht! Wie dreist kann man sein? Sie hat doch mitbekommen, was heute Nacht los war. Keine Ahnung, was sie sich denkt – dass jemand wie ich keinen Schlaf verdient hat, vielleicht? Ich will wütend auf sie sein, aber andererseits … Wenn ich jetzt einschlafe und in neunzig Minuten aufstehen muss, werde ich total zerschlagen sein. Wahrscheinlich ist es besser, einfach komplett auf den Schlaf zu verzichten.

Kapitel 20

Erin

To-do-Liste Sonntag 04.06.

5:00   ~~Daily Walk~~ Joggen mit Jesse NEU

5:30   Morgenroutine

6:30   Frühstück mit Jesse

7:00   Ins Gelände, Herde suchen und beobachten

16:00   Rückkehr zum Camp

17:00   Frisch machen, umziehen

17:30   Plan für den nächsten Tag und Ergebnisse
        protokollieren

19:00   Abendessen

20:00   Recherchearbeit Lebensweise der Maultierhirsche

Die Tür wird geöffnet, und mein Blick fällt auf Jesses zerzauste Haare, dann schiebt er die Tür ein Stück weiter auf, und ich bleibe an seiner nackten muskulösen Brust hängen.

»Ernsthaft?« Jesse zieht eine Augenbraue hoch und sieht mich abschätzig an.

»Was meinst du?« Ich bin irritiert, schließlich hat er mir gestern angeboten, dass ich ihn beim Joggen begleiten könnte.

»Du hast schon mitbekommen, dass es heute Nacht gebrannt hat, oder?« Er verschränkt die Arme vor der Brust und lehnt sich gegen den Türrahmen.

Ich schlucke gegen den Kloß in meinem Hals an. Genau das ist ja mein Problem. Die Angst hat mich fest im Griff, und das Einzige, was mir jetzt noch helfen kann, ist meine Routine. Es ist fünf Uhr, und ich brauche meinen verdammten Spaziergang, sonst drehe ich durch. Aber wie soll ich ihm das erklären, ohne mich angreifbar zu machen?

»Natürlich habe ich das mitbekommen, aber deswegen wirft man ja nicht seinen ganzen Tagesplan durcheinander, oder? Immerhin brennt es nicht mehr.« Ich presse die Lippen aufeinander.

Er schüttelt den Kopf. »Und wenn es noch brennen würde, hättest du mich dann trotzdem abkommandiert, damit ich mit dir laufen gehe?«

»Mach dich nicht lächerlich«, gifte ich ihn an. Obwohl eine kleine Stimme in mir sagt, dass ich gern sehr weit weg vom Feuer mit ihm laufen gegangen wäre. Gestern ist ja auch nicht das gesamte Team zum Löschen ausgerückt.

Einen Moment lang mustert er mich mit skeptischem Blick, dann zuckt er mit den Schultern. »Ach, was soll's. Ich zieh mir eben was an.«

»Danke«, flüstere ich und bin mir nicht sicher, ob er es gehört hat.

Die nächste halbe Stunde ist hart. Vor Anstrengung schnaufend stolpere ich Jesse hinterher, der ganz locker in einem flotten Tempo den Pfad vorausjoggt.

»Wo bleibst du denn, Bambi? Ich laufe schon viel langsamer als sonst.« Er dreht sich zu mir um, und ein schadenfrohes Grinsen huscht über sein Gesicht. So ein Mistkerl.

»Du ... sollst ... mich ... nicht ... Bambi ... nennen ...«, keuche ich zwischen einzelnen Atemzügen hervor und bin danach kaum noch in der Lage, weiterzulaufen. Ich habe Seitenstechen. Aber als wir wieder beim Camp ankommen, ist mein Kopf angenehm leer gefegt, und ich habe nicht ein einziges Mal über letzte Nacht nachgedacht. Wahrscheinlich, weil mir dazu schlicht der Sauerstoff fehlt.

Der Rest meiner Morgenroutine verläuft um einiges entspannter, und ich bin froh, dass ich Zeit habe, wieder zu Atem zu kommen, bevor wir uns nach dem Frühstück auf den Weg in die Wildnis machen. Während das zarte Morgenrosa sich in einen wunderschönen Sonnenaufgang verwandelt, das Rascheln und Zirpen jenseits des Trampelpfads erklingen und die noch klare und kühle Luft eine Wohltat für meine inzwischen wieder erhitzte Haut ist, reden Jesse und ich kein Wort miteinander. Aber das ist okay. Immer noch besser, als sich den ganzen Fußmarsch über anzuzicken. Wir sitzen nun mal beide im selben Boot – ich bin auf seine Hilfe angewiesen, und er muss den Anweisungen von Joe folgen.

»Siehst du – deine Truppe ist noch da«, sagt Jesse triumphierend, als die Aussichtsplattform in Sichtweite kommt.

»Dein Glück«, erwidere ich. Nachdem er gestern die Herde absichtlich verscheucht hat, war ich mir nicht sicher, ob sie wiederkommen. Schließlich war es schon das zweite Mal in kurzer Zeit, dass wir sie mit unserer Anwesenheit gestört haben.

»Wieso mein Glück?« Jesse lässt den Rucksack zu Boden gleiten und streicht sich die dunklen Haare aus der Stirn. »Ich bin ja nicht derjenige, der sie beobachten will.«

»Ach«, schnaube ich. »Das ist mir neu.« Ich rolle mit den Augen. Offensichtlich hat das friedliche Schweigen ein Ende gefunden. »Wenn sie jetzt nicht hier gewesen wären, hättest du mich weiter durchs Gelände führen müssen. Und du siehst nicht gerade aus, als ob du große Lust dazu hättest.«

»Gut erkannt, Bambi.« Er schnappt sich eine der Wolldecken aus dem Gepäck. »Wenn die Viecher nicht hier gewesen wären, hätte ich dich einfach auf deinem Arsch sitzend auf sie warten lassen.« Seelenruhig macht er es sich mit der Decke gemütlich.

»Bitte, was?!« So eine Frechheit. Nicht nur, dass er wieder diesen Spitznamen benutzt, auch dass er mich einfach im Stich gelassen hätte.

»Ja, dann weißt du mal, wie das ist, den ganzen Tag nur herumzusitzen und nichts tun zu können. Außerdem schadet dir eine Pause nicht, nachdem du beim Joggen fast zusammengebrochen wärst.« Er lacht, verschränkt die Arme hinter dem Kopf und schließt die Augen.

»Ich jogge auch normalerweise nicht – ich gehe spazieren.«

Aber Jesse antwortet nicht mehr. Seine Augen sind geschlossen. Der spinnt ja. Ich schnaube und mache mich an die Arbeit.

Zuerst checke ich, ob alle Hirsche noch da und unversehrt sind. Earbite, Shot, Leg und White haben noch nicht gekalbt. Lange wird es aber sicher nicht mehr dauern. Granny wirkt trotz ihres Alters stabil, und auch Diver ist noch Teil der kleinen Herde. In den nächsten Stunden bin ich damit beschäftigt, die Interaktionen zwischen den Tieren aufzuzeichnen.

Unwillkürlich schweift mein Blick zu Jesse, der bequem in der

Sonne liegt und inzwischen ein leises Schnarchen von sich gibt. Seine Gesichtszüge sind so entspannt, er wirkt vollkommen unschuldig. Aber wenn er das wäre, wäre er nicht hier. Ich richte meine Konzentration wieder auf die Herde.

Mittlerweile ist einige Zeit vergangen, und die Sonne brennt vom Himmel. Mich wundert, dass Jesse davon nicht wach wird. Allerdings hat er ja wirklich nicht viel Schlaf bekommen. Und obwohl ich immer noch sauer wegen seiner Bemerkungen bin, nehme ich die zweite Wolldecke und schleiche zu ihm hinüber, um ihm ein provisorisches Sonnensegel zu bauen. Er bewegt sich kurz im Schlaf, murmelt etwas, das ich nicht verstehen kann, wacht aber nicht auf. Zumindest liegt er jetzt halb im Schatten. Zufrieden gehe ich zurück zu meiner Kamera und setze meine Arbeit fort. Trotzdem kann ich nicht verhindern, dass sowohl meine Gedanken als auch mein Blick immer wieder zu Jesse hinüberhuschen. Ich werde aus ihm einfach nicht schlau. So ist das mit den Menschen – Tiere sind so viel leichter zu lesen, weil sie ihre Körpersprache nutzen und nicht das Gegenteil von dem tun, was sie sagen. Jetzt zum Beispiel dreht sich Midlife zu Diver, und ich kann an ihrem Ohrenspiel genau erkennen, dass sie sich über etwas ärgert. Da gibt es keine doppelten Böden, keine Hinterlist, keine Zweideutigkeit und keine verborgenen Botschaften. Es ist alles einfach klar. Jedenfalls für diejenigen, die sich damit intensiv beschäftigen. Und genau das tue ich jetzt, um mich von Jesse abzulenken, denn deswegen bin ich schließlich hier.

Es vergeht eine ganze Zeit, in der meine Aufzeichnungen sowohl schriftlich als auch technisch wachsen, und ich bin zufrieden, dass es heute so viel besser klappt als die vergangenen Tage. Bis in der Ferne ein deutliches Grummeln ertönt. Die Tiere halten mitten beim Äsen inne und sehen sich um. Der Himmel verdunkelt sich innerhalb von wenigen Minuten. Als die Herde sich zurückzieht, packe ich beunruhigt meine Sachen zusammen und gehe zu Jesse, der immer noch schläft.

»Hey. Wach auf.«

Keine Reaktion. Wie kann er nur seit Stunden so dermaßen tief und fest schlafen?

Eine gespenstische Stille hat sich über die Wildnis gelegt, kein Blatt bewegt sich, kein Knistern ist zu hören, und dichte Wolken haben sich über uns zusammengezogen. Noch nie habe ich einen so heftigen Wetterumschwung erlebt. Lange wird es nicht mehr dauern, bis das Gewitter losbricht, und ich würde es bevorzugen, dann nicht mehr hier zu sein.

Ungeduldig knie ich mich zu Jesse hinunter und stupse ihn an der Schulter. Nichts. Mein Puls beschleunigt sich. Irgendwas stimmt nicht mit ihm, warum wacht er denn nicht auf? Atmet er überhaupt? Meine Gedanken überschlagen sich. Mit zitternden Händen schüttle ich ihn.

»Jesse«, flehe ich. Aber im selben Moment verschluckt ein lautes Donnern meine Verzweiflung.

Kapitel 21

Jesse

Mühsam öffne ich die Augen. Das Gesicht einer wunderschönen Frau mit panischem Blick manifestiert sich vor mir. Erin. Wo bin ich? Ich habe das Gefühl, durch kniehohen Morast zu waten, mein Verstand arbeitet nicht richtig. Die Luft riecht warm und feucht. Träge hebe ich eine Hand, reibe mir über die Stirn. O Gott, ich glaube, mir platzt gleich der Schädel.

»Steh auf«, stößt Erin aus. »Wir müssen zurück zum Camp. Selbst die Hirsche sind schon geflüchtet.«

Ich rapple mich auf. Für ein paar Sekunden dreht sich alles, aber dann begreife ich, was sie meint. Ein Unwetter. Und wir mittendrin. Ich springe auf, taumle, verliere die Orientierung, sinke wieder auf die Knie. Was ist denn nur los? Ich stöhne.

»Was ist mit dir?«

»Kopfschmerzen. Wie spät ist es überhaupt?« Meine Zunge ist schwer, die Worte klingen seltsam unrund, als wäre ich betrunken.

Erin scheint es ebenfalls zu bemerken, sie sieht mich sorgenvoll an. »Halb vier«, sagt sie und reicht mir eine Flasche Wasser. »Du hast die ganze Zeit gepennt und viel zu wenig getrunken.«

Dankbar nehme ich die Flüssigkeit entgegen und leere sie in schnellen Zügen. Dann überrollt mich eine Welle von Übelkeit. Erneut kann ich ein Stöhnen nicht unterdrücken. »Mein Schädel killt mich. Und mir ist schlecht.«

Ein greller Blitz schießt über den Himmel, gefolgt von einem unheilvollen Donnern. »Wir müssen ...« Ich stehe auf, kann mich kaum halten. Erin stürzt zu mir, greift nach meinem Arm und hilft mir auf. »... hier weg. Zum Camp schaffen wir es nicht.«

»Aber wohin dann?« Ich schließe kurz die Augen. Es kostet mich irre viel Kraft, zu überlegen, wo wir hinkönnen. Alles ist irgendwie dumpf und taub. Die einzige klare Wahrnehmung ist der starke Kopfschmerz. Das ist nicht normal.

»Wanderhütte, da lang«, presse ich hervor und zeige Richtung Norden, verliere dabei fast das Gleichgewicht.

»Ich glaube, du brauchst einen Arzt.« Mit ihren großen Augen mustert sie mich.

»Seh hier keinen«, nuschle ich und gehe los. Egal, was mit mir ist, wir müssen hier weg. Erin hält mich weiter am Arm fest, zum Glück. Es fühlt sich an, als würde sich der Boden bewegen.

»Wir sollten das Funkgerät nehmen«, sagt Erin. »Vielleicht können wir Hilfe holen.«

Mir ist das zu viel. Ich kann da nicht drüber nachdenken, gehe einfach weiter vorwärts.

»Warte – unsere Rucksäcke!« Einen Moment sieht sie zwischen mir und der Plattform hin und her.

»Geh schon«, stöhne ich und lehne mich gegen einen Felsbrocken. Ich versuche, ganz ruhig zu atmen, die Schmerzen auszublenden. Aber es gelingt mir nicht. Wahrscheinlich könnte ich wirklich einen Arzt gebrauchen, aber wir sind nun mal mitten in der Wildnis.

Keuchend taucht Erin mit den Sachen auf. Ich bedeute ihr, mir beim Anziehen des Rucksacks zu helfen, allein schaffe ich es nicht. Sobald ich mich ein wenig drehe, wird mir sofort schwindelig. Tropfen lösen sich bereits aus den Wolken, fallen auf den trockenen Stein, an dem ich mich abstütze. Dann bricht das Unwetter los. Der Regen prasselt auf uns, und innerhalb von Sekunden sind wir bis auf die Haut durchnässt.

»Los, weg hier.« Erin hakt sich bei mir unter, und gemeinsam bewegen wir uns, so schnell es geht, zu der Wanderhütte. Ich kann nicht zählen, wie oft ich stolpere, wie oft allein Erin verhindert, dass wir stürzen. Mein Hirn fühlt sich an wie eine Kirchenglocke, das Läuten dröhnt durch mich hindurch, und alles schwingt hin und her. Als wir endlich die Tür der Wanderhütte aufstoßen, will ich nur noch eins: mich hinlegen und im Nebel verschwinden.

Kapitel 22

Erin

Erschöpft lasse ich meinen Rucksack zu Boden plumpsen, lehne mich von innen gegen die Holztür der Hütte und bringe meinen Atem zur Ruhe, während Jesse sich auf den provisorischen Schlafplatz sinken lässt. Keine Ahnung, wie wir es hierher geschafft haben. Ich habe Jesse mehr getragen, als dass er selbst gelaufen ist, dabei ist er so viel größer als ich. Mein Rücken schmerzt, und ich lasse meine Schultern kreisen.

Die Hütte besteht aus zwei ineinander übergehenden Räumen, die spärlich mit einem Tisch und mehreren unterschiedlichen Stühlen eingerichtet sind. Ein kleiner Ofen steht in der Mitte, daneben ist Brennholz gestapelt. Es riecht nach Staub und Stroh. Letzteres bildet das Bett – einfach ein paar Strohballen, auf die eine Decke ausgebreitet wurde, damit es nicht pikst. Ein paar Kissen, zusätzliche Decken, die leicht muffig riechen, das war es dann auch schon. Ich streiche mir das nasse Haar zurück und gehe zu Jesse, der eine Hand auf seine Stirn gepresst hält und stöhnt.

»Immer noch Kopfschmerzen?«

»Ja«, antwortet er und rollt sich auf die Seite. Sein Gesicht ist rot. Kurzerhand schnappe ich mir das Funkgerät von seinem Gürtel und rufe das Camp.

»Crane Fire, hier Joe«, meldet sich die tiefe Stimme des Leiters.

»Erin hier. Jesse geht es nicht gut, er hat Kopfschmerzen, vermutlich einen Sonnenstich. Wir sind in einer Wanderhütte.« Ich sehe zu Jesse, der vor sich hin murmelt.

»Nördlich vom Hodgdon Meadow.«

Ich wiederhole, was Jesse gesagt hat. Es knackt in der Leitung.

»Gut, dass ihr nicht mehr da draußen seid, ich hatte schon drauf gewartet, von euch zu hören.« Joe atmet hörbar aus. »Nur Kopfschmerzen?«

Kurz fasse ich zusammen, was ich beobachtet habe, und der Campleiter bittet mich zu prüfen, ob Jesse Fieber hat. Ich setze mich neben ihm auf das Bett und fühle seine Stirn, was er mit einem erneuten Stöhnen quittiert.

»Sein Kopf fühlt sich ziemlich warm an«, berichte ich Joe. »Einen Sonnenbrand hat er auch.«

»Ich denke, es ist ein Sonnenstich. Er muss sich ausruhen. Stirn und Nacken müssen gekühlt werden. Und du musst seinen Puls kontrollieren«, sagt Joe. »Bekommst du das hin? Bei dem Unwetter können wir keine Hilfe holen.«

Mein Magen schnürt sich zusammen, und meine Hände zittern. »Ja«, sage ich dennoch.

Nachdem mir Joe einige Anweisungen gegeben hat, die ich sorgsam in mein Bullet-Journal notiert habe, beenden wir den Funkkontakt. Hastig springe ich auf, laufe nach draußen, um zwei meiner mitgebrachten Minihandtücher mit Regenwasser zu befeuchten. Neben dem Gebäude steht eine Regentonne, die schon fast überläuft. Ich tauche die Tücher ein und wringe sie aus. Im nächsten Moment erhellt ein Blitz die Landschaft, sofort darauf ertönt bedrohliches Donnergrollen. Der Himmel ist beinahe schwarz. Schnell laufe ich wieder hinein, lege Jesse das eine Tuch über die Stirn und das andere in den Nacken. Er seufzt.

»Danke«, nuschelt er.

Verstohlen taste ich nach seinem Handgelenk, um seinen Herzschlag zu kontrollieren. Ruhig und regelmäßig, so wie er sein sollte. Erleichtert atme ich auf. In meinem Rucksack krame ich nach der Flasche Wasser und meinen Notfallmedikamenten: etwas gegen Übelkeit und Durchfall, ein Schmerzmittel, Desinfektionsspray und Verbandszeug. Ich drücke eine Tablette aus dem Blister, reiche sie Jesse. »Hier, gegen die Schmerzen. Joe meinte, du sollst eine nehmen, wenn wir was dahaben.«

Er nickt, will nach der Tablette greifen, aber verfehlt sie mehrmals. Dann öffnet er seufzend den Mund. Ich zögere einen Moment.

»Komm schon, Bambi. Ich beiße auch nicht, versprochen.« Er kann es nicht lassen. Selbst dann nicht, wenn er krank und auf meine Hilfe angewiesen ist.

»Schon klar.« Vorsichtig nähere ich mich seinem Mund, lege ihm sanft die Tablette zwischen die Zähne, damit er sich nicht dran verschluckt. Meine Finger streifen dabei leicht seine warmen Lippen, und eine Gänsehaut nimmt meinen gesamten Körper in Besitz. Ich schiebe es auf meine durchnässte Kleidung und die Kühle in der Hütte und reiche Jesse das Wasser zum Nachspülen.

Eine der Decken breite ich über Jesse aus, da er immer noch seine nassen Klamotten trägt. Joe meinte, es würde helfen, wenn er sie vorerst anbehält, um den Körper runterzukühlen. Ich hingegen ziehe mir rasch im zweiten Raum ein trockenes Shirt und eine Hose an. Als ich mich wieder zu ihm setze, ist er eingeschlafen. Eine ganze Weile betrachte ich ihn. Sein Gesicht ist immer noch gerötet, unter dem feuchten Handtuch lugen seine langen geschwungenen Wimpern hervor. Damit meine so aussehen, brauche ich tonnenweise Mascara. Unwillkürlich wische ich mir über die Augen, wahrscheinlich sehe ich durch das Unwetter aus wie ein nasser Waschbär. Immer wieder erhellen Blitze die Hütte, und Donner lässt den Holzboden unter mir erzittern. Keine Ahnung, wie lange wir hier noch festsitzen werden. Ich widme mich meinem Bullet-Journal, indem ich schon wieder alle möglichen Punkte umschreiben muss. Warum kann es nicht einmal nach Plan laufen? Jesse bewegt sich im Schlaf, und ich beschließe, mich strikt an die Anweisungen von Joe zu halten. Im Zehn-Minuten-Takt wechsle ich sachte die kühlenden Umschläge, kontrolliere immer wieder Jesses Puls und lausche auf seine regelmäßigen Atemzüge. Seine Haut fühlt sich inzwischen kühler an, und nach kurzer Rücksprache mit Joe wecke ich Jesse, damit er die nassen Klamotten auszieht. Er grunzt unwillig und sieht mich durch halb zugekniffene Augen an. »Muss ich?«

Das anschließende Zittern, das ihn heftig schüttelt, ist Antwort genug.

»Ja!«

Weil er immer noch unkoordiniert ist, helfe ich ihm, sein Shirt über den Kopf zu ziehen. Im Gegensatz zu ihm wird mir bei dem Anblick seines nackten Oberkörpers ganz heiß. Warum zum Teufel passiert das alles hier mit ihm? Immer wieder geraten wir in Situationen, in denen wir uns zwangsläufig näher kommen. Erst Diver, dieser tollpatschige Junghirsch, dann das verfluchte Bärenspray. Und jetzt ein durch Sonnenstich unbeweglicher Jesse, der sich nicht allein umziehen kann. Als er sich an seiner Jeans zu schaffen macht, aber die Knöpfe einfach nicht geöffnet bekommt, kann ich ein heißes Brennen in meiner Mitte nicht unterdrücken.

Dabei ist dies das absolut Letzte, an was ich denken sollte, wenn es um jemanden wie Jesse geht! Er ist ein Strafgefangener. Nicht anders als Maddox und der Rest der Campinsassen, die alle hier sind, weil sie etwas verbrochen haben.

Ich schlucke meine Nervosität hinunter, greife mit zitternden Händen nach seinem Hosenbund und öffne die Knopfleiste. Unsere Hände berühren sich kurz, und es ist, als würde ich einen Blitz des Unwetters abbekommen. Ein Kribbeln rast in Sekundenschnelle durch mein Nervensystem. Noch nie hat die flüchtige Berührung eines Mannes so etwas bei mir ausgelöst. Jesse stellt seine Beine auf und hebt seinen Po an, während ich mich beeile, ihm die Hose runterzuziehen. Dabei rutschen die Boxershorts ein Stück mit hinunter und entblößen die nackte Haut seiner Leiste. Das ist einfach zu viel.

»Sorry«, sagt er und bringt die Shorts ungeschickt wieder an ihren Platz. Ich atme tief ein und streife ihm die Jeans endgültig ab, bevor ich ihn schnell wieder zudecke. Und zwar nicht nur, damit er nicht friert, sondern auch, damit ich ihn nicht mehr fast nackt sehen muss.

»Was macht dein Kopf?«, versuche ich, von der Situation zwischen uns abzulenken.

»Bisschen besser«, nuschelt er. Dann fallen ihm wieder die Augen zu.

Seufzend blicke ich durch das Fenster in die Wildnis. Das Unwetter tobt immer noch, Blitze erhellen den dunklen Himmel, und die Baumspitzen leuchten bedrohlich auf. Auch der Regen hat nicht nachgelassen. Mittlerweile spüre ich die Anstrengung der letzten Stunden in meinem Körper, und ich werde müde. Jesse gibt kleine Schnarchgeräusche von sich. Unschlüssig sehe ich mich in der Hütte um. Die spartanischen Stühle wirken nicht gerade bequem, und der staubige Holzfußboden, der sich mit dem Regenwasser vermischt hat, das wir hereingetragen haben, lädt ebenfalls nicht zum Ausruhen ein. Da Jesse schläft und mehrere Wolldecken zur Verfügung stehen, beschließe ich, mich neben ihn zu legen. Natürlich mit dem größtmöglichen Abstand zwischen uns. Trotzdem ist es unmöglich, ihn nicht zu berühren, ohne dass die Gefahr besteht, dass ich aus dem Strohbett falle. Ich liege steif auf dem Rücken, bemüht, kein Geräusch zu machen, um ihn nicht zu wecken und wieder in eine peinliche Situation zu geraten. Sein Arm liegt ganz nah an meinem, und die Wärme, die sein Körper ausstrahlt, hat irgendwie etwas Vertrautes. Das ist doch verrückt! Ich starre an die Decke, zähle die Latten, um mich von meinen irrsinnigen Gedanken abzulenken. Als ich bei vierunddreißig angekommen bin, schließe ich die Augen.

Ein Luftzug kitzelt mein Gesicht. Unter meinen Fingern spüre ich warme, weiche Haut. Ich blinzle träge, habe einen Moment lang keinen blassen Schimmer, wo ich bin. Dann wird das Bild vor mir plötzlich scharf. Jesse. Ich liege eng an ihn gekuschelt, mein Arm um seinen nackten Oberkörper geschlungen. Sein Gesicht ist meinem so nah, dass mir sein Atem über die Haut streift. What the fuck! Mein erster Impuls ist, aufzuspringen, aber etwas hält mich zurück. Das ... das fühlt sich gut an. Ein ganzer Schmetterlingsschwarm flattert aufgeregt in meinem Bauch. Ich bewege mich keinen Millimeter, lasse meine Hand dort, wo sie ist, und atme Jesses Geruch ein. Mein Blick gleitet über ihn, er schläft immer noch tief und fest und bekommt nichts von dem hier mit. Sein Ausdruck ist entspannt, er sieht so sanft und unschuldig aus. Schließlich kann ich nicht anders – vorsichtig strecke ich die Hand aus, streiche ihm die Haare aus der Stirn, die sich nicht mehr unnormal warm anfühlt. Er öffnet die Lider und sieht mich an. Ich erstarre. Was hab ich mir dabei gedacht? War doch klar, dass er aufwachen würde, wenn ich ihn anfasse. Noch während ich das denke, versinke ich in seinen eisvogelblauen Augen. Die Zeit steht still, ist wie eingefroren. Keiner von uns beiden rührt sich oder wendet den Blick ab. Mein Puls schießt in die Höhe, und nervös befeuchte ich meine Lippen. Jesse fixiert meinen Mund. Seufzt. Und dann setzt mein Herzschlag für einen Moment aus, als er seine Hand in meinen Nacken legt und mich an sich zieht. Sein weicher Mund berührt meinen, sanft, aber doch fordernd. Ich keuche auf, weil mein gesamter Körper verrücktspielt. Mir ist warm und kalt zugleich, Gänsehaut bildet sich an Stellen, wo ich noch nie Gänsehaut hatte, und mein Herz schlägt schnell in meiner Brust. Mein Verstand hingegen ist komplett ausgeschaltet. Ich will mehr davon. Ungeduldig rücke ich noch näher an Jesse, schlinge mein Bein um seine Hüfte, versenke meine Hände in seinen weichen, noch feuchten Haaren und vertiefe unseren Kuss. Er stöhnt rau, als sich unsere Zungen berühren, und presst sich gegen mich. O. Mein. Gott. Das Gefühl ist nicht von dieser Welt.

»Crane Fire, hier Joe«, unterbricht uns die laute Stimme des Campleiters. »Bitte kommen.«

»Shit«, flucht Jesse und richtet sich ruckartig auf.

Meine Lippen prickeln, ungläubig betaste ich sie. Verdammt. Ich habe ernsthaft einen Kriminellen geküsst! Was stimmt nicht mit mir?

»Erin? Bitte kommen«, tönt es aus dem Funkgerät.

Die Hormone rauschen mir immer noch durchs Blut, ich bin nicht schnell genug, um danach zu greifen.

»Joe, hier Jesse«, meldet er sich ein wenig atemlos.

»Jesse, tut gut, deine Stimme zu hören. Bist du wieder fit?«, fragt Joe.

Jesse sieht kurz zu mir, seinen Blick kann ich nicht deuten. Dann wendet er sich wieder dem Gerät zu. »Ja, bin okay.« Mit fahrigen Fingern streicht er sich durch die zerwühlte Frisur, sieht an sich herab und scheint jetzt erst zu bemerken, dass er bis auf die Boxershorts nichts anhat. Hastig schiebt er sich eine der Wolldecken über den Schoss, als könnte Joe ihn durch das Funkgerät hindurch sehen. Oder macht er das wegen mir? Wieso?

»Gut. Das Unwetter flaut auch ab. Ich denke, ihr könnt zurück zum Camp kommen. Over«, sagt Joe.

Ich werfe einen Blick aus dem Fenster. Es regnet immer noch Bindfäden, aber der Himmel ist inzwischen heller, und das Gewitter hat sich verzogen.

»Machen wir. Over and out.« Jesse dreht an dem Knopf, legt das Gerät neben sich und vergräbt das Gesicht stöhnend in die Hände.

Ich bin immer noch total benebelt und weiß nicht, was ich sagen soll. Der Kuss war … falsch. Und gleichzeitig das Schönste, was ich bisher in meinem Leben mit einem Mann erlebt habe. Ist das dein Ernst, Universum?

Kapitel 23

Jesse

Ihr Sohn ist nicht zurechnungsfähig. Die Stimme des Officers, der mich vor zwei Jahren festgenommen hat, dröhnt mir durch den Kopf. Das Blut an meinen Händen. Der ohnmächtige Schmerz in den Augen meines Vaters und die Wut in Carolines Blick treffen mich wie ein Faustschlag in die Magengegend. *Nicht zurechnungsfähig.* Ich brauche nur einen kurzen Moment, um mir klarzuwerden, dass das hier mit Bambi in dieselbe Kategorie fällt. Egal, wie gut es sich angefühlt hat, ihr nah zu sein, diesen unschuldigen süßen Duft ihres Mundes einzuatmen und die erstaunlich forschen Hände in meinem Haar … Stopp. Ich muss mich zusammenreißen. Campregel Nummer drei – kein Sex. Wenn das hier auffliegt, bin ich schneller zurück im Gefängnis, als eine weggeworfene Kippe ein Feuer auslöst. Und dann wird es noch länger dauern, bis ich endlich da bin, wo ich hinmuss, um die nächste Katastrophe zu verhindern. Nach Hause. Zu Dad und zu Caroline.

»Pack zusammen, wir gehen zurück ins Camp«, sage ich mit rauer Stimme, ohne mich zu Erin umzudrehen. Den Anblick ihres

Schmollmundes und der Rehaugen kann ich gerade nicht ertragen.

Sie antwortet nicht, steht aber auf und faltet die Wolldecken. Ich unterdrücke ein weiteres Stöhnen, reibe mir übers Gesicht und nehme einen großen Schluck Wasser aus der Flasche. Dieser Scheiß-Sonnenstich fühlt sich an wie der schlimmste Kater meines Lebens. Der Sonnenbrand im Gesicht macht es nicht besser. Während Erin abgelenkt ist, ziehe ich mir meine Klamotten über, die sich klamm anfühlen, aber nicht mehr komplett nass sind. Egal, wie sehr ich mich bemühe, meine Gedanken wandern zurück zu dem Moment eben auf dem Bett. Erins warmer Körper neben meinem, ihre Nähe, die wilde Zärtlichkeit ... Es ist so lange her, dass ich etwas anderes als Sorgen im Kopf hatte und mich einfach fallen lassen konnte. Trotzdem. Der Preis dafür ist viel zu hoch. Mein Blick huscht zu ihr, und sie sieht mich misstrauisch an, ihr Körper angespannt und bereit zum Angriff. Oder zur Flucht.

»Hör mal ...«, sage ich mit ruhiger Stimme. »Das eben ... tut mir leid, okay? Meinst du, wir könnten das einfach vergessen?«

»Du willst das vergessen?« In ihren Augen schimmert etwas Dunkles, das ich nicht deuten kann.

»Du nicht?«, erwidere ich. Aber da ihre Antwort nichts ändern würde, rede ich weiter. »Mir kann man nicht trauen. Das hast du mir deutlich gezeigt in den letzten Tagen. Für dich bin ich nur ein Knasti, mit dem du ungewollt Zeit verbringen musst, um zu deinem Ziel zu kommen.« Die Verbitterung in meiner Stimme erschreckt mich, und hastig wende ich mich ab. Ich schnappe mir einen der Rucksäcke und schnalle ihn mir auf den Rücken.

»Wieso hast du mich dann geküsst, wenn du glaubst, dass ich so über dich denke?« Erin steht immer noch regungslos im Raum und mustert mich eindringlich.

»Und wieso hast du es zugelassen? Du wolltest dich doch von allen gefährlichen Menschen fernhalten, oder? Außerdem hat Peyton dich doch gewarnt«, gebe ich zurück.

»Keine Ahnung, was du für ein Problem mit Peyton hast. Aber offensichtlich hat es mehr mit dir als mit ihr zu tun.« Erin funkelt mich an.

»Ja, sicher doch.« Ich rolle mit den Augen. Peyton hat ganze Arbeit geleistet. »Wenn sie so loyal ist, hat sie dir bestimmt erzählt, dass sie mich angegraben hat, ich mich aber nicht drauf einlassen wollte.« In dem Moment, wo ich es ausgesprochen habe, ärgere ich mich über mich selbst. Sich mit Peyton anzulegen, ist das Letzte, was ich tun sollte. Fast noch schlimmer, als Bambi zu küssen. So wie die beiden ständig zusammenhängen, wird sie Peyton garantiert brühwarm berichten, was ich gesagt habe. Vielleicht sogar, was ich getan habe, verdammt.

Erin sieht mich ungläubig an. »Sie … hat dich angegraben? Bist du sicher, dass es nicht andersherum war?«

Ich schnaube verächtlich und schüttle den Kopf. »Schon gut, Bambi. Ich hab nicht wirklich erwartet, dass du mir glaubst.«

Ich ziehe die Gurte des Rucksacks fest und öffne die Tür. »Lass uns einfach zurück zum Camp gehen, okay?«

»Liebend gern«, antwortet sie schnippisch. »Ach, und noch was: Für dich bin ich immer noch Erin, klar?«

Sie drückt sich an mir vorbei aus der Tür und stampft drauflos. Seufzend gehe ich ihr nach. Auch wenn ich es genossen habe, ihr so nahe zu sein, besteht so wenigstens nicht noch einmal die Gefahr, zu weit zu gehen.

Der Regen hat mittlerweile nachgelassen, die Wege sind feucht und rutschig, aber dafür hängt dieser Geruch in der Luft. Frisch, moosig und irgendwie klar, so wie es nach einem Regen im Sommer eben riecht. Ich atme tief ein und aus, genieße, dass das Gewitter für Abkühlung gesorgt hat und dass mein Kopfschmerz langsam nachlässt. Erin geht ein paar Meter vor mir, ihre ganze Körperhaltung verrät mir, dass sie immer noch sauer ist. Ich kann sie verstehen. Sie hat den Kuss auch gewollt, genau wie ich. Das habe ich ganz genau gespürt. Mist. Warum kann ich es einfach nicht lassen, daran zu denken? Es führt zu nichts. Wenn ich Pech habe, wird Erin dafür sorgen, dass meine Reise hier zu Ende ist und ich wieder im California State Prison lande. Keine Ahnung, was mich da eben geritten hat. Einen Moment lang hatte ich mich nicht unter Kontrolle, und meine Familie wird darunter leiden müssen. Wie schon einmal.

»Fuck«, entfährt mir, als ich plötzlich auf dem nassen Moos ins Rutschen gerate. Ich kann mich gerade noch an einem Steinbrocken festhalten.

»Alles okay?« Erin ist stehen geblieben, mustert mich aus großen Augen.

»Ja.« Ich richte mich vorsichtig wieder auf, gehe ganz außen am Pfad, wo der Boden fester ist. Überrascht stelle ich fest, dass Erin auf mich wartet und erst weitergeht, als ich zu ihr aufschließe.

»Wie geht es eigentlich deinem Kopf?« Sie streicht sich eine widerspenstige Strähne hinters Ohr.

»Gut«, erwidere ich.

Erin fixiert mich lange mit ihren rehbraunen Augen, als würde sie in meinem Blick etwas suchen, was sich ihr nicht erschließt.

»Ich wollte es.« Ihre Stimme klingt fest, der Blick ist eindringlich.

Einen Augenblick lang bin ich verwirrt, dann weiß ich, dass sie den Kuss meint. Ich hatte sie gefragt, warum sie es zugelassen hat. Das ist also ihre Antwort. Obwohl mir das eigentlich anhand ihrer

Reaktion schon klar war, löst dieser einfache Satz ein Brennen in meinem Inneren aus. Sofort wandert mein Blick wieder auf diese unwiderstehlichen Lippen, die sich so fantastisch weich angefühlt haben. Verdammt. Ich muss mich zusammenreißen. Aber Erin kommt mir zu Hilfe.

»Es wird nicht noch einmal passieren, keine Sorge.«

»Okay.« Mehr bringe ich nicht heraus, weil ich einfach nicht weiß, was ich dazu sagen soll.

Den restlichen Weg zum Camp legen wir wortlos zurück. Aber das Schweigen ist kein böses Schweigen, kein Schweigen, das nach einem Streit herrscht. Es fühlt sich an wie eine stille Vereinbarung zwischen uns. Was in der Wildnis passiert ist, bleibt in der Wildnis. Erleichterung durchströmt mich, weil ich aus irgendeinem Grund sicher weiß, dass Erin mir nicht schaden wird.

Kapitel 24

Erin

Im Camp werden wir von Joe empfangen, der Jesse direkt in Augenschein nimmt und ihm dann erleichtert auf die Schulter klopft. »An dir ist ja noch alles dran, ein Glück.«

Jesse grinst und zuckt mit den Schultern.

»Dank Erin«, sagt der Campleiter und zieht mich in eine kurze Umarmung. »Gute Arbeit.«

»Das war selbstverständlich«, entgegne ich und fühle mich ein bisschen peinlich berührt. Zum einen, weil ich nicht ganz unschuldig daran bin, dass Jesse ewig lange in der Sonne geschlafen hat, ich hätte den Sonnenschutz viel früher aufbauen müssen, und zum anderen, weil ich unweigerlich an den Kuss denken muss. Wenn Joe davon wüsste … würde Jesse wahrscheinlich wieder direkt im Gefängnis landen.

»Aber trotzdem lässt du dich noch von Natalie durchchecken, okay?« Joe zeigt auf den Container der Notfallsanitäterin, die hier sicherlich einiges zu tun hat.

Jesse nickt, sieht mich einen Herzschlag lang an und wendet sich zum Gehen. Ich mache mich ebenfalls auf den Weg zu meinem Wohnwagen, wo ich heiß dusche und mich bemühe, nicht über den Strafgefangenen nachzudenken, der so verdammt gut küssen kann. Es gelingt mir nicht, dafür war es zu intensiv, zu rau und zu echt. Ich verstehe nur nicht, warum sich mein Verstand verabschiedet, sobald es um Jesse geht. Ich weiß genau, dass es das Letzte ist, was ich will – mit jemandem zusammen zu sein, der auch nur ansatzweise Gemeinsamkeiten mit meinem Erzeuger hat. Nur ihm habe ich zu verdanken, dass ich bei meiner Tante und nicht bei meiner Mutter aufgewachsen bin. Er hat Mom gebrochen und ihr Schicksal besiegelt.

Nachdem ich in frische Klamotten geschlüpft bin, mache ich mir einen Kaffee und lasse mich mit meinem Journal an der kleinen Sitzecke nieder.

To-do-Liste Sonntag 04.06.

5:00   Joggen mit Jesse ✓

5:30   Morgenroutine ✓

6:30   Frühstück mit Jesse ✓

7:00   Ins Gelände, Herde suchen und beobachten ✓

~~16:00   Rückkehr zum Camp~~

13:30   Abbruch wegen Unwetter NEU

17:00   Rückkehr zum Camp NEU

~~17:00~~

18:00   Frisch machen, umziehen

~~17:30~~

Nachdenklich blättere ich es durch, und sofort fällt mir auf, wie sehr sich meine Einträge seit der Ankunft im Camp verändert haben. Vorher war noch alles geordnet, nur selten habe ich einen Termin verschieben müssen. Das hat sich gut angefühlt. Nach Sicherheit. Jetzt herrscht das reinste Chaos. Auch wenn ich mich bemühe, eine Struktur einzuhalten, ist kaum ein Tag wie der andere, ständig ändert sich etwas, kommt etwas dazwischen. Ich lebe in meiner ganz persönlichen Hölle.

Ein leises Klopfen reißt mich aus meinen Gedanken. Ich klappe das Journal zu und öffne die Tür. Peyton steht in Freizeitkleidung davor. Sie trägt Jeans und ein knallrotes enges Top, was ihre blonde Mähne toll zur Geltung bringt. Ein ungewöhnliches Bild, normalerweise läuft sie den ganzen Tag in ihrer Uniform herum, immer bereit für den nächsten Einsatz. Sie grinst, als ich sie mustere.

»Jedes Unwetter hat auch etwas Gutes«, trällert sie. »Darf ich reinkommen?«

Ich unterdrücke ein Seufzen, denn eigentlich stand das Sichten der Aufzeichnungen von heute auf dem Plan, aber was soll's. Vielleicht gewöhne ich mich sogar irgendwann an dieses ganze Chaos. »Klar«, entgegne ich und mache ihr Platz.

Sie lässt sich mir gegenüber auf die Sitzbank fallen, und nachdem ich sie mit einem Kaffee versorgt habe, sieht sie mich prüfend an. »Joe hat mir erzählt, dass du mit Jesse in einer Hütte festgesessen hast.«

»Stimmt. Er hatte einen Sonnenstich, und wir mussten uns vor dem Unwetter in Sicherheit bringen.« Ich nehme einen Schluck aus meinem Becher und werde das Gefühl nicht los, dass ihr etwas Bestimmtes unter den Nägeln brennt. »Warum?«

»Hat er dich angebaggert?« Sie hebt den Becher an die Lippen, ihr Blick fixiert mich, als müsste sie darauf achten, dass ihr ja keine noch so kleine Reaktion entgeht.

»Nein. Wie kommst du darauf?« Ich versuche, ein Pokerface aufzusetzen. Aber mir schießt Wärme in die Wangen, und ich fürchte, Peytons prüfendem Blick wird das nicht entgehen.

»Weil mir aufgefallen ist, wie er dich ansieht«, entgegnet sie und nimmt einen großen Schluck, ohne auch nur einmal die Augen von mir abzuwenden. Sie hätte genauso gut Polizistin werden können.

Das Lachen, das ich erwidern möchte, geht in einem ungewollten Schnauben unter, und es klingt alles andere als glaubwürdig.

»Okay. Was ist passiert?«

»Nichts«, krächze ich.

Peytons Augenbrauen wandern nach oben. »Du bist mit Abstand die schlechteste Lügnerin, die ich je kennengelernt habe.« Ihre Gesichtszüge entspannen sich, und lächelnd legt sie eine Hand auf meine. »Mir kannst du es erzählen. Ich bin auf deiner Seite, schon vergessen?«

»Natürlich nicht.« Ich lächle zurück. Peyton war von Anfang an für mich da, hat mir aus einer furchtbaren Panikattacke geholfen und macht den Aufenthalt hier im Camp um einiges erträglicher. Und trotzdem – das, was Jesse behauptet hat, nagt noch an mir. Kann es sein, dass er die Wahrheit sagt? Es ist schon auffällig, wie oft Peyton darauf rumreitet, wie gefährlich Jesse sei und dass ich mich von ihm fernhalten solle, so gut es geht.

»Ich habe ihn geküsst«, stoße ich eine etwas abgeänderte Wahrheit hervor. Denn eigentlich ging die Initiative ja von ihm aus. Mehrere Sekunden lang starrt mich Peyton entsetzt an. »Du? Hast ihn?«

»Geküsst. Ja.« Ist das Eifersucht in ihren Augen? Mir fällt es schwer, den Gesichtsausdruck von Peyton zu deuten. Das, was ich ihr gerade eröffnet habe, hat sie definitiv nicht erwartet.

»Obwohl ich dich gewarnt habe?« Sie richtet sich auf und fixiert mich mit ihrem Röntgenblick, als wollte sie in mein Innerstes schauen.

»Ist einfach so passiert.« Eigentlich hasse ich es, zu lügen. Aber was, wenn ich Peyton die Wahrheit sage? Es ist nicht zu übersehen, wie wenig sie Jesse mag. Ich würde einfach nur gern verstehen, warum. »Er hat mich nicht zurückgeküsst. Vielleicht ist er doch nicht so ein schlechter Kerl, wie du denkst.« Ich trinke den letzten Schluck vom Kaffee, der nur noch lauwarm ist, und verziehe das Gesicht.

Sie überlegt einen Moment, dann schüttelt sie den Kopf. »Es macht ihn nicht zu einem guten Menschen, nur weil er sich ein einziges Mal zusammenreißen konnte. Sei froh, dass er die Situation nicht ausgenutzt hat.«

Will sie etwa andeuten …? Jesse, ein Vergewaltiger? Mir läuft ein kalter Schauder über den Rücken, und meine Angst versucht, die Kontrolle zu übernehmen. Ich atme tief ein und aus. Nein. Auch wenn er mich zuerst geküsst hat, ich habe ihm gezeigt, dass ich es will. Wir waren jetzt schon mehrmals allein in der Wildnis, und er war nie unangenehm oder aufdringlich. Trotzdem … die Gänsehaut auf meinem Körper allein durch die Vorstellung, Jesse könnte eine Frau vergewaltigt haben, lässt sich nicht wegatmen.

»Du wirst mir nicht erzählen, was er getan hat, stimmt's?«

Peyton seufzt. »Nein. Das weißt du doch. Aber vertrau mir – es ist am besten für dich, wenn du dich nicht auf ihn einlässt.«

»Sag mir bitte nur eins«, setze ich erneut an. »Ist das, was er getan hat, der Grund dafür, dass du ihn nicht leiden kannst?«

Für den Bruchteil einer Sekunde sieht Peyton überrascht aus, dann winkt sie lässig ab. »Ich hab kein Problem mit Davis. Mit allen Strafgefangenen muss man vorsichtig sein.«

Ich mustere sie. Das klingt, als stammte es direkt aus einem Verhaltenskatalog für Betreuer. Peyton fängt meinen Blick auf und zuckt mit den Schultern. »Okay, ich gebe zu, er ist nicht mein Liebling. Ich kann es nicht ausstehen, wenn Typen einen Platz im Programm bekommen, nur weil sie Vitamin B haben. Es gibt so viele andere, die es meiner Meinung nach mehr verdienen, hier zu sein.« Sie sieht mich gespielt schuldbewusst an und grinst. »Sorry. Was musstest du auch ausgerechnet ihn küssen?«

Sie zieht eine Grimasse, die sie aussehen lässt wie einen Gremlin, der nach Mitternacht mit Wasser in Berührung gekommen ist. Ich muss lachen, weil Peyton es schafft, ihr schönes Gesicht mit einer kleinen Übung so irre zu entstellen, und ich ihr das nicht zugetraut hätte.

Wir trinken noch einen Kaffee zusammen, reden über den bevorstehenden Besuchstag im Camp, der immer einmal im Monat stattfindet, dann muss Peyton sich für den nächsten Einsatz fertig machen. Mittlerweile ist es trocken, die Sonne hat sich durch die Wolken gekämpft, und es steht die Sichtung auf mögliche Unwetterschäden rund ums Camp an. Peyton winkt mir noch einmal fröhlich zu, bevor sie über den Platz davoneilt. Ich widme mich für die nächste Stunde meinen Aufzeichnungen, recherchiere und mache Notizen zu meiner Doktorarbeit. Im Gegensatz zu sonst fällt es mir schwer, mich zu konzentrieren. Meine Gedanken schweifen immer wieder zu Jesse und auch zum Gespräch mit Peyton ab. Da ich schon geduscht habe und noch Zeit ist bis zum Abendessen, beschließe ich, nach Jesse zu sehen. Ich will einfach nur wissen, ob es ihm gut geht. Zumindest rede ich mir das ein.

Als ich ein paar Minuten später am Küchencontainer vorbeikomme, zieht sich Maggie gerade eine dünne pinkfarbene Strickjacke über und klimpert mit ihrem Autoschlüssel. Sie entdeckt mich und strahlt.

»Herzchen, schön dich zu sehen. Ich hab gehört, du bist eine Lebensretterin.« Sie zwinkert und zieht mich in eine warme Umarmung, die sich so liebevoll anfühlt, dass ich kurz schlucken muss.

»Bin ich nicht«, protestiere ich, aber Maggie schüttelt energisch den Kopf. »Da hat mir Jesse etwas ganz anderes erzählt. Stell dein Licht nicht so unter den Scheffel. Man darf ruhig sehen, dass du leuchtest.«

Meine Wangen werden ganz warm, und ich wende mich ab, damit sie es nicht bemerkt. »Hast du jetzt Feierabend?«

»Ja, ich fahre zu meinen Ziegen. Wo ich dich gerade treffe, hast du einen Moment Zeit, dir ein Video von Herbie anzusehen?« Sie kramt in ihrer Handtasche und zieht ein uraltes Handy hervor.

»Natürlich«, antworte ich und bin froh über den Themenwechsel.

»Komm, wir setzen uns kurz.« Maggie zupft an meinem Ärmel und geht zu der Tischgruppe. Ich folge ihr, und einen Moment später haben wir auf der Bank nebeneinander Platz genommen. Sie gibt mir das Handy und drückt auf das Playsymbol. Ein kleiner Paddock ist zu sehen mit ein paar Ziegen, darunter unverkennbar ein Bock. Er macht seltsame Schaukelbewegungen mit dem Kopf, als würde er sich langweilen.

»Seit wann macht er das?« Aufmerksam beobachte ich, wie er

sich zusätzlich im Kreis dreht. Dann läuft er zu Maggie, die ihm die Stirn krault, macht ein prustendes Geräusch, als würde er auf ihre Bemerkung hin antworten, und wirkt wieder vollkommen normal.

»Noch nicht so lange – eine Woche etwa.« Maggie runzelt die Stirn. »Ich hab die kleine Herde erst vor einem Jahr von meinem Großvater übernommen. Als Kind hab ich ihm zwar ab und zu mit den Tieren geholfen, aber eine Spezialistin bin ich nicht.«

»Hm. Ist denn irgendwas vorgefallen in der letzten Zeit?«, hake ich nach.

»Außer dass wir Lämmer haben, nein. Aber er hat das schon oft miterlebt.« Das Video endet, und Maggie spielt mir ein zweites vor, auf dem sich Herbie ähnlich verhält.

»Kannst du mir die Videos schicken? Ich habe eine Vermutung, was er hat, würde aber gern von meinem Doktorvater noch eine zweite Meinung einholen.« Ich ziehe mein Handy aus der Hosentasche, und Maggie strahlt mich dankbar an, während sie meine Nummer eintippt.

»Du bist ein Schatz.« Plötzlich werden ihre Augen groß, und sie sieht an mir vorbei. »Es scheint, als hätte da noch jemand eine Frage an dich.«

Ich drehe mich um und sehe das Goldmantelziesel. Es hockt am Ende der Bank, die Ohren gespitzt und betrachtet uns voller Neugierde.

»Oh.« Ich knete meine Hände. »Sag es bitte keinem, ich habe ihm ein paar Nüsse aus meinem Müsli morgens gegeben«, flüstere ich Maggie zu, die ein Kichern von sich gibt.

»Ich wusste doch, du hast ein Herz aus Gold, und das strahlt ganz hell. Sogar die Wildtiere sehen das.«

Eine Gruppe von Männern kommt laut grölend zurück vom

Kontrollgang ins Camp, und Goldy, wie ich das Hörnchen insgeheim schon getauft habe, flitzt zurück zwischen die Büsche. Maggie verabschiedet sich, nicht ohne mich noch einmal an sich zu drücken, und lässt mich nachdenklich zurück. Schon als Kind habe ich mich immer mit den »Schwächeren« solidarisiert, vielleicht, weil ich selbst eine von ihnen war und genau nachempfinden kann, wie es sich anfühlt, allein zu sein, sich nicht wehren zu können; sich hilflos zu fühlen.

Du miese kleine Schlampe, es ist mir scheißegal, ob du Kopfweh hast, wir brauchen das Geld, klar? Oder was denkst du, soll dein nutzloses Balg sonst zu essen bekommen? Du bist doch diejenige, die sich das Zeug nur so reinballert! Dann hör einfach auf, hinterher zu jammern, und tu, was du tun musst.

Nie werde ich diese widerliche Stimme vergessen, die meine Mutter so oft zum Weinen gebracht hat. Eine Gänsehaut jagt mir über den Rücken, und unwillkürlich reibe ich mir über die Narbe an meinem Unterarm, die mich für immer an die ersten Jahre meines Lebens erinnern wird.

Kapitel 25

Jesse

Natalie lässt es sich nicht nehmen, mich gründlich auf den Kopf zu stellen: Blutdruck, Puls und Temperatur misst sie, leuchtet mir in die Augen. Ich muss sämtliche neurologischen Tests über mich ergehen lassen, und egal, wie oft ich ihr sage, dass es mir gut geht – sie glaubt mir einfach nicht. Erst nachdem sie mir einen halben Liter Infusion verabreicht hat, darf ich gehen. Aber bevor ich mich in meinen Container zurückziehen kann, muss ich Joe noch etwas geben.

»Jesse? Warum hast du dich noch nicht hingelegt?« Joe sieht mich mit strengem Gesicht an.

Ich lege die Kippe auf seinen Schreibtisch. »Hab ich beim zweiten Brand im Aspen Valley gefunden.«

»Das verstehe ich nicht.« Joe nimmt die Kippe und betrachtet sie eingehend. »Peyton hat doch die Nachsorge gemacht.«

»Ja. Aber ich konnte nachts nicht schlafen und bin noch mal zum Brandherd gegangen«, erwidere ich.

»Du kennst die Campregel Nummer sieben?« Der Campleiter neigt den Kopf.

»Ja, natürlich. Aber ich hatte irgendwie ein doofes Gefühl. Vielleicht war das gut so, denn jetzt wären alle Spuren mit Sicherheit durch das Unwetter verwischt.« Ich zucke mit den Schultern und hoffe, dass Joe ein Auge zudrückt wegen des Regelverstoßes.

»Du mit deinen komischen Gefühlen und Eingebungen.« Joe schüttelt den Kopf. »Gute Arbeit«, schiebt er dann hinterher. »Und jetzt verschwinde endlich ins Bett.«

Ein paar Minuten später betrete ich den Container.

Ich bin froh, dass ich den jetzt für mich allein habe. Garcia musste zum Einsatz mit raus, um die Gegend nach Unwetterschäden abzuchecken, und ich konnte fast zwei Stunden schlafen. Meinem Kopf geht es wieder gut, der Schmerz ist weg, nur noch ein leichtes Druckgefühl ist übrig geblieben. Und die Gedanken an Erin. Oder vielmehr, was mich verdammt noch mal geritten hat, sie einfach zurückzuküssen. Seit zwei Jahren hänge ich in diesem Programm und bin endlich ganz nah an meinem Ziel, entlassen zu werden. Die ganze Zeit habe ich alles getan, um nicht anzuecken, mir Maddox und die anderen Jungs vom Leib zu halten, habe Peytons Stänkereien ausgehalten und mich nie in irgendwelche zwielichtigen Angelegenheiten eingemischt. Weil ich es mir nicht leisten kann, wieder zurück ins Gefängnis zu gehen und damit meine Familie im Stich zu lassen. Dad und Caroline sind das Wichtigste in meinem Leben, und beide brauchen mich. Wir sind schon einmal verlassen worden von Mom, die mit Dads Zustand einfach nicht zurechtkam und keinen Gedanken daran verschwendet hat, was sie ihm und ihren Kindern damit antut, wenn sie geht. Als ich vor zwei Jahren die beiden dann auch im Stich gelassen habe, weil ich mich nicht unter Kontrolle hatte, nicht zurechnungsfähig war, habe ich mir geschworen, so schnell wie irgend möglich wieder zurückzukommen. Mich von allen

Problemen fernzuhalten. Und jetzt? Taucht diese nervige Verhaltensbiologin auf mit ihrem Kontrollzwang und ihren schwachsinnigen Plänen, an die sie sich halten muss, aus welchem Grund auch immer. Verstehe ich nicht. Muss ich auch nicht.

Aber ich würde gern verstehen, warum sie mir so den Kopf verdreht hat, dass ich tatsächlich für einen Moment lang vergessen habe, was wirklich wichtig ist in meinem Leben. Ich will wütend auf sie sein, aber vor meinem inneren Auge taucht ihr Gesicht auf, ganz nah an meinem. Diese großen unschuldigen Bambiaugen und der sinnliche Schmollmund. Die Art, wie sie versucht, die Tiere als ihren Forschungsgegenstand zu betrachten, und dann doch ganz heimlich so viel Mitgefühl zu entwickeln. Die viel zu großen Pullover und Strickjacken, die sie trägt und die ihr ständig über die Schulter rutschen. Wie sie denkt, dass niemand bemerkt, wie sie Nüsse aus ihrem Müsli pult, um sie dann dem Hörnchen zuzuwerfen. Die Frau macht mich wahnsinnig!

Es klopft leise an der Tür. »Jesse?«

Das kann doch nicht wahr sein. Hört sie jetzt schon meine Gedanken? Ich atme einmal tief ein und wieder aus. »Ja?«

Behutsam schiebt Erin die Tür einen Spalt weit auf und lugt hinein. Sie sieht sich unschlüssig um, zögert. »Hey …«

»Du kannst ruhig reinkommen«, entgegne ich anstelle einer Begrüßung.

Wieder sieht sie sich um, schiebt sich schließlich durch die Tür und schließt sie hinter sich. »Ich wollte dich fragen, wie es dir geht.« Sie lehnt sich gegen das Blech, mustert mich kurz, und wenn ich mich nicht täusche, bekommen ihre Wangen ein wenig mehr Farbe. Sofort muss ich wieder an den Kuss denken.

»Gut.« Ich reibe mir übers Gesicht, um Erin nicht ansehen zu müssen. »Alles okay.«

»Was hat Natalie gesagt?« Erin weicht meinem Blick ebenfalls aus, betrachtet ausgiebig ihre Füße, indem sie sie hin- und herdreht.

»Dass ich morgen wieder komplett hergestellt bin. Du kannst mich also einplanen.« Meine Stimme klingt abfälliger, als ich wollte. Aber ich kann es mir nicht leisten, Bambi zu nah an mich heranzulassen. Ich bin schon viel zu weit gegangen und sollte sie möglichst auf Abstand halten, so gut es geht.

»Offensichtlich geht es dir gut genug, um ätzend zu sein«, giftet sie und rollt mit den Augen. »Dann bin ich ja beruhigt.«

Bevor ich noch etwas sagen kann, geht die Tür auf, und Erin stolpert unfreiwillig in den Raum, kann sich nicht halten und fällt zu mir aufs Bett.

»Oh«, ruft Garcia überrascht. »Sorry, ich wusste ja nicht …«

Ich richte mich auf und sehe direkt in Bambis braune Augen. Sie liegt halb auf mir, die Wärme ihrer Haut dringt durch mein Shirt, und ihr Duft steigt mir in die Nase. Für ein paar Sekunden vergesse ich alles um mich herum, und auch Erin hält meinen Blick fest, anstatt sich zu rühren.

»Störe ich euch?« Garcias Stimme fühlt sich an wie ein eiskalter Eimer Wasser, der über meinem Kopf ausgekippt wird. »Ich kann auch wieder gehen.«

Hastig rappelt sich Erin hoch. »Vielleicht solltest du einfach nicht Türen aufstoßen wie ein wild gewordener Bär, das würde mir persönlich schon reichen.« Sie streicht sich die Haare aus dem Gesicht und funkelt meinen Bettnachbarn an, der aus dem Grinsen nicht mehr herauskommt.

»Stets zu Ihren Diensten, Frau Professorin«, säuselt er und deutet eine Verbeugung an.

Erin schnaubt und hastet aus dem Container. Garcia lacht und hält mir seine Hand zum Abklatschen hin. Automatisch schlage ich ein, obwohl mir überhaupt nicht danach zumute ist.

Garcia lässt sich auf sein Bett fallen. »Macht ihr beide jetzt einen auf Bonnie und Clyde, oder was?« Er gluckst amüsiert, schnappt sich eine Flasche Wasser von seinem Nachtschrank und zeigt damit auf mich. »Sieht dir gar nicht ähnlich, gegen Regeln zu verstoßen.«

»Dein Ernst? Warum bin ich wohl hier?«, blaffe ich.

»Eins zu null für dich, Bro.« Er nimmt einen großen Schluck, gibt ein Rülpsen hinter vorgehaltener Hand von sich und zwinkert. »Aber du weißt ganz genau, was ich meine. Seit wir uns kennen, bist du der Musterstrafgefangene schlechthin. Sonst hättest du es kaum zum Gruppenleiter geschafft. Also, was ist los?«

»Keine Ahnung.« Genervt lasse ich mich zurück in die Kissen sinken. »Sie raubt mir den letzten Nerv.«

»Dann ist das der Anfang von etwas ganz Großem, glaub mir.« Er lächelt verträumt. Moment mal. Garcia lächelt *verträumt*?

»Was meinst du damit?« Ungläubig betrachte ich meinen Mitbewohner. Seit Monaten teilen wir uns den Container, aber so richtig viel haben wir nicht miteinander geredet. Zumindest nichts Persönliches. Aber bei dem Gesichtsausdruck von ihm bin ich echt gespannt, was jetzt kommt.

»Macey Smith.«

Seine Worte klingen wie eine einzige Liebeserklärung. Und dann leuchten auch noch seine Augen dabei. Bin ich in den letzten Jahren hier im Camp abgestumpft, oder warum habe ich ihm so etwas nicht zugetraut? Vielleicht, weil mein Fokus immer auf anderen Dingen gelegen hat, seit Mom gegangen ist. »Was ist mit ihr?«

»Wir waren zusammen in der Highschool. Sie saß in der Reihe

vor mir. Lange blonde Haare, blaue Augen. Und sie hat mich abgrundtief gehasst.« Er lacht, als würde er mit »Hass« eigentlich »Liebe« meinen.

»Frauen stehen auf böse Jungs. Macey auch. Nur damals wusste sie das noch nicht.«

»Aber du hast sie davon überzeugt, oder wie?« Irgendwie kann ich nicht glauben, was Garcia da redet. Ist doch totaler Quatsch und ein furchtbares Klischee.

»Genau. Sie hat mich ständig angezickt – und ich sie. Ich hatte keinen Bock, mich so behandeln zu lassen, und hab sie mit ihren eigenen Waffen geschlagen. Irgendwann mussten wir ein Projekt zusammen machen. Was mit Fotos entwickeln. Und dann waren wir in der Dunkelkammer der Schule.« Ein dreckiges Grinsen huscht über sein Gesicht.

»Alles klar, ich weiß Bescheid, brauchst nicht weiterzuerzählen«, versuche ich ihn zu stoppen.

»Reg dich ab! Auf was für Gedanken kommst du denn?« Er nimmt sein Kissen und wirft es mir an den Kopf. »Ich bin ein normaler Kerl, der an die Liebe glaubt und so.«

»Okay …«, sage ich gedehnt und werfe ihm sein Kissen zurück.

»Wir haben uns geküsst. Und sie hat den Anfang gemacht. Das war das Schönste, was ich je erlebt hab.«

»Wie ging es weiter?«

»Gar nicht. Ihre Eltern haben es irgendwie spitzbekommen und ihr die Hölle heiß gemacht, von wegen ausländisches Gesocks und so. Im Jahr darauf sind sie dann weggezogen.« Garcia betrachtet seine Fingernägel und pult an ihnen. »Wenn ich hier raus bin, suche ich nach ihr.«

»Wirklich?«

»Ja. Liebe ist alles. Und das zwischen dir und Erin war wahre

Liebe und Leidenschaft. Wenn man sich so aneinander reibt, dann liegt einem was an dem anderen, glaub mir. Ich weiß genau, was ich da eben gesehen habe.«

Ich schüttle den Kopf. Bei ihm war das vielleicht so. Womöglich bildet er es sich sogar nur ein. Mit mir hat das jedenfalls absolut nichts zu tun.

Kapitel 26

Erin

To-do-Liste Montag 05.06.

5:00	Joggen mit Jesse ✔
5:30	Morgenroutine ✔
6:30	Frühstück mit Jesse
7:00	Ins Gelände, Herde suchen und beobachten
16:00	Rückkehr zum Camp
17:00	Frisch machen, umziehen
17:30	Plan für den nächsten Tag und Ergebnisse protokollieren
19:00	Abendessen
20:00	Recherche Paarungsverhalten der Maultierhirsche

Frau Professorin. Pfff. Eigentlich war mir Garcia bisher ganz sympathisch, aber nachdem er mich erst auf Jesse geschubst und dann zweideutige Bemerkungen gemacht hat, muss ich das noch einmal überdenken. Zum Glück hat er eben noch geschlafen und nicht mitbekommen, wie Jesse und ich zum Joggen aufgebrochen sind. Wobei es diesmal eher meinem Daily Walk ähnelt als einer Joggingrunde, der Sonnenstich macht Jesse noch zu schaffen. Dafür hat sich die Stimmung zwischen uns verändert. Ich vermisse unsere Wortgefechte fast ein bisschen. Heute war es so still.

Inzwischen bin ich mit meiner Morgenroutine fertig, und es ist Zeit, zum Frühstück zu gehen und anschließend zur Herde aufzubrechen. Am Küchencontainer begrüßt mich Maggie mit einem strahlenden Lächeln und bringt mir das Übliche, ohne mich danach zu fragen. Als ich das Tablett mit Kaffee und Müsli in den Händen halte, schiebt sie mir etwas in die Tasche meiner Strickjacke und zwinkert. Bevor ich reagieren kann, ist sie schon wieder im Container verschwunden.

Ich balanciere das Tablett zur Tischgruppe, an der noch niemand sitzt, und nehme Platz. Neugierig angle ich ein kleines Päckchen aus meiner Strickjacke. Ganze Haselnüsse. Für Goldy. Mir wird warm ums Herz. Maggie ist wirklich ein Schatz.

»Lass mich raten – die hat Maggie dir zugesteckt?« Jesse stellt sein Tablett ab und setzt sich zu mir. »Und da ist auch schon der Abnehmer.« Er deutet an mir vorbei, die Stimme gesenkt. Ich drehe mich um, sehe Goldy bei den Büschen neugierig die Umgebung absuchen. Er scheint sich sicher zu sein, dass außer mir und Jesse niemand in der Nähe ist, und huscht zu uns rüber. Vorsichtig öffne ich die Packung, hole eine Nuss hervor und werfe sie ans Ende des Tisches. Er schnappt sie sich, und statt wie sonst mit seiner Beute zu verschwinden, verputzt er sie an Ort und Stelle. Ich nehme noch eine Nuss, behalte sie aber in der Hand und strecke meinen Arm in seine Richtung aus. Goldy überlegt, sieht sich zögernd um, macht kurze hektische Bewegungen, kommt dann aber Stück für Stück näher.

»Ich fasse es nicht«, raunt Jesse neben mir. »Du bist wahrhaftig Bambi. Und der da ist Klopfer.«

Ich sollte mich ärgern, dass er wieder mit Bambi anfängt, aber ohne es zu wollen, pruste ich leise, sodass Goldy erschrocken ein paar Sätze zurückhüpft. »Sorry, Goldy«, flüstere ich.

Das Ziesel betrachtet mich skeptisch, legt den Kopf zur Seite, schnuppert in der Luft und traut sich schließlich näher zu kommen. Es lehnt sich weit vor und greift sich blitzschnell die Nuss aus meiner Hand, um anschließend damit wegzuspringen.

»Jetzt sag nicht, dass wir den täglich auch mit zur Herde nehmen müssen.« Jesse rollt mit den Augen, aber ich sehe, dass er es nicht ernst meint, denn ein kleines Lächeln zupft an seinem Mundwinkel.

»Keine Sorge, du musst nur für mich den Babysitter spielen«, erwidere ich. Und einfach so ist das Gleichgewicht zwischen uns wieder hergestellt.

Der Tag in der Wildnis ist dieses Mal ungewohnt ereignislos – kein Unwetter, kein Hirsch in Not und kein unrechtmäßig eingesetztes Bärenspray. Jesse summt die ganze Zeit leise vor sich hin und notiert Songtexte, während ich die Herde beobachte und mich frage, ob ich mit den bisherigen Ergebnissen irgendeine wichtige wissenschaftliche Erkenntnis aufzeigen kann. Leider habe ich noch nichts Großartiges vorzuweisen von den letzten Tagen im Camp außer den üblichen Verhaltensweisen in Herden. Noch ist Zeit, aber ein wenig unruhig macht mich dieser Gedanke schon. Ich will diesen Job bei Mrs. Howard unbedingt und mag mir kaum vorstellen, wie es wäre, wenn ich mich in ihren Augen als Niete entpuppe und sie es womöglich bereut, auf ein offizielles Bewerbungsverfahren verzichtet zu haben.

Auf dem Rückweg liefern wir uns die üblichen Wortgefechte,

und es fühlt sich fast so an wie immer. Außer, dass da manchmal winzige Pausen sind, in denen heimliche Blicke und lautes Schweigen herrschen, das wir mit der Normalität zu erschlagen versuchen. Meine Gedanken wandern immer wieder zu dem Moment, wo seine Lippen meine berührt haben. Mitten in diesem Unwetter in der Wanderhütte auf dem Bett aus Stroh. Ich seufze tief und bin froh, dass Jesse nicht direkt neben mir läuft und es nicht mitbekommt.

Im Camp angekommen verabschieden wir uns, und ich ziehe mich in meinen Wohnwagen zurück, nehme eine kühle Dusche und wasche mir den Schmutz vom Körper. Danach setze ich mich an meine Unterlagen, aber bevor ich mit der Arbeit beginne, schreibe ich eine Mail an Dr. Allen. Ich schildere ihm das Verhalten von Herbie, dem Ziegenbock von Maggie, und hänge beide Videos an. Der Empfang hier draußen könnte deutlich besser sein, und es braucht vier Versuche, bis die Nachricht samt Anhang endlich rausgeht. Ich hoffe wirklich sehr, dass ich mit meiner Vermutung richtigliege, weil sie bedeuten würde, dass Herbie schnell und einfach geholfen werden kann. Die andere Möglichkeit möchte ich am liebsten ganz weit aus meiner Vorstellung streichen. Maggie scheint die Tiere voll und ganz in ihr Herz geschlossen zu haben, und es gibt bestimmt nichts Schlimmeres für sie, als wenn diese leiden müssen oder sie sie verlieren würde.

Das Handypiepsen reißt mich aus meiner Lektüre über das Paarungsverhalten der Maultierhirsche. Meine Recherchen haben mich so in den Bann gezogen, dass ich nicht bemerkt habe, wie die Zeit vergangen ist. Ich schalte den Wecker aus, werfe mir eine lange Strickjacke über und trete aus meinem Wohnwagen. Die Luft ist ein wenig abgekühlt, die Sonne steht tiefer und blitzt noch vereinzelt durch die Blätter der Bäume ringsherum. Da die frische Luft total guttut, beschließe ich, eine Runde durchs Camp zu machen, bevor ich zum Essen gehe. In der hintersten Kurve komme ich an einer Baumgruppe vorbei. Weil ich wie immer, wenn ich mich im Camp bewege, auf alles vorbereitet bin und mich ständig umsehe, fallen mir leise Stimmen auf. Ich bleibe stehen, fixiere den Rand des Camps und sehe etwas Buntes zwischen den Bäumen und Sträuchern hindurchschimmern. Dort steht Peyton, verborgen von einem Baum, und sie ist nicht allein. Maddox beugt sich dicht zu ihr. Ich habe keine Ahnung, was die beiden dort machen. Aber es sieht irgendwie nicht richtig aus.

»Besorgst du mir das jetzt oder nicht?« Peyton klingt gereizt.

»Wie denn?«, zischt Maddox. Worum geht es da?

»Dir wird schon was einfallen. Bist schließlich nicht auf den Kopf gefallen«, antwortet Peyton. Mir ist es unangenehm, zu lauschen, und ich wünschte, mir wäre das Treffen nicht aufgefallen. Bevor die beiden mich bemerken, eile ich davon.

An der Tischgruppe haben sich die meisten eingefunden, und ich sehe mich ein wenig ratlos nach einem Sitzplatz um. Neben Nolan ist noch etwas frei und … neben Jesse. Da mir Nolan nicht geheuer und von Peyton immer noch nichts zu sehen ist, entschließe ich mich für das geringere Übel und nehme neben Jesse Platz.

»Wo ist denn deine BFF?« Er legt den Kopf schief und grinst. »Ihr habt euch doch wohl nicht gestritten, oder?«

»Nur weil du Probleme mit dem sozialen Miteinander hast, müssen das nicht automatisch auch andere haben«, gebe ich zurück. Ich weiß, ich bin gerade unfair, aber ich will mir nicht anmerken lassen, dass mich das, was ich eben gesehen habe, beunruhigt. Peyton ist meine Freundin, und ich will sie nicht in Schwierigkeiten bringen, vor allem, wenn ich gar nicht weiß, was das Treffen mit Maddox zu bedeuten hat. Vielleicht interpretiere ich auch zu viel hinein, und sie hat ihn einfach zur Seite gezogen, um ihm wegen irgendetwas die Leviten zu lesen, ohne ihn vor der gesammelten Mannschaft bloßzustellen.

»Gut gebrüllt, Tiger … äh, Bambi.« Jesse lacht und scheint kein bisschen verletzt zu sein.

»Sehr witzig.« Ich starre in mein Wasserglas, aber sehe es eigentlich nicht. Immer noch hänge ich bei der Frage, was Peyton mit Maddox zu tun hat.

Kapitel 27

Jesse

Erin sitzt so dicht neben mir, dass ich ihre Wärme spüren kann. Irgendwie macht mich das nervös. Dabei hat mich noch nie ein Mädchen nervös gemacht. Garcia ist schuld. Mit diesem dämlich romantischen Gelaber seiner ersten große Liebe, die er unbedingt suchen möchte, sobald er wieder in Freiheit ist, hat er mir irgendwie einen Floh ins Ohr gesetzt.

Ich hab sie zwar eben mit ihrer BFF aufgezogen, aber trotzdem werde ich das Gefühl nicht los, dass Erin etwas beschäftigt. Vielleicht zweifelt sie inzwischen an Peytons Loyalität. Letztendlich muss sie es selbst wissen. Es steht mir nicht zu, darüber zu urteilen. Nur weil ich Peytons Verhalten problematisch finde, muss das nicht auch für Erin gelten. Kann ja sein, dass Peyton anders mit Frauen umgeht und da mehr soziale Kompetenz an den Tag legt. Allerdings kann ich mir nicht vorstellen, dass sich die zwei Gesichter von Peyton nur auf das männliche Geschlecht beziehen.

Wenn man gerade an den Teufel denkt: Peyton taucht neben Erin auf und legt ihr eine Hand auf die Schulter. »Willst du mit rüber kommen? Carter tauscht den Platz mit dir, dann musst du nicht noch mehr Zeit mit dem Vorzeigestrafgefangenen verbringen.« Sie wirft mir einen verächtlichen Blick zu, aber ich sehe an ihr vorbei. Maddox schlendert bewusst unauffällig zum Tisch, aber mir entgeht nicht, dass er sich merkwürdig verhält und kurz Peyton fixiert, bevor er demonstrativ mit Jax spricht.

Ich muss das unbedingt weiter beobachten – ausgerechnet Maddox und Peyton. Keine Ahnung, was das zu bedeuten hat.

Erin sieht tatsächlich einen Moment lang unschlüssig aus, lächelt mir dann schief zu und steht auf, um Peyton zu folgen.

Während ich von meinem Toast abbeiße, mustere ich Maddox und Jax und versuche zu verstehen, worüber sie reden. Aber mehr als einzelne Worte sind nicht drin, der Geräuschpegel ist zu hoch: Teller klappern, Gläser klirren, Gerede, Gelächter und das typische Machogehabe. Manchmal frage ich mich, wie Frauen das ertragen. Diese Hahnenkämpfe zwischen den Proleten. Ich lache leise, weil ich selbst Teil davon bin, ob ich nun will oder nicht.

»Was grinst du so dämlich, Davis?« Maddox starrt mich an. »Hast du die nächste Sondergenehmigung durchgeboxt, während das Fußvolk doppelt so viel leisten muss wie du?«

Alles klar, ich habe es mir anders überlegt. Nicht witzig. Ich schüttle den Kopf. »Hab mich nur über Maggies Käsetoast gefreut.« Demonstrativ beiße ich erneut ab. »Lecker. Musst du auch mal probieren. Ist gut, wenn man sich einfach mal über was freuen kann.« Ja, dünnes Eis. Maddox kann es nicht ab, wenn man ihn verarscht, aber ich habe auch keinen Bock, mich ständig vor ihm wegzuducken.

»Ach ja. Lebensweisheiten vom Gutmenschen Jesse Davis. Da hat die Welt nur drauf gewartet«, ätzt er zurück.

»Darauf trinke ich.« Nachdem ich Maddox zugeprostet habe, leere ich mein Glas in einem Zug.

Ich sehe, wie es in ihm arbeitet und er mir am liebsten mit dem nackten Arsch ins Gesicht springen will. Jax merkt es auch, klopft ihm auf die Schulter und schüttelt den Kopf. Ja, ich bin es nicht wert, jetzt am Tisch einen Streit vom Zaun zu brechen. Das hatte ich gehofft.

Ich widme mich wieder meinem Teller, als Nolan sich zu mir beugt. »Du kannst den Kerl nicht ausstehen, oder?«

Bingo. Aber das liegt daran, dass er mit Mike befreundet ist. Immer, wenn ich ihn sehe, muss ich dran denken, was zu Hause abgeht, während ich hier bin. Was sein bester Kumpel meiner Schwester antut. Maddox kann eigentlich nichts dafür, außer, dass die Auswahl seines Freundeskreises mehr als fragwürdig ist. »Er ist mir egal. Warum fragst du?«

»Weil er mir auf den Sack geht.« Nolan verzieht keine Miene. Er meint es ernst, aber ich habe keinen blassen Schimmer, warum er meint, mir das sagen zu müssen.

Ich gebe ein zustimmendes Brummen von mir.

»Weißt du, warum er hier ist?« Er klopft sich die Brotkrümel von den Händen und behält Maddox die ganze Zeit im Blick.

»Nein. Er wollte es mir nicht sagen.« Ich grinse.

Nolan lacht kehlig. »Das ist ein Argument. Dachte nur, du als rechte Hand vom Chef kennst die Vorgeschichten von jedem hier.«

Ich drehe mich zu ihm um, sehe ihm ernst in die Augen. »Ich bin Gruppenleiter, nicht die rechte Hand. Uns beide unterscheidet nur die Tatsache, dass ich da draußen eine Arbeitsgruppe anführen darf, nichts weiter.«

»Ach, wirklich?« Er schwenkt sein Wasserglas, als befände sich Wein darin, und nimmt einen Schluck. »Und wer kennt dann die ganzen guten Geschichten?«

»Du willst wissen, wer die größte Labertasche von uns ist?«
Ich muss lachen. Viele Strafgefangene sind Fans von Klatsch und
Tratsch, weil sie sonst keine andere Beschäftigung haben. Kein
Handy, kein Social Media, kein Fernsehen. »Dann sprich am bes-
ten mit Garcia.«

»Hm, die spanische Mutti. Gut.« Nolan greift nach einem weiteren Toast.

Unwillkürlich denke ich an Garcias Liebeserklärung und sehe
zu Erin hinüber. Sie ist in ein Gespräch mit Peyton vertieft, und
sie lachen entspannt. Es wirkt nicht so, als gäbe es ein Problem
zwischen den beiden. Vielleicht bin nur ich das Problem.

Kapitel 28

Erin

To-do-Liste Dienstag 06.06.

5:00   *Joggen mit Jesse* ✔

5:30   *Morgenroutine* ✔

6:30   *Frühstück mit Jesse* ✔

7:00   *Ins Gelände, Herde suchen und beobachten* ✔

16:00   *Rückkehr zum Camp*

17:00   *Frisch machen, umziehen*

17:30   *Plan für den nächsten Tag und Ergebnisse
        protokollieren*

19:00   *Abendessen*

20:00   *Recherchearbeit Paarungsverhalten der Maultier-
        hirsche*

Den ganzen Tag schon ist die Herde unruhig, und ich ahne, warum. Wenn ich den maximalen Zoom der Kamera einstelle, kann ich sehen, wie bei Earbite die Wehen über den deutlich abgesenkten Bauch huschen. In den nächsten Stunden wird die Herde um ein Mitglied gewachsen sein, auch wenn Diver dann vertrieben wird. Die anderen Weibchen der Gruppe sind sicher ebenfalls in den nächsten Tagen dran, und es wird jede Menge Mutter-Kind-Kommunikation geben. Aufgeregt notiere ich mir die aktuelle Uhrzeit, bevor ich Jesse zu mir winke.

»Was ist los?«

»Der Nachwuchs kommt«, flüstere ich und reiche ihm das Fernglas. »Schau!«

Während er sich neben mich setzt und durch das Fernglas sieht, fokussiere ich erneut auf Earbite, die nervös schnaubt. Sie scheint starke Schmerzen zu haben. Da sie noch jung ist, kann es durchaus sein, dass es ihr erstes Kalb ist und sie deswegen Angst hat.

Die Fruchtblase platzt, und Flüssigkeit strömt die Beine der Hirschkuh hinunter. »Es geht los.«

Schweigend beobachten Jesse und ich, wie erst die Hufe, dann die Beinchen erscheinen, während die trächtige Mama von Presswehen geschüttelt wird und immer wieder unsichere Schritte macht. Warum legt sie sich nicht ab? Irgendetwas stimmt nicht. Ich schwenke mit der Kamera zu den anderen Tieren, die wie erstarrt sind. Ihr Ohrenspiel verrät, dass sie eine Gefahr wittern. Mein Puls beschleunigt sich. »O nein.«

»Was ist?«, haucht Jesse.

Hastig suche ich das Gelände ab, sehe einige Meter links von der Herde, wie sich Büsche bewegen, und entdecke … graues Fell. »Wölfe.«

Als wäre mein Ausspruch das Startsignal gewesen, preschen die Tiere los. Die Herde teilt sich in zwei Gruppen, eine läuft in Richtung Bald Mountain, die andere in Richtung Tuolumne River.

Die Geburt ist noch mitten im Gange, aber Earbite ist auch losgelaufen. Aus irgendeinem Grund haben die Wölfe noch nicht bemerkt, dass sie in diesem Moment die Schwächste ist. Während sie nach rechts prescht, verliert sie im Galopp ihr Kalb. Die Wölfe jagen der Gruppe hinterher, und auf einmal ist alles still.

»Scheiße!« Jesse springt auf. »Was jetzt?«

Ich seufze. »Nichts. Wir können nichts machen. Das ist die Natur.«

»Aber … das Junge? Sollen wir es einfach liegen lassen?« Er sieht erneut durch das Fernglas. »Sie haben es nicht bemerkt. Das ist unsere Chance!«

Die Worte meines Doktorvaters schießen mir in den Kopf. *Die Natur muss sich selbst überlassen werden. Wir sind nicht dazu da, dort unsere Macht einzusetzen und die Fäden zu ziehen. Wir beobachten und lernen.* Ich mag und respektiere Dr. Allen. Von Anfang an. Aber diesen Teil der Verhaltensbiologie habe ich immer aus vollstem Herzen gehasst. Weil wir ständig in die Natur eingreifen, allein schon mit unserer Anwesenheit. Dann können wir doch auch helfen, wenn es uns möglich ist, oder?

»Ich weiß nicht«, stammle ich. Zwei Herzen schlagen in meiner Brust. Ich will das Neugeborene retten, es beschützen. Es hat doch noch sein ganzes Leben vor sich. Und dann ist da meine Doktorarbeit. Dass wir den jungen Bock gerettet haben, war schon ein Fehler und wird mir vielleicht die Dissertation versauen. Wenn ich mich jetzt noch um das Kalb kümmere, kann ich den Job eigentlich auch gleich sausen lassen. Schließlich kann ich diese Beobachtung ja nicht unter den Tisch fallen lassen, oder?

»Erin!«

»Was ist?«, rufe ich genervt.

»Wenn du mir nicht hilfst, mache ich es eben allein.« Jesse wirft das Fernglas auf den Boden und läuft los.

Ich atme tief ein und aus, dann fluche ich, schnappe meinen Rucksack und haste ihm hinterher.

»Nicht anfassen«, zische ich, als wir das Kalb erreichen. Es windet sich, versucht, sich von der Fruchtblase zu befreien, von der es umgeben ist.

»Es muss weg von hier, und zwar so schnell wie möglich«, sagt Jesse und sieht sich hektisch um. »Die Wölfe könnten jeden Moment zurückkommen.«

»Ich weiß.« Hastig durchsuche ich meinen Rucksack und halte Jesse ein paar Handschuhe hin. »Zieh die an.«

Er fragt nicht weiter nach, sondern tut, was ich ihm sage. Gemeinsam streifen wir die zarte Schutzschicht von dem Neugeborenen. Es atmet schnell, bemüht sich, aufzustehen, aber schafft es nicht.

Ich krame eine der Wolldecken hervor. »Wir müssen es abreiben.« Ich hebe eine Handvoll Laub, Moos und Erde auf und reibe mit hastigen Bewegungen die Decke damit ein. »Es darf nicht nach uns riechen, sonst hat es keine Chance.«

Jesse hilft mir, und gemeinsam wickeln wir das Kalb in die präparierte Wolldecke ein und nehmen eine zweite Decke, in der wir es wie in einer Hängematte transportieren können.

»Und jetzt?« Jesse sieht mich mit großen Augen an. »Braucht es nicht Milch?«

»Ja, aber erst mal müssen wir es in Sicherheit bringen. Die Wanderhütte! Komm.«

Das kleine Lebewesen ist völlig überfordert mit der Situation. Genau wie wir. Es zappelt und schreit, versucht sich aus seinem Gefängnis zu befreien, während Jesse und ich alles geben, um es möglichst ruhig zu halten, damit wir es transportieren können. Der gesamte Weg zur Wanderhütte ist ein einziger Kampf: Stolpern, aufstehen, die Wolldecke enger um das Kalb wickeln, weiter vorwärtsgehen.

Endlich in der Hütte angekommen, nehmen wir einen der Strohballen des Bettes, reiben das Kleine damit ab und bereiten ihm ein Nest daraus. Ihm fehlt dennoch die Wärme seiner Mutter. Und Nahrung.

»Maggie hat doch Ziegen. Ziegenmilch kann man Rehen als Ersatzmilch geben.«

»Aber wir können nicht beide zurück zum Camp, einer muss hierbleiben.«

»Du gehst. Ich bleibe beim Kalb«, schlage ich vor.

»Joe wird mich umbringen, wenn ich dich allein lasse.« Jesse schüttelt den Kopf.

»Er wird dich auch umbringen, wenn du mich allein durch die Wildnis laufen lässt – mit einem Wolfsrudel in der Nähe.«

»Fuck.« Er verdreht die Augen und nimmt das Funkgerät. »Crane Fire – bitte kommen.«

Es knackt in der Leitung. »Crane Fire – hier Joe. Was gibt's?«

»Wir haben einen Notfall. Ein neugeborenes Hirschkalb, das unsere Hilfe braucht. Und da du ja immer predigst, dass wir keine Alleingänge machen sollen …«, sagt Jesse und sieht mich mit hochgezogenen Augenbrauen an.

»Was willst du, Jesse?« Joe klingt nicht gerade begeistert.

»Jemand muss beim Kalb bleiben, und wir brauchen Ziegenmilch von Maggie.«

»Willst du mich veräppeln?«

»Nein, das ist mein voller Ernst. Was sagst du?«

Das Kalb fiept und versucht, erneut aufzustehen. Ich reibe es weiter ab, hindere es am Aufstehen. Sein Fell hat die typische rotbraune Farbe mit den weißen Flecken, ähnlich wie bei einem Rehkitz. Aber mit den riesengroßen Ohren, die einem Maultier ähneln, ist der Unterschied deutlich zu sehen. Aus großen Knopfaugen sieht es mich an. Es braucht dringend Milch.

»Ist Erin bei dir?«

»Was denkst du denn? Natürlich ist sie bei mir, wo sollte sie sonst sein?« Jesse lacht, aber schüttelt ungläubig den Kopf über Joes Frage.

»Pass auf, wie du mit mir sprichst, Jesse. Sonst gibt es eine Verwarnung, klar?«

»Sicher.« Jesse schließt für eine Sekunde genervt die Augen.

»Okay, dann gib mir mal Erin.«

Jesse reicht das Funkgerät weiter, und hastig erkläre ich Joe den Ernst der Lage, warum wir Maggies Hilfe brauchen und das Kalb auf keinen Fall allein bleiben kann. Er seufzt tief.

»Gut. Ausnahmsweise. Ich sage Maggie Bescheid, und Jesse soll sich auf den Weg machen. Over and out.«

Mein Danke verhallt in der Stille, denn Joe ist bereits weg.

»Okay. Ich mach noch schnell ein Feuer an, dann gehe ich los.« Jesse legt das Funkgerät neben mir auf den Boden ab und geht zu dem Kamin. Meine Hände werden feucht, mein Puls beginnt zu rasen, ich will nur noch weg von hier.

»Nein«, rufe ich. »Du musst so schnell wie möglich los, wir brauchen kein Feuer.«

Jesse dreht sich zu mir um, sieht mich an, sieht zum Kalb, das neben mir liegt und zittert, weil es noch nicht trocken ist, und egal, wie viel Stroh ich nutze, um es abzureiben, es ersetzt nicht die Pflege durch die Mutter. Außerdem quiekt es die ganze Zeit und versucht, aufzustehen.

»Ich bin vielleicht kein Verhaltensbiologe oder Tierpfleger, aber für mich sieht es so aus, als würde das arme Ding frieren. Und bis Maggie die Milch organisiert hat, wird es schließlich auch eine Weile dauern.« Er hockt sich vor den Ofen, befüllt ihn mit dem Holz, das daneben gestapelt ist.

»Ich meine es ernst, verschwinde!« Meine Stimme zittert. »Oder ich stecke Joe, dass du mich geküsst hast.« Ich will es nicht tun, diese letzte Karte ausspielen, die ich in der Hand habe, aber in dieser kleinen Hütte eingesperrt sein – zusammen mit einem Feuer? Das KANN ich nicht.

Ganz langsam wendet Jesse den Kopf, als könnte er nicht glauben, was ich gesagt habe. Sein Blick ist enttäuscht und verletzt.

»Was soll das, Bambi? Warum willst du nicht, dass ich ein Feuer anmache?«

Ich weiche seinem prüfenden Blick aus. »Hab ich dir doch gesagt, dafür ist keine Zeit.« Ich reibe mir die Hände an meiner Jeans, merke es und nehme stattdessen etwas Stroh, um das Kalb weiter abzureiben.

»Blödsinn.« Er schüttelt den Kopf und beobachtet mich, während ich es irgendwie vor ihm zu verbergen versuche, dass ich zittere. Doch meine hektischen Bewegungen machen es nicht besser.

»Du hast Angst vor Feuer.« Es ist keine Frage, sondern eine Feststellung.

»Ja, und?«, gebe ich zurück.

»Warum sagst du das nicht einfach?«

»Weil mich dann alle ständig besorgt ansehen. Das macht es nur schlimmer.« Ich weiche seinem Blick aus, betrachte stattdessen das Kalb, das tatsächlich zittert, und zwar viel stärker als ich.

»Verstehe.« Jesse kommt zu mir, hockt sich hin, sodass wir beinahe auf Augenhöhe sind. »Und was machen wir jetzt? Hat das Kalb denn eine Chance, wenn es so friert?«

Ich möchte wirklich Ja sagen, aus vollem Herzen. Aber ich kann es nicht. Die Chancen des Tiers sind um einiges geringer, wenn es auskühlt. Und wenn ich es auf den Schoß nehme, kann ich es zwar wärmen, aber es wird meinen Körpergeruch annehmen, und die Mutter, falls sie denn noch lebt, wird es nicht als ihrs wiedererkennen.

»Wahrscheinlich nicht.« Ich schniefe. Habe überhaupt nicht gemerkt, dass sich Tränen gebildet haben und meine Nase dicht ist.

»Sieh mal. Der Ofen ist doch ein ganzes Stück von dir weg. Es ist ein geschlossenes System, die Tür ist zu. Und wenn ich mich beeile, musst du auch kein Holz nachlegen.« Er legt mir seine Hand auf die Schulter und lächelt aufmunternd.

Ich hole tief Luft, atme langsam wieder aus. Wie oft habe ich versucht, mit Logik meine Angst zu bekämpfen? Wenn ich noch nicht so weit drinstecke, klappt es manchmal, aber im Panikmodus? No way.

»Ich weiß das alles. Es gibt aber keine Garantie, dass nichts passiert. In meinem Kopf sind ständig Horrorszenarien, und mein Körper spielt verrückt.« Ich lehne den Kopf gegen die Wand hinter mir, fahre mir mit den Händen übers Gesicht. Es ist schon hart, einfach hier sitzen zu bleiben, während das Adrenalin durch meinen Körper rauscht und ich am liebsten wegrennen würde.

»Was kann ich tun?«

»Manchmal helfen Atemübungen«, presse ich hervor.

»Okay«, sagt Jesse und setzt sich dicht neben mich. »Ich weiß da was.« Er hält seine flache Hand mit gespreizten Fingern vor mich. »Du atmest zweimal kurz durch die Nase ein und dann gegen meine Hand aus. Ganz langsam und lange ausatmen. Dann nehme ich einen Finger runter, und wir machen weiter. Verstanden?«

Ich nicke.

»Gut, los geht's.« Er sieht mir tief in die Augen, versucht, meinen Blick festzuhalten. »Konzentriere dich ganz auf mich, meine Stimme und meine Finger, ja?«

Ich schließe kurz die Augen und sehe ihn wieder an. Das Zittern hört nicht auf.

»Atme einfach mit mir zusammen.«

Jesse atmet zweimal kurz ein und dann mit zu einem O geformten Lippen langsam aus. Ich schließe mich ihm an, fixiere seinen Zeigefinger, den er runternimmt, als ich komplett ausgeatmet habe. »Ja, gut so. Und gleich noch mal.«

Wir atmen gemeinsam, meine Wahrnehmung schrumpft zusammen, und übrig bleiben nur Jesse und ich und die Finger, die er mit jedem Ausatmen runternimmt.

Es hilft. Mein Herz rast nicht mehr unkontrolliert, meine Atmung ist normal, und sogar das Zittern hat aufgehört.

»Willkommen zurück«, sagt Jesse und lächelt mich so liebevoll an, dass ich schlucken muss. »Wie fühlst du dich?«

»Besser«, gebe ich zu. »Danke.«

»Sag mir, was ich jetzt tun soll.« Er sieht mich ernst an, und es ist dieses unausgesprochene Zugeständnis, das mich meine Entscheidung fällen lässt.

»Mach ein Feuer. Das Kalb wird sonst nicht überleben.« Die Worte kommen dennoch nur gepresst über meine Lippen, und es ist das Schwerste, was ich seit Langem tun musste. Wenn man keine Angst mehr haben will, muss man direkt durch sie hindurchgehen.

»Bist du dir sicher?« Jesse legt seine Hand auf meinen Unterarm und drückt einmal fest zu, als ich nicke. »Du schaffst das.«

Während er sich dem Ofen zuwendet, konzentriere ich mich auf das Kalb. Und auf meinen Atem. Ich darf jetzt nicht wieder panisch werden. Aber die Geräusche von Holz, das aufeinanderge-stapelt wird, macht es mir unheimlich schwer. Ich lege den Kopf in den Nacken, zähle die Holzlatten an der Decke. Das Ratschen eines Streichholzes und der typische Geruch geben mir den Rest. Mit aufgerissenen Augen sehe ich zum Ofen. Jesse schließt ge-rade die Tür, eine kleine Rauchwolke hat sich vor ihm in der Luft gebildet, die er hektisch wegfächelt. Das Flackern einer Flamme schnürt mir die Kehle zu.

»Atmen, Erin«, sagt Jesse. »Einfach weiteratmen. Es passiert nichts. Ihr beide seid hier sicher, okay?«

Ich schlucke und schließe kurz die Augen. Aber es gelingt mir nicht, ihm zuzustimmen.

»Weißt du, was auch hilft?« Er wartet nicht auf eine Antwort von mir, sondern kommt näher, legt einen Arm um mich. Seine Wärme springt auf mich über, sein frischer Geruch steigt mir in die Nase und vertreibt die Rauchnuance. Keine Ahnung, was noch helfen würde – aber das hier, Jesse neben mir mit seiner tie-fen Stimme … das macht etwas mit mir. Seine Ruhe und Zuver-sicht hüllt mich ein wie ein warmer Umhang, und das Zittern lässt nach.

»You are my sunshine, my only sunshine«, singt Jesse leise und ruhig. »Kennst du das Lied?«

»Ja.« Unwillkürlich lehne ich mich gegen ihn, nur ein bisschen.

»Um zu singen, musst du ruhig atmen, sonst funktioniert es nicht. Singst du mit mir?« Er zieht eine Augenbraue hoch und sieht so erwartungsvoll aus, dass ich lächeln muss. Auch wenn es gefühlt ein bisschen schief gerät, ich habe gelächelt.

»Okay.«

Jesse singt, und ich stimme mit ein. Es fühlt sich vertraut an, obwohl ich noch nie mit jemandem gemeinsam gesungen habe, geschweige denn mit ihm.

»… you never know dear, how much I love you …«

Wir sehen uns an, in seinem Blick sind so viele Emotionen. Die Wärme hat inzwischen mein Innerstes erreicht. Plötzlich knackt es laut. Ein Holzscheit. Das Feuer. Sofort drängt die Kälte zurück und klammert sich an meinem Herz fest.

»Weitersingen, Bambi«, haucht Jesse und legt sanft seine Hand unter mein Kinn, um meinen Blick vom Ofen weg wieder auf sich zu lenken.

Ich hole Luft und stimme wieder mit ein. Er lächelt, nickt, und gemeinsam beenden wir das Lied.

»Alles klar?« Er rückt von mir ab und mustert mich.

»Hm.« Am liebsten wäre mir, er würde bleiben. Aber das macht keinen Sinn, es geht hier schließlich um das Leben des Kalbs. Ich wende mich zu dem Neugeborenen, das mittlerweile liegen bleibt, aber uns aus dunklen Augen scheu beobachtet.

»Du bist stark, Erin. Wirklich.« Er richtet sich auf, klopft den Schmutz von seinen Klamotten und schnappt sich einen Rucksack, aus dem er Proviant auspackt und in meine Nähe stellt. »Ich kenne genug Menschen, die nicht ansatzweise einen Schritt aus ihrer Komfortzone herausgehen und schon gar nicht eine Situation aushalten würden, wenn sie es nicht müssten.« Er wirft mit Schwung eine Wolldecke auf den Boden, und sein Gesicht verliert die weichen Züge, die es beim Singen eben noch hatte. »Lieber ergeben sie sich ihrem Schicksal, auch wenn sie daran zerbrechen.«

Ob er sich selbst damit meint? Ich will ihn fragen, aber etwas hält mich zurück. Vielleicht, weil er den letzten Satz mehr zu sich selbst gesagt hat als zu mir.

»Ich bin so schnell ich kann wieder zurück, okay?« Er wirft mir einen ermutigenden Blick zu. »Alles wird gut. Sing dem Baby ein bisschen vor und konzentriere dich auf den Text. Notfalls zählst du einfach, wie oft du das Lied singst, bis ich wieder da bin.« Jesse zwinkert.

»Ja.« Ich nicke. »Bitte beeil dich.«

Dann ist er verschwunden, und ich bleibe allein zurück. In einer Holzhütte mitten im Nirgendwo, in der ein Feuer brennt.

Kapitel 29

Jesse

So schnell war ich noch nie unterwegs. Außer Atem steuere ich den Bürocontainer an, als ich Joes Stimme höre.

»Jesse Davis.«

»Hier«, antworte ich.

»Ich hoffe, du weißt, dass du einen riesigen Vertrauensvorschuss von mir bekommst. Es wird nicht gut für dich ausgehen, falls du mich enttäuschen solltest.« Er zieht die Augenbrauen zusammen und mustert mich ernst.

»Ist mir bewusst«, entgegne ich. Meine Kehle wird eng, und ich schlucke trocken. Aber dann denke ich an das Kalb. Und an Erin. Es ist ein Risiko für mich, und ich wollte mich aus allen Schwierigkeiten raushalten. Trotzdem kann ich sie nicht im Stich lassen.

»Gut.« Joe reibt sich über den Nacken. »Ich verlass mich auf dich.«

»Oh. Bekommt der tolle Gruppenleiter wieder einmal eine Extrawurst?« Maddox taucht neben uns auf, eine qualmende Motorsäge in den Händen, und sieht mich missbilligend an, bevor er den Blick auf Joe richtet. »Hier. Ist kaputt.«

Joe seufzt. »Weißt du, warum du keine ›Extrawurst‹ bekommst, Maddox?« Er macht eine bedeutungsvolle Pause. »Weil dir die Scheiße wie Kleister am Schuh klebt und du nicht in der Lage bist, sie zu putzen.«

Maddox schnaubt verächtlich, ist aber klug genug, Joe nicht zu widersprechen, der ihm die Säge abnimmt.

»Maggie müsste jeden Moment wiederkommen, sie ist direkt zur Farm aufgebrochen, um Ziegenmilch zu besorgen.« Der Campleiter nickt in Richtung des Erste-Hilfe-Containers. »Bei Natalie bekommst du Material, das ihr gebrauchen könntet. Und pack noch ein paar Lebensmittel ein.« Damit lässt er mich und Maddox stehen, dreht sich um und geht zu seinem Büro. Ich warte nicht ab, was Maddox noch für ätzende Kommentare auf Lager hat, sondern eile zu Natalie.

Sie sieht nicht auf, als ich nach einem Klopfen gegen den Rahmen der offenen Tür eintrete.

»Keine Ahnung, warum Joe das zulässt. Ihr greift in die Natur ein, und jeder Idiot weiß, dass man das nicht machen sollte. Eine Doktorandin der Biologie sollte eigentlich anders handeln.« Sie wirft Einmalhandschuhe, Kanülen, große Spritzen auf die Untersuchungsliege und schüttelt den Kopf. »Wenn es nach mir ginge, müsstet ihr zurück ins Camp kommen.«

Die Sanitäterin greift nach einer kleinen Box und befüllt diese mit Desinfektionsmittel und Verbandsmaterial.

»Ein Glück für das unschuldige Tier, dass es nicht nach dir geht«, murmle ich.

Unwillig zieht sie die Augenbrauen nach oben. »Vielleicht sollte ich die Parkleitung über eure Rettungsaktion informieren. Fänden die bestimmt interessant.«

Ich balle eine Hand zur Faust. Bisher hab ich gedacht, Natalie wäre ein guter Mensch. Schließlich hat sie das Helfen zu ihrem Beruf gemacht. Dass sich ihre Empathie ausschließlich auf verletzte und in Not geratene Menschen beschränkt, habe ich ihr nicht zugetraut.

»Vielleicht solltest du das. Bin gespannt, was Joe dazu sagen wird«, erwidere ich mit der ruhigsten Stimme, die ich unter diesen Umständen hervorbringen kann. Und ärgere mich im selben Moment darüber. Niemandem ist geholfen, wenn ich mich mit Natalie anlege.

Der Blick, der mich unmittelbar trifft, spricht Bände. »Nimm den Kram mit, bevor ich es mir anders überlege«, zischt sie.

Ich packe alles in meinen Rucksack und verlasse, ohne sie noch einmal anzusehen, den Container.

»Jesse, mein Sonnenschein!« Maggies herzliche Stimme ist eine wahre Wohltat. »Wie gut, dass ihr zur Stelle ward.«

Mit schnellen Schritten kommt sie auf mich zu und zieht mich in eine kurze Umarmung. »Ich hab alles im Auto.«

Gemeinsam gehen wir zu ihrem Pick-up, der seine besten Tage bereits hinter sich hat. Die Felgen sind mit Rostsprenkeln übersät, und die rote Farbe sieht ausgeblichen aus. Ein alter Chevy C/K2500. Tolles Auto. Maggie öffnet die Beifahrertür, die ein Knarzen von sich gibt.

»Hier ist die Milch«, sagt sie und kramt eine dunkelgrüne Thermoskanne aus einem Jutebeutel hervor. »Dann noch ein paar alte Handtücher, Wärmekissen und eine Aufzuchtflasche mit Sauger. Ich musste auch schon einmal einem Zicklein weiterhelfen.« Sie zwinkert mir zu, bevor sie eine große Metalldose aus dem Beutel zieht. »Meine berühmt-berüchtigten Schoko-Haselnuss-Kekse. Halten Körper und Seele zusammen, das ist quasi Medizin für Erin und dich.«

»Danke, Maggie.« Meine Gedanken wandern zu Erin. Ich weiß nicht, ob Kekse hilfreich sind, wenn man panische Angst hat, aber etwas für die Seele kann bestimmt nicht schaden. Ich hoffe, sie kommt zurecht und die beiden halten durch, bis ich wieder zurück bin. Wenn ich mich beeile, kann ich es in einer halben Stunde schaffen. Ich packe alle Utensilien zu den restlichen im Rucksack, schnalle ihn mir auf den Rücken und lächle Maggie zu. »Ohne dich würde der Laden hier nicht laufen, das weißt du, oder?«

Sie winkt ab, aber die Farbe ihrer Wangen passt sich plötzlich an die ihres rosafarbenen Haars an. »Nun aber ab mit dir! Und pass gut auf Erin auf!«

Ich laufe los, komme aber nicht weit, weil sich mir niemand anderes als Peyton in den Weg stellt. »Na, Romeo? ›Beschützt‹ du wieder das hilflose weibliche Geschlecht?«

Meine Muskeln spannen sich bei ihrer Wortwahl an. Ich hasse es, dass sie so viel von mir und meiner Vergangenheit weiß. Mehr als jemand über mich wissen sollte. »Lass gut sein, okay? Ich muss jetzt wirklich zurück.«

»Natürlich. Nur eins – behalt gefälligst deine Finger bei dir, auch wenn ihr die Nacht zusammen verbringen müsst. Erin hat einen Mann verdient und keinen Knasti, der wegen seinem Egotrip alle im Stich lässt.«

Diesmal fällt es mir nicht schwer, den spitzen Pfeil zu ignorieren, den sie auf mich abgeschossen hat, weil eine andere Info meine gesamte Aufmerksamkeit auf sich zieht. »Was soll das heißen – die Nacht zusammen verbringen?«

»Als wenn du nicht wüsstest, was das bedeutet, Davis«, ätzt sie, und ihre blauen Augen funkeln.

Bevor ich etwas erwidern kann, stößt Joe zu uns. »Hast du alles?«

Die Abneigung in Peytons Gesicht ist komplett verschwunden. Was für ein perfektes Pokerface. »Er ist eins a gerüstet für eine Nacht in der Wildnis. Du kennst doch unser Team.« Sie streicht ihr langes blondes Haar nach hinten und lächelt gewinnbringend.

»Allerdings«, erwidert Joe und boxt mir gegen den Oberarm. »Morgen Abend erwarte ich euch zurück, klar? Mehr Zeit kann ich euch nicht geben. Und das auch nur, weil Maggie mir in den Ohren gelegen hat wegen dem Kalb.« Er verdreht die Augen. »Mach das Beste draus. Ich verlasse mich auf dich, Jesse.«

Verdammt. Eine ganze Nacht mit Bambi. Das kann nicht gut gehen.

Kapitel 30

Erin

Mit dem spitzen Stein, den ich auf dem Boden gefunden habe, ritze ich den hundertundachten Strich in die Holzbohlen unter mir. So oft habe ich das Lied bis jetzt gesungen. Die meiste Zeit hat es erstaunlich gut geklappt. Nur wenn das Holz geknackt hat oder im Ofen polternd umgefallen ist, habe ich kurz gestockt und dann in einem schnelleren Tempo weitergesungen. Trotzdem wünsche ich mir nichts mehr, als dass Jesse endlich zurückkommt und ich aus diesem Gefängnis rauskann. Raus, weit weg von den zuckenden Flammen, die nichts als Schmerz bedeuten.

Das Kalb regt sich, hebt schnuppernd sein Mäulchen. »Ich weiß, du hast Hunger, Kleines. Jetzt dauert es nicht mehr lange.« Mit den letzten Worten will ich uns beide beruhigen. Schließlich hole ich tief Luft und stimme erneut in das Lied ein, bevor mich ein knarzendes Geräusch unterbricht. Die Tür wird aufgeschoben, und Jesse kommt herein.

»Gott sei Dank.« Seufzend rapple ich mich auf und schiebe mich an ihm vorbei, raus an die frische Waldluft. Ich lege den Kopf in den Nacken, breite die Arme aus, und die Anspannung der letzten Stunden fällt von mir ab. Geschafft. Ich habe es wirklich geschafft.

»War es so schlimm?« Jesse tritt dicht neben mich, sodass ich seinen Oberarm an meinem spüre. Seine Körperwärme dringt zu mir durch, und da ist wieder dieses Gefühl … Dass ich mich am liebsten eng an ihn schmiegen würde. Ich dränge den Gedanken beiseite, denn das Kalb braucht so schnell wie möglich seine erste Mahlzeit.

»Das Lied hat geholfen«, erwidere ich. »Hast du alles dabei?«

Er nickt. »Maggie hat sogar eine alte Aufzuchtflasche mitgebracht.«

»Klasse.« Ich drehe mich zur Blockhütte um. »Dann los.«

Mit gestrafften Schultern gehe ich wieder hinein. Das Feuer kann mich mal.

Die Milch ist immer noch warm, als ich sie aus der Thermoskanne in die Glasflasche fülle und den Saugaufsatz dran befestige. Ich streife mir Einmalhandschuhe über, damit ich meinen Körpergeruch nicht auf das Kalb übertrage. Es reckt sein zartes Köpfchen, und seine Nüstern blähen sich leicht. Jesse hockt neben mir und beobachtet still, was ich mache. Ich kann nicht anders, als kurz zu ihm aufzublicken und zu lächeln. Die Art, wie er fürsorglich und liebevoll das Tierbaby betrachtet, bringt mein Herz zum Stolpern, bis er in meine Augen sieht und darin etwas ganz anderes zu lesen ist. Wie ein wild gewordenes Fohlen hüpft mein Herz in meiner Brust, und ich muss mich zwingen, den Fokus wieder auf das zarte, hungrige Etwas vor mir zu legen. Ganz ruhig jetzt. Behutsam stütze ich den Kiefer des Babys und tropfe ihm warme Milch auf die Schnauze. Es leckt sie fort, bewegt unbeholfen seine Lippen, um den Sauger zu erwischen, und ich helfe nach. Sofort schließt sich das Mäulchen um den Aufsatz, und in gierigen Schlucken trinkt das Kalb endlich die rettende Milch. Ich atme auf.

»Es wird überleben, oder?«, flüstert Jesse.

»Ja, sieht gut aus.«

Wir sehen uns an, und ich spüre eine tiefe Verbundenheit mit Jesse. Etwas, das ich bei Dylan nie empfunden habe. Was ich noch nie bei jemandem empfunden habe.

»Du kannst stolz auf dich sein.« Seine raue Stimme vibriert in meinem Bauch und löst einen wohligen Schauer aus.

»Ohne dich hätte ich es nicht geschafft«, antworte ich.

Er schüttelt vehement den Kopf. »O doch. Du hast das alles schon in dir. Das Einzige, was du gebraucht hast, ist ein kleiner Schubs. Und den hat dir das Kalb gegeben. Dein Mitgefühl war größer als deine Angst.«

Ich denke einen Moment über seine Worte nach. Dann nicke ich. Es stimmt.

Sorgsam lasse ich das Kalb die Flasche leeren, decke es danach mit Stroh zu, während es sich einkuschelt und die Augen schließt.

»Wir müssen es alle zwei Stunden füttern und dafür sorgen, dass es warm bleibt.« Ich streife die Handschuhe ab und werfe sie auf den Boden.

»Machen wir. Joe hat gesagt, wir sollen eine Nacht hierbleiben.« Jesse sieht mich nur kurz an, dann kramt er in seinem Rucksack und zieht eine große Metalldose hervor. »Mit Maggies Verpflegung sind wir gut versorgt.«

Ich nehme ihm die Dose ab, öffne den Deckel. Sofort strömt ein warmer Duft nach Schokolade und Vanille in meine Nase und sorgt dafür, dass mir das Wasser im Mund zusammenläuft. »Wow.« Ich habe nicht gemerkt, wie groß mein Hunger ist.

»Die riechen echt lecker. Sollen wir draußen eine Pause machen?«

»Ja.« Ein Seufzen kann ich nicht unterdrücken. Auch wenn ich mich für ein paar Stunden mit dem Feuer in meiner Nähe notgedrungen arrangiert habe, heißt es nicht, dass ich kein Problem mehr damit habe, es noch weiter auszuhalten.

Jesse sieht nach dem Kamin, und ich nehme eine der Wolldecken mit nach draußen und lasse mich auf die winzige Holzterrasse sinken. Ich atme tief die frische und vor allem rauchfreie Luft ein und lehne mich erschöpft gegen die Hütte.

Die Sonne steht inzwischen tiefer, die Bäume werfen lange Schatten auf die Umgebung. Eine sanfte Brise lässt die Blätter erzittern und kühlt mein warmes Gesicht. Obwohl die Hütte für Wanderer gedacht ist, liegt sie noch ein ganzes Stück weg von den touristischen Trampelpfaden. Wir sind meilenweit vom Camp entfernt, vom Trubel, aber auch von der Sicherheit. Erst jetzt wird mir bewusst, dass ich meine Routine nicht einhalten kann – wir werden hier übernachten! Sofort springe ich auf und stoße fast mit Jesse zusammen, der auf dem Weg nach draußen war.

»Sorry. Ich brauche dringend mein Journal.«

Er sieht mich einen Augenblick verwirrt an, aber ich bin zu schnell an ihm vorbei, um die nächste Reaktion mitzubekommen. Mein Bullet-Journal ist nach ganz unten in meinen Rucksack gerutscht – diese Tatsache allein sagt schon genug darüber aus, dass ich nicht an diesen Ort gehöre. Ich drücke das Buch sekundenlang an meine Brust, bevor ich mit einem Stift bewaffnet wieder nach draußen gehe.

Jesse sitzt dort, wo ich eben aufgesprungen bin, und beißt in einen der riesigsten Kekse, die ich je gesehen habe.

»Du musst die unbedingt probieren.« Er kaut genüsslich und grinst über das ganze Gesicht. Obwohl ich in Gedanken schon bei dem Korrigieren meiner Einträge bin, muss ich lächeln. Jesse wirkt wie ein kleiner Junge, der gerade ein unfassbar tolles Geburtstagsgeschenk bekommen hat.

»Erst die Arbeit«, entgegne ich und hebe mein Journal hoch, bevor ich mich neben ihn sinken lasse.

»Du verpasst was.« Er holt einen weiteren Keks aus der Dose und hält ihn mir für eine Sekunde vors Gesicht, dann schiebt er ihn sich bis zur Hälfte in den Mund.

»Ich werde dich nicht wiederbeatmen, wenn du dran erstickst«, sage ich und widme mich meinen Notizen.

»Ist okay. Die sind es wert, dafür zu sterben.« Er lacht, und ein paar Krümel fliegen aus seinem Mund.

To-do-Liste Dienstag 06.06.

5:00   Daily Walk ✓

5:30   Morgenroutine ✓

6:30   Frühstück mit Jesse ✓

7:00   Ins Gelände, Herde suchen und beobachten ✓

~~16:00   Rückkehr zum Camp~~ ✓

12:30   Kalb zur Wanderhütte bringen und auf es aufpassen
          NEU ✓

~~17:00   Frischmachen, umziehen~~ ✓

15:00   Alle zwei Stunden und bei Bedarf Kalb füttern NEU ✓

~~17:30   Plan für den nächsten Tag und Ergebnisse protokollieren~~ ✓

17:00   Bullet-Journal aktualisieren NEU ✓

18:00   Abendessen? NEU

~~19:00   Abendessen~~

~~20:00   Recherchearbeit Paarungsverhalten der Maultierhirsche~~

221

Eine halbe Stunde später habe ich alles aktualisiert. Mein Journal hat in all den Jahren, seit ich es benutze, noch nie so chaotisch ausgesehen wie jetzt. Etliche durchgestrichene Passagen wechseln sich ab mit neuen Einträgen, die ebenfalls wieder ersetzt wurden durch andere in einer neuen Farbe. Mittlerweile ist es schwer geworden, die Struktur dahinter zu erkennen. Genau wie in meinem Leben hier im Camp in der Wildnis des Yosemite-Parks. Seufzend klappe ich das Buch zu.

»Du hast Glück – ich hab dir noch Kekse übrig gelassen.« Jesse hält mir die Dose hin, und ich nehme mir eines der monströsen Dinger, die so unglaublich duften. Schon beim ersten Biss weiß ich, dass ich gerade das leckerste Gebäck meines bisherigen Lebens esse.

»Verdammt, sind die gut«, nuschle ich, und Jesse nickt nachdrücklich.

In den nächsten Stunden kümmert sich Jesse regelmäßig ums Feuer, während ich das Kalb füttere. Er lässt sich von mir zeigen, wie es geht, und probiert es selbst aus, damit ich nicht so oft in die Nähe des Feuers muss. Einmal mehr zeigt sich, dass Jesse ein rücksichtsvoller Mensch ist, der bereitwillig seine Hilfe anbietet. Was hat Jesse nur getan, dass Peyton meint, mich vor ihm warnen zu müssen?

»Was ist das mit dir und Peyton eigentlich?« Mir geht einfach nicht aus dem Kopf, wie widersprüchlich die Bemerkungen der beiden sind.

»Keine Ahnung«, sagt Jesse und rümpft die Nase. »Ich traue ihr nicht, und zwar aus gutem Grund. Aber wenn du mit ihr klarkommst, will ich mich da nicht dazwischendrängen, verstehst du?«

»Ja.«

Das spektakuläre Farbspiel des Sonnenuntergangs aus Rot,

Orange, Rosa und Violett ist einem sternenklaren Himmel gewichen, der meine Aufmerksamkeit auf sich lenkt. Das Kalb hat eben erst getrunken, und wir sitzen schweigend an die Hütte gelehnt, eingewickelt in unsere Wolldecken. Inzwischen ist es kühl geworden.

Jesse spielt leise auf seiner Gitarre, die er aus irgendeinem Grund mitgenommen hat. Wahrscheinlich braucht er sie genauso wie ich mein Journal. Meine Gedanken wandern zu dem Moment, wo ich in Panik verfallen bin, weil Jesse das Feuer anzünden wollte. Unwillkürlich streiche ich mir über die Narbe, die mir dieses Element vor so vielen Jahren zugefügt hat. Plötzlich greift Jesse nach meiner Hand. Er hält sanft mein Handgelenk umschlossen, dreht meinen Arm und sieht sich den Verlauf meiner Narbe an. Dann streicht er mit den Fingerspitzen über die Erhebungen, und ich will mich zurückziehen, diesen hässlichen Stempel aus der Vergangenheit mit Stoff bedecken, aber die Art, wie Jesse zärtlich die Narbe betrachtet, hält mich zurück. Seine Finger wandern zu meiner Hand, und er nimmt sie zwischen seine beiden, bevor er zu mir aufsieht.

»Das ist der Grund, wieso du Angst vor Feuer hast, richtig?«

»Ja«, flüstere ich.

»Willst du erzählen, was passiert ist?« In seinen blauen Augen schimmert so viel Mitgefühl, dass es sich anfühlt, als würde jemand mich in eine warme Decke einhüllen und vor der kalten Welt abschirmen wollen. Trotzdem zögere ich ein paar Sekunden.

»Ich war noch ganz klein. Mom ...« Ich atme tief ein und aus, und Jesse wendet seinen Blick ab, sieht auf meine Hand hinunter, die er nicht losgelassen hat. »... sie wollte Marshmallows über dem Lagerfeuer machen. Aber dann ...« Meine Stimme bricht. Ich kann nicht weitersprechen. Ein Klumpen bildet sich in meinem Hals, das Schlucken fällt mir schwer, und heiße Tränen brennen in meinen Augen.

»… hat sie die Kontrolle verloren«, ergänzt Jesse.

Überrascht suche ich seinen Blick. »Wie kommst du darauf?«

Er deutet auf mein Bullet-Journal. »Du liebst Sicherheit und Struktur. Und wenn Dinge außer Kontrolle geraten, wirst du panisch.«

Ich glaube, noch nie hat mich jemand so durchschaut. Für alle außer für Susan und Dylan ist meine Planung nur eine harmlose Macke. Ein Tick, wie alle Menschen irgendeinen haben. Aber Jesse hat verstanden, was sich dahinter verbirgt, obwohl er nicht mal die gesamte Geschichte kennt.

»Und was ist mit dir?«

Er lächelt mich an, aber das Lächeln ist traurig, bedauernd. »Ich kann Ungerechtigkeit nicht ertragen. Leider steigt mir dann meine Wut zu Kopf und …« Er bricht ab, und sein Blick verliert sich in der Ferne des Horizonts.

»… du tust Dinge, die du später bereust«, ergänze ich ihn.

»Du schaust auch gern hinter die Kulissen.« Er nickt mir verschwörerisch zu, und es kommt mir vor, als würden wir uns schon ewig kennen. Aber das stimmt nicht. Im Gegenteil. Trotzdem weiß er schon mehr als meine beste Freundin Kelly. Und plötzlich wird mir klar, dass es mich gar nicht mehr interessiert, warum Jesse hier gelandet ist. Ich spüre, dass er ein guter Mensch ist. Alles andere ist egal.

»Stimmt«, antworte ich und lächle. »Deshalb – erzähl mir etwas über dich, was sonst niemand weiß.«

Er zieht seine Hand zurück, und ich muss gestehen, dass ich mir diese Berührung sofort zurückwünsche. Mit einem nachdenklichen Gesicht lehnt er sich zurück und grinst schließlich breit. »Ich mag die Songs von Taylor Swift.«

»Wirklich?« Ich kann die Überraschung in meiner Stimme nicht verbergen. Dass Mädels auf Taylor Swift stehen, ist nichts Neues, aber ein Strafgefangener? Ja, diese verdammten Vorurteile.

»Klar. Ihre Texte sind der Hammer. On Point.« Jesse formt mit Daumen und Zeigefinger das Okay-Zeichen. »Jetzt bist du dran. Erzähl mir was Geheimes von dir.«

Ich überlege einen Moment, sehe nach oben in den Himmel, wo sich schon einzelne Sterne zeigen. »Seit meiner Kindheit habe ich Sterne an der Decke über dem Bett kleben, die im Dunkeln leuchten.« Ich beobachte Jesse grinsend. »Im Camp konnte ich erst schlafen, als ich welche angebracht habe. Albern, oder?«

Er schüttelt entschieden den Kopf. »Überhaupt nicht. Wir brauchen alle etwas, worauf wir unseren Blick richten können. Was genau das ist, geht niemanden was an.«

Und dann richtet er seinen Blick auf mich, seine Augen voller ungesagter Worte. Mein Puls schießt in die Höhe, aber ich sehe nicht weg, sondern verliere mich in seinen eisvogelblauen Augen. Mit jeder Sekunde, die wir einander festhalten, wird es schwerer, mich von ihm zu lösen. Dabei weiß ich genau, dass ich es sollte. Das hier ist ein gefährliches Spiel mit dem Feuer, für uns beide. Aber bevor ich mich für einen Weg entscheiden kann, tut es Jesse.

Kapitel 31

Jesse

Diese tiefgründigen braunen Augen machen mich fertig. Ich habe das Gefühl, als würde Bambi mir direkt in meine Seele schauen. Aber meine Seele ist alles andere als rein und unschuldig. Nicht so wie ihre. Will ich ihr wirklich all die dunklen Ecken darin zeigen? Will ich sehen, wie bei ihr die Erkenntnis einrastet, dass sie einem Menschen gegenübersteht, der keine Kontrolle über sich hat? Erin ist verdammt noch mal zu gut für diese Welt, und sie hat etwas Besseres verdient als mich. Trotzdem brennt dieses unbändige Verlangen in meiner Brust, sie an mich zu ziehen und diesen verbotenen Schmollmund zu küssen. Ihr Körper nah an meinem, ihre Hände in meinen Haaren und ihr Atem auf meinem Gesicht. Ganz zu schweigen von diesem atemberaubenden Körper, von dem ich schon viel zu viel gesehen habe. Es war dennoch nicht genug. Fuck!

Das Mondlicht spiegelt sich in ihren Augen, und mir wird bewusst, dass ich ihren Blick immer noch festhalte. Obwohl es mich all meine Willensstärke kostet, wende ich mich ab und betrachte den klaren Sternenhimmel über uns.

»Kennst du dich mit Sternenbildern aus?« Was für ein armseliger Versuch, wieder zu einer angemessenen Konversation zu gelangen.

»Nicht wirklich«, antwortet sie und lehnt den Kopf an die Holzbohlen. »Du?«

»Nein, aber manchmal wäre ich lieber dort oben als hier.« Im selben Moment ärgere ich mich, dass ich das gesagt habe. Weil es ihr die perfekte Vorlage gibt, um nachzuhaken.

»Wegen dem, was du getan hast?« Ihre Stimme ist nur ein Flüstern, und es fühlt sich an, als wollte sie mir die Möglichkeit geben, so zu tun, als hätte ich die Frage nicht gehört.

Es ist nicht das erste Mal, dass sie wissen möchte, warum ich bei Crane Fire gelandet bin, aber trotz ihrer Neugierde lässt sie mir die Wahl, und irgendwie berührt mich das mehr, als es sollte.

»Hast du nicht auch manchmal das Gefühl, dass dir alles zu viel wird und du nur noch deine Ruhe willst?«

»Doch.« Sie sieht mich an und streicht sich eine verirrte Strähne aus der Stirn.

»Und was machst du dann?«

»Yoga«, antwortet sie. »Also, wenn ich eine Lücke in meinem Kalender habe.«

Ich kann nicht anders, ich muss lachen. Eine Antwort, wie sie nur von Bambi kommen konnte. Aber sie ist nicht beleidigt, sondern grinst ein bisschen verlegen.

»Und wenn du keine Lücke hast?« Ich kann mir das Nachhaken beim besten Willen nicht verkneifen, obwohl ich glaube, die Antwort bereits zu kennen.

»Dann mach ich einfach weiter nach Plan. Spätestens wenn ich konzentriert an einer Sache arbeite, merke ich nicht mehr, dass es mir zu viel ist.« Sie zuckt mit den Schultern.

»Klingt logisch.« Ich schüttle immer noch grinsend den Kopf und richte meinen Blick wieder auf die Sterne. »Einfach weitermachen.«

Noch eine Weile beobachten wir schweigend den Himmel, und dann ist wieder Fütterungszeit für das Kalb. Ich begleite Erin, um nach dem Feuer zu sehen, lege aber erst Holz nach, als sie das Neugeborene versorgt hat und wieder vor die Tür gegangen ist.

Sie wartet in ein paar Schritten Entfernung auf mich.

»Wir sollten die Pause nutzen, um ein bisschen zu schlafen«, schlage ich vor.

Erin weicht meinem Blick aus, und ich weiß, es ist ihr nicht geheuer, sich neben ein brennendes Feuer zu legen.

»Ich bleibe wach, okay? Aber du musst dich wirklich ausruhen.« Ich nähere mich ihr und berühre sie sanft an der Schulter.

Sie seufzt. »Wenn es sein muss …«

Gemeinsam gehen wir zurück in die Hütte, Erin rollt sich auf dem Strohbett zusammen, und ich setze mich ans Fußende, wie eine Barriere zwischen ihr und dem Kamin, der in einigen Metern Entfernung vor sich hin knistert.

Es dauert eine ganze Weile, bis sie sich entspannt. Irgendwann atmet sie ruhig und gleichmäßig. Ihre Wangen sind gerötet, ihre unwiderstehlichen Lippen sind leicht geöffnet, und ein Strohhalm hat sich in ihrem zerzausten Haar verfangen. Vorsichtig strecke ich die Hand nach ihr aus, entferne erst das Stroh und streiche ihr sanft die Strähne hinters Ohr. In meinem Magen kribbelt es, als hätte ich aus Versehen eine Treppenstufe verpasst. Das ist nicht gut. Ich habe geahnt, dass es schwer wird, eine Nacht mit Bambi zu verbringen, aber das übertrifft meine Vorstellungen. Zum Glück war ich vorhin im Camp geistesgegenwärtig genug, um meine Gitarre mitzunehmen. Auch wenn es zusätzlicher Ballast war, wenigstens habe ich jetzt eine Möglichkeit, mich abzulenken. Ich rapple mich vom Boden auf, werfe einen kurzen Blick auf das Neugeborene, das ebenso friedlich schlummert wie Erin, dann gehe ich mit meiner Gitarre nach draußen. Die Nacht ist klar, und der Mond strahlt hell vom Himmel, lässt die Bäume um die Wanderhütte riesige Schatten werfen. Es ist unglaublich ruhig, nur die Geräusche der Natur um mich herum. Leises Rascheln im Gebüsch, der Schrei einer Eule und der sanfte Wind, der durch die Blätter streift.

Ich setze mich ans Ende der kleinen Holzterrasse und lehne mich gegen die Wand der Hütte. Schon seit Tagen summe ich diese eine Melodie, zu der mir immer mehr Text zufliegt. Fast wie von selbst entstehen die Worte in mir. Keine Ahnung, wie lange ich einzelne Passagen probe, die Zeilen verändere und meine Stimme zu der Melodie austeste, aber am Ende habe ich einen Song zusammengestellt. Ich lege all meine Gefühle in die Stimme, weil dieses Lied all das widerspiegelt, was ich empfinde.

Kapitel 32

Erin

Ich drehe mich auf die Seite, will weiterschlafen, aber irgendetwas hindert mich daran. Angestrengt lausche ich in die Nacht. Ist das Kalb hungrig? Aber aus dem provisorischen Gehege dringen keine Geräusche. Stattdessen sind leise Gitarrenklänge zu hören. Jesse. Ich krabble vom Strohbett, streife mir meinen Cardigan über und öffne vorsichtig die Tür der Wanderhütte. Barfuß tappe ich hinaus. Der Boden ist kühl, aber es ist nicht unangenehm. Ich blicke mich um und entdecke Jesse. Er sitzt am Ende der Terrasse, seine Gitarre auf den Knien, und stimmt gerade ein Lied an, das ich bisher noch nicht gehört habe. Die Umgebung wirkt still und beinahe verlassen, nur das Licht des Mondes taucht Arme und Gesicht von Jesse in einen blassblauen Schimmer, während der Text des Songs zu mir herüberweht.

The Fire Inside Us by @lifelikecharlie

I seem to like fighting fire
That's what I've done all this time

But your head next to mine
Feels like something good

I don't ask how or why
I just set those flames in my sight
But with your body next to mine
Maybe I should

My heart is tongue-tied love
With the fire inside us
Flame to ash
Ash to an ember
What is going on?

You're just a bambi out on your own
You need protection when you're all alone
And this feeling only grows
when I'm next to you

My heart is tongue-tied love
With the fire inside us
Flame to ash
Back to an ember
What is going on?

My heart is tongue-tied love
With the fire inside us
Flame to ash
Back to an ember …

Das dunkle Timbre seiner Stimme überträgt sich auf meinen gesamten Körper, bringt jede einzelne Zelle in mir zum Klingen. Prickelnde Energie strömt meine Wirbelsäule hinauf, breitet sich aus und entfacht die Glut in meinem Inneren. Und das, was er singt … Ich schlucke trocken. Sofort bin ich in Gedanken wieder mit ihm auf dem Strohbett, streiche ihm das Haar aus der Stirn, und er zieht mich fest an sich, um mich zu küssen.

Zwischen uns ist etwas. Rau, wild und ursprünglich. Ich kann es nicht erklären, weil es jeglicher Logik entbehrt und in keiner Weise zu mir passt. Aber statt meinen Verstand einzuschalten und einfach zurück in die Hütte zu gehen, stehe ich wie gebannt da. Ich lausche seiner Stimme und lasse mich auf die Melodie ein, die mir unter die Haut geht und die Glut in mir zu einer Flamme werden lässt. Mein Blick ist gefangen von seinem sanften Gesichtsausdruck, der Art, wie er die Augen schließt und gefühlvoll die Worte mit seinen Lippen formt. Der Song – das sind wir. Mein Herz klopft mir bis zum Hals, Adrenalin rast durch mein System, und ich kann nicht anders, als seinen Namen zu flüstern.

»Jesse.«

Ich glaube nicht, dass er mich gehört hat, aber wahrscheinlich hat er gespürt, wie ich ihn ansehe, denn er sieht auf. Unsere Blicke treffen sich, halten einander fest.

Was tust du da, Erin? Geh zurück in die Hütte, bevor es zu spät ist. Aber ich wende meine Augen nicht von ihm ab, lasse meinen Verstand vor sich hin philosophieren, denn ich will genau das hier. Jesses Blick wandert über meinen Körper, folgt dem Stück Stoff des Cardigans, der mir über die nackte Schulter rutscht.

»Erin.«

Er sagt meinen Namen, und es klingt anders als sonst. Rau und doch zärtlich, aber gleichzeitig auch fragend. Fast unmerklich nicke ich, dann bricht Jesse das Lied ab, seine Hände rutschen über die Gitarrensaiten, und ein leises Quietschen ertönt, als er das Instrument zu Boden sinken lässt. Er steht auf, kommt auf mich zu und stoppt erst, als er dicht vor mir steht. Sein Atem streift meine Haut, sein Duft steigt mir in die Nase und benebelt meine Sinne auf die beste Weise. Ich stehe am Rand einer Klippe und kann nicht mehr klar denken, ich werde ins Ungewisse stürzen. Aber das erste Mal in meinem Leben mache ich mir keine Sorgen, wie tief es hinuntergeht.

»Ich werde nichts tun, was du nicht willst«, raunt Jesse in mein Ohr.

Und dann … springe ich einfach. »Küss mich!«

Seine Augen verdunkeln sich, er hebt beide Hände an meine Wangen, streicht mit den Daumen über meine Haut, lehnt seine Stirn an meine. Als sein Mund endlich meinen berührt, vergesse ich alles. Ich fühle nur noch. Die Wärme seiner Lippen, wie er sie weich und trotzdem fordernd gegen meine presst. Seufzend öffne ich den Mund, während er den Kuss intensiviert und mich gegen das harte Holz der Wanderhütte drückt. Ich vergrabe die Hände in seinem Haar, fühle die Flamme in mir immer höher schlagen. Er lässt seine Hände an meiner Taille hinunterwandern, und eine Sekunde später berührt er sanft meine nackte Haut unter dem Cardigan. Ich schnappe nach Luft, weil mich meine Wahrnehmungen überwältigen, und ziehe ihn noch näher an mich. Wie kann sich etwas Verbotenes nur so verdammt gut anfühlen? Ich will mehr, gleite mit meinen Fingern über seinen muskulösen Rücken und ziehe sein Shirt ein Stück nach oben. Die Haut darunter ist so warm und weich. Mit den Fingernägeln ziehe ich kleine Kreise um seine Lenden. Er gibt ein leises Stöhnen von sich, das pures Spiritus für das Feuer in mir ist. Es lodert hoch, brennt sich durch meine Seele, und mir wird schwindelig. Ich will mehr von ihm. Ich will alles.

Er hebt mich hoch, ich schlinge meine Beine um seine Mitte, und ohne dass er den Kuss unterbricht, trägt er mich zur Tür.

Ich stoße mir den Ellenbogen am Türrahmen, Jesse flüstert mir ein Sorry zu, bevor sich sein Mund wieder auf meinen legt. Sekunden später sinken wir auf das Strohbett – dort, wo alles angefangen hat und ich ihn das erste Mal geküsst habe. Aber dieses Mal ist da kein Zögern mehr, keine Zweifel, nichts, was uns aufhalten könnte.

Jesses Lippen lösen sich von meinen, nur um sich auf den Weg über meinen Hals zum Schlüsselbein zu machen. Stück für Stück küsst er jedes bisschen nackte Haut, das er freilegt, bis er am Bund meiner Jeans angekommen ist. Der Blick, mit dem er mich ansieht, gibt mir den Rest. Ein Kribbeln breitet sich in meiner Mitte aus, und ich kann ein Aufseufzen nicht unterdrücken. Er öffnet die Knöpfe, und mit einer raschen Bewegung zieht er mir den Stoff bis zu den Knien hinunter. Mein Herz rast. Noch nie habe ich mich so gefühlt wie in diesem Moment. Aufregung, Hitze und ein unbändiges Verlangen, ihn zu spüren, dass es beinahe wehtut. Im nächsten Augenblick presst er seinen Mund auf meinen Slip, sein Atem wärmt meine empfindlichste Stelle, und ich stöhne auf. O. Mein. Gott. Ich dränge mich gegen ihn, greife in seine Haare. Das ist einfach irre, was er da tut.

Ein herzzerreißendes Schreien lässt uns auseinanderfahren. Das Kalb! Jesse springt auf und geht zu dem Tierbaby, das bitterlich quiekt. Sekunden später hört es auf und gibt stattdessen laute Schmatzgeräusche von sich.

Ich rapple mich auf, ziehe meine Jeans wieder hoch und bleibe einen Moment wie benommen sitzen, versuche, in der Realität anzukommen. Und dann schaltet sich mein Verstand ein. Das hier ist falsch. Egal, wie gut es sich auch anfühlt – Jesse ist Feuer. Feuer hat beinahe mein Leben zerstört. Die Schatten der Flammen des Kamins auf dem Boden tanzen bedrohlich, und ich wende den Blick ab. Atmen, Erin. Einfach atmen. Du warst schon den ganzen Tag mit dem Feuer zusammen in der Wanderhütte und hast es ausgehalten. Es hat sich nichts geändert! Bleib stark.

Ich weiß nicht, wie viel Zeit vergeht, aber irgendwann setzt sich Jesse wieder neben mich und nimmt meine Hand in seine. »Geht es dir gut?«

Unsere Blicke treffen sich, und ich lege all das Gefühlschaos hinein, das ich gerade durchmache. Es ist, als würden wir ohne Worte kommunizieren. Jesse zieht mich in eine zärtliche Umarmung, drückt seine Lippen in mein Haar und streicht über meinen Rücken. »Lass uns einfach schlafen, okay?«

Ich nicke. »Danke«, flüstere ich, weil er genau verstanden hat, dass ich doch nicht springen kann.

Gemeinsam legen wir uns wieder auf das Strohbett, er schmiegt sich an meinen Rücken, hält mich in seinen Armen. »Gute Nacht, Bambi. Ich halte Wache, damit du schlafen kannst.«

Es ist das erste Mal, dass ich nicht gegen den verhassten Spitznamen protestiere. Vielleicht, weil er anders klingt. Nicht provokativ oder abschätzig, sondern warmherzig und innig, als hätte er mein wahres Ich erkannt.

Kapitel 33

Jesse

Ich hatte mir ja schon gedacht, dass eine Nacht allein mit Erin schwer werden würde. Allerdings war ich davon ausgegangen, dass ich meine körperlichen Reaktionen auf sie nicht kontrollieren könnte und all meine Bedenken über Bord werfen würde, nur um ihr nah zu sein und sie zu spüren. Und nun? Liegt sie in meinen Armen. Ich lausche ihrem ruhigen und regelmäßigen Atem, ihr Duft steigt mir in die Nase, und ihre Wärme dringt durch meine Kleidung. Sie schläft in meinen Armen. Wir hatten keinen Sex, aber das hier – das ist so viel intimer. Noch nie habe ich eine Frau auf diese Art und Weise gehalten und sie vor allem beschützen wollen. Außer Caroline, aber sie ist meine Schwester, die sich nicht helfen lassen will.

Der Morgen dämmert, durchs Fenster der Hütte dringt ein schwacher Schein. Es ist alles noch so still und friedlich. Ich schließe die Augen, rücke ein wenig dichter an Erin heran, streiche ihr eine Strähne hinters Ohr und möchte die Zeit anhalten. Nur wir beide in unserem eigenen kleinen Universum.

Ein furchtbar lauter und nerviger Handywecker unterbricht

meine Illusion. Erin murmelt etwas, tastet auf dem Boden herum, und endlich verstummt der Ton. Sofort schält sie sich aus meiner Umarmung und setzt sich auf.

»Wie spät ist es?«

»Fünf Uhr dreißig. Zeit für meine Morgenroutine«, sagt sie mechanisch.

»Deine Morgenroutine?« Ich fasse es nicht. Selbst nach den ganzen Ereignissen von letzter Nacht versucht sie all ihre Pläne aufrechtzuerhalten.

»Guten Morgen erst mal«, sage ich und lache leise. »Du willst also jetzt joggen gehen? Hier?«

Sie kräuselt ihre niedliche Nase, aber in ihren Augen blitzt es kampflustig. »Warum denn nicht? Ich wüsste nicht, was dagegen spricht.«

»Du hast keine Sportsachen dabei.« Im Hintergrund raschelt es, und das Kalb fiept leise. »Und wir haben noch ein Tierbaby zu versorgen.«

Erin schnaubt. Ohne mich noch einmal anzusehen, steht sie auf und kümmert sich um unseren Schützling. Ich schüttle den Kopf. Die Frau hat echt einen Knall. Nur seltsam, dass es mich immer weniger nervt als noch am Anfang. Ich stehe ebenfalls auf, gehe hinaus in die noch kühle Morgenluft und strecke mich ausgiebig. Der Ausblick ist fantastisch. Keine Menschenseele weit und breit, der Himmel verfärbt sich bereits in verschiedenen Rottönen, die das Grün der Bäume noch mehr zur Geltung bringen. Das Leben könnte so schön sein. Keine Sorgen und Probleme mehr, nur Stille und Frieden.

Das Schreien des Kalbs unterbricht meine unrealistischen Vorstellungen und treibt mich zurück in die Hütte. Erin hat Handschuhe an und versucht, das Kalb mehr oder weniger erfolgreich am Aufstehen zu hindern. Das Kleine hat inzwischen Kraft getankt und setzt diese mit Nachdruck ein.

»Wenn es nach uns riecht, wird die Mutter es nicht mehr wollen.« Erin sieht mich verzweifelt an. »Wir können es nicht frei in der Hütte herumlaufen lassen.«

Mit ein paar Handschuhen bewaffnet eile ich ihr zu Hilfe und halte das Tierbaby fest. Die Geräusche, die es von sich gibt, erinnern mich ein bisschen an Caroline, als sie noch klein war. Wenn sie Hunger hatte, hat sie auch immer so geschrien. »Meinst du, es wird sich beruhigen?«

»Ich weiß nicht.«

Ihr Unterarm berührt meinen, und für einen Atemzug sehen wir uns direkt in die Augen. Wir sind uns so nah, dass ich die kleinen dunklen Punkte in ihrer braunen Iris erkennen kann. Aber der Kampf mit dem Hirschkalb geht weiter, es gibt einfach nicht nach.

»Das wird so nichts«, sage ich, und Erin nickt.

»Wir müssen es zu seiner Mutter bringen. Falls sie noch lebt.« Sie seufzt.

Während ich bei dem Kleinen bleibe und es am Aufstehen hindere, packt Erin unsere Sachen zusammen. Von wegen Morgenroutine. An eine entspannte Joggingrunde ist nicht zu denken, nicht mal Zähne putzen oder ein Frühstück in Form eines der wunderbaren Cookies von Maggie ist drin.

Die Rücktour zur Aussichtsplattform ist eine Tortur. Das Kalb ist unruhig, gibt ständig bitterliche Laute von sich und bringt sich und uns damit in Gefahr. Ein Raubtier sollte uns jetzt besser nicht begegnen. Sorgfältig checke ich die Umgebung, damit wir keine böse Überraschung erleben. Schließlich sind wir endlich da, legen es ab, und Erin schnappt sich ihr Fernglas.

»Da sind sie wieder«, ruft sie aus. »Ich sehe Earbite … Shot,

Midlife, Leg, White und sogar Diver ...« Sie lässt das Fernglas sinken. »Aber Granny fehlt.«

»Shit.« Ich berühre sie an der Schulter. »Wenigstens ist die Mutter am Leben.«

»Ja«, seufzt Erin. »Lass uns das Kleine zu ihnen bringen.«

Die Herde hat die Rufe vom Kalb schon wahrgenommen, sie gehen umher, recken die Köpfe und richten ihre Ohrmuscheln nach dem Geräusch aus. Als wir uns nähern, nehmen sie Reißaus.

»Wir müssen es jetzt hier hinlegen.« Erin lässt die Decke vorsichtig sinken, rupft Gras aus dem Boden und reibt das Kleine damit ab. »Ich hoffe, es riecht nicht zu stark nach uns.«

Erneut sehe ich mich um. Nicht auszudenken, wenn es kurz vor der Wiedervereinigung mit seiner Mutter einem Wolf zum Opfer fällt. Aber ich kann weder Feinde noch die Maultierhirsche entdecken.

»Komm mit.« Erin macht eine auffordernde Kopfbewegung, und wir steigen hoch zur Plattform. Dort angekommen, klemmt sie sich hinter die Kamera und startet eine Aufnahme. »Bitte, bitte, bitte«, murmelt sie.

Ich nehme mir das Fernglas, das ungenutzt auf dem Boden liegt, und warte ebenso gespannt wie Erin. Die Minuten verstreichen, in denen das Kalb allein zwischen den Bäumen liegt. Schließlich rappelt es sich mühsam auf, steht ein paar Sekunden auf wackeligen Beinen und stürzt zu Boden. Das arme Ding. Es fällt mir schwer, zuzusehen und nicht helfen zu können. In meinem Magen sticht es unangenehm. Genauso fühle ich mich, wenn ich meiner Schwester dabei zusehen muss, wie sie ihr Leben an die Wand fährt. Meine Hilfe will sie nicht, obwohl sie die nötiger hat, als ihr bewusst ist.

Das Kleine startet einen erneuten Versuch, und diesmal klappt es. Dann beginnt es mit einem herzzerreißenden Geschrei, das einem durch Mark und Bein geht. Suchend hebt es die Schnauze, stolpert los, torkelt bedenklich, aber schafft es, auf den Beinen zu bleiben.

»O mein Gott.« Erin deutet in die Ferne. »Sie kommen.«

Ich folge ihrer Bewegung mit dem Fernglas, und dann sehe ich die Herde. Skeptisch und in langsamen Schritten nähern sie sich ihrem Platz und betrachten das kleine Reh, das ununterbrochen ruft. Eins der Tiere löst sich aus der Gruppe und schreitet mutiger voran – ich gehe davon aus, dass es die Mutter ist. Sie blickt sich misstrauisch um, es wirkt, als könnte sie nicht glauben, was sie dort sieht. Schließlich hat sie während eines Wolfangriffs ihr Junges zur Welt gebracht und war dann auf der Flucht, ohne auch nur die Möglichkeit zu haben, an ihm zu schnuppern oder es gar zu säubern. Aber die beiden gehören zusammen, sie sind vom selben Blut. Eine Familie.

»Sieht doch ganz gut aus, oder?«, flüstere ich.

»Ja, besser als erwartet.« Erin streicht sich die Haare aus dem Gesicht. »Vielleicht, weil sie es noch gar nicht angenommen hatte.«

Erwartungsvoll beobachten wir die Szene. Die Maultierhirschkuh geht immer noch zögerlich auf das Kalb zu, bleibt zwischendurch stehen, sieht sich um, schnuppert, schnaubt. Aber dann macht sie ein paar schnelle Schritte und erreicht ihr Junges. Die beiden berühren gegenseitig ihre Nasen. Erst vergeht eine Sekunde, dann eine zweite. Ich halte die Luft an. Der entscheidende Moment ist gekommen, der über Leben oder Tod des Neugeborenen bestimmen wird. Die Parallelen zu Caroline machen mich fertig. Bei ihr wird es auch so sein. Sie wählt lieber den dunklen Weg, der sie ins Unglück stürzen wird, und ich habe keine Ahnung, warum sie sich das antut.

»Bitte. Es ist deins, Earbite«, haucht Erin neben mir.

Und tatsächlich. Die Zunge der Mutter schnellt hervor, leckt den Kopf des Kalbs, das sich sofort auf die Suche nach der Milchbar macht. Ein zufriedenes Grunzen ist von Earbite zu hören.

»Wir haben es geschafft.« Ich lächle Erin an, und sie schließt mich in die Arme. Nur für einen Wimpernschlag.

»Das muss ich alles aufschreiben.« Sie löst sich von mir, macht einen kleinen Freudensprung und wühlt in ihrem Rucksack nach ihrem Notizbuch.

Es freut mich zu sehen, wie sie in ihrem Element aufgeht – das Beobachten und Chiffrieren der Natur. Alles in Tabellen und Diagramme umzuwandeln, zu ordnen, zu kategorisieren. Obwohl es eine Illusion ist, gibt diese Kontrolle ihr Sicherheit. Ich dagegen weiß nur zu gut, dass niemand die Kontrolle hat. Schon gar nicht über das Leben.

Kapitel 34

Erin

Auf dem Rückweg zum Camp schwirrt mir der Kopf, und ich kann es kaum erwarten, endlich wieder in meine Routine einzusteigen, damit Ruhe einkehrt. Jesse geht vor mir, wie üblich trägt er den schweren Rucksack. Bei seinem Anblick wandern meine Gedanken unweigerlich zu dieser total verrückten Nacht in der Hütte. Beinahe hätte ich all meine Prinzipien über Bord geworfen. Ich weiß nicht, wie er es schafft, dass sich mein Verstand einfach ausschaltet und mein Herz die Oberhand gewinnt. Es hat sich so gut angefühlt, in seinen Armen zu liegen und einzuschlafen. Mein Herz vertraut ihm, aber mein Verstand findet genug Gründe, warum das eine richtig schlechte Idee ist.

Seufzend schließe ich die Augen, bevor ich mich auf den Himmel konzentriere. Kleine Wolkenflecken haben sich gebildet, und es ist nicht mehr so heiß wie in den letzten Tagen. Gute Voraussetzungen für die Herde und das Neugeborene. Ich bin froh, dass wir es geschafft haben, es zu retten. Auch wenn ich anfangs gezögert habe und nicht weiß, was das mit meiner Doktorarbeit macht. Aber vielleicht kann ich genau diesen Vorfall nutzen, um ihn zum Thema zu machen: Das Retten von Hirschkälbern und die Wiederzusammenführung in die Herde. Der Wildtierschutz steckt in Kalifornien noch in den Kinderschuhen.

Wir erreichen das Camp, und ich kann es kaum erwarten, zu duschen und weiter die Punkte meiner Liste abzuarbeiten.

Jesse dreht sich zu mir um. »Bis morgen, Bambi.« Dann läuft er zu Joes Container, um Bericht zu erstatten. Nachdenklich sehe ich ihm hinterher. Bereut er, was heute Nacht zwischen uns gewesen ist?

Schon während ich mir nach dem Duschen frische Klamotten anziehe, klopft es bereits an meiner Tür. Es ist Peyton.

»Hey, alles klar bei dir?« Sie mustert mich eingehend.

»Das Kleine hat es geschafft«, weiche ich aus. Ich weiß, dass sie mich wieder nach Jesse und seinem Verhalten ausfragen wird. Sie ist wirklich meine größte Unterstützung hier im Camp, aber ich will nicht mehr mit ihr über ihn reden.

»Super«, erwidert sie. »Und wie war es sonst?«

»Was meinst du mit sonst?« Ich zucke mit den Schultern. »Es war anstrengend, wir mussten ein Tierbaby füttern und die gesamte Nacht möglichst ruhig halten, am besten, ohne es anzufassen. Da gibt es kein *sonst*.« Mit vier Fingern setze ich das letzte Wort in imaginäre Anführungszeichen und grinse, um meiner Aussage die Schärfe zu nehmen. Vor den Kopf stoßen will ich Peyton auch nicht, das hat sie nicht verdient.

»Ach, wirklich nicht?« Sie zwinkert. Langsam, aber sicher geht mir ihr Verhalten auf den Keks. Also hole ich zum Gegenangriff aus.

»Was läuft da eigentlich mit dir und Maddox?«, frage ich, ohne nachzudenken.

Ihre Miene verdunkelt sich. »Wieso Maddox? Da ist nichts zwischen Maddox und mir. Wie kommst du darauf?«

Mist. Das war nicht klug. »Keine Ahnung. Ich dachte irgendwie, er wäre vielleicht dein Typ. Vergiss es einfach, okay?«

»Du denkst, ich würde mit den Gefangenen anbandeln?« Peytons Gesicht hat sich komplett verändert. Weg ist die fröhlich-freundliche Ausstrahlung, die sie immer zur Schau trägt. Ihre Züge sind hart und wirken unnachgiebig, in den Augen spiegelt sich ein Gletschersee, der mich frösteln lässt. So habe ich sie noch nie gesehen. Und plötzlich bin ich mir nicht sicher, ob Jesse nicht vielleicht doch recht hatte.

»Natürlich nicht«, erwidere ich schnell. »Ich weiß ja, dass du professionell bist.«

Sie starrt mich immer noch ausdruckslos an.

»Mich nervt es, dass du mich immer nach Jesse fragst, und ich wollte den Spieß mal umdrehen, damit du weißt, wie das ist.« Ich lächle sie mit einem verlegenen Augenaufschlag an. »Tut mir leid.«

»Wieso ausgerechnet Maddox?«, hakt sie nach.

»Er ist mir als Erstes eingefallen.« Ich zucke mit den Schultern, dann lache ich unsicher.

Peyton mustert mich für zwei weitere Atemzüge, dann stimmt sie in mein Lachen ein. »Okay, du hast gewonnen. Sorry, dass ich dir auf die Nerven gehe. Ich hab dich sehr gern und wollte nur, dass dir nichts passiert. Aber du bist eine starke Frau und kannst auf dich selbst aufpassen.«

»Ja, meistens. Danke.«

Wir sehen uns an, sie nimmt meine Hände in ihre und drückt sie. »Du bist für mich wie die Schwester, die ich mir immer gewünscht habe.«

Ich weiß nicht, was ich erwidern soll, also nicke ich nur. Peyton ist mir während der letzten Tage ebenfalls sehr ans Herz gewachsen, aber uns als Schwestern zu bezeichnen, finde ich etwas übertrieben.

»Ist nicht leicht als einziges Mädchen mit so vielen Brüdern«, seufzt sie.

»Ja, das kann ich mir vorstellen.«

Wir reden noch eine Weile über Streitigkeiten, die sie heute geschlichtet hat, und den nächsten geplanten Einsatz, bevor ich mich von ihr verabschiede, weil ich unbedingt mit meinem Journal weitermachen muss.

To-do-Liste Mittwoch 07. 06.

~~05:00~~ ~~Daily Walk~~ fällt aus! NEU ✓

~~05:30~~ ~~Morgenroutine~~ ✓

5:30   Kalb versorgen NEU ✓

~~06:30~~ ~~Frühstück mit Jesse~~ ✓

6:00   Sachen packen, Kalb zur Herde bringen NEU ✓

07:00   Zusammenbringen von Kalb und Herde, beobachten
        NEU ✓

16:00   Rückkehr zum Camp ✓

17:00   Frisch machen, umziehen

17:30   Plan für den nächsten Tag und Ergebnisse
        protokollieren

19:00   Abendessen

20:00   Recherchearbeit Jungtieraufzucht bei Hirschen

Nachdem alles auf dem neuesten Stand ist, checke ich meine Mails. Dr. Allen hat mir eine Antwort geschrieben zu den Videos von Maggies Ziegenbock.

Liebe Erin,

freut mich sehr, von Ihnen zu hören. Ich danke Ihnen für Ihre Anfrage und das damit verbundene Vertrauen. Meiner Meinung nach liegen Sie mit Ihrer Vermutung richtig – Herbies Verhalten ist konditioniert. Er hat gemerkt, dass seine Besitzerin sich wieder mehr ihm zuwendet als dem Nachwuchs, wenn er diese Symptome zeigt. Dafür spricht, dass er es immer dann macht, wenn die Besitzerin sich mit den Babys beschäftigt. Um eine schlimmere Erkrankung wie zum Beispiel eine Raumforderung im Gehirn oder Ähnliches auszuschließen, wäre eine Kameraüberwachung durchaus sinnvoll. Wenn er das Verhalten auch während der Abwesenheit der Besitzerin zeigt, ist definitiv eine weitere Ursachenforschung vonnöten. Ich hoffe, das hilft Ihnen weiter. Viel Erfolg bei Ihren Beobachtungen, und ich freue mich schon sehr auf Ihre Ergebnisse.

Viele Grüße in den Yosemite-Park, Dr. Allen

Am liebsten würde ich Maggie persönlich die zu fünfundneunzig Prozent gute Nachricht überbringen, aber sie ist schon im Feierabend auf ihrer kleinen Ranch. Deshalb mache ich einen Screenshot von der Mail und sende sie ihr kurzerhand.

Anschließend schreibe ich eine Antwort an meinen Doktorvater. Es nützt nichts, ich muss ihm von dem Zwischenfall berichten und fragen, wie ich mit meinem unprofessionellen Eingreifen umgehen soll. Ich hoffe sehr, dass es nicht das Aus für meine Dissertation bedeutet.

Nachdem ich die Mail mit einem unguten Gefühl abgeschickt habe, recherchiere ich zu dem Verhalten von Maultierhirschkühen gegenüber ihren Kälbern. In den meisten Fällen gelingt es nicht, ein gerettetes Baby wieder mit der Mutter zusammenzubringen. Die Tiere haben einen ausgeprägten Geruchssinn und sind in Alarmbereitschaft, wenn sie eine fremde Note wahrnehmen. Ich notiere mir für meine Doktorarbeit die Frage, was bei unserer Aktion der ausschlaggebende Punkt für einen Erfolg war: die Handschuhe, die wir konsequent getragen und gewechselt haben, das Stroh, mit dem wir das Kalb abgerieben haben, oder die Kombination aus beidem? Für die Forschung wichtig, für das Ergebnis eher zweitrangig, denn das Kleine und seine Mutter sind zum Glück wieder vereint. Vielleicht kann ich aus diesem Fehltritt doch noch etwas Positives machen und Ergebnisse vorweisen, die es so bisher nicht gibt.

Jesse hat mich bei der Rettungsaktion durch seine ruhige und bestimmte Ausstrahlung wirklich beeindruckt. Er hat ein Händchen für Tiere und ist empathisch gegenüber dem Leid anderer. Ohne ihn wäre das Kalb nicht mehr am Leben, denn er hat mir geholfen, meine Panikattacke zu überwinden, und die Entschlossenheit in mir geweckt, meine Ängste durchzustehen und trotz des Feuers in der Hütte zu bleiben. Ich kann es gar nicht fassen, dass ich es sogar geschafft habe, dort zu schlafen. Habe ich ihm überhaupt für all das gedankt? Ein schlechtes Gewissen breitet sich in meiner Magengrube aus. Er ist für mich zuständig, ja, aber das, was er getan hat, geht weit über eine einfache Begleitung in die Wildnis hinaus.

Ich werfe einen Blick auf mein Smartphone. Dreiundzwanzig Uhr. Jesse ist bestimmt wieder mit seiner Gitarre am Lagerfeuer, wie beinahe jeden Abend. Und um diese Zeit leistet ihm kaum noch jemand Gesellschaft. Ich weiß, wir sehen uns morgen früh zum Laufen, aber ich habe wirklich das dringende Bedürfnis, ihm jetzt zu sagen, was ich denke, und mich für seine Unterstützung zu bedanken.

Vor dem Wohnwagen empfängt mich der Duft einer lauen Sommernacht. Der Mond strahlt hell vom Himmel, und die Sterne funkeln am Firmament. Als ich gerade zum Lagerfeuer gehen will, kommt mir Jesse entgegen.

»Oh, hey.« Überrascht bleibe ich vor dem Wohnwagen stehen. »Wolltest du zu mir?«

»Stör ich dich?« Er streicht sich die Haare zurück und wirkt verlegen.

Ich schüttle den Kopf, unsicher, ob ich ihm sagen soll, dass ich gerade auf dem Weg zu ihm war.

»War eine aufregende Nacht … äh, anstrengend, meine ich.« Er rümpft die Nase wegen seines Versprechers. »Wollte nur gucken, ob es dir gut geht.«

Hastig unterdrücke ich mein Grinsen. Ein warmes Kribbeln breitet sich in meinem Inneren aus, und ich muss dran denken, wie es sich angefühlt hat, ihn zu küssen und in seinem Arm einzuschlafen. »Ja, alles gut.« Ich betrachte ihn, seine markanten Gesichtszüge, die Augen, die seine Verletzlichkeit nie ganz verbergen können, und den weichen Mund. Bevor ich etwas Dummes tue, richte ich den Blick nach unten auf meine nackten Füße.

»Okay«, flüstert er. »Dann …«

»Ich wollte mich noch bei dir bedanken«, schieße ich los.

Verwundert sieht er mich an. »Wofür?«

»Deine Hilfe. Ohne dich hätte ich es nicht geschafft.«

Er winkt ab. »Das ist schließlich meine Aufgabe.«

Energisch schüttle ich den Kopf und nehme seine Hand. »Mit dir habe ich es geschafft, meine Angst auszuhalten. Und das ist nie deine Aufgabe gewesen.«

Unsere Blicke verhaken sich ineinander. Ich verliere mich in seinen blauen Augen, schaffe es nicht, den Blick abzuwenden. Seine Hand liegt warm in meiner, und mit dem Daumen streicht er zärtlich über die Haut. Mein Herz macht einen Satz und gerät aus dem Takt. Ich erwidere seine Berührung, und fast unmerklich nähere ich mich ihm, bis sich unsere Nasenspitzen beinahe berühren. Sein Atem streift über mein Gesicht, und all meine Sinne richten sich in Jesses Richtung aus.

»Erin«, flüstert er. Der Klang seiner Stimme lässt mich den Boden unter den Füßen verlieren und dumme Dinge tun. Ganz dumme Dinge. Ich öffne meinen Mund und seufze tief. Vergesse, dass wir nicht allein sind.

Mit einem Ruck zieht er mich an sich, presst seine Lippen auf meine und küsst mich mit so einer Leidenschaft, dass es mir die Sinne raubt. Seine Hände gleiten an meinem Rücken hinunter bis zum Po, wo sie fest zupacken, sodass ich ein Stöhnen nicht unterdrücken kann. Ich schlinge die Beine um seine Mitte, und er drückt mich so heftig gegen die Tür meines Wohnwagens, dass drinnen die Gläser im Regal klirren.

»Fuck.« Jesse löst sich sofort von mir und macht einen Schritt rückwärts. »Sorry. Ich kann nicht.«

Und bevor ich begreife, was gerade passiert, ist er schon in der Dunkelheit verschwunden.

Kapitel 35

Jesse

Wie konnte ich das nur riskieren? Was, wenn uns jemand gesehen hat …? Ich kann es mir nicht leisten, verdammt! Meine Familie braucht mich. Dad und Caroline stehen an erster Stelle, vor allem Caroline. Ich darf nicht zulassen, dass sich meine Prioritäten verschieben, denn sonst ist meine Schwester verloren. Als Mom uns verlassen hat, weil Dad krank wurde, habe ich mir geschworen, dass ich anders bin. Ich haue nicht ab, wenn es schwierig wird, ich bin ein Kämpfer. Auf mich kann man vertrauen, und zwar immer und ohne Einschränkungen. Nur dieses eine Mal habe ich sie im Stich gelassen, weil ich mich nicht unter Kontrolle hatte. Weil meine Gefühle mit mir durchgegangen sind. So wie eben.

Genervt stoße ich meinen angehaltenen Atem aus. Wenn es nach mir ginge, würde ich mich ans Lagerfeuer setzen und Musik machen, um runterzukommen. Weil es dafür schon zu spät ist, laufe ich ziellos durchs Camp. Aber die Idee hatten offensichtlich auch andere. Vor mir erkenne ich zwei Gestalten zwischen den Bäumen, die mit gedämpften Stimmen diskutieren. Maddox und … Peyton. Als ich näher komme, zieht sie ihn an sich und küsst ihn leidenschaftlich. Für den Bruchteil einer Sekunde könnte ich schwören, dass Maddox nicht damit gerechnet hat, aber dann bin ich mir nicht mehr sicher. Erschrocken fahren die beiden auseinander.

»Davis«, zischt Peyton. »Ausgerechnet du.«

»Tja. Erwischt, würde ich sagen.« Ich kann nicht verhindern, dass die Schadenfreude in meiner Stimme deutlich mitschwingt. Peyton ist alles andere als eingeschüchtert. Kalt funkelt sie mich an. Maddox hingegen wirkt wie erstarrt. Er kann mich nicht einmal richtig ansehen.

»Freu dich nicht zu früh, Davis. Ich weiß genug, um dich richtig in die Scheiße zu reiten«, giftet Peyton. »Und Maddox hat interessante Kontakte, die er nutzen kann. Also behältst du das, was du glaubst gesehen zu haben, besser für dich.«

Ihre Worte treffen mich wie herabfallende Eiszapfen. Sie bedroht Caroline. Da komme ich nicht drauf klar. Selbst Maddox sieht irritiert zu ihr und rümpft die Nase. Es scheint ihm nicht zu passen, dass sie ihn mit ins Boot holt. Aber als er sich mir zuwendet, erreicht der üblich arrogante Ausdruck sein Gesicht.

»Du hast verstanden, was sie gesagt hat. Sieh zu, dass du Land gewinnst.«

Kaum zu fassen, dass ich an nur einem Abend gleich zweimal ins Klo greife und Caroline gefährde. Erst küsse ich Erin vollkommen unüberlegt mitten im Camp, dann renne ich in so ein komisches Ding zwischen Peyton und Maddox. Aber irgendetwas stimmt nicht an dem Bild, das die beiden abgeben. Ohne noch ein weiteres Wort zu sagen, gehe ich zurück in meinen Container. Garcias Beine sind nicht zugedeckt, er ist behaart wie ein Bär. Sein Mund steht weit offen, und er schnarcht wie ein Weltmeister. Yes! Das hat mir gerade noch zu meinem Glück gefehlt. Ich lasse mich rücklings aufs Bett fallen und starre an die Decke, ohne etwas zu sehen. Nach einer gefühlten Ewigkeit schließe ich die Augen. Aber der Schlaf will nicht kommen. Stattdessen mischt sich die flehende Stimme von Dad unter das Schnarchgeräusch von meinem Mitbewohner. *Jesse! Bitte nicht!* Dann der entsetzte Aufschrei von Caroline, der mir mein Herz in kleine Stücke schneidet. *Was hast du getan?*

»Davis!«

Ich brauche einen Augenblick, um zu begreifen, wo ich bin. In meinem Bett, im Container im Camp Crane Fire im Yosemite-Park. Und nicht auf der Terrasse meines Elternhauses mit Dad, Caroline und …

»Alter, geht es dir gut?«

Garcia berührt mich an der Schulter, und sein Gesicht schiebt sich in mein Blickfeld. »Klar. Kein Grund, die Maggie-Tour zu fahren, okay?«, erwidere ich genervt.

»Na ja, wenn du schon jammerst wie ein Baby, das auf den Arm will – dann ist Maggie eben die Richtige dafür.« Er grinst breit, trotzdem sehe ich etwas Ernstes in seinem Blick. Garcia ist ein guter Mensch, das weiß ich nicht erst, seit er mir von seiner unsterblichen Liebe zu dieser Macey erzählt hat. Auch wenn er es hinter seiner schroffen Art gut verbergen kann.

»Laber keinen Scheiß, ich hab nicht gejammert.« Mit Schwung setze ich mich auf die Bettkante, reibe mir übers Gesicht und checke die Uhrzeit. In fünf Minuten wird Bambi hier auftauchen, um mit mir joggen zu gehen.

»Na dann, wenn du es sagst.« Garcia streckt sich genüsslich, bevor er sich wieder in seine Decke wickelt. »Viel Spaß beim Laufen. Ich penne noch eine Runde für dich mit.«

Ich zeige ihm den Mittelfinger, und er lacht gehässig.

Wenig später bin ich mit Erin unterwegs. Entweder unser gemeinsames Training zahlt sich aus, oder sie ist nur so schnell unterwegs, weil sie mich nicht ansehen will. Mir soll es recht sein. Allerdings kann ich nicht verhindern, dass meine Augen sich immer wieder auf ihren wunderschönen Hintern richten. Aber hey, sie läuft nun mal direkt vor mir.

»Bist du heute im Fluchtmodus unterwegs, Bambi?« Ich kann mir die Anspielung nicht verkneifen, als wir im Camp ankommen und sie ihren Wohnwagen ansteuert, ohne sich noch einmal umzudrehen.

»Kannst du es nicht ein einziges Mal gut sein lassen?« Die frostige Stimme kann mich nicht täuschen. Ihr Ausdruck verrät sie. Flammen lodern in ihrem Blick, und ich weiß, ich habe einen Fehler gemacht. Dieser Leidenschaft kann ich nicht standhalten.

»Schon gut, sorry.« Abrupt wende ich mich ab und steuere die Gemeinschaftsduschen an. Ich brauche eine Extraladung kaltes Wasser, um wieder klarzukommen. Diese Frau wird noch mein Untergang sein. Zurück im Container wartet Garcia auf mich. Er ist in voller Montur, setzt sich aber aufs Bett, als ich hereinkomme.

»Geht es dir besser?« Er mustert mich prüfend.

»Ja, alles gut. Mach dir keinen Kopf.« Garcia ist ein echter Kumpel, absolut loyal und empathisch. »Und bei dir?« Ich schlüpfe in meine Klamotten, die auf dem Bett bereit liegen.

»Jo. Eigentlich schon.« Er kratzt sich hinterm Ohr.

»Was ist los?«, hake ich nach.

»Du hast doch Nolan das Camp gezeigt, oder?«

»Ja, wieso?« Ich ziehe mir die ungeliebte orangefarbene Weste über das Shirt.

»Was hältst du von ihm?«, will er wissen.

»Weiß nicht. Worauf willst du hinaus?«

Garcia grunzt unwillig. »Don't know. Der Typ ist irgendwie

schräg drauf. Hat mich über Maddox ausgefragt. Wollte wirklich alles wissen. Auch über die anderen im Programm.«

Mir fällt wieder ein, dass er mich dasselbe gefragt hat und ich ihm geraten hatte, zu Garcia zu gehen. »Nolan hat mich auch drauf angesprochen. Hat sich für Geschichten interessiert. Da hab ich ihm gesagt, dass du bei uns den Überblick hast.«

»Nette Umschreibung für Labertasche. Danke, liebster Mithäftling.« Garcia nimmt sein Kissen und schleudert es mir grinsend entgegen.

Ich fange es und lache. »Ich tue, was ich kann.«

»Aber jetzt im Ernst. Ist schon auffällig, oder? Ich hab ein komisches Gefühl bei ihm«, ergänzt Garcia.

»Ja, ist merkwürdig. Ich kann ihn auch schwer einschätzen. Keine Ahnung, was das von ihm soll. Frag ihn das nächste Mal doch einfach.« Ich zucke mit den Schultern.

Garcia nickt, und gemeinsam machen wir uns auf den Weg zum Frühstück.

An diesem Morgen sitzt das gesamte Camp mit mir und Erin am Frühstückstisch, weil der heutige Einsatz einen längeren Fußmarsch erfordert. Wehmütig beobachte ich, wie die Männer das deftige Rührei futtern, das Maggie extra für die Vorbereitung auf den anstrengenden Tag gezaubert hat. Auch wenn ich die Kochkünste unserer Küchenbetreuerin sehr schätze, ist es nicht das Rührei, auf das ich neidisch bin. Sondern auf die harte körperliche Arbeit, die absolute Konzentration erfordert und den Fokus auf das wirklich Wichtige rückt. Ich wünschte, ich könnte mit den Männern aufbrechen und wäre nicht gezwungen, mich um Erin zu kümmern und ununterbrochen dieser Spannung zwischen uns ausgesetzt zu sein. Unwillkürlich wandert mein Blick zu ihr. Natürlich sitzt sie neben Peyton am Ende des Tisches und sucht die Umgebung nach dem Hörnchen ab. Zwischen Daumen und Zeigefinger rollt sie eine Haselnuss. Aber von Goldy fehlt jede Spur. Kein Wunder bei der Menschenansammlung. Bevor mich jemand beim Starren erwischt, widme ich mich wieder meinem Kaffee, als mir das leise Stöhnen von Black auffällt.

»Alles okay bei dir?«

Der sonst so energiegeladene Betreuer schüttelt den Kopf. »Ich glaube, ich kratz ab.«

Im ersten Moment muss ich lachen, weil so ein Spruch typisch für ihn ist, aber dann bemerke ich die kleinen Schweißperlen auf seinem blassen Gesicht. »Was ist los?«

»Keine Ahnung.« Dann krümmt er sich und stößt einen Laut aus, der kein bisschen zu ihm passt.

»Wir brauchen Natalie, schnell«, rufe ich und lege den Arm um Black, der das Gleichgewicht zu verlieren droht.

Sekundenlang herrscht Stille, und alle Augen richten sich auf uns, bevor Chaos ausbricht.

»Jax, hol Natalie. Peyton, du setzt den Notruf ab«, ruft Joe. »Alle anderen – ruhig bleiben, klar? Haltet euch an die Regeln!«

Alle tun wie geheißen, und der Campleiter kommt zu uns. »Black. Was ist das Problem?« Joe fühlt ihm die Stirn. »Fieber.«

»Schmerzen«, keucht der Betreuer und lehnt sich mit seinem gesamten Gewicht gegen mich. Er ist ein ziemlicher Brocken, und ich bemühe mich, ihn festzuhalten, damit er nicht von der Bank rutscht.

»Bauch?« Natalie geht neben uns in die Hocke und versucht, mit Black Blickkontakt herzustellen, der sich immer noch zusammenkrümmt und stöhnt. Er nickt.

»Akute Appendizitis, vermute ich.« Die Sanitäterin tastet nach dem linken Unterbauch, und Black schreit schmerzverzerrt auf.

»Ja.« Natalie wendet sich an Joe. »Er muss sofort in die Klinik. Ich kann nichts für ihn tun, außer ihm was gegen die Schmerzen zu geben.«

»Bitte …«, jammert Black.

Kurze Zeit später ist der Betreuer verkabelt, bekommt Schmerzmittel per Infusion und liegt nicht mehr in meinen Armen, sondern auf der mobilen Trage von Natalie, die nicht von seiner Seite weicht. Die Männer sind inzwischen zum Einsatz aufgebrochen unter der Leitung von Peyton. Nur Erin und ich beobachten die Situation. Ich mit gemischten Gefühlen, Erin ungeduldig, denn sie wippt von einem Bein aufs andere.

»Worauf wartest du noch?« Joe zieht die Augenbrauen hoch und sieht mich streng an. »Ihr solltet schon längst auf dem Weg sein.«

»Genau«, ergänzt Bambi leise, und ich könnte sie auf der Stelle schütteln. Stattdessen drehe ich mich um und laufe mit großen Schritten los, sodass sie traben muss, um mir zu folgen.

Es dauert nicht lange, bis sie sich beschwert. »Musst du so rennen?«

»Du willst doch deinen verdammten Zeitplan einhalten, oder? Da Black die Frechheit besaß, dir dazwischenzufunken, müssen wir jetzt eben rennen.« Ich weiß, dass ich kindisch bin, aber ich kann gerade nicht anders. Alles bis aufs Detail durchgeplant – da ist einfach kein Platz mehr für das Leben. Oder das Schicksal.

»Ich bin nun mal aus einem bestimmten Grund hier, okay? Ob es dir passt oder nicht, finde dich damit ab.« Erin drängt sich an mir vorbei und funkelt mich wütend an.

»Und alles, was nicht zu deinem ›Grund‹ passt, wird abgebügelt«, rufe ich ihr hinterher. »So wie gestern Abend.«

Abrupt bleibt sie stehen und dreht sich zu mir um. Fuck. Das wollte ich gar nicht sagen.

»Du denkst, wir haben aufgehört uns zu küssen, weil es nicht in meinem Journal stand?« Sie hat die Hände in die Hüften gestemmt und das Kinn nach oben gereckt. Mit einem schüchternen Reh hat sie in diesem Augenblick ganz und gar nichts gemeinsam.

Aber ich lass mich von niemandem einschüchtern. »Ich denke, dass dieses Journal wie ein Schutzschild für dich ist, um dich auf nichts außerhalb deiner Blase einlassen zu müssen.«

»Ach ja?« Sie dreht sich einmal im Kreis und deutet auf die Umgebung. »Und warum bin ich dann hier? Mitten in der Wildnis, zur Zeit des High Fire Alerts, und streite mich mit einem verdammten Strafgefangenen?« Erin schnaubt. »Glaub mir, das ist weit weg von dem, was ich mir gewünscht habe.«

Ihre Worte tun weh. Nicht nur, weil ich weiß, dass sie recht hat, sondern auch, weil ich gerade um etwas kämpfe, das keine Zukunft hat. Selbst wenn die Situation um meine Familie eine andere wäre, Erin spielt weit außerhalb meiner Liga. Wenn sie ihre Doktorarbeit fertig hat, wartet dieser großartige Job auf sie, während ich zurück nach Springtown gehe, um Caroline zu beschützen und Abbitte zu leisten für das, was ich getan habe. Ich habe absolut keinen Schimmer, was ich mir bei dieser Szene, die ich Erin mache, gedacht habe. Wahrscheinlich wie so oft – nichts. Einmal mehr habe ich mich nicht im Griff gehabt, und das darf nicht noch einmal passieren, sonst verliere ich alles.

Kapitel 36

Erin

Jesse erwidert nichts mehr, sieht mich nur für die Dauer eines Atemzugs an, dann geht er im normalen Tempo an mir vorbei und folgt dem Weg zu unserer Aussichtsplattform. Ich möchte wirklich auf ihn wütend sein, aber es gelingt mir nicht. Er hat nicht unrecht mit dem, was er über mich und das Journal gesagt hat. Am liebsten ist es mir, wenn es in geordneten Bahnen abläuft, vorausschaubar und berechenbar ist und ich die Kontrolle über alles habe. Aber gerade Jesse und dieses Camp machen mir da einen gehörigen Strich durch die Rechnung. Seufzend folge ich ihm, und den Rest des Weges schweigen wir.

Zehn Minuten nach unserer Planankunft erreichen wir endlich die Herde. Zum Glück sind alle da, auch das Kalb ist wohlauf und wird gerade von seiner tapferen Mutter gesäugt. Ich kann immer noch nicht glauben, dass es geklappt hat, das Neugeborene zu retten und wieder mit seiner Mutter zu vereinen. Während ich mein Equipment aufbaue, setzt sich Jesse in den Schatten eines Busches und summt leise vor sich hin. Mir ist es nur recht, wenn er sich beschäftigt und mich einfach meine Arbeit machen lässt. Sorgfältig bereite ich die Strichliste für den heutigen Tag vor, wo ich jede Bewegung, jeden Blick, jede Kommunikation zwischen den Tieren abhake. Danach scanne ich jedes Herdenmitglied mit meinem Fernglas, so gut es geht, nach Verletzungen oder Auffälligkeiten ab und notiere meine Beobachtungen. Aber Jesses gefühlvolle Stimme lenkt immer wieder meine Konzentration in eine andere Richtung. Ich schließe kurz die Augen, atme tief ein und wieder aus. Ohne Jesse einen weiteren Blick zuzuwerfen, konzentriere ich mich wieder auf meine Unterlagen. Das neue Herdenmitglied hat noch gar keinen Namen. Ich schreibe ein großes Fragezeichen hinter »Kalb Nummer eins« und tippe mir in Gedanken in einem schnellen Takt den Stift gegen die Lippen, als Jesse neben mir auftaucht und sich über mein Journal beugt.

»Nenn ihn Chaos.« In seinen Augen leuchtet es herausfordernd. »Nichts lief nach Plan, und trotzdem ist er da und genießt das Leben. So kann es nämlich auch kommen.«

Ich klappe das Journal zu. »Wenn man Glück hat, vielleicht.«

»Also hat man entweder einen Plan oder Glück, dann klappt es im Leben? Und wenn man beides nicht hat, ist man am Arsch?« Jesse hebt die Augenbrauen.

Ich zucke mit den Schultern.

»Schreib die Erkenntnis doch in deine Doktorarbeit«, schlägt er vor.

Einen Moment lang sehen wir uns ernst an. Er hält meinem Blick stand, nur sein Mundwinkel zuckt verdächtig. Schließlich blitzt das Lachen in seinen Augen auf, und er dämpft das darauffolgende Losprusten mit einer Hand. Ich taste am Boden, finde einen vertrockneten Tannenzapfen und werfe nach ihm. Aber Jesse ist schnell und weicht meinem Geschoss geschickt aus. Dann kann ich nicht anders und stimme in das unterdrückte Gelächter mit ein.

Der restliche Tag in der Wildnis verläuft friedlich und mit einem unausgesprochenen Waffenstillstand. Aber mein Gehirn ist nicht so einsichtig und wirft mir immer wieder Bilder vom vergangenen Abend vor die Füße, die mein Herz zu einem wilden Stakkato anfeuern.

»Hoffentlich ist mit Black alles gut«, sagt Jesse, als wir auf dem Weg zurück zum Camp sind.

»Bestimmt«, beruhige ich ihn. »Wahrscheinlich ist er seinen Blinddarm los und schläft gerade seinen Rausch aus.«

»Ja.« Jesse hält schützend eine Hand vor mich, deutet auf eine versteckte Baumwurzel, über die ich beinahe gestolpert wäre.

»Danke«, flüstere ich.

»Kein Problem.«

Zwanzig Minuten später passieren wir das Schild Crane Fire. Die Plätze am Tisch sind fast vollständig belegt, auch Peyton sitzt dort neben einem Typ, den ich sofort erkenne. Mir bleibt die Luft weg. Das kann doch nicht wahr sein!

»Alles klar, Bambi? Hast du ein Gespenst gesehen?« Jesse gibt mir mit seinem Körper einen kleinen Schubs, und ich stolpere einen Schritt vorwärts. O ja. Ein Geist aus der Vergangenheit. Was zum Teufel macht Dylan hier?

Im nächsten Augenblick entdeckt Peyton uns und winkt fröhlich. Dylan lächelt breit, als ob es vollkommen normal wäre, dass er mit den Bewohnern des Camps am Tisch sitzt und auf das Abendessen wartet. Im Yosemite-Park. Bei mir.

Alles in mir sträubt sich dagegen, zu Peyton und Dylan hinüberzugehen, aber mir bleibt nichts anderes, denn Jesse mustert mich immer noch neugierig.

»Ist sicher der Ersatzmann für Black«, sagt er schulterzuckend. »Aber so wie es aussieht, kennst du ihn schon.«

»Ja.« Mehr als dieses eine Wort bringe ich nicht hervor.

»Ich weiß nicht, wie es dir geht, aber ich hab Hunger.« Er geht zu dem nächstbesten freien Platz, lässt seinen Rucksack auf den Boden plumpsen und setzt sich.

Ich stehe immer noch wie vom Donner gerührt da und kann es nicht fassen. Weil Peyton sich inzwischen fast überschlägt mit ihrem übertriebenen Winken, gebe ich mir einen Ruck und gehe zu den beiden. Sie umarmt mich und deutet dann strahlend auf Dylan. »Darf ich dir unseren neuen Betreuer vorstellen?«

»Wir kennen uns schon«, sage ich knapp. »Was tust du hier, Dylan?«

»Hey, Erin.« Er lächelt und streicht sich die Haare zurück. »Freu mich, dich zu sehen. Geht es dir gut? Du siehst erschöpft aus. Setz dich und iss mit uns.«

Aus den Augenwinkeln sehe ich, wie Peyton nach Luft schnappt und mit der Hand schüttelt, als hätte sie sich verbrannt. Im Ernst? Dylan ist attraktiv, aber sie benimmt sich, als wäre er der heißeste Mann auf Erden. Was soll das?

»Dylan. Was machst du hier?«, wiederhole ich meine Frage.

»Ja, schon gut«, winkt er ab. »Ich werde für die nächsten Wochen hier arbeiten.«

»Aber warum?« Ich schüttle den Kopf.

»Black fällt mindestens vier Wochen aus, vielleicht auch länger«, mischt meine Campfreundin sich ein. »Sein Blinddarm war kurz vorm Platzen. Aber es geht ihm den Umständen entsprechend gut.« Dann formt sie ein tonloses *Was ist los?* mit dem Mund, ohne dass Dylan es sieht.

»Später«, flüstere ich ihr zu.

Peyton rutscht ein wenig zur Seite, sodass ich neben ihr Platz nehmen kann. Mir ist die Lust auf Chicken Wings allerdings gründlich vergangen. Mein Ex ist nicht zum Arbeiten hier, so viel ist sicher. Auch wenn er Sozialarbeiter ist, ich kenne ihn gut genug, um zu wissen, dass die Arbeit bei Crane Fire alles andere als sein Traumjob ist.

»Wie kommst du mit deiner Doktorarbeit voran?«, fragt Dylan und wischt die fettigen Finger an seiner Serviette ab, bevor er sein Glas nimmt und es an die Lippen führt.

»Super.« Ich ziehe eine Grimasse und fange den Blick von Jesse auf, der sich genau wie Peyton zu fragen scheint, woher ich den Ersatzbetreuer kenne. Ich mache eine wegwerfende Bewegung, fülle mir trotz der Appetitlosigkeit ein paar Chicken Wings und eine Portion Coleslaw auf und widme mich meinem Teller.

»Alle mal herhören!« Joe klopft auf den Tisch, bis das Gemurmel verstummt ist. Dann hält er das Funkgerät hoch.

»Ihr habt Pech gehabt, ich bin noch da!« Blacks Stimme klingt angeschlagen, aber trotzdem richtig gut. Gelächter erklingt, einige jubeln und rufen seinen Namen.

»So gehört sich das, Black«, sagt Joe. »Wir zählen auf dich, klar?«

»Verstanden, Chef«, erwidert Black.

Joe verabschiedet sich von ihm und schaltet das Funkgerät aus. »Noch was – morgen ist Besuchstag. Wir haben eure Angehörigen informiert, und sie konnten sich anmelden. Die Liste hab ich im Büro, falls ihr euch nicht überraschen lassen wollt.«

Nach dem Essen bleibt mir noch etwas Zeit für ein Gespräch mit Peyton, der ich erkläre, dass Dylan und ich ein Paar waren und uns getrennt haben.

»Er wirkt so nett, ich kann mir gar nicht vorstellen, dass er dich betrogen hat«, sagt sie.

Ich ziehe die Augenbrauen hoch. »Nette Menschen betrügen also nicht?«

Peyton lacht. »Nein, so hab ich das nicht gemeint. Ich dachte nur – irgendwie passt ihr doch ganz gut zusammen. Bist du dir sicher, dass es kein Zurück mehr gibt für euch?«

Bei der Vorstellung klumpt sich das Abendessen in meinem Magen zusammen. Dylan ist kein schlechter Mensch, und er ist einer der wenigen, die alles von mir wissen. Aber genau deshalb konnte ich mich mit ihm nicht weiterentwickeln. Dylan hingegen hat sich weiterentwickelt, und zwar von mir weg hin zu anderen Frauen, die weniger kompliziert waren.

»Ja, ich bin sicher«, beantworte ich die Frage. Dylans Zeit ist eindeutig vorbei. Und das weiß ich so genau, weil sich mein Herz für jemand anders entschieden hat.

Kapitel 37

Jesse

Ich weiß, ich sollte mir ein eigenes Bild machen von dem neuen Betreuer. Ich weiß auch, dass Vorurteile scheiße sind, weil ich sie schließlich seit ein paar Jahren selbst aushalten muss. Trotzdem – der Typ ist mir nicht geheuer. Erin war erschrocken, als sie ihn entdeckt hat, und auch jetzt, wo sie neben ihm und Peyton sitzt, ist ihr deutlich anzumerken, dass sie sich unwohl fühlt. Eigentlich geht es mich ja nichts an, aber mir passt das ganz und gar nicht.

»Sieht ganz so aus, als hättest du soeben Konkurrenz bekommen.« Garcia beißt grinsend in ein Chicken Wing.

»Was laberst du?«

»Jetzt sag nicht, dir ist nicht aufgefallen, wie er sie anhimmelt«, entgegnet mein Mitbewohner und deutet mit einem säuberlich abgenagten Knochen auf Dylan.

Damit hat er allerdings recht. »Das bedeutet noch gar nichts«, gebe ich zu bedenken. Lustlos schiebe ich den Krautsalat hin und her. Eben hatte ich noch Hunger wie ein Bär.

»Dabei gehört er doch zu den Typen, die eine weiße Weste haben. Attraktiv ist er außerdem.« Garcia wirft den Knochen auf seinen Teller, schnappt sich einen weiteren Flügel und beißt herzhaft hinein.

»Attraktiv? Dachte, du stehst auf Frauen.« Ich mustere ihn mit gerunzelter Stirn.

»Auf Macey«, berichtigt er mich.

»Ja, natürlich.« Dieses Gespräch geht mir zunehmend auf die Nerven. Ich will einfach nicht, dass der Typ, der Erin mit glückseligem Ausdruck ansieht, auch noch attraktiv ist. Ein Traummann – gut aussehend UND ein guter Mensch ohne dunkle Flecken in seinem Lebenslauf oder auf seiner Seele.

Ich reiße meinen Blick von den beiden los, widme mich meiner Mahlzeit und stopfe mir eine große Gabel voll Coleslaw in den Mund. Es schmeckt nach nichts, aber egal. Irgendwoher muss die Energie ja kommen. Deshalb esse ich auch von dem Hühnchen.

»Was wirst du jetzt unternehmen?« Garcia stößt mir seinen Ellenbogen unsanft in die Seite.

Ich weiß, er meint es nur gut. Aber warum kann er mich nicht einfach in Ruhe lassen? »Unternehmen? Weswegen?«

Er hält sich die vor Fett glänzenden Finger vor den Mund und lacht. »Es ist noch schlimmer, als ich dachte, Alter. Du bist so was von am Arsch!«

»Ja, im Arsch vom Campleiter hält sich Davis gern auf«, mischt sich Maddox ein, der mit seinem Tablett gerade hinter uns vorbeigeht. Der hat mir jetzt noch zu meinem Glück gefehlt.

»Bist nur neidisch, Maddox«, ruft Garcia ihm hinterher, und ich bin froh, dass er sich davon nicht provozieren lässt. Kein Bock, auch noch in eine Prügelei zu geraten.

»Mir egal, was du denkst.« Ich nehme den letzten Schluck meiner Coke. »Weil es keine Konsequenzen hat.«

Garcia sieht mir zu, wie ich aufstehe und mein Tablett nehme.

»Wenn du das sagst …« Seine Mundwinkel zucken verdächtig, aber ich hab die Nase voll. Ich gehe einfach. Leider komme ich nicht weit, denn gerade als ich mein Tablett bei Maggie loswerde, startet der Feueralarm.

Endlich kann ich was Sinnvolles tun. Ich sprinte zu meinem Container und bin eine Minute später startklar, so wie wir es täglich eingebläut bekommen.

Joe steht vor seinem Container, das Funkgerät im Anschlag. Die Männer sind bereit und warten auf seine Anweisungen. Adrenalin schießt durch meine Adern, und das Gefühl ist auf eine angenehme Art und Weise vertraut, gibt mir Kraft für das, was jetzt kommt.

»Ein Feuer zwischen der Big Oak Flat Road und dem Tamarack Creek. Es breitet sich schnell aus, und wir brauchen mehrere Gruppen, um es einzudämmen.« Joes Stimme ist klar und deutlich, er strahlt eine Ruhe aus, die sich auf alle überträgt. Auf fast alle. Erin steht vor ihrem Wohnwagen, die Augen weit aufgerissen und die Körperhaltung so steif, dass es schon beim Hinsehen unangenehm ist. Aber diesmal ist nicht Peyton bei ihr, sondern der neue Betreuer. Er hat einen Arm um sie gelegt und redet mit ihr. Es ist offensichtlich, dass er weiß, was Erin für ein Problem hat, und die beiden sehr vertraut miteinander sind. Ein Brennen breitet sich in meiner Magengegend aus, und in diesem Moment wird mir klar, dass Garcia verdammt noch mal recht hat – ich bin am Arsch.

Für die nächsten Stunden verbanne ich jegliche Gedanken an Erin aus meinem Hirn. Jeder Einsatz in der Wildnis erfordert höchste Konzentration, und ich kann es mir gerade wirklich nicht leisten, negativ aufzufallen.

Schon von Weitem sehe ich die dunklen Rauchwolken, die sich vor dem blauen Himmel abzeichnen. Die Luft riecht nach verbranntem Holz, aber auch nach grünem Laub. Ein Geruch, der entfernt wie frisch gemähter Rasen an einem Familiensamstag erinnert – mit einer verborgenen dunklen Seite.

Nach zwei Meilen strammen Fußmarsches erreichen wir endlich den Brandherd. Irgendein Vollidiot hat warme Glut von einem Lagerfeuer in einen Mülleimer entsorgt. Es ist nicht zu fassen, wie viele Leute Pech beim Denken haben. Dabei unterstützt der Nationalpark durch zahlreiche Warnschilder und Informationen den logischen Menschenverstand und macht eigenständiges Denken beinahe überflüssig.

Ein Windstoß wirbelt den Brandherd auf und verteilt die Glut in unterschiedliche Richtungen. Leider nicht auf dem Trailweg, der hier vorbeiführt, sondern ins dicht bewachsene Gelände.

»Spotfire«, ruft Joe. »Teilt euch auf und seht zu, dass ihr es stoppen könnt.«

Ich gehe mit Jax, Carter und Nolan nach rechts, wo mehrere Büsche und Sträucher Feuer gefangen haben und starken Rauch entwickeln. Wir arbeiten mit der Löschmatte so schnell wir können, aber ein weiterer Windstoß macht uns einen Strich durch die Rechnung. Es qualmt so stark, dass ich kaum was durch mein Visier erkenne. Ich sehe nur Jax und Carter. Wo ist Nolan, verdammt? Ich drehe mich suchend um. Kein Nolan.

Der Windstoß hat dem Feuer noch mehr Kraft gegeben, und es breitet sich schneller aus, als wir es eindämmen können. Immer höher schlagen die Flammen, und plötzlich ertönt ein Schrei. Mel ist dem Brandherd zu nah gekommen, ein Ärmel hat Feuer gefangen. Längst hätte er seine Schutzkleidung auswechseln müssen, denn sie hatte die besten Tage hinter sich. Nur deshalb konnten die Flammen ihm etwas anhaben. Carter leistet Erste Hilfe, während Mel am Boden liegt und vor Schmerz stöhnt.

Ich stürze mich auf den nächstbesten Brandherd, um der Gefahr den Garaus zu machen. »Was ist mit Mel?«

»Brandwunde zweiten Grades, wird wieder«, antwortet Carter.

Wir brauchen eine ganze Stunde, um das Feuer zu beseitigen. Mels Arm steckt in einem provisorischen Verband, und Joe sieht aus, als hätte er in eine extrasaure Zitrone gebissen. »Wir sind hier fertig, zurück zum Camp, Leute.«

Nach einer gefühlten Ewigkeit kommen wir endlich an, und ich kann es kaum erwarten, zu duschen und mich hinzulegen.

»Guter Job, Männer, trotz allem«, sagt Joe. »Ihr habt euch eine Pause verdient. Mel, du gehst zu Natalie, sie wird dich schon wieder flicken.« Mit den Worten sind wir entlassen.

Ich steuere meinen Container an, um Helm und Schutzkleidung loszuwerden und mir frische Klamotten und ein Handtuch zu holen, da höre ich Erins Stimme. Sie steht vor ihrem Wohnwagen, hat die Arme vor der Brust verschränkt und sieht wütend aus. Der Grund für ihren Unmut gestikuliert vor ihr herum – der neue Betreuer. Dylan. Was will der Kerl von ihr? Ich ziehe scharf die Luft ein, versuche, mich nicht in das Gefühl reinfallen zu lassen, aber als der Typ einen bedrohlichen Schritt auf sie zumacht, ist es mit meiner Geduld vorbei. Mein Helm landet scheppernd auf dem Boden, und mit wenigen schnellen Schritten habe ich die beiden erreicht.

»Gibt es ein Problem?« Ich bemühe mich, möglichst ruhig zu klingen.

»Sag du es mir.« Dylan funkelt mich an. »Erins Handy ist weg. Und du bist der Einzige, der sich ständig in ihrer Nähe aufhält.«

Erin seufzt tief. »Hör auf mit dem Quatsch, okay? Jesse hat mein Handy nicht.«

»Ach, und du bist dir so sicher, weil …?« Dylan zieht spöttisch eine Augenbraue hoch. »Wenn ich mich nicht irre, ist er Teilnehmer des Programms, also ein waschechter Knasti. Glaub mir, ich weiß, was das für Menschen sind.«

Bleib ganz cool, Alter. Der Typ ist es nicht wert. Er provoziert dich absichtlich. Vielleicht kennt er sogar deine Akte. Ich atme unauffällig tief ein und aus.

»Jesse ist Gruppenleiter, und Joe vertraut ihm.« Erin ist so sexy, wenn sie mich verteidigt. Und das, obwohl sie vor wenigen Tagen noch das Gleiche gedacht hatte wie Dylan.

»Was ist eigentlich mit dir nicht in Ordnung, Erin? Hat er dir den Kopf verdreht? Du weißt doch ganz genau, woher die Typen hier kommen. Ist schließlich nicht das erste Mal, dass du damit zu tun hast.« Er schüttelt abfällig den Kopf, und ich sehe, wie seine Worte Erin treffen. So ein Arschloch.

»Mit ihr ist alles in Ordnung«, sage ich mit einer möglichst neutralen Stimme. »Ich hab ihr Handy nicht. Aber wir können Joe dazuholen, wenn du willst.«

»Den brauchen wir nicht. Als Betreuer hab ich das recht, dich jederzeit zu filzen.« Dylan streckt die Brust aus und macht sich damit noch ein Stückchen größer.

»Nur zu. Wenn es dir Spaß macht …«, sage ich.

»Wenn du das tust, dann …« Erin starrt ihn mit großen Augen an.

»Was dann?« Dylan reißt die Hände in die Höhe, und Erin zuckt etwas zurück.

Jetzt reicht es. Genauso blitzschnell, wie mein Puls in die Höhe schießt, dränge ich mich zwischen die beiden. »Fass sie ja nicht an, wenn dir deine Visage lieb ist.«

»Sieh mal einer an. Da ist also sein wahres Gesicht«, spottet der Typ mit einem Blick voller Genugtuung.

Mir ist es egal, was er von mir hält, so was von scheißegal. Aber Bambis vor Schreck geweitete Augen sind mir nicht egal. Ich habe mich wohl geirrt. Sie hat nicht nur das Gleiche gedacht wie Dylan, sie denkt es weiterhin. Und sie traut mir nicht. Immer noch nicht. Nach alldem, was wir zusammen erlebt haben, denkt sie immer noch, ich würde ihr wehtun? Dabei will ich sie doch nur beschützen!

»Jesse?«, fragt Erin flüsternd und erinnert mich an Caroline. Die Hilflosigkeit, das Entsetzen, das Blut an meinen Händen. Dads Brüllen. Diese schreckliche Erinnerung reicht, damit ich meine Wut bremsen kann.

»Lass sie in Ruhe, klar?« Ich funkle Dylan böse an, dann drehe ich mich um und gehe betont lässig zurück, obwohl meine Knie zittern wie verrückt. Es ist wie vor zwei Jahren – ich will das Richtige tun und mache alles nur noch schlimmer.

»Das wird ein Nachspiel haben!«, ruft er mir hinterher.

Ohne mich noch einmal umzudrehen oder ihm irgendeine andere Reaktion auf seine Drohung zu gönnen, erreiche ich meinen Container. Solange er Erin aus dem Spiel lässt, ist mir egal, was er mit mir vorhat.

Kapitel 38

Erin

Mit klopfendem Herzen sehe ich Jesse hinterher. Dieser Ausdruck in seinen Augen, als er sich zwischen Dylan und mich gedrängt hat ... Es hätte nicht viel gefehlt, und er hätte die Kontrolle verloren, ich habe es deutlich gespürt. Keine Ahnung, was ihn dazu verleitet hat – Dylan ist kein Mensch, vor dem ich Angst habe. Auch nicht, wenn er den arroganten Betreuer raushängen lässt, das nervt mich nur.

»Was läuft da zwischen euch?«, reißt Dylan mich aus meinen Gedanken.

»Nichts, was dich etwas angeht«, zische ich.

»Wenn du dich da mal nicht irrst. Ich bin jetzt schließlich Betreuer hier, und meine Aufgabe ist es, zu kontrollieren, ob sich die Strafgefangenen korrekt verhalten.« Er verschränkt die Arme vor der Brust und mustert mich eingehend aus seinen dunklen Augen. »Ich werde den Typen beim Campleiter melden. Sein Verhalten war mehr als unangemessen. Beinahe hätte er mich angegriffen.«

»Mach dich nicht lächerlich!« Ich hole tief Luft, weil ich nicht glauben kann, was mein Ex von sich gibt. »Das ausgerechnet von dir. Du bist jedes Mal ausgeflippt, wenn mir irgendjemand zu nahe gekommen ist.«

Er grinst breit. »Ja. Weil du meine Freundin bist und ich das Recht habe, dich zu beschützen. Warum macht er das dann?«

»Erstens: Ich bin nicht mehr deine Freundin, schon lange nicht mehr. Kapier das endlich.« Genervt stemme ich die Hände in die Hüften. »Zweitens: Er trägt die Verantwortung für mich, die Aufgabe stammt vom Campleiter höchstpersönlich. Und drittens: Lass mich in Ruhe!«

Bevor er noch etwas erwidern kann, gehe ich in meinen Wohnwagen und knalle die Tür hinter mir zu. Einen Moment lehne ich mich dagegen und halte die Luft an, in Erwartung, dass er mir nachstellt. Aber stattdessen höre ich Schritte, die sich entfernen. Puh. Seufzend lasse ich mich auf die Sitzbank sinken und öffne mein Journal.

To-do-Liste Donnerstag 08.06.

05:00 Joggen mit Jesse ✓

05:30 Morgenroutine ✓

06:30 Frühstück mit Jesse ✓

07:00 Ins Gelände, Herde suchen und beobachten ✓

16:00 Rückkehr zum Camp ✓

17:00 Frisch machen, umziehen ✓

17:30 Plan für den nächsten Tag und Ergebnisse
       protokollieren ✓

Zeit für einen Blick in den Rescue-Gruppenchat. Ich brauche
einen kurzen Augenblick, um zu realisieren, dass ich mein Handy
nicht mehr habe und diesen Punkt gar nicht abarbeiten kann. Verdammt, was nun? Jesse hat es nicht, so viel ist sicher. Mir bleibt
nichts anderes übrig, als es offiziell bei Joe zu melden, auch wenn
Dylan mir vielleicht schon zuvorgekommen ist.

Wenig später habe ich das Büro vom Campleiter erreicht. Die
Tür ist offen, er sitzt mit noch feuchten Haaren und geröteter
Haut hinter seinem Schreibtisch über einem Stapel Papiere ge-
beugt.

»Ähm, Joe?« Ich klopfe leicht gegen das Blech des Containers.

»Erin. Was gibt es?« Er sieht nur kurz auf, wendet seinen Blick
dann wieder auf die Unterlagen. »Sorry, dieser elende Papierkram.
Alles muss am besten sekündlich festgehalten werden.«

»Kenne ich.«

Joe sieht mich mit gerunzelter Stirn an und lacht. »Ja, stimmt.
Du machst das ja auch.«

»Mein Handy ist weg«, rücke ich mit der Sprache raus. »Aber
Jesse war es auf keinen Fall.«

Überrascht zieht er eine Augenbraue in die Höhe. Ob er damit
seine Meinung zum verschwundenen Handy oder zu meiner Verteidigung von Jesse kundtut, kann ich nicht deuten.

»Auch das noch.« Joe stößt ein tiefes Seufzen aus. »Ich trommle
alle zusammen. Du bist dir sicher, dass du es nicht draußen verloren hast?«

Ich nicke. »Ja, beim Abendessen habe ich es noch gehabt.«

»Okay.« Er presst die Lippen zu einem dünnen Strich zusammen, nimmt das Megafon von der Wand, und gemeinsam gehen wir hinaus.

»Achtung: ALLE haben sich innerhalb der nächsten fünf Minuten bei der Tischgruppe einzufinden, also um genau einundzwanzig Uhr fünfzig. Zeit läuft.« Durch das Megafon klingt er blechern, aber die Autorität seines Tonfalls lässt nicht daran zweifeln, dass es Konsequenzen geben wird, falls sich jemand trauen sollte, sich zu verspäten.

Joe verschränkt die Arme vor der Brust und sieht sich um. Die ersten Männer tauchen auf, mit neugierigen oder unschuldigen Mienen, und versammeln sich auf dem Platz vor den Tischen. Der Campleiter wirft einen Blick auf seine Armbanduhr. Je weiter sich der Platz füllt, desto unwohler fühle ich mich, weil mich alle mustern wie eine Verräterin, die ihnen Schwierigkeiten macht. Peyton kommt auf uns zu und stellt sich neben mich. Ihre blonden Haare hat sie zu einem Zopf gebunden, und sie trägt immer noch ihre Uniform, obwohl sie längst Feierabend hat.

»Was ist hier los?«, flüstert sie mir ins Ohr.

»Mein Handy ist weg.« Ich zucke mit den Schultern.

»Die Zeit ist abgelaufen«, stellt Joe mit einem erneuten Blick auf die Uhr fest. »Ich gebe euch fünf Minuten, mir zu sagen, wo Erins Handy ist. Und kommt mir nicht mit irgendwelchen scheinheiligen Ausreden. Ich bin zu alt für diesen Scheiß.«

Niemand sagt etwas. Carter und Jax sehen sich schulterzuckend an, Dylan fixiert Jesse, der das erfolgreich ignoriert, Maddox schüttelt genervt den Kopf. Keiner fühlt sich angesprochen.

Es vergeht noch eine Minute, bis sich Garcia räuspert. »Ich hab es nicht geklaut. Nur gefunden.« Er hält mein Handy hoch.

»Ja klar, Alter.« Nolan grinst. »Hätte ich an deiner Stelle auch behauptet.«

Gelächter ertönt, und Mel klopft Garcia auf die Schulter.

»Ruhe jetzt!« Joes Stimme donnert über die Lichtung, und alle verstummen augenblicklich. »Gib mir das Handy.«

Garcia tritt vor und reicht es ihm.

»Wo hast du es gefunden?«, will er wissen.

»Es lag bei den Müllcontainern. Der Akku war schon leer, ich hab nichts damit gemacht, ich schwöre es.« Er hält dem Augenkontakt von Joe stand, bis der Campleiter schließlich nickt.

»Okay, ich glaube dir.«

»Und so einfach kann man den Chef verarschen«, dringt eine Stimme aus der Menge. Einige schnappen nach Luft, andere lachen leise.

Ein ungutes Gefühl macht sich in meiner Magengegend breit. Was ist, wenn es stimmt? Wenn Joe die Männer nicht wirklich im Griff hat und jemand gerade dabei ist, irgendwelche krummen Dinger zu planen? Und mein Handy dafür genutzt hat?

»Wer war das?« Joe nähert sich den Männern, aber niemand sagt etwas. »Hab ich mir gedacht. Erst eine ätzende Bemerkung machen und dann nicht die Eier in der Hose haben, um dazu zu stehen. Ich bin der Meinung, nur aufrichtige Männer verdienen das Camp.«

Zustimmendes Gemurmel. Ich mustere jeden einzelnen der vierzig Strafgefangenen. Aber mir gelingt es nicht, einen Verdächtigen auszumachen. Maddox könnte es genauso gut gewesen sein wie Carter, Nolan oder Jax. Sie haben sicher alle genug Gründe, um ein Handy benutzen zu wollen. Woher will Joe wissen, dass es nicht Garcia war?

»Gut. Folgendes: Bis morgen Punkt acht Uhr könnt ihr mir

mitteilen, wer diese Bemerkung gemacht hat. Als Belohnung gibt es ein Extra-Telefonat. Am liebsten wäre mir aber, wenn derjenige sich selbst stellt. Außerdem erwarte ich, dass der Dieb sich zu seiner Tat bekennt.« Joe verschränkt die Arme vor der Brust. »Wegtreten.«

Nachdem Joe mein Handy geladen und gründlich gecheckt hat, bekomme ich es zurück. Es ist unversehrt, Fingerabdrücke sind abgewischt worden, Anruflisten gelöscht, und auch sonst war nichts zu finden.

»Schließ es künftig bitte ein, wenn du zum Essen gehst. Wir haben leider zu viele Profis unter den Männern.« Joe seufzt.

»Mach ich. Danke.« Ich verabschiede mich und laufe zurück zu meinem Wohnwagen. Der letzte Tagespunkt für heute muss noch erledigt werden.

Kapitel 39

Jesse

Weder die Dusche noch die körperliche Erschöpfung haben mich genug entspannt, um diese ätzenden Gedanken im Zaum zu halten. Immer wieder wandern sie zurück zu dem Tag, an dem ich meine Familie beschützen wollte und genau das Gegenteil damit erreicht habe. Seit Dylan hier ist, wird mir immer klarer, wie sehr mein Verhalten der letzten Tage meine Freilassung gefährdet hat. Ich bin hier, und Dad muss allein klarkommen – dabei schafft er es gerade eben so, sich um sich selbst zu kümmern. Und Caroline? Wenn ich mir weiter ausmale, was zu Hause passiert, während ich hier festsitze, verliere ich den Verstand. Auch wenn ich der Anziehungskraft zu Erin nur schwer widerstehen kann, muss ich standhaft bleiben und mich so professionell wie möglich verhalten. Dass bis jetzt noch niemand etwas gemerkt hat, ist eigentlich ein Wunder. Aber wenn sich meine Haftstrafe deshalb verlängert, würde ich mir das nie verzeihen. Entschlossen stehe ich auf, lasse den schnarchenden Garcia zurück und schleiche durch das fast dunkle Camp zum Lagerfeuer. Carter, Jax und Nolan sitzen um die brennenden Scheite, sehen kurz auf und grüßen. Gerade will ich anfangen, mich in meine Musik zu flüchten, da setzt sich Nolan dicht neben mich. Bitte nicht, ich hab echt keinen Bock auf Small Talk.

»Ich hatte dich ja echt für einen Vorzeigesträfling gehalten«, raunt er mir zu, sodass die andern beiden nicht mithören können. »Dass du die Biologin fickst, hätte ich dir nicht zugetraut.«

Mir wird gleichzeitig heiß und kalt. Und Nolan sieht es mir an, denn ein süffisantes Grinsen huscht über sein Gesicht. Verdammt. »Ich ficke sie nicht«, zische ich. Es ist die Wahrheit, auch wenn ich genau weiß, wie es für ihn ausgesehen haben muss.

»Schon gut, Davis. Bei mir ist dein Geheimnis sicher.« Er neigt selbstgefällig den Kopf. »Du wirst mir nur mal einen Gefallen tun müssen.«

Fuck. Warum war ich nur so unvorsichtig? »Was für einen Gefallen?«

»Das ergibt sich dann. Ich sag dir Bescheid.« Er klopft meine Schulter, wie die eines braven Pferdes, steht auf und geht. Shit, shit, shit!

Ich starre in die Flammen vor mir und überlege fieberhaft, wie ich aus der Sache wieder rauskomme. Erin und ich hatten keinen Sex, theoretisch habe ich nicht gegen die Campregeln verstoßen. Aber beweisen kann ich es nicht. Und ich weiß genau, Joe wird mir ansehen, dass da etwas zwischen mir und Erin ist. Wohl oder übel muss ich mich auf den Deal einlassen. Mir bleibt nichts anderes übrig.

»Willst du gar nicht spielen?« Carter deutet auf mich, und ich erwache aus meiner Starre.

»Doch«, antworte ich mechanisch. Deswegen bin ich schließlich gekommen. Und egal, was ich jetzt mache, es wird nichts an meiner Situation ändern. Aber vielleicht fühle ich mich besser, wenn ich meine Musik nutze, damit die Stimmen in meinem Kopf endlich Ruhe geben. Mit dem ersten Riff verlangsamt sich mein Herzschlag, die Welt um mich herum verblasst, meine Atmung beruhigt sich, und endlich ist da Stille in mir. Ich verliere mich in meiner eigenen heilen Welt und tanke die Kraft, die ich so dringend brauche.

»Jesse.«

Ich schaue auf. Erin. Sie steht nur wenige Schritte von mir entfernt. So nah habe ich sie noch nie an der Feuerstelle gesehen. Verwirrt sehe ich mich um. Die Männer sind weg. Nur noch wir beide sind da. Ist so viel Zeit vergangen? »Was machst du hier?«

Meine Stimme klingt kühler als beabsichtigt, aber ich darf sie nicht mehr zu nah an mich heranlassen.

Sie wirkt ein klein wenig verloren, der Blick ist fragend, die Arme stecken in einer weiten Strickjacke und sind um ihren Körper geschlungen. Dabei ist es überhaupt nicht kalt.

»Ich wollte mit dir reden.« Ein zögerndes Lächeln zupft an ihren Mundwinkeln, als ich auf die tanzenden Flammen deute.

»Trotz des Feuers?«

»Du hast mich nicht gehört.« Erin zuckt mit den Schultern. »Außerdem war ich gerade erst in einer Hütte mit dem Teufelszeug eingesperrt. Wie schlimm kann es dann hier draußen sein?« Aber ihre Augen strafen ihre Worte Lügen. Sie nimmt sich einen der Baumstumpen und zerrt ihn in die zweite Reihe, sodass ich zwischen ihr und dem Feuer sitze. Dann nimmt sie Platz.

»Wegen Dylan …«

Ich winke ab. Der Typ ist mir egal. »Schon gut.«

»Nein, ist es nicht. Das war unprofessionell von ihm. Und das hat er nur wegen mir gemacht.« Erin verdreht die Augen. »Er ist mein Ex.«

Keine Ahnung, was ich mit dieser Info anfangen soll. Er war mir von Anfang an unsympathisch. Vor allem sein Verhalten Erin gegenüber fand ich respektlos. Aber mein Plan ist es, meine Beziehung zu Erin nur noch auf rein professioneller Ebene zu halten. Also verdränge ich alle meine Gedanken zu Dylan und Bambi. Eigentlich wäre es sogar besser, wenn die beiden öfter zusammen gesehen werden. Damit Nolan kein Druckmittel mehr hat und meine Familie nicht mehr im Fadenkreuz steht, nur weil ich mich nicht zusammenreißen kann.

»Okay.«

»Warum hast du dich zwischen uns gestellt und ihm gedroht?«

Mit dieser Frage habe ich nicht gerechnet.

»Ich kann es nicht leiden, wenn Typen distanzlos werden«, zische ich. »Ist mir scheißegal, ob er dafür einen Grund hatte oder nicht.« Meine Hand schließt sich fester um den Hals meiner Gitarre. So viel zum Thema es sollte mir egal sein.

»Mit Dylan komme ich klar. Niemand muss mich beschützen, das schaffe ich selbst.« Sie reckt das Kinn.

Ich kann ein Schnauben nicht unterdrücken, und sie funkelt mich böse an.

»Denkst du ernsthaft, dass ich meinem Ex nicht gewachsen bin? Er hat so seine Fehler, aber im Grunde genommen ist er ein guter Kerl.«

»*In Wirklichkeit meint er es gar nicht so …*« Ich ahme die entschuldigende Stimme von Caroline nach. »Sorry, ich hab so was einfach schon zu oft gehört.«

»Nicht von mir«, sagt Erin.

»Stimmt.« Ich wende mich von ihr ab, streiche über die Saiten meiner Gitarre und spiele einen Akkord. »Du kannst gut auf dich selbst aufpassen. Vergiss, was ich gesagt habe, okay?«

Dann spiele ich das nächstbeste Stück, das mir in den Sinn kommt, und blende alles um mich herum aus.

Hate to Love You, Love to Hate You

I am strong but you make me feel weak
Can't stand you – you're out of my league
you broke my heart so I will crush your soul
prepare me, for it will be so painful

I hate to love you so I will love to hate you

In the heat of the night
you think it's gonna be alright
but I am not a guy like the others
I will take care of you more than your brother

I hate to love you so I will love to hate you

I'll miss you even if you're not far away
If you'll try to leave me I will make you stay
I'd fight for you even if it doesn't make sense
this kind of love will destroy your self-defense

I hate to love you so I will love to hate you

Love to hate
Hate to love
Love to hate
Hate to love

Erin ist immer noch da, hat sich keinen Zentimeter von mir und dem Feuer wegbewegt und sieht mich an.

»Hast du das Lied auch geschrieben?«, fragt sie leise.

»Ja.« Ich nehme mein Notizbuch in die Hand und blättere es durch. Wenn man diese Songtexte zusammensetzen würde, hätte man mein gesamtes tragisches Leben als Mosaik vor Augen.

»Warum bist du immer noch hier?« Nur für einen kurzen Moment halte ich den Augenkontakt mit Erin. Ich bin viel zu emotional, um sie länger anzusehen.

»Weil es dir nicht gut geht.« Sie legt ihre Hand auf meinen Unterarm, und diese sanfte Berührung macht etwas mit mir. Ich schlucke trocken und wende mein Gesicht ab.

»Es geht mir nicht gut, weil wir zusammen gesehen wurden«, stoße ich unvermittelt hervor.

»Was?« Sie sieht mich erschrocken an und nimmt sofort ihre Hand von meinem Arm. »Wie meinst du das?«

»Jemand hat beobachtet, wie ich dich gestern geküsst und gegen den Wohnwagen gedrückt habe.« Ich schüttle den Kopf, weil ich es immer noch nicht fassen kann, Nolan ausgeliefert zu sein.

»Und jetzt?«

»Wir müssen uns voneinander fernhalten.« In dem Moment, wo ich es ausspreche, weiß ich, dass ich es gar nicht will. Trotzdem. Es gibt keine andere Lösung, wenn ich meiner Familie helfen will.

»Wie soll das funktionieren?« Sie sieht mich aus großen Augen an. »Du begleitest mich jeden Tag in die Wildnis.«

»Ja«, sage ich. »Aber darüber hinaus …«

Das Bedauern in ihrem Blick trifft mich härter, als es sollte, und ich wende mich ab.

»Kann ich wenigstens für dich da sein, wie du es bei meiner Panikattacke für mich warst?«

Ich habe keine Ahnung, was ich sagen soll. Normalerweise mache ich alles mit mir selbst aus, es gibt niemanden, mit dem ich in den letzten Jahren mehr als nur über Alltagskram geredet habe. Dad hat genug Probleme und Caroline ... auch. Meine Musik hat mir geholfen, wenn ich auf andere Gedanken kommen musste oder mir alles zu viel wurde. Ich kenne nichts anderes, und wenn ich hier raus will, darf Bambi nicht die Erste sein, bei der ich mein Verhalten ändere. Deswegen zucke ich mit den Schultern.

»Was soll ich tun?« Erin sieht mich an, ihre braunen Augen strahlen so viel Mitgefühl aus, dass ich nicht anders kann, als ihr zu antworten.

»Weiß nicht. Ich spiele Gitarre, wenn ich den Kopf freibekommen muss.«

»Dann bleibe ich einfach hier sitzen und höre dir zu«, beschließt Erin und lächelt.

»Aber ... du bist nicht gern in der Nähe von Feuer.« Das ist die Untertreibung des Jahres. Außerdem wird mir klar, dass ich damit auch die Gefahr meinen könnte, die von mir ausgeht. Zumindest war das immer etwas, womit sie gerechnet hat.

»Stimmt. Aber ich bin gern in deiner Nähe«, flüstert sie so leise, dass ich mir nicht sicher bin, ob ich es mir eingebildet habe. Der Ausdruck in ihren Augen ist jedoch eindeutig und bringt mich aus der Fassung. Ich muss an die letzte Nacht denken. Wie es sich angefühlt hat, sie zu küssen. Und sie im Arm zu halten, während sie einschläft. Verdammt, ich bin auch gern in ihrer Nähe. Obwohl es mich in große Schwierigkeiten bringt.

»Okay, dann bleib. Aber mit Abstand, okay?« Ich wende mich ab, nehme meine Gitarre und setze zum nächsten Stück an, weil ich keine Sekunde länger in ihre Augen sehen kann, ohne mich zu verlieren.

Kapitel 40

Erin

To-do-Liste Freitag 09.06.

5:00   Joggen mit Jesse ✔

5:30   Morgenroutine

7:00   Frühstück

Ab 8:00 Aufzeichnungen sichten, Hypothese für Doktorarbeit formulieren, Einleitung schreiben etc. (Besuchstag, bekomme keinen Besuch)

19:00   Abendessen

20:00   Bullet-Journal aktualisieren

Heute ist der erste Tag nach der chaotischen Nacht in der Waldhütte, an dem ich meiner gewohnten Morgenroutine nachgehen kann. Aber anstatt es aus vollen Zügen zu genießen, schweifen meine Gedanken immer wieder zum gestrigen Abend ab. Jesse und ich wurden gesehen. Für ihn steht viel auf dem Spiel, und ich verstehe, dass er Abstand will. Trotzdem fühlt es sich nicht gut an.

Erfreulicherweise ist heute Besuchstag im Camp. Das bedeutet, dass ich nicht mit Jesse zur Herde aufbreche, sondern meine Zeit mit meinen bisherigen Aufzeichnungen verbringe und mich sowohl zurückziehen als auch ablenken kann. Vielleicht schaffe ich es, die Hypothese für meine Doktorarbeit zu formulieren und eine Einleitung zu schreiben. Trotzdem wäre es mir lieber, draußen in der Wildnis zu sein und die Tiere zu beobachten. Chaos ist erst zwei Tage alt, und es gibt noch so viel, was er entdecken muss.

Punkt sieben bin ich am Küchencontainer und lasse mir von Maggie das Frühstück bringen.

»Ausschlafen ist nicht so deins, Schätzchen?« Ihre pinken Haarspitzen wippen, während sie mit dem Tablett auf mich zukommt.

»Ich kann Goldy doch nicht verhungern lassen«, erwidere ich leise mit einem Zwinkern.

»Gutes Kind. Den Kleinen habe ich beinahe vergessen. Warte kurz.« Sie drückt mir das Tablett in die Hand und wuselt zurück in die Küche. Kurz darauf ergänzt sie mein Frühstück mit einer kleinen Papiertüte und lächelt. »Damit er nicht leer ausgeht.«

»Danke dir.«

»Ich danke dir, meine Liebe.« Sie nimmt meine Hand und drückt sie.

»Warum?« Einen Moment lang weiß ich nicht, was sie meint.

»Wegen deiner Hilfe musste ich Herbie keine Vollnarkose antun, um ihn untersuchen zu lassen«, sagt sie.

»Oh.« Ich erwidere ihren Händedruck. »Das war doch selbstverständlich. Wie geht es Herbie denn?«

»Gut. Ich habe eine Kamera aufgestellt, und er verhält sich vollkommen normal, wenn ich nicht da bin.« Sie grinst. »Der alte Schlawiner ist richtig schlau. Aber ich bin schlauer.«

»Das glaube ich dir sofort. Was hast du gemacht?«

»Ich ignoriere sein Verhalten jetzt komplett. Erst wenn er damit aufhört, bekommt er meine Aufmerksamkeit. Und diese ›Anfälle‹«, sie setzt das Wort in Anführungszeichen, »kommen immer seltener.«

»Ausgetrickst.« Ich lache.

»Ja. Aber ich will dich jetzt auch nicht von deinem Frühstück abhalten. Lass es dir schmecken, ja?«

»Mach ich. Grüß Herbie von mir.«

Zum Glück bin ich noch allein an der Tischgruppe, und es dauert nicht lang, da hüpft Goldy zu mir auf die Bank. Erstaunlich, wie schnell er immer mutiger geworden ist. Mittlerweile nimmt er mir die Haselnüsse aus der Hand und frisst sie direkt, statt sie wegzuschaffen. Erst als sein Hunger gestillt ist, bringt er den weiteren Proviant in Sicherheit. Als die Tüte leer ist, sieht er mich einen Moment an, blinzelt und huscht davon. Ich muss lachen, weil er eine richtige kleine Persönlichkeit ist. Er hat mehr Charakter als so mancher Mensch.

»Wieso war mir klar, dass du hier bist?« Jesse nimmt neben mir Platz, hält aber einen größeren Abstand ein als üblich.

Ich versuche, mir nichts anmerken zu lassen. »Weil du meinen Plan kennst. Das ist keine Kunst.« Ich verdrehe die Augen, muss aber trotzdem lachen. »Und warum bist du hier?«

»Ich will mit zum Einsatz. Die Brandschneise in Abschnitt E muss verbreitert werden.« Er nimmt einen Schluck aus seinem Kaffeebecher. »Dafür konnte man sich freiwillig melden.«

»Bekommst du denn keinen Besuch?« Ich falte die Papiertüte zu einem winzigen Dreieck zusammen.

»Nein, da kann ich gut drauf verzichten.« Seine Stimme klingt ruhig, aber in seinen Augen sehe ich den Schmerz, den er zu verstecken versucht. So wie gestern. Er redet nicht gern über das, was ihn beschäftigt, sondern schmuggelt es heimlich in seine Songs.

»Und was ist mit dir?«

»Sind alle beschäftigt.« Ich zucke mit den Schultern. »Aber das ist okay, ich schreibe an meiner Doktorarbeit.« Auch wenn ich heute die Zeit gut nutzen kann, bin ich doch ein bisschen traurig, dass niemand kommt.

Jesse sieht mich an, als würde er etwas sagen wollen. Aber im nächsten Moment nehmen Carter und Jax in unserer Nähe Platz.

»Na, dann … viel Erfolg.« Jesse nimmt sein Tablett, steht auf und setzt sich zu den Männern. Er zieht es wirklich durch. Ich will gerade seinem Beispiel folgen, da kommt Peyton mit einem Becher in der Hand auf mich zu.

»Erin, gut, dass du da bist.« Sie lässt sich rittlings auf die Bank plumpsen und verschüttet dabei einen Teil ihres Kaffees. »Huch«, macht sie und lacht ausgelassen. »Ich muss dir unbedingt was erzählen.«

Ihre Augen leuchten fröhlich, sie wirkt wie ein kleines Mädchen in Disneyland. »Mein Dad kommt heute.«

»Oh.« Ich weiß nicht, mit welcher Neuigkeit ich gerechnet hatte, aber irgendwie hab ich Peyton bisher nicht wirklich als einen eingeschweißten Familienmenschen gesehen. »Das ist toll«, schiebe ich rasch hinterher.

»Ja. Ich hab ihn schon zwei Jahre nicht mehr gesehen.« Sie rührt in ihrem Becher, nimmt den Löffel in den Mund und leckt ihn ab. In all der Zeit, die ich bis jetzt im Camp verbracht habe, hat Peyton noch nie so unbeschwert und entspannt gewirkt.

Im Hintergrund diskutieren Carter und Jax angeregt. Peyton räuspert sich, wirft einen strengen Blick in Richtung der Männer und tippt sich mit dem Löffel auf die Lippen. Die beiden verstehen den Wink sofort und dämpfen ihre Stimmen. Aber auch nicht, ohne sich einen irritierten Blick zuzuwerfen. Peyton lässt nie ein Verhalten wortlos durchgehen. Jeder bekommt den Spruch, den er ihrer Meinung nach verdient. Sie scheint ihren Vater sehr zu lieben.

Als ich wenig später im Wohnwagen sitze und mit meiner Doktorarbeit beschäftigt bin, ertönt Joes Stimme durchs Megafon. Im ersten Augenblick bin ich irritiert, dann fällt es mir wieder ein: Der Campleiter hatte eine Frist gesetzt, bis wann sich der Dieb meines Handys und der Insasse mit dem vorlauten Spruch gemeldet haben sollten. Diese ist jetzt abgelaufen. Ich weiß nicht, ob das für mich Konsequenzen hat, trotzdem unterbreche ich meine Arbeit, weil ich neugierig bin.

Die Männer stehen vor der Tischgruppe versammelt und blicken gespannt auf Joe.

»Leider hat sich keiner dazu bekannt, das Handy von unserer Verhaltensbiologin gestohlen zu haben. Ihr wisst, was das bedeutet. Es gibt in den nächsten zwei Wochen keinen Nachtisch für euch«, erklärt Joe.

»Was soll die Scheiße? Sind wir hier im Kindergarten? Und müssen jetzt alle für den einen Vollidioten büßen?«, ruft Carter.

»Jepp. So ist das in einem Team.« Joe zuckt mit den Schultern. »Bedankt euch bei dem Dieb.«

»Würde ich glatt, wenn ich wüsste, wer es ist.« Maddox schlägt eine geballte Hand in seine Faust und sieht sich mit zusammengekniffenen Augen um.

Einige der Männer murmeln zustimmend, andere lachen amüsiert.

»Die gute Nachricht: Nolan hat zugegeben, dass die unqualifizierte Bemerkung von ihm kam.« Er nickt in Nolans Richtung, der keine Miene verzieht.

Mit seinen bunten Tattoos fand ich ihn von Anfang an unheimlich. Aber wenigstens konnte er einen Fehler eingestehen.

»Das Extra-Telefonat geht an mich«, stellt Nolan laut fest.

»Du spinnst doch, Alter.« Garcia wirft Nolan einen ungläubigen Blick zu. »Für die Bemerkung wirst du bestimmt nicht belohnt.«

»Halt die Fresse, spanische Mutti.« Nolan lacht gehässig.

Garcia macht Anstalten, auf Nolan loszugehen, wird aber von Jesse zurückgehalten. »Mach keine Dummheiten, Garcia.«

»Schluss damit!« Joes Stimme dröhnt über den Platz. »Das Extra-Telefonat war für denjenigen, der den Dieb entlarvt. Nicht für jemanden, der Scheiße gebaut hat. Und jetzt an die Arbeit!« Mit den Worten dreht er sich um und geht. Nolan ballt die Hände zu Fäusten. Jesse klopft Garcia auf die Schulter, der sich offensichtlich immer noch nicht beruhigt hat. Dann treffen sich unsere Blicke für einen Atemzug, und ich weiß, dass Nolan unser Problem ist.

Gegen Nachmittag sitze ich vor meinem geöffneten Wohnwagen, lasse mir die Sonne auf die Arme scheinen und lese zum dritten Mal die einleitenden Worte meiner Doktorarbeit durch. Das Camp hat sich mittlerweile mit Besuchern gefüllt, aber es sind nicht so viele, wie ich erwartet hatte. Ab und zu löse ich mich von meinen Notizen und beobachte das Geschehen um mich herum. Garcia spaziert mit einer dunkelhaarigen Schönheit vorbei, die ihm sehr ähnlich sieht. Vermutlich seine Schwester. Carter hat Besuch von seiner Mutter, die ihn die ganze Zeit tätschelt, was ihm sichtlich unangenehm ist, und Maddox sitzt einem alten Mann gegenüber, dem er offensichtlich nicht viel zu sagen hat. Zusammen schweigen kann ja auch schön sein. Peyton wartet noch auf ihren Vater, sie lungert bei der Tischgruppe herum und blickt immer wieder auf die Uhr.

Ob ich es will oder nicht, ich vermisse meine Tante, Kelly und die Rescue-Hunde, vor allem natürlich Goliath.

Der Nachrichtenton meines Handys holt mich aus meinen Gedanken. Es ist Kelly.

Sorry, dass ich nicht kommen kann. Wollte dir aber wenigstens ein Foto schicken. Wir denken an dich!

Ich klicke auf das Bild. Kelly und Susan sind drauf zu sehen, beide mit Sonnenbrille. Außerdem hat meine Freundin Goliath auf dem Arm, der mit einem Auge in die Kamera blickt, die Zunge hängt wie üblich aus seinem Maul. Ich muss lachen. Dass sie extra ein Foto mit meiner Tante gemacht hat und sogar Goliath, rührt mich sehr.

So lieb. Danke schön. Vermisse euch! Ich hänge noch eine Reihe aus grünen Herzen an die Nachricht, dann lege ich das Handy beiseite.

Als ich aufblicke, kommt gerade die Truppe Freiwilliger vom Einsatz zurück. Die Männer gehen zum Küchencontainer und lassen sich von Maggie mit kalten Getränken versorgen. Jesse nimmt einen tiefen Schluck. Als er mich entdeckt, hebt er kurz die Hand, erstarrt aber mitten in der Bewegung. Die blonde Frau in Joes Begleitung scheint der Grund für diese Reaktion zu sein. Sieht so aus, als würde er unerwartet Besuch bekommen.

Kapitel 41

Jesse

»Caroline.« Auch wenn ich keinen Besuch will, fällt es mir schwer, mich nicht über die Anwesenheit meiner Schwester zu freuen. Seit meiner Verhaftung habe ich sie nur ein einziges Mal gesehen, und wir sind nicht im Guten auseinandergegangen.

»Jesse«, seufzt sie und nimmt mich in die Arme. Ein leises Schluchzen dringt aus ihrer Kehle, das sich wie feine Glassplitter in meinen Brustkorb bohrt.

»Schon gut«, tröste ich sie. »Wo ist Dad?«

»Ich soll dich grüßen. Er …«, beginnt sie.

»Ihm ist das zu viel«, ergänze ich, damit sie sich keine Ausrede einfallen lassen muss. Ich verstehe das. Die vielen Eindrücke und Menschen, unangenehme Gesprächsthemen, die Realität schwarz auf weiß. Ich löse mich aus ihrer Umarmung.

»Ja.«

»Sollen wir uns irgendwohin setzen? Ich kann dir was zu trinken besorgen«, schlage ich vor. Caroline nickt, während sie sich umsieht.

Ich deute auf unsere Tischgruppe, die noch nicht zu stark bevölkert ist. Dort sollten wir ein wenig Ruhe haben, um ungestört zu reden. Auch wenn mir jetzt schon klar ist, dass wir keine Gesprächsthemen haben werden, mit denen wir beide gut umgehen können.

Mit einer zweiten Coke bewaffnet setzen wir uns an den hintersten Tisch. Während wir wortlos die ersten Schlucke trinken, ertönt ein Juchzen, das ich sofort erkenne. Bambi. Sie umarmt gerade zwei Frauen gleichzeitig. Ein winziger Hundekopf ragt aus dem Menschengewusel hinaus und fiept aufgeregt. Es ist nicht zu übersehen, wie sehr sich alle Beteiligten freuen, und entgegen meiner momentanen Stimmung muss ich lächeln. Erin hat das mehr als verdient.

»Wer ist das?« Caroline hat sich ebenfalls umgedreht und sieht mich nun fragend an. »Ich dachte, hier sind keine weiblichen Strafgefangenen stationiert.«

»Sie ist Verhaltensbiologin und nur ausnahmsweise hier im Camp«, erkläre ich.

»Du magst sie.« Meine Schwester lächelt ein vorsichtiges Lächeln, als würde sie sich nicht richtig trauen, mir zu sagen, was sie denkt. Bevor Mike aufgetaucht ist, konnten wir über alles reden. Wirklich über alles. Jetzt ist zwischen uns diese unsichtbare Mauer, hinter der wir beide uns zu schützen versuchen.

»Wie kommst du darauf?« Beiläufig nehme ich einen weiteren Schluck von meiner Coke.

»So hast du noch nie ein Mädchen angesehen. Noch nicht mal Rosie«, erwidert sie.

Ich schüttle prustend den Kopf. Rosie hat jahrelang neben uns gewohnt, und ich habe schon als kleiner Junge für sie geschwärmt. Sie war fünf Jahre älter, hatte lange dunkle Locken und eine süße Zahnlücke. Ich wusste nicht einmal, dass Caroline sich an sie erinnert. »Du spinnst.«

Sie lacht, und für ein paar Sekunden ist das Band zwischen uns fast greifbar, dann legt sich der typische Schleier über Carolines Augen.

»Also … wie läuft es zu Hause?« Ich weiß, ich werde darauf keine ehrliche Antwort bekommen. Die Zeiten sind lange vorbei.

»Gut. Wie immer. Dad macht Fortschritte, geht regelmäßig zu seiner Logopädin. Und zur Selbsthilfegruppe.«

»Und was ist mit dir?«

Caroline weicht meinem Blick aus, nestelt stattdessen am feuchten Etikett der Colaflasche. »Bei mir ist alles in Ordnung.«

Es wirkt auswendig gelernt, einstudiert. Aber sie ist eine schlechte Schauspielerin, und außerdem kenne ich sie schon mein ganzes Leben. Ich weiß, ich sollte es nicht tun. Aber ich kann nicht anders. Aufmerksam scanne ich ihr Gesicht. Ein heißer Schmerz, als hätte ich flüssige Lava geschluckt, rinnt mir durch die Kehle bis in den Magen. Da ist ein Schatten unter ihrem linken Auge, ganz eindeutig. Sie hat versucht, es zu überschminken, wie üblich. »Caroline.«

»Lass gut sein, Jesse, okay? Es bringt nichts. Ich werde nicht mit dir darüber diskutieren.« Sie holt tief Luft, drückt die Schultern nach hinten und sieht mich an. Beinahe drohend.

»Vielleicht sollten wir das aber. Vor allem, weil du dich offenbar sehr wohl behaupten kannst. Zumindest mir gegenüber.« Voller Wut presse ich die Worte hervor. Ich verstehe einfach nicht, wie sie das so hinnehmen kann. Sie hat das nicht verdient.

Sie fixiert mich mit funkelnden Augen und atmet tief aus, erwidert aber nichts.

»Ich meine es ernst, Caroline. Wo soll das enden, verdammt noch mal?« Die Lava sucht sich einen Weg hinaus, bevor sie mich von innen verbrennt. Mit der flachen Hand schlage ich auf den Tisch.

Caroline zuckt zusammen, und im selben Moment hasse ich mich dafür. Ich will diese Angst in ihren Augen nicht sehen. Nicht wegen mir. Niemals wieder.

»Ich geh dann jetzt besser«, flüstert meine Schwester und steht auf.

»Nein«, rufe ich und ziehe damit noch mehr Aufmerksamkeit auf uns. Ausgerechnet Dylan, dieser Möchtegern-Aufseher, kommt mit einem mahnenden Blick zu uns.

»Was ist hier los, Davis? Machst du deinem Ruf wieder alle Ehre?« Er grinst süffisant.

Caroline sieht ihn angewidert an. »Nichts ist los. Ich wollte mich nur verabschieden.«

»Halt die Klappe, du Idiot«, rutscht es mir heraus, bevor ich den Kopf einschalten kann.

»Ach, wie hochqualifiziert du dich ausdrücken kannst. Deine Besuchszeit ist auf jeden Fall vorbei, auch wenn die Dame bleiben möchte. Und am besten meldest du dich gleich beim Campleiter, um dir die passende Strafe abzuholen.«

Ich ignoriere ihn, stehe auf und will Caroline berühren. Aber der Typ kommt mir zuvor und stellt sich zwischen uns. Das darf ja wohl nicht wahr sein. Bin ich hier im falschen Film? Der soll mir aus dem Weg gehen, ich will zu meiner Schwester! Unsanft dränge ich ihn beiseite und bringe ihn damit aus dem Gleichgewicht. Er stürzt.

Meine Schwester quietscht erschrocken. »Jesse!«

»Es ist nichts passiert, okay? Nichts passiert.« Ich halte meine Hände hoch, um ihr zu beweisen, dass ich unschuldig bin. Aber ihr Blick trifft mich so hart, dass ich am liebsten in die Knie gehen würde. »Caroline. Es ist nichts. Ich wollte mich nur von dir verabschieden.«

Dylan rappelt sich zeternd auf, während Joe zu mir kommt und mich von beiden wegzieht, bevor noch mehr passieren kann.

»Mach es nicht noch schlimmer, als es ist«, raunt er mir zu und schleift mich mit in sein Büro. Über die Schulter hinweg sehe ich die Trauer meiner Schwester, den triumphierenden Gesichtsausdruck von Dylan und ... die mitfühlenden braunen Augen von Erin.

Kapitel 42

Erin

To-do-Liste Freitag 09.06.

5:00   Joggen mit Jesse ✔

5:30   Morgenroutine ✔

7:00   Frühstück ✔

ab 8:00 Aufzeichnungen sichten, Hypothese für Doktorarbeit
        formulieren, Einleitung schreiben etc.
        ~~(Besuchstag, bekomme keinen Besuch)~~

14:00 Besuch! Susan, Kelly und Goliath sind da! NEU

19:00 Abendessen

20:00 Bullet-Journal aktualisieren

Winzige Freudentränen laufen mir übers Gesicht, die Goliath
übermütig abschleckt, während er zwischendurch heisere Fiepser
von sich gibt. Susan und Kelly lachen.

»Er hat dich am schlimmsten vermisst, das ist dir wohl klar«, sagt Kelly und zwinkert. »Du weißt genau, was ich über euch beide denke.«

Ich nicke nur, denn angesichts meiner und Goliaths Reaktion fällt es mir schwer zu protestieren. Wir gehören einfach zusammen.

»Ihr habt mich ganz schön reingelegt.« Ich setze den Chihuahua-Opi ab, behalte ihn aber an der Leine. Nicht auszudenken, wenn er in einem unachtsamen Moment in der Wildnis verschwindet. Viel zu gefährlich für den Kleinen.

»Ja!« Susan lacht. »Ich hab mich gewundert, dass du uns nicht durchschaut hast. Wir drei auf einem Foto? Im Hintergrund kann man sogar das Auto sehen.« Sie drückt mich erneut fest an sich.

»Hab ich nicht gecheckt.«

Eine ganze Weile reden wir über den Alltag im Camp, die Erlebnisse in der Wildnis und die Abenteuer, die bereits hinter mir liegen. Beide sehen sich neugierig um, und ich kann die Skepsis in ihren Gesichtern erkennen. Genauso habe ich mich anfangs auch gefühlt. Crane Fire wirkt einfach nicht wie ein Camp für Strafgefangene. Natürlich wurden Kelly und Susan von den Betreuern am Eingang einem Bodycheck unterzogen, und man hat ihre Personalien aufgenommen. Aber es gibt keine Zäune, keine Fesseln, keine Daueraufsicht. Die Männer in diesem Programm sind nur durch ihr orangefarbenes Outfit gekennzeichnet.

Nach wie vor finde ich es irre. Aber bis auf die Tatsache, dass mir mein Handy geklaut wurde und es immer mal wieder Reibereien unter den Männern gibt, ist nichts passiert. Bis jetzt.

Drüben an der Tischgruppe wird es zunehmend lauter. Jesse und Dylan sind aneinandergeraten, ich kann aber nicht ausmachen, wieso. Wahrscheinlich gibt es keinen schwerwiegenden Grund, die beiden konnten sich von Anfang an nicht leiden. Die blonde Frau steht auf und will gehen, Jesse stürzt zu ihr, kommt aber nicht weit, weil Dylan sich zwischen sie stellt.

»Was ist denn da los?« Susan klingt ängstlich, während Kelly nur ein leises Schnauben von sich gibt. »Was zum Geier macht Dylan hier?«

Ich erzähle den beiden, dass Dylan einen der ausgefallenen Betreuer ersetzt und ich keine Ahnung habe, wie es sein kann, dass ausgerechnet er sich dafür bereit erklärt hat.

Die Wangen meiner Tante verfärben sich ein wenig rosa. »Ich hab es dir nicht erzählt, aber ...« Sie sieht schuldbewusst auf ihre Hände. »Dylan war bei uns und hat mich gelöchert, wo du bist. Er hat so ein Theater gemacht, dass ich es ihm irgendwann erzählt habe.«

»Das glaube ich nicht.« Entsetzt sehe ich Susan an.

»Ja, tut mir leid«, sagt sie prompt.

»Das meine ich nicht.« Ich sehe zu Dylan und Jesse hinüber. »Sondern dass er die Frechheit besitzt, bei uns aufzutauchen.«

Susan nickt.

Dylan und Jesse sind kurz davor, sich gegenseitig an die Gurgel zu gehen.

»Genauso sieht es aus, wenn Rüden sich nicht grün sind«, kommentiert sie. »Außerdem ist das doch typisch für Dylan.«

Wo sie recht hat ...

»Erin, nicht«, sagt Susan, aber ich muss dorthin und Dylan stoppen.

Bevor ich die Tischgruppe erreiche, greift Joe schon ein und zieht Jesse mit sich. Ein Glück. Jesse sieht für einen Herzschlag zu mir, wendet den Blick rasch wieder ab.

Die Frau eilt in meine Richtung davon. Die Ähnlichkeit mit Jesse ist unverkennbar. Sie hat dieselben Augen, und auch ihre

Wangenknochen sind beinahe identisch. Es ist seine Schwester. Sie läuft so nah an mir vorbei, dass ich ausweichen muss, um nicht mit ihr zusammenzustoßen. Auf ihrem Gesicht spiegeln sich Schmerz und Trauer wider. Unter dem linken Auge schimmert eine bläuliche Verfärbung hervor. Ich will sie aufhalten, fragen, ob ich ihr helfen kann, aber sie ist so schnell an mir vorbei, dass ich keine Chance habe.

Eine nasse Nase stupst gegen meinen nackten Knöchel, und ich zucke zusammen. »Goliath. Du sollst mich doch nicht so erschrecken.« Ich beuge mich zu ihm hinunter und nehme ihn hoch.

»Ja, wer ist das denn?« Peyton kommt zu mir und sieht den Hund mit Herzchen in den Augen an. »Du bist ja ein Süßer.« Sie tätschelt seinen Kopf, aber er ist nicht begeistert, sondern dreht sich weg.

»Manchmal ist er schüchtern.« Entschuldigend zucke ich mit den Schultern.

»Schon gut«, erwidert die Feuerwehrfrau.

»Wo ist dein Vater?« Ich sehe mich gespannt um.

»Er verspätet sich«, antwortet sie knapp. Es ist nicht zu übersehen, dass sie enttäuscht ist, auch wenn sie versucht, es zu überspielen.

»Sicher kommt er bald.« Ich berühre sanft ihren Arm, und sie nickt.

»Klar.« Sie lächelt zwar, doch es erreicht nicht ihre Augen. »Weißt du, was gerade mit Jesse und Dylan los war?«

»Nicht wirklich. Aber Joe hat schlichten können.«

Susan und Kelly gesellen sich zu uns. Peyton grüßt beide freundlich und stellt sich vor. Es wirkt nicht authentisch, beinahe wie aus einem Lehrbuch für Kommunikation abgelesen. Die Sache mit ihrem Vater scheint sie sehr zu treffen.

»Eine Feuerwehrfrau, wie spannend.« Susan strahlt Peyton an. »Erin hat schon viel von dir erzählt.«

»Ja, das ist lieb«, sagt Peyton ausweichend. »Ich muss jetzt leider los. Wünsche euch noch einen schönen Besuchstag.«

Und zack, ist sie verschwunden.

»Hab ich was Falsches gesagt?« Susan runzelt die Stirn, und auch Kelly sieht mich ratlos an.

»Nein. Ich glaube, sie ist nicht so gut drauf.«

Wir gehen zu meinem Wohnwagen. Auch wenn nicht viel Platz ist, quetschen die beiden sich an die winzige Tischgruppe. Während ich uns einen Kaffee aufbrühe, tuscheln sie miteinander, was mir auf so engem Raum natürlich nicht entgeht. Ich stelle die Becher mit Kaffee auf den Tisch. Susan verbirgt etwas unter ihrer Hand.

»Was hast du da?« Ich grinse, aber ihr ernstes Gesicht wischt mir das Lächeln schnell wieder weg.

»Du musst ihn ihr geben«, sagt Kelly.

Susan seufzt. »Der ist vor ein paar Tagen gekommen.«

Sie schiebt mir einen Briefumschlag zu, auf dem mein Name in einer Handschrift steht, die ich nicht kenne. Ich nehme ihn an mich und drehe ihn um. Absender: Ruth Chase, Balance Medical Center, San Francisco. Ein Brief von meiner Mutter. Der Erste seit zwölf Jahren. Wie ferngesteuert lege ich ihn auf die Küchenzeile und setze mich zu Susan und Kelly.

»Willst du ihn nicht aufmachen?«, fragt Susan leise und nimmt meine Hand.

»Nein.« Energisch schüttle ich den Kopf. Ich brauche keine Briefe von meiner Mutter. Seit Jahren bin ich ihr egal, und sie war froh, dass sie mich bei ihrer Schwester lassen konnte, um ihr Ding zu machen. Susan ist alles, was ich brauche. Sie ist eine echte Mutter für mich.

Einige Minuten trinken wir schweigend unseren Kaffee, bis es aus Susan herausplatzt: »Denkst du nicht, es ist besser, den Brief zu lesen, solange wir noch da sind? Dann können wir drüber reden.«

Ich weiß, dass sie recht hat, auch wenn ich mir gerade nichts anderes wünsche, als dass sie den Brief einfach unterwegs entsorgt hätte. »Okay.«

Ich greife zur Küchenzeile, drehe ihn ein paarmal in der Hand und reiße ihn schließlich auf. Er ist handgeschrieben und glücklicherweise nicht besonders lang. Ein Kloß bildet sich in meinem Hals, als mir bewusst wird, dass ich das erste Mal die Handschrift meiner Mutter sehe.

Liebe Erin,

Keine Ahnung, ob ich das hier richtig mache. Ich habe so einen Brief noch nie geschrieben. Die Therapeuten haben mir gesagt, es gehört zur Heilung dazu, Dinge zu tun, die einem schwerfallen und vor denen man sich eigentlich lieber drücken möchte. Ehrlich gesagt, bin ich mir gar nicht sicher, ob du überhaupt lesen wirst, was ich mir zusammenkritzle. Aber vielleicht tust du es ja doch.

Seit drei Monaten bin ich clean. Alle denken, ich schaffe es wieder nicht. Aber ich will es wirklich. Ich habe viele Fehler in meinem Leben gemacht, und der größte davon war, dich im Stich zu lassen. Aber ich hab es getan, weil ich zu kaputt war, um dir eine richtige Mutter zu sein. Ich wusste, Susan ist besser für dich, und ich bin so stolz, was aus dir geworden ist. Weil ich nämlich NICHT da war und keinen schlechten Einfluss auf dich haben konnte.

Ich bin dankbar, dass ich es dir nicht versaut habe. Vielleicht verstehst du das. Trotzdem bist du mir wichtig, und wenn ich einen Wunsch frei hätte, dann wäre es der, dass du mir irgendwann eine Chance gibst, an deinem Leben teilzuhaben. Fürs Erste wäre ich schon glücklich, wenn du meinen Brief liest und nicht verbrennst.

Ich werde dich immer lieben, egal wie du dich entscheidest.
Ruth

Ich schlucke trocken und lasse das Papier auf den Tisch sinken. Keine Ahnung, was ich erwartet habe, aber ihre ehrlichen Worte waren es mit Sicherheit nicht.

»Geht es dir gut, Schatz?«, fragt Susan und sieht mich mitfühlend an. Auch Kelly hat den Blick auf mich gerichtet.

»Geht schon.« Ich schiebe meiner Tante den Brief zu. »Du kannst ihn lesen, wenn du willst. Aber ich muss nicht drüber reden.«

»Dann muss ich ihn auch nicht lesen.« Susan faltet das Papier wieder zusammen und steckt es zurück in den Umschlag.

»Lass uns einfach so tun, als gäbe es den Brief nicht, okay? Ich will den Tag mit euch verbringen und nicht über die Vergangenheit nachdenken.«

Die beiden erfüllen mir meine Bitte, und in der nächsten Stunde genieße ich es, einfach mit ihnen zusammen zu sein, kuschle ausgiebig mit Goliath, der nicht von meiner Seite weicht, und lausche den neuesten Ereignissen aus dem Rescue-Center. Trotzdem gelingt es mir nicht, komplett abzuschalten. Immer wieder wandern meine Gedanken zu Jesse und seiner Schwester. Und auch Peytons Verhalten geht mir nicht aus dem Kopf, genau wie der unscheinbare Umschlag auf meiner Küchenzeile.

Kapitel 43

Jesse

Joe hat mich in seinen Bürocontainer verfrachtet, mich zum Warten verdonnert und sich auf den Weg gemacht, um die Situation mit Dylan zu klären. Seit einer halben Stunde sitze ich auf dem klapprigen Stuhl, und mein Schädel dröhnt. Erinnerungen prasseln auf mich ein. Wie alles anfing vor drei Jahren. Caroline und ich waren am Strand. Sie hatte blaue Flecken an Armen und Beinen. *Ach, das ist nichts. Ich bin die Treppe runtergefallen.* Dann die erste Blessur im Gesicht, eine blutig geschwollene Lippe. *Ich bin so ein Tollpatsch,* gefolgt von einem aufgesetzten Kichern, das ich noch nie bei ihr gehört hatte.

Als die Tür geöffnet wird, reißt mich das aus meinen Gedanken. Joe kommt herein und stellt sich hinter seinen Schreibtisch.

»Wie oft habe ich dir schon gesagt, dass du deine Gefühle in den Griff bekommen musst? Du kannst nicht die Welt retten, kapier das endlich.« Er sieht auf mich herunter.

»Ich will auch nicht die ganze Welt retten.« Ich presse die Lippen aufeinander. »Nur die meiner Schwester«. Ich hasse diese Bilder in meinem Kopf und würde alles tun, um sie auszulöschen.

Seufzend lässt sich der Campleiter in seinen Bürostuhl sinken. »Das kannst du nicht, mein Junge. Und wenn du es weiter versuchst, kommst du hier so schnell nicht wieder raus.«

Mein Verstand sagt mir, dass er recht hat. Ich kann die Probleme von Caroline nicht lösen, wenn sie es selbst nicht will. Aber mein Herz begreift einfach nicht, wie meine Schwester freiwillig in so einer Hölle leben kann. Sie hat was Besseres verdient!

»Tu mir einen Gefallen: Versuch, den Kopf freizubekommen. Mit deiner Wut kann ich dich hier im Camp nicht gebrauchen.« Joe pocht mit dem Zeigefinger auf den Schreibtisch.

»Und wo soll ich dann hin?« Überrascht sehe ich ihn an. Er will mich wegschicken?

»Mach einen langen Spaziergang. Geh zum El Cap. Vielleicht hast du Glück und kannst den Horsetail-Wasserfall sehen.«

»Du schickst einen Strafgefangenen auf einen Ausflug zum Touri-Magnet?« Ich muss lachen, so absurd ist das. »Was, wenn ich Dummheiten mache?«

Jetzt lacht Joe. Laut und herzhaft. »Der war gut!«

Ich verdrehe die Augen. Schade, dass mich nur Joe für harmlos hält. Nicht mal meine eigene Schwester denkt so über mich.

»Du brauchst eine Auszeit, und ich biete sie dir. Dylan erwartet, dass du für dein Verhalten bestraft wirst, und genau das ist es. Deine Strafe. Ist kein Zuckerschlecken, der Marsch zum El Cap.« Joe lehnt sich in seinem Stuhl zurück und scheint immer mehr Gefallen an seiner Idee zu finden. »Wird Zeit, dass du aufbrichst, damit du nicht erst mitten in der Nacht wieder hier bist.«

Ich stehe nicht auf, sondern prüfe den Ausdruck in seinen Augen. Er meint es echt ernst!

»Los, Davis. Bevor ich mir was Unangenehmeres überlege. Wie zum Beispiel die Toiletten mit einer Zahnbürste zu putzen.«

Das lasse ich mir nicht zweimal sagen.

Der Besuchstag ist noch nicht vorbei, ich entdecke viele unbekannte Gesichter. Weil alle mit ihren Angehörigen beschäftigt sind, achtet niemand auf mich, und ich komme unbemerkt zu meinem Container.

Als es klopft, stöhne ich auf. Zu früh gefreut. Hoffentlich ist es nicht Dylan, ich weiß nicht, ob ich weitere Spitzen von dem Kerl ertragen kann.

Ich öffne die Tür, und das glückliche Gesicht von Erin strahlt mir entgegen. Aber das hält nicht lange. Wegen mir.

»Alles okay?«

Ich ziehe sie in den Container, um die Tür wieder zu schließen. Kein Bock, dass Dylan sieht, wie ich mit seiner Erin rede. Das würde nur noch mehr Ärger geben. »Ja, muss keiner sehen, dass du hier bist.«

Sie nickt. »Ist besser so.«

Während ich ein paar Sachen in den Rucksack schmeiße, den ich sonst nur mit auf die Tour zur Aussichtsplattform nehme, beobachtet sie mich.

»Was hast du vor?« Ihre Augen weiten sich. »Du willst doch nicht etwa abhauen?«

Trotz meiner miesen Stimmung muss ich lachen. »Nur für ein paar Stunden, und Joe weiß Bescheid.«

»Wohin?« Sie lehnt sich mit dem Rücken an die Wand des Containers.

»Zum El Cap. Soll schön sein dort.«

Erin lacht auf. »Du guckst dir die größte Felswand der Welt an? Während du in einem Lager für Strafgefangene bist?«

Ich zucke mit den Schultern. »Joe ist verrückt, ich weiß. Aber das ist meine Strafe für den Ausraster eben.«

»Unglaublich.« Sie wiegt den Kopf hin und her. »So langsam denke ich, dass Joe ganz genau weiß, was er tut.«

»Hier laufen weit weniger krumme Dinge als im California State Prison, da kannst du sicher sein.« Die Wasserflasche neben meinem Bett landet ebenfalls im Rucksack.

»War das eben deine Schwester?«

Ich wusste, sie würde irgendwann fragen. »Ja. Caroline.«

»Ist sie der Grund, warum du keinen Besuch haben wolltest?«, hakt sie weiter nach.

Ich schnalle mir den Rucksack auf den Rücken und drehe mich zu Erin um. »Lust auf einen Ausflug? Oder lässt das dein enger Zeitplan nicht zu? Könnte sein, dass du das Abendessen verpasst.« Ein breites Grinsen kann ich mir nicht verkneifen. Aber nur so werde ich sie los, denn sie würde einen Teufel tun und ihre Routine durchbrechen. Und dann kann sie mich nicht weiter nach meiner Familie ausfragen.

In ihren Augen funkelt es diebisch. »Weißt du, heute stehen bei mir nur die Morgenroutine und der Besuchstag als feste Einheiten drin. Und die habe ich abgearbeitet.«

»Ernsthaft? Du willst mit?« Ich fasse es nicht, als sie mir zuzwinkert.

»Ja, ich bin dabei. Aber niemand darf uns sehen.«

Wenig später treffen wir uns auf dem Trailweg, der direkt ins Valley führt. Ein Neun-Meilen-Marsch liegt vor uns, aber zum Glück ist es nicht zu heiß. Die Sonne wird durch einige Wolkenfelder in ihrer Kraft gedämpft, und eine Brise rauscht durch die Blätter der Bäume am Wegrand. Eine ganze Weile gehen wir schweigend nebeneinander, bis ich meinen Gedanken laut ausspreche.

»Warum wolltest du mitkommen? Ich weiß genau, dass du

spontane Planänderungen nicht leiden kannst. Und das ist noch untertrieben.«

»So schlimm ist es auch wieder nicht«, protestiert sie.

»Stimmt. Schlimmer.«

Mit zusammengekniffenen Augen sieht Erin mich an, dann lacht sie. »Ich weiß. Aber ich hab mich in den letzten Wochen dran gewöhnen müssen, dass nicht immer alles nach Plan läuft.«

»Und jetzt probierst du neue Wege aus?« Ich kicke einen Ast fort, der auf dem Weg liegt.

»Vielleicht ist es gut, ein bisschen offener zu sein.« Sie legt den Kopf in den Nacken und betrachtet den Himmel. »Trotzdem werde ich nicht mit meinem Journal aufhören.«

»Einmal Nerd, immer Nerd.« Ich verlagere mein Gewicht so, dass ich sie mit dem Oberarm anstupse. »Dazu passt auch dieses uralte Fellmonster, das dich besucht hat.«

»Hey, lass Goliath aus dem Spiel. Er kann nichts für sein Aussehen.«

»Goliath?« Ein Schnauben entfährt mir. »Ja, schon klar. Passt perfekt.«

Wir lachen zusammen und reden noch eine Weile über den Hund, den sie gerettet hat, aber sich nicht traut zu adoptieren. Dabei liebt sie das Tier über alles, das war nicht zu übersehen. Es fühlt sich so leicht an, mit ihr zu reden. Viel zu früh tauchen die Hinweisschilder zum Horsetail-Wasserfall auf.

»Joe meinte, manchmal könne man ein tolles Farbschauspiel beobachten. Vielleicht haben wir ja Glück.«

Wenig später erreichen wir die spiegelglatte Felswand des El Capitan. Kletterer weltweit haben es auf diese Herausforderung abgesehen, aber für mich wäre das nichts. Ich bleibe lieber am Boden der Tatsachen. Der Wasserfall scheint genügend Wasser zu führen, denn er ist als feine weiße Linie sichtbar, wie ein Pferdeschweif.

Wir suchen uns ein ruhiges Plätzchen, etwas abseits der Touristen, die sich ebenfalls an der Schönheit der Natur erfreuen, um das Naturschauspiel eine Weile zu beobachten.

Und dann passiert es plötzlich. Die Sonne strahlt in einem bestimmten Winkel auf den hellen Granit des El Cap. Die Felswände reflektieren das Licht und tauchen das Wasser des Horsetails in ein dunkles Orange.

»Wow, wie krass.« Erin hat den Mund leicht geöffnet und kann den Blick nicht abwenden. »Das sieht aus wie …«

»Als würde statt Wasser Lava hinabstürzen«, ergänze ich.

»Ja, genau.«

Unsere Blicke treffen sich. Eine Sekunde. Zwei Sekunden. Drei Sekunden. Lava. Feuer. Das Feuer zwischen uns. Bevor ich die Kontrolle verliere, wende ich mich ab und betrachte weiter den Wasserfall. Erin seufzt leise neben mir.

Nach einer Weile ist die Sonne weitergewandert, und der Wasserfall sieht wieder normal aus. Allerdings nicht weniger schön. Erst während meiner Zeit im Crane Fire Camp habe ich die Natur zu schätzen gelernt. Die reine Luft, die Weite des Horizonts, die besondere Atmosphäre, die sich mit dem Wetter und der Uhrzeit verändert und jedes Mal einzigartig ist.

Bevor wir uns auf den Rückweg machen, teilen wir uns meine Wasserration. Ihre Finger berühren sanft meine, als sie mir die Flasche abnimmt. Am liebsten würde ich sie an mich drücken, an der Stelle in ihrem Nacken schnuppern, wo sie so wunderbar duftet, und ihren Mund küssen. Und nie wieder damit aufhören. Obwohl wir einige Meilen vom Camp entfernt sind und niemand es erfahren würde, bringe ich Abstand zwischen uns beide. Carolines Gesicht schiebt sich vor mein inneres Auge. Nichts hat sich verändert, seitdem ich weg bin. Sie tut immer noch so, als wäre alles in Ordnung, dabei ist das Gegenteil der Fall.

»Du denkst an deinen Besuch, richtig?« Erins Stimme reißt mich aus meinen Erinnerungen.

Was soll's. Bambi ist so sensibel, dass sie jede kleinste Schwingung erkennt. Egal ob bei Mensch oder Tier. »Ja.«

»Erzähl mir von Caroline«, bittet sie.

Und dann ist es, als würde sich eine Schleuse öffnen und all die Sorgen, die Wut und die Trauer ungefiltert herausbrechen. Ich erzähle ihr, wie ich Caroline versprechen musste, immer auf sie aufzupassen, als sie sechs Jahre alt war. Ein paar Jungs aus der Nachbarschaft hatten ihr regelmäßig aufgelauert, um sie zu erschrecken.

»Nachdem ich mich eingemischt habe, haben sie Caroline für immer in Ruhe gelassen.« Ich will lächeln, aber es gelingt mir nicht. »Mein Beschützerinstinkt hat uns zerstört.«

»Wie meinst du das?« Erins Blick ist warm und interessiert. Noch hat sie mich nicht verurteilt. Aber wenn sie die ganze Geschichte kennt …

Ich seufze. »Ihr *Freund* …« Es fällt mir unglaublich schwer, diesen Kerl so zu bezeichnen. Er ist eine miese Ratte, nichts weiter. »… behandelt sie nicht gut«, ergänze ich den Satz. Am liebsten würde ich das, was er ihr antut, in klare Worte packen und sie wie Gift ausspucken. Aber ich will Erin keine Angst einjagen.

»Du meinst, von ihm ist das blaue Auge?«

»Ja«, sage ich erstaunt. »Das ist dir aufgefallen?«

Sie nickt. »Wir sind beinahe zusammengestoßen. Sie war ziemlich aufgewühlt.«

Ich bleibe stehen, schließe kurz die Augen und atme tief ein.

Sie war aufgewühlt? Ich bin im Knast gelandet, weil sie lieber zu einem Kerl hält, der sie regelmäßig misshandelt!

»Alles okay?« Erin berührt mich am Arm, und ich atme wieder aus.

»Geht schon. Ich kann da nicht gut drüber reden.« Ich richte meinen Rucksack. »Lass uns einfach weitergehen, ja?«

Kapitel 44

Erin

Die letzte Meile legen wir schweigend zurück. Ich verstehe ihn, er fühlt sich hilflos, weil er hier ist und seine Schwester nicht beschützen kann. Wenn ich drüber nachdenke, hat er ein ähnliches Problem wie ich: die Angst vor dem Kontrollverlust. Nur gehen wir beide unterschiedlich damit um.

Kurz bevor wir das Camp erreichen, bleibt er stehen. »Wir sollten nicht zusammen auftauchen. Du gehst vor, Bambi.«

»Haben wir die Phase nicht langsam hinter uns?« Ich rolle mit den Augen.

»Dein Spitzname?« Er lächelt. »Ja, anfangs hab ich dich gern damit genervt. Aber er passt wirklich zu dir.«

»Warum?«

»Bambi ist ein Überlebenskünstler, so wie du. Stark, unabhängig, selbstständig. Zwar immer auf der Hut, aber aus gutem Grund.« Einen Moment lang betrachtet er mich nachdenklich, fast zärtlich. Dann zwinkert er. »Außerdem habt ihr dieselbe Augenfarbe. Wir sehen uns morgen früh.« Er macht eine übertriebene Geste mit der Hand. Ich grinse.

»Gute Nacht. Und danke für den spontanen Ausflug. War tatsächlich gar nicht so schlimm.« Mit den Worten drehe ich mich um, und während ich loslaufe, höre ich Jesse hinter mir lachen.

Am nächsten Tag ist die angenehme Routine wieder da – ich trinke meinen Kaffee mit Vanillemilch, mache Yoga, schreibe in mein Journal. Das Joggen mit Jesse hat zu einer ausgezeichneten Steigerung meiner Kondition beigetragen: Das keuchende Nilpferd hat sich in eine athletische Gazelle verwandelt.

Der Tag bei den Maultierhirschen verläuft ohne Zwischenfälle, ich genieße es, Chaos zuzuschauen, der täglich mutiger wird und dessen Mutter nicht mehr von seiner Seite weicht. Trotzdem hinterlässt diese Beobachtung einen Dorn in meinem Herzen, denn so sollte eine Mutter reagieren, deren Kind beinahe gestorben wäre. Sie sollte versuchen, es wiedergutzumachen, statt sich in eine andere Welt voller Selbstmitleid zu flüchten. Da hilft es auch nicht, ein paar zusammengeschusterte Worte auf einen Zettel zu schreiben und zu hoffen, dass alles wieder gut wird. Genervt dränge ich die Worte meiner Mutter aus meinem Kopf. Ich will mich damit nicht beschäftigen, es gibt viel Wichtigeres, nämlich meine Doktorarbeit. Ich konzentriere mich wieder auf die Herde. Es sind alle da und wohlauf, nur Diver ist seinen eigenen Weg gegangen, seit Chaos da ist. Nicht schön, aber das ist der Lauf der Dinge. Ich bin mir sicher, dass er es dort draußen schaffen wird.

Mit einer Menge Aufzeichnungen im Gepäck machen wir uns auf den Weg ins Camp. Meine Nase hat einen kleinen Sonnenbrand abbekommen, heute war es richtig heiß, und ich hab versäumt, mich ein zweites Mal einzucremen. Jesse hat damit offensichtlich keine Probleme, sein Teint wird nur dunkler. Es sei denn, er schläft in der Sonne ein.

Beim Abendessen sehe ich Peyton das erste Mal seit dem Besuchstag gestern wieder.

Sie lächelt und drückt mich kurz an sich. »Wo warst du den ganzen Abend?«

Oh. »Ich hab noch einen Spaziergang gemacht«, antworte ich.

»Ist dein Dad noch gekommen?«

»Nein. Ihm ist was dazwischengekommen«, erwidert sie. Aber statt darüber traurig zu sein, wirkt sie gut gelaunt. Vollkommen anders als gestern.

»Oh, das ist aber schade. Du hattest dich so gefreut. Wird er denn beim nächsten Mal dabei sein?« Ich dirigiere sie zu zwei freien Plätzen an der Tischgruppe, und wir setzen uns.

»Vielleicht. Aber das ist auch nicht so wichtig.« Sie schenkt uns beiden Wasser ein, wirft Jax einen warnenden Blick zu, der sich gerade wieder in eine Diskussion hineinsteigert, und strahlt mich an. »Mich freut es total, dass du so einen schönen Tag hattest gestern. Deine Familie ist wirklich nett. War das eigentlich dein Hund?«

»Nein, das war Goliath. Ich hab ihn gerettet, und er lebt im Rescue-Center, wo ich aushelfe.« Verwundert sehe ich meine Freundin an. Mich beruhigt es, dass sie nicht mehr traurig ist, aber sie wirkt so gefasst. Ich hätte mehr mit der Enttäuschung zu kämpfen gehabt.

Nach dem Abendessen widme ich mich der Recherchearbeit. Es ist angenehm abgekühlt, und weil mich Goldy inzwischen auch abends bei meinem Wohnwagen besucht, lasse ich die Tür offen und setze mich draußen in den Schatten.

Ich bin vertieft in das Buch über Maultierhirsche und bemerke das Ziesel erst, als es keckert. »Entschuldige, Goldy. Natürlich bekommst du noch eine Nuss.« Lächelnd taste ich in meiner Strickjacke danach und präsentiere ihm das Betthupferl auf meiner ausgestreckten Handfläche. Goldy zögert keine Sekunde, kommt angehuscht und nimmt sie mit seinen winzigen Händchen an sich. Mir ist das Tier wirklich ans Herz gewachsen, und genau wie meine Herde, werde ich es vermissen, wenn meine Zeit im Camp vorbei ist.

Ich will mich gerade wieder dem Buch widmen, als ich den Geruch von Rauch wahrnehme. Im ersten Moment traue ich mir selbst nicht. Meine Angst spielt mir oft einen Streich, und ich rieche etwas, das nur in meinem Kopf existiert. Aber diesmal ist es anders. Ich stehe auf, sehe mich suchend um und entdecke eine Rauchfahne ganz in meiner Nähe. O mein Gott. Es brennt im Camp!

»Feuer«, brülle ich. Goldy erschreckt sich und huscht in meinen Wohnwagen, während ich zur Tischgruppe laufe. Mein Puls dröhnt mir so stark in den Ohren, dass ich kaum verstehe, was die Männer rufen. Sekunden später ertönt der Alarm. Dann ein lauter Knall. Eine Explosion? Ich weiß nicht, was ich tun soll. *Ruhig bleiben.* Ich kämpfe die Panik herunter, versuche, ruhig zu atmen, umfasse meinen Schutzengel. Aber es klappt nicht. Da ist noch mehr Rauch. Direkt neben meinem Wohnwagen tanzen hohe Flammen. Sträucher und Büsche brennen. Und dann ... fängt mein Wohnwagen Feuer. Nein. Goldy.

Mom! Ich hab Angst! Es ist so dunkel und brennt in den Augen. Aua, ich bekomme keine Luft. Bitte, Mom. Hilf mir!

Ich starre auf den Wohnwagen, sehe ihn aber nicht. Stattdessen ist da der Trailer, in dem ich als Kind gelebt habe. Er steht in Flammen. Die Narbe an meinem Arm tut weh, und unwillkürlich reibe ich darüber. Ich kann nicht einfach hier stehen bleiben und zusehen. Ich muss etwas tun. Goldy ist dort drin! Plötzlich ist die Angst um das Ziesel größer als die Angst vor dem Feuer, und ich laufe los.

»Erin, nicht«, ruft eine Stimme, aber ich ignoriere sie, schubse jemanden beiseite, der im Weg steht, und haste in den Wohnwagen. Es ist heiß und neblig, weißer Rauch steht im Inneren und brennt mir in den Augen und der Lunge. Ich halte die Luft an, krabble mit geschlossenen Lidern vorwärts. Das Ziesel hat sich bestimmt unter dem Bett versteckt. So wie ich damals. Mom ist gekommen, um mich zu holen, auch wenn sie ihre Sinne nicht unter Kontrolle hatte, sie wusste, sie musste mich retten. Mit dem Kopf stoße ich an den Bettrahmen, taste mich blind vor. Die Luft wird knapp. Lange kann ich den Atemreflex nicht unterdrücken, mein Herz rast, und mir wird schwindelig. Goldy, wo bist du? Dann endlich: Eine Bewegung an meiner Hand. Weiches Fell. Ich greife zu, aber das Ziesel entwischt mir. Shit! Erneut taste ich herum, spüre das Fell, und es klappt. Goldy quiekt erschrocken, aber das ist egal, ich hab ihn, nur darauf kommt es jetzt an. Ich robbe rückwärts, meine Kraft lässt nach, ich kann nicht anders und schnappe nach Luft. Ein Keuchen entfährt mir, verdammt, es tut weh. Und dann wird alles schwarz.

Kapitel 45

Jesse

Innerhalb der vorgegebenen Zeit von zwanzig Sekunden habe ich meine Ausrüstung angelegt und laufe los. Rauch und Flammen steigen von der Mitte des Camps auf. Verdammt, das ist bei Erin! Mein Puls schießt in die Höhe, ich sprinte dem Feuer entgegen. Und tatsächlich: Es brennt neben Bambis Wohnwagen, der selbst auch schon Feuer gefangen hat. Wo ist Erin? Ich sehe sie nirgendwo.

Joe, Nolan und Jax haben die Löschmatte im Einsatz, Carter spritzt Wasser aus dem Rucksack auf den Brandherd.

»Davis«, brüllt Joe. »Kümmer dich ums Evakuieren, alle müssen aus den Containern raus.«

Ich stürze zu Erins Wohnwagen, sie ist nicht drin. Im Container daneben ist auch niemand. »Alle raus aus den Containern!« Ich klopfe wie wild gegen die Wände.

Hektisch sehe ich mich um. Viele Männer sind bereits im Einsatz, aber das Feuer breitet sich rasend schnell aus. An der Tischgruppe sammeln sich Betreuer und Mitarbeiter. Da ist Erin! Wie erstarrt steht sie vor ihrem Wohnwagen. Und dann läuft sie plötzlich los. Erst als es zu spät ist, begreife ich, was sie vorhat. »Erin, nein!«

Sie stößt mit Mel zusammen, der sie wegen seines verletzten Armes nicht aufhalten kann. Und dann springt sie in den brennenden Wohnwagen. Was soll das?

»Mel«, rufe ich. »Hol sie rau…«

Ein ohrenbetäubender Knall. Aus Reflex werfe ich mich zu Boden. Jemand schreit. Joe brüllt Befehle, die mich nicht mehr erreichen.

Wusste ich es doch. Du bist ein erbärmlicher Lappen. Dein Herz ist so weich wie die Pussy deiner Schwester.

Kalter Schweiß läuft mir den Nacken hinunter, und das Blut rauscht in meinen Ohren. Ich schwöre, ich bringe ihn um. Und wenn es das Letzte ist, was ich tue.

»Jesse!« Joe reißt an meinem Bauchgurt und zieht mich von den Flammen weg. »Was ist dein Problem?«

Ich schlucke trocken. Das war kein Schuss. Nur eine Erinnerung.

Durch die Explosion haben sich weitere trockene Büsche entzündet, die dem Feuer ordentlich Futter geben. Der nächste Container brennt. Es ist wie eine verdammte Kettenreaktion. Mel ist nicht mehr da. Gott sei Dank, er hat es kapiert. Mit Maddox und ein paar anderen Männern lösche ich den nächsten Brand, dann prüfe ich die nächstgelegenen Container.

Als ich mich umdrehe, sehe ich Peyton. Sie beugt sich halb in Erins Wohnwagen und zerrt an etwas. Joe und Nolan helfen ihr, und gemeinsam ziehen sie einen leblosen Körper heraus. Mein Herz setzt einen Schlag aus. Es ist Bambi.

Wie in Trance haste ich zu der Szene hinüber. Nicht Bambi. Bitte nicht Bambi.

»Was ist mit ihr?« Ich knie mich auf den Boden.

Peyton hält Erins Hand, Natalie drückt ihr eine Maske aufs Gesicht.

»Ist sie okay?« Meine Stimme klingt fremd, irgendwie schrill.

»Ja, sie hat nur ein bisschen Rauch eingeatmet«, erklärt Natalie.

Und dann erst sehe ich, dass Erin die Augen geöffnet hat. Sie ist bei Bewusstsein. Gott sei Dank.

»Alles gut«, krächzt sie. »Ich musste nur Goldy holen.«

»Nicht sprechen jetzt«, befiehlt Natalie, und Erin nickt.

»Sie hatte das Eichhörnchen in der Hand«, sagt Peyton zu mir gewandt und rollt mit den Augen.

Erin blinzelt. »Goldmantelziesel.«

Ich schnaube erleichtert. Wenn sie schon wieder klugscheißen kann, ist sie wirklich okay.

In der nächsten halben Stunde bekommen wir das Feuer endlich unter Kontrolle. Außer Erin wurde niemand verletzt. Sie kann nach der Behandlung von Natalie den Sanicontainer verlassen und muss nicht zur Weiterbehandlung ins Krankenhaus. Glück im Unglück. Ich kann immer noch nicht fassen, dass es *im* Camp gebrannt hat. Alle kennen die Regeln, niemand ist so dumm, hier eine Zigarette fallen oder das Lagerfeuer unbeaufsichtigt zu lassen. Campregel Nummer fünf und sechs. Außerdem wissen wir, auf welche Gefahren zu achten ist. Ich verstehe es einfach nicht. Deshalb und weil ich ein ungutes Gefühl in der Magengegend habe, suche ich die Gegend rund um den Brandherd ab. Alle anderen sind schon mit den ersten Aufräumarbeiten beschäftigt, an denen ich mich auch beteiligen will, aber erst muss ich meinem Instinkt folgen. Auf dem Weg zu Erins Wohnwagen entdecke ich etwas. Eine dunkle Stelle im Erdboden. Es ist feucht. Geregnet hat es ewig nicht, und meistens wird dann alles nass. Ich hebe eine Handvoll auf, zerreibe die Erde zwischen den Fingern und rieche daran. Das ist doch Benzin! Wie kann das sein? Autos stehen nur am Rand des Camps, und es gibt sonst nichts, was mit dem Kraftstoff betrieben wird. Für ein Feuerzeug ist der Fleck zu groß, und ich bezweifle, dass irgendjemand ein Benzinfeuerzeug hier betreiben darf.

Während es gebrannt hat, gab es zwei Explosionen. Das könnten Kanister gewesen sein! Falls es Kanister waren, müssten Reste davon noch zu finden sein. Auch wenn ich bisher keine entdeckt habe, ich muss dringend mit Joe reden. Hier geht es nicht mit rechten Dingen zu.

Ich finde den Campleiter bei Erins Wohnwagen, der schon deutlich bessere Zeiten gesehen hat. Die Inneneinrichtung ist teilweise verschmort, es stinkt nach verbranntem Plastik, und alles ist verrußt.

»Joe? Ich muss dir was zeigen.« Ich dämpfe meine Stimme, damit möglichst niemand etwas mitbekommt.

»Kann das bis später warten? Hier ist gerade echt viel zu tun«, antwortet Joe, ohne mich anzusehen.

»Nein, kann es nicht.«

Er sieht auf. »Na gut, Davis. Aber beeil dich bitte.«

Ich führe ihn zu der Stelle mit dem feuchten Waldboden. »Hast du schon drüber nachgedacht, warum es gebrannt hat?«

»Weil sich einer von den Idioten nicht an die Regeln fünf und sechs gehalten hat.« Er verzieht sein Gesicht zu einer Grimasse.

»Was, wenn es Absicht war?« Ich deute auf den Fleck. »Riech mal dran.«

»Meine Güte, Davis. Mach es nicht so spannend. Was ist das?« Er ist maximal genervt.

»Benzin.«

Plötzlich verändern sich seine Gesichtszüge. »Bist du sicher?«

Er kniet sich nieder und schnuppert am Boden. »Hm. Also ich rieche nichts.«

»Was?« Weil ich es kaum glauben kann, hocke ich mich zu ihm, und tatsächlich. Der Geruch ist kaum noch vorhanden. Wie kann das sein? So schnell verfliegt das nicht. »Ich schwöre, es war Benzin.« Irgendwie sieht es aus, als wäre die Erde aufgelockert worden. Vielleicht wollte jemand seine Spuren verwischen.

Joe sieht mich schulterzuckend an. »Aber woher?«

»Keine Ahnung. Du hast doch auch die Explosionen gehört. Das kann doch nicht von den trockenen Büschen gekommen sein.«

»Ich weiß, das ist seltsam.« Joe reibt sich das Kinn.

»Es brennt viel häufiger als zu dieser Zeit üblich«, sage ich. »Ständig ist die Brandursache mutmaßlich fahrlässige Brandstiftung durch weggeworfene Zigaretten. Und jetzt brennt es auch noch direkt bei uns im Camp? Hier stimmt doch was nicht.«

»Mir gefällt der Gedanke ganz und gar nicht. Aber du hast recht. Wir finden schon noch heraus, was die Ursache war. Und jetzt zurück an die Arbeit.«

Eine Stunde später sind wir mit den groben Aufräumarbeiten fertig. Trotzdem ist klar, dass nicht alle im Camp bleiben können. Die Container und Wohnwagen, die gebrannt haben, sind nicht mehr bewohnbar, und die Vorschriften erlauben es nicht, Schlafplätze einfach zusammenzulegen. Joe ruft mit seinem Megafon alle zusammen und erklärt die Situation. Einige von uns bleiben hier, um weiter die Einsätze sicherzustellen und bei der Instandsetzung des Camps zu helfen, die anderen bekommen für ein paar Tage Freigang und werden nach Hause geschickt. Leider bin ich einer von den Glücklichen, auf die das Los gefallen ist. Ich weiß, ich sollte mich freuen, Dad und Caroline sehen zu dürfen, und das tue ich auch. Aber ich werde sicher auch Mike begegnen, der der Grund für all das hier ist. Ich weiß nicht, ob ich es schaffe, die Kontrolle zu behalten, wenn er mich provoziert. Schon einmal hab ich sie verloren und dabei auch meine Freiheit.

Kapitel 46

Erin

Die Sonne ist verschwunden, aber am Himmel verraten die Rottöne, dass es noch nicht lange her ist. Ich sitze in meinem Chevy und bin auf dem Weg zu Susan. Es wirkt alles so friedlich wie eine laue Sommernacht, dabei war ich vor ein paar Stunden noch in Lebensgefahr. Flashbacks aus meiner Kindheit drohen mich erneut zu überrennen, aber das kann ich nicht zulassen. Nicht während der Autofahrt. Ich atme tief durch, straffe die Schultern und konzentriere mich ganz auf die Strecke vor mir.

In ein paar hundert Metern Entfernung schlendert jemand die Straße entlang. Auch wenn ich die Kleidung zum ersten Mal an ihm sehe – den typischen Gang würde ich immer erkennen. Jesse hat einen Rucksack geschultert, trägt eine Jeans, die ihre besten Tage bereits hinter sich hat. Als ich mich mit meinem Wagen nähere, huscht mein Blick zu dem karierten Hemd, das über dem weißen Unterhemd nicht zugeknöpft ist, und bleibt an dem Cowboyhut hängen. Auch ohne dass er einen Strohhalm im Mundwinkel hat, fühle ich mich unweigerlich an eine Zigarettenwerbung erinnert. Oder an die uralte Jeanswerbung mit

›Brad Pitt. Jesse ist heiß. Sein Anblick lässt mein Herz wie wild schlagen.

Ich halte neben ihm, lasse das Fenster der Beifahrertür hinunter. Als sein Blick mich trifft, weiß ich, dass es verdammt schwer wird, Abstand zu halten. Wir beide außerhalb des Camps, ohne dass uns jemand entdecken kann.

»Soll ich dich mitnehmen?« Ich kann nicht verhindern, dass es in meiner Magengegend furchtbar kribbelt.

Er nimmt den Cowboyhut ab, streicht sich die Haare zurück und sieht sich um. Weil es schon spät ist, sind kaum Autos unterwegs.

»Wohin fährst du denn?« Er beugt sich vor, stützt sich mit einem Arm an der Karosserie ab und sieht mich an.

»Livermore«, antworte ich und verfluche mich innerlich, weil meine Gedanken wieder zu den Momenten abschweifen, wo wir uns nahe waren. Ich stehe noch unter Schock von dem Brand im Camp, und mein Hirn versucht mich zu schützen, indem es mir hilft, das, was passiert ist, zu verdrängen und mich mit schöneren Dingen zu beschäftigen. Wie zum Beispiel mit dem sexy Strafgefangenen vor mir.

»Oh. Da muss ich auch hin.« Jesse lächelt. »Macht es dir auch sicher nichts aus?«

»Nein«, lüge ich. »Steig ein. Wir hatten alle einen beschissenen Tag, da musst du nicht auch noch laufen.«

»Danke.« Jesse klopft aufs Dach meines Wagens, öffnet die Tür und lässt sich erschöpft in den Beifahrersitz fallen.

Kurz lächle ich ihm zu, dann setze ich den Blinker und fahre los. Ein paar Minuten herrscht Stille zwischen uns, als müssten wir uns an die neue Situation erst gewöhnen. Wir haben in den letzten Wochen sehr viel Zeit miteinander verbracht, unterschiedliche Situationen gemeinsam gemeistert, aber immer innerhalb der Yosemite-Bubble, noch nie außerhalb. Jesse hat Freigang. Er darf zu seiner Familie. Natürlich nur aufgrund der Ausnahmesituation, aber wir sitzen beinahe wie zwei normale Menschen nebeneinander, die nach einem Ausflug in den wunderschönen Yosemite-Park zurück nach Hause fahren. Dabei war es am Ende mehr ein Kampf gegen die Naturgewalten.

»Wie geht es dir?« Jesse mustert mich, die Augenbrauen hochgezogen.

»Es geht so. Ich glaube, ich stehe noch unter Schock.« Ich zucke mit den Schultern. »Bin nur froh, dass niemandem etwas passiert ist und sogar Goldy mit dem Leben davongekommen ist.«

»War ganz schön riskant von dir, wegen eines Hörnchens in einen brennenden Wohnwagen zu klettern«, erwidert er, und bevor ich mich rechtfertigen kann: »Aber ich bin froh, dass du es retten konntest.«

»Zum Glück konnte Peyton Schlimmeres verhindern.« Ich werfe Jesse einen Blick zu. Sein Gesichtsausdruck wird starr, irgendwie kalt.

»Genau. Sie war vor allen anderen an Ort und Stelle.«

»Was meinst du damit?«, hake ich nach, denn auch seine Stimme klingt komisch. Zwischen den beiden ist mehr vorgefallen, als ich weiß, da bin ich mir sicher. Nur während Peyton keinen Hehl daraus macht, dass sie Jesse nicht leiden kann, hält er sich immer zurück. Bis auf das eine Mal in der Hütte, als wir uns geküsst haben und er behauptet hat, Peyton hätte etwas von ihm gewollt.

»Ach, nichts.« Er seufzt. »War ein krasser Tag heute.«

Auch jetzt bleibt es bei einer subtilen Anmerkung, er scheint ein ziemlich loyaler Mensch zu sein. Oder er ist einfach nur vorsichtig.

»Allerdings.« Ich konzentriere mich wieder auf die Straße. Wir fahren durch ein Waldstück, die Sonne verschwindet für einen Moment über den Bäumen, und der Schatten hat direkt Auswirkungen auf die Temperatur im Auto. »Bleibst du jetzt ein paar Tage bei deiner Familie, oder wo willst du hin?«

»Zu meinem Dad und zu Caroline. Sie wissen noch gar nicht, dass ich komme.«

»Und sie wohnen in Livermore?«, hake ich nach.

»Ja. Kennst du den Trailerpark am Rand von Springtown, dem Stadtteil von Livermore? Ist nur ein paar Straßen weiter.« Er sieht mich an.

Und ob ich den Trailerpark kenne. Da habe ich die ersten sechs Jahre meines Lebens verbracht. »Ah, okay. Ich muss in die Dolores Street, ist auch dort in der Gegend.«

Den Rest der Fahrt verbringen wir schweigend, jeder scheint seinen eigenen Gedanken nachzuhängen. Ich muss immer häufiger tief durchatmen, je näher ich meinem Zuhause komme. Susan wird nicht glauben können, was ich getan habe. Ich kann es ja selbst kaum glauben. Trotz meines Kindheitstraumas bin ich in die qualmende Hölle gekrochen, um Goldy zu retten.

»Da hinten wohne ich. Also mein Dad«, sagt Jesse und reißt mich aus meinen Gedanken.

Er zeigt auf ein schlichtes kleines Haus, von dem die Farbe an der Fassade bereits abbröckelt. Aber ansonsten wirkt es sauber, und auch die wenigen Pflanzen im Vorgarten machen einen gepflegten Eindruck.

»Danke fürs Mitnehmen, Erin.« Jesses Stimme ist warm und sanft und löst sofort wieder dieses Kribbeln in meinem Innern aus. Wie kann es sein, dass er damit sogar meine negativen Gedanken übertönt?

»Natürlich.« Ich beobachte, wie er sich seinen Rucksack schnappt, die Tür öffnet, und ich folge einem Impuls. »Hast du dein Handy zurückbekommen für den Freigang?«

Er dreht sich zu mir und nickt. »Wieso?«

»Vielleicht sollten wir Nummern tauschen, ich kann dich wieder mit zurücknehmen.« Ganz uneigennützig ist mein Vorschlag nicht. Irgendwie kann ich mir nicht vorstellen, wieder zu Hause bei Susan zu sein, ohne in irgendeiner Weise den Kontakt zu Jesse zu halten.

»Okay. Das wäre cool.« Jesse tippt meine Nummer in sein Handy, schickt mir anschließend ein »Hey« als Nachricht, sodass ich seine Nummer ebenfalls habe. Danach verabschiedet er sich mit einem Lächeln und wünscht mir eine entspannte Zeit zu Hause.

Einen Moment lang schaue ich ihm nach, wie er zum Haus geht, die Tür sich öffnet und sein Dad ihn mit großen Augen ansieht, bevor er ihn in eine innige Umarmung zieht. Ich muss schlucken, weil sein Dad ihn, trotz dem, was er getan hat, liebt. Das ist nicht zu übersehen. Für meinen Erzeuger war ich immer nur lästig, ein Klotz am Bein.

Entschlossen wende ich meinen Blick ab und fahre die wenigen Minuten zu unserer Frauen-WG. Während ich meinen klapprigen Chevy in der Straße parke, überlege ich fieberhaft, was ich Susan sagen soll und ob es überhaupt einen Weg gibt, ihr das, was passiert ist, schonend beizubringen.

»Erin, Schatz, was tust du hier?«, begrüßt mich Susan einige Minuten später im Wohnungsflur.

»Ich …« Plötzlich kann ich nicht mehr sprechen. Ein Schluchzen kommt aus meinem Mund, und Susan ist sofort bei mir, schließt mich in die Arme. Meine Selbstkontrolle bricht, und mit ihr lasse ich die Angst, den Schmerz und den Erinnerungen der letzten Stunden freien Lauf.

»Süße, ist ja gut, ich bin da«, murmelt Susan in mein Ohr, während sie mir meinen Kopf streichelt und mich leicht hin- und herwiegt.

Ich fühle mich zurückversetzt in mein sechstes Lebensjahr. Mom und ich haben nur knapp den Brand in unserem Trailer überlebt, den sie in ihrem Drogenrausch selbst verursacht hatte. Zum Glück haben Nachbarn das Feuer entdeckt, und die Firefighters kamen gerade noch rechtzeitig, um die beiden bewusstlosen Körper zu bergen. Beide mit Rauchvergiftung und einigen Brandwunden, die für immer Narben hinterlassen haben, auch auf meiner Seele.

»Sagst du mir, was passiert ist?« Susan schiebt mich ein Stück von sich, um mich anzusehen, nachdem ich mich ein wenig beruhigt habe. Sie streicht mir über meine feuchten Wangen und zieht mich mit in unsere Küche, wo sie mich sanft auf einen Stuhl drückt. Dann holt sie Kleenex und ein großes Glas Wasser, von dem ich direkt einen Schluck nehme, der unheimlich guttut.

Während ich mir das Gesicht trockne und die Nase putze, macht Susan uns einen starken Kaffee. Wenig später sitzen wir vor den dampfenden Tassen, aus denen der Zimtgeruch aufsteigt, und meine Tante sieht mich erwartungsvoll an.

Ich erzähle ihr von dem Feuer, das direkt im Camp ausgebrochen ist und sich in Sekundenschnelle ausgebreitet hat. Susan schlägt sich die Hand vor den Mund, aber unterbricht mich nicht, sodass ich einfach weiterrede. Von der Panik, der Hilflosigkeit und den Flashbacks, die mich überrollt haben. Ich konnte nicht mehr klar denken. Trotzdem habe ich genauso reagiert wie meine Mom damals: Ich bin in den brennenden Wohnwagen gekrabbelt, um Goldy rauszuholen, der sich unter dem Bett verkrochen hatte.

»O mein Gott«, ruft Susan erschrocken, und ihr entgleiten die Gesichtszüge. »Das glaube ich jetzt nicht. Erin!«

Ich wusste, sie würde es nicht fassen können. Und möglicherweise auch wütend auf mich sein, dass ich mein Leben aufs Spiel gesetzt habe, um ein Tier zu retten. »Tut mir leid.«

»Es tut dir leid?« Ihre Stimme hat einen schrillen Klang angenommen. »Hast du denn überhaupt nicht darüber nachgedacht, was hätte passieren können? Wenn du nicht mehr herausgekommen wärst?«

»Ich ... nein.« Langsam schüttle ich den Kopf, versuche mir, meine Reaktion zu erklären, denn ich habe schließlich wahnsinnige Angst vor Feuer. »Irgendwie hat sich ein Schalter umgelegt. Ich bin in den Wohnwagen, weil es das einzig Richtige war.«

Susan gibt einen erstickten Laut von sich, bevor sie mich erneut in eine Umarmung zieht. »Ich weiß nicht, was ich getan hätte, wenn ...«

»Es ist alles gut. Ich wollte dir keinen Kummer machen.« Das schlechte Gewissen nagt an mir, dennoch weiß ich in der Tiefe meines Herzens, dass es wichtig für mich war. Der Weg, von der Angst loszukommen, führt nur direkt durch sie hindurch.

Kapitel 47

Jesse

»Lass mich das machen, Partner.« Dad steht neben mir am Herd und nimmt mir in Zeitlupe den Pfannenwender aus der Hand. »Du bist doch gerade erst angekommen.«

Seufzend überlasse ich ihm meinen Platz und setze mich in den alten Sessel, der in der Ecke der Küche steht. Eigentlich sieht man gar nicht, wie abgewetzt das Ding ist, weil eine Patchworkdecke ihn komplett verdeckt. Erstaunlicherweise ist er immer noch gemütlich. Während mein Vater das Rührei zubereitet, sehe ich mich weiter aufmerksam um. Es ist nicht mehr so sauber, seit ich meine Strafe absitze, aber alles in allem scheint er zurechtzukommen. Mein Blick fällt auf den kleinen Schreibtisch neben der Veranda, auf dem sich ein Stapel Briefe auftürmt. Mit Schwung stehe ich auf und gehe hinüber. »Was ist mit der Post? Soll ich mich darum kümmern?«

Fast zehn Sekunden vergehen, in denen mein Vater den Kopf dreht, die Lippen formt, aber keine Worte rauskommen. Vor meinem inneren Auge sehe ich Mom, wie sie die Geduld verliert, sich die Frage selbst beantwortet und einfach handelt. Aber ich bin nicht wie Mom. Ich warte ab, bis Dad antwortet.

»Würdest du denn ein Nein akzeptieren?« Er zwinkert mir zu.

»Nein«, antworte ich und lache. Seinen Humor hat er trotz allem nicht verloren, und dafür bewundere ich ihn.

Nachdem wir gemeinsam gegessen haben, öffne ich die Briefe und erledige ausstehende Zahlungen online, weil Dad diese Dinge schwererfallen als mir. Danach sitzen wir beide mit einer Flasche Bud Light im Wohnzimmer vor dem Fernseher und schauen *Jeopardy*. Dad liebt die Sendung. Irgendwann weit nach Mitternacht gehe ich in mein Zimmer und lege mich schlafen.

Am nächsten Morgen fühle ich mich wie von einem Bus überfahren. Durch die Lösch- und Aufräumarbeiten habe ich Muskelkater, und das ungewohnt weiche Bett hat mir den Rest gegeben. Ich sitze mit einem großen Becher Kaffee am Küchentisch und warte darauf, dass das Koffein mein Gehirn erreicht.

Durch das offene Fenster höre ich, wie ein Wagen vorfährt und kurz darauf ein Schlüssel im Türschloss gedreht wird. Caroline! Ich springe auf und eile in den Flur, wo meine Schwester in der Bewegung erstarrt.

»Du? Warum bist du hier?«, stammelt sie.

Ich ziehe sie in eine stürmische Umarmung und wirble sie herum. Beim Besuchstag blieb es mir ja versagt, mich wenigstens vernünftig zu verabschieden. »Hallo, Schwesterherz.«

Als ich sie loslasse, bemerke ich den getriebenen Gesichtsausdruck und dass sie immer wieder hinter sich zur Tür blickt. Und da steht er. Groß, muskulös, die Arme vor der Brust verschränkt und ein süffisantes Lächeln auf den Lippen. Mike.

»Ah, der verlorene Sohn ist zurück.« Besitzergreifend legt er einen Arm um Caroline, drückt sie an sich und geht anschließend ins Haus, als wäre es das Selbstverständlichste der Welt.

»Ist das dein Ernst?«, fahre ich Caroline an. »Du bringst ihn mit hierher? Nach allem, was passiert ist?«

Adrenalin rauscht durch meine Adern, ich will dem Typ hinterher und ihn aus der Wohnung zerren. Er soll wegbleiben von meiner Familie, verdammt!

»Aber ich liebe ihn, Jesse«, flüstert meine Schwester.

»Du bist abhängig von ihm. Das hat mit Liebe nichts zu tun«, presse ich hervor und folge ihm ins Wohnzimmer, wo er es sich bereits in einem Sessel bequem gemacht hat und sich von meinem Vater einen Becher mit Kaffee bringen lässt.

»Dad!«

Es dauert eine Ewigkeit, bis Dad reagiert und bedauernd mit den Schultern zuckt. Mein Inneres fühlt sich an wie Lava, ich balle die Hände zu Fäusten und habe nur einen Gedanken: Der Typ muss weg, ein für alle Mal. Ich kann nicht zulassen, dass er meine Schwester zerstört und sich dann seelenruhig in meine Familie hineindrängt. Skrupellos. Ohne Gewissen.

Mike dreht sich zu mir um. Seine Lippen zeigen ein Lächeln, aber in seinen Augen ist nur Kälte. Ich denke an den Moment, wo ich das Knacken seines Kiefers unter meiner Faust gespürt habe, und das Bedürfnis, es zu wiederholen, wird übermächtig. Dieses unechte Lächeln soll ihm vergehen, ich will sehen, wie er das Gesicht vor Schmerz verzieht.

»Komm schon, Kleiner. Kann es kaum erwarten, dich für immer loszuwerden.« Mike nimmt einen Schluck aus seinem Kaffeebecher.

»Schatz, bitte …«, stammelt Caroline, die neben mir auftaucht.

Sein Blick verdunkelt sich, als er meine Schwester ansieht. »Halt dich raus, mein Engel. Okay?«

Caroline schluckt und blickt zu Boden.

»Mike«, setzt Dad an. Aber er braucht zu lange, um die passenden Worte zu finden, und der Typ hat null Interesse, ihm zuzuhören. Es kostet mich alle Kraft, die ich habe, um tief ein- und auszuatmen. Neunundneunzig, achtundneunzig, siebenundneunzig. Es hilft nicht, der Drang, meiner Wut nachzugeben, schwindet nicht. Ich muss hier raus. Nicht, um Mike in Sicherheit zu bringen, sondern vor allem mich selbst.

Kapitel 48

Erin

To-do-Liste Samstag 10.06.

Ausschlafen NEU ✓

8:30 Morgenroutine

9:30 Frühstück

10:00 Mails checken, Recherchearbeit? NEU

18:00 Abendessen mit Susan NEU

19:00 Bullet-Journal aktualisieren NEU

Ich werde vom Summen meines Handys wach. Träge öffne ich die Augen und brauche einen Moment, um mich zu orientieren. Über mir sehe ich die vergilbten Sterne an der Decke, das Bett unter mir ist so viel bequemer als die schmale Pritsche, auf der ich die letzten Nächte verbracht habe. Susan hat mich nach unserem Gespräch dazu überredet, mich ein bisschen auszuruhen und morgens mal nicht so früh aufzustehen, sondern auszuschlafen. Eigentlich wollte ich meine Routine beibehalten, aber weil bis auf meinen Laptop, mein Journal und mein Handy alles im Camp zurückgeblieben ist, habe ich mich entschieden, auf meine Tante zu hören.

Ich stelle den Wecker aus und mache mich an meine Morgenroutine. Hier in meiner gewohnten Umgebung kommt mir das Feuer im Camp geradezu surreal vor.

Nach dem Frühstück checke ich meine Mails. Dr. Allen hat mir geantwortet. Mit zitternden Fingern klicke ich auf den Betreff, und die Nachricht öffnet sich auf dem Bildschirm. Hastig überfliege ich die Worte und atme erleichtert aus. Mein Eingreifen war eine Win-win-Situation: Das Kalb hat überlebt und meine Dissertation auch. Ich soll mich weiter mit der Thematik beschäftigen, weil diese für das neu angegliederte Wildlife-Rescue-Center von großem Interesse ist. Außerdem wünscht sich mein Doktorvater, dass ich ihm das Video von der Zusammenführung von Earbite und Chaos schicke. Ich suche die entsprechende Datei heraus und will sie ihm zusammen mit meiner Antwort schicken. Aber der Empfang lässt mal wieder zu wünschen übrig, und ein paarmal hängt sich mein Mailprogramm auf. Als ich beim vierten Versuch keine Rückmeldung erhalte, ob die Mail rausgegangen ist, schaue ich in den Ordner Postausgang. Dort finde ich zwei Nachrichten. Eine ist die an Dr. Allen, die andere an Anwalt R. Chapman. Ich habe keine Ahnung, wer das ist, und klicke nach kurzem Zögern auf die Mail.

Hey Chaps,
check mal den Kerl und die Alte auf dem Foto für mich. Die haben irgendwas Krummes am Laufen. Vielleicht kannst du für mich wieder eine Strafmilderung raushauen, wenn wir denen was nachweisen können. Schreib mir einfach an meine Mail-

adresse, ich krieg die Nachricht schon irgendwie. Kennst
mich ja.

Bis dann, Nolan

Nolan. Er war das! Er hat mein Handy gestohlen, um diese Nachricht zu verschicken. Mein Mailprogramm befindet sich nämlich auch auf meinem Handy. Aber wie ist das möglich? Joe hatte doch alles kontrolliert?

Moment … Im Postausgang befinden sich nur *nicht* gesendete Mails. Vielleicht hat Nolan wie ich gerade mehrere Versuche gebraucht und am Ende nur die gesendete Mail gelöscht. Und Joe hat lediglich den Ordner mit den gesendeten Mails gecheckt, weil eine nicht versendete Nachricht kein Problem darstellt. Mein Blick fällt auf die Büroklammer. Mit einem ungute Gefühl klicke ich drauf und warte gespannt, bis sich die Datei öffnet.

Was ich dann sehe, presst mir die Luft aus der Lunge. Das kann nicht wahr sein! Auf dem Bild sind Peyton und Maddox zu sehen, und zwar klar und deutlich. Es gibt keinen Zweifel. Sie halten beide etwas in der Hand, ein kleines Päckchen. Wer es wem überreicht, kann ich nicht zuordnen. O mein Gott. Mein Puls beschleunigt sich, und eine Gänsehaut überzieht meine Arme. Was mach ich jetzt? Soll ich Joe informieren? Mit Peyton reden, weil sie meine Freundin ist? Oder mit Jesse? Ich atme tief durch, versuche, mich zu beruhigen. Am besten speichere ich die Mail, bevor sie aus Versehen verschickt wird und irgendwie im Nirwana verschwindet.

Die Melodie meines Handys zieht meine Aufmerksamkeit auf sich. Ich entsperre das Display und sehe Jesses Nummer. Er hat mir eine Nachricht geschickt. Neugierig tippe ich aufs Nachrichtenfeld.

Was machst du gerade?

Ich hab eine interessante Mail gelesen.
Und du?

Ehrlich gesagt, muss ich hier weg und hab keine
Ahnung wohin.

Wo bist du? Ich hol dich ab, muss mit dir
über die Mail reden.

Ich wundere mich über mich selbst, aber bevor ich weiter drüber nachdenken kann, hab ich die Nachricht bereits abgeschickt.

In der Nähe vom Limousinen-Service, Scenic
Avenue.

Okay. Bin unterwegs.

Danke, Erin …

Seine letzte Nachricht löst ein warmes Gefühl in meiner Magengegend aus. Es ist verrückt, aber ich freue mich darauf, ihn zu sehen – obwohl es noch gar nicht lange her ist, dass ich auf seine tägliche Begleitung zu den Maultierhirschen gut hätte verzichten können.

Ich ziehe mir eine Jeans und ein eng sitzendes Top an und werfe meinen beigefarbenen Lieblingscardigan über. Im Bad frische ich mein Make-up auf, bevor ich in die Küche husche und zwei Flaschen Cola, und eine Packung Kekse in meinen Rucksack stecke.

Susan ist zur Frühschicht und kommt nicht vor fünfzehn Uhr zurück, dennoch hinterlasse ich ihr sicherheitshalber einen Zettel, damit sie sich keine Sorgen macht, sollte ich bis dahin noch nicht zu Hause sein.

Jesse steht an einen Zaun gelehnt und schiebt mit einer Fußspitze einen Stein vor sich hin und her. Ich lasse den Wagen ausrollen und halte direkt neben ihm. Seine Miene wirkt düster, der Kiefer ist angespannt. Aber als er hochblickt und mich erkennt, erhellt sich sein Gesicht.

»Danke, dass du gekommen bist.« Er steigt ein und schenkt mir ein zurückhaltendes Lächeln, das gar nicht zu ihm passt. Was geschieht da gerade mit uns beiden?

»Klar«, krächze ich. Mein Mund ist plötzlich ganz trocken. Ich räuspere mich. »Wo willst du denn hin?«

»Kennst du die Redrock Ranch? In der Nähe ist ein abgelegenes Waldstück mit einem Hügel. Von da aus hat man einen schönen Ausblick.« Er sieht mich an. »Nur, wenn du Lust hast.«

Ich nicke, weil ich nicht noch ein Krächzen von mir geben will, und lenke den Wagen zurück auf die Hauptstraße. Aber ich muss ihm unbedingt von der Mail erzählen.

»Ist Nolan derjenige, der uns zusammen gesehen hat?«, frage ich.

Jesse sieht mich verdutzt an. »Woher weißt du das?«

»Warum hat er dich nicht verpfiffen?«

»Er meint, ich müsse bald etwas für ihn tun.«

»Okay.« Ich konzentriere mich auf die Straße, die eine enge Schleife beschreibt, und biege auf einen Schotterweg ab. Staub wirbelt auf und verteilt sich überall, sodass der Weg im Rückspiegel in einer Wolke verschwindet. Zu beiden Seiten stehen die kleinen Mandelbäume der Redrock Ranch, deren Früchte bald geerntet werden.

»Willst du mich auf die Folter spannen? Sag mir endlich, was los ist«, fordert Jesse mich auf.

»Ich zeige es dir, wenn wir da sind.«

»Okay. Wenn du da vorne links fährst, kommen wir zum Wald.« Jesse beugt sich vor und deutet auf einen Punkt, den ich nicht erkennen kann.

Ich schalte einen Gang runter. »Hier?«

»Genau. In zwei Minuten sind wir da.«

Vor uns liegt ein kleiner bewaldeter Hügel, mitten am Ende eines Mandelbaumfeldes. Ich kenne die Ranch, seit ich bei meiner Tante lebe, aber diesen Platz hier hab ich noch nie gesehen. Ich lasse meinen Chevy ausrollen und mache den Motor aus.

»Also, was für eine Mail hast du bekommen?«, fragt Jesse ohne Umschweife.

Ich tippe auf meinem Handy die Nachricht an und reiche es ihm. »Sieh selbst.«

Während Jesse die Nachricht liest, verändert sich sein Gesichtsausdruck. »Nolan, dieser Mistkerl.«

»Klick das Foto an«, sage ich.

Im Bruchteil einer Sekunde weiten sich Jesses Augen. »Verdammt!« Er lehnt den Kopf gegen die Nackenstütze. »An dem Abend, als wir uns im Camp geküsst haben, bin ich Maddox und Peyton über den Weg gelaufen.«

»Ich hab die beiden auch schon zusammen beobachtet.«

»Haben sie sich da auch geküsst?«, fragt Jesse.

»Was?«, rufe ich erstaunt. »Nein. Die beiden haben sich echt geküsst?«

Jesse nickt. »Aber es sah irgendwie falsch aus. Ich glaube, es war ein Ablenkungsmanöver von Peyton. Anschließend hat sie mir gedroht.«

»Was soll das Ganze?« Ich kapiere nicht, was Peyton für ein Spiel spielt.

»Keine Ahnung. Ich weiß nur, dass ich ihr nicht über den Weg traue. Sie manipuliert die Menschen um sich herum zu ihrem Zweck.«

»Und was machen wir jetzt?«, will ich wissen.

»Das weiß ich auch nicht. Aber Nolan kann mir nichts mehr anhaben.« Er grinst. »Ich will rausfinden, was dahintersteckt.«

»Du meinst, wir sollten Joe nichts davon erzählen?« Ich fixiere einen zu klein geratenen Mandelbaum am Rand des Feldes.

»Doch, schon. Aber wenn da irgendwas Großes läuft, werden sie es nicht durchziehen, weil sie vorher auffliegen, verstehst du?«

Ich nicke. Mir ist nicht wohl bei der Sache, aber vorerst sind wir sowieso zu weit weg vom Camp, um auf irgendwas Einfluss nehmen zu können.

»Woher weißt du von dem Platz?«, lenke ich das Gespräch auf ein anderes Thema.

Jesse steigt aus, und ich folge ihm. Die Luft ist angenehm, es ist warm, aber nicht stickig. Schäfchenwolken bedecken große Teile des Himmels und schützen vor der sonst unbarmherzigen Sonne Kaliforniens.

»Ich hab schon als Jugendlicher bei der Freiwilligen Feuerwehr gearbeitet, und auf der Ranch hat es mal gebrannt.« Jesse zuckt mit den Schultern. »Der Besitzer hat uns wegen unserer Hilfe die Erlaubnis gegeben, uns hier aufzuhalten, wenn wir wollen. Früher war ich manchmal mit meiner Schwester hier.«

Ich nehme meinen Rucksack aus dem Auto und werfe Jesse die Decke zu, die immer auf dem Rücksitz liegt.

Gemeinsam folgen wir einem ansteigenden Trampelpfad, der durch Bäume und Büsche führt und so eng ist, dass wir hintereinandergehen müssen. Mein Blick fällt unweigerlich auf Jesses Hintern, der sich genau auf meiner Augenhöhe befindet. Ich versuche, nicht hinzusehen, kann aber nicht anders. Sofort muss ich daran denken, wie er nur Boxershorts trägt, und ich schlucke trocken. Es ist mir ein Rätsel, warum Jesse solche Gedanken und Fantasien bei mir auslöst. Bisher hatte körperliche Anziehung in meinem Leben nicht so einen Stellenwert und war eher nebensächlich. Mit Dylan war es schön und vertraut, dennoch konnte ich immer gut drauf verzichten. Allein Jesse zu küssen, war intensiver als alles, was ich vorher erlebt habe.

Wir kommen oben auf einer wunderschönen Lichtung an, die den Blick über die Mandelbaumfelder bis zur weit entfernten Ranch freigibt.

»Wow«, entfährt es mir, und ich lasse meinen Rucksack sinken.

»Ja. Ich könnte hier stundenlang sitzen und einfach nur den Wolken beim Vorbeiziehen zuschauen.« Jesse breitet die Wolldecke aus, setzt sich und klopft neben sich.

Ein Kribbeln entsteht in meiner Magengegend und verteilt sich im gesamten Körper, steigt wie die Blasen einer Badekugel an die Oberfläche. Ich nehme Platz, und eine Weile beobachten wir den Horizont, die sich verändernden Wolkenformationen und das Wiegen der Blätter der Bäume in der sanften Brise.

Schließlich packe ich den Proviant aus und halte ihm eine Flasche Cola hin, die er dankbar annimmt. Es zischt, als er sie öffnet und mir zurückgibt.

»Danke.« Ich reiche ihm die zweite Flasche.

»Auf die Freiheit«, sagt Jesse, sieht mir zwei Herzschläge lang in die Augen und stößt seine Cola gegen meine.

»Ja.« Während er einen Schluck nimmt, betrachte ich ihn verstohlen von der Seite. »Nur noch zwei Monate, richtig?«

»Noch achtundfünfzig Tage, um genau zu sein.« Er grinst, aber seine Augen bleiben ernst. »Falls ich es nicht versaue, natürlich. Zum Glück ist Nolan jetzt kein Problem mehr, dank deiner Mail.«

»Ja.«

Er nimmt noch einen Schluck aus der Flasche, bevor er mich ansieht. Lange ansieht. Ihm liegt etwas auf der Seele, das ist mehr als deutlich.

»Sag mir, was dich beschäftigt. Vielleicht kann ich dir nicht helfen, aber ich kann dir zuhören.« Sanft lege ich meine Hand auf seinen Unterarm. Er seufzt, weicht meinem Blick aus und fixiert einen Punkt in der Ferne.

Eine ganze Weile schweigen wir, betrachten still nebeneinandersitzend die Natur, und ich rechne schon gar nicht mehr damit, als er sich schließlich räuspert.

»Mike, dieses Arschloch«, zischt er, und sein Tonfall ist ganz anders als sonst. Dunkel und bedrohlich. Eine Gänsehaut bildet sich auf meinen Armen, aber ich zwinge mich, ruhig zu bleiben. Jesse hat mir noch nie einen Grund gegeben, ihm zu misstrauen. Nur meine Gedanken.

»Ich konnte nicht länger dort bleiben, sonst hätte ich ihn umgebracht.« Jesse schlägt mit der Faust auf den Boden. Meine Hände werden feucht, und mein Puls schießt in die Höhe. Ich kann es nicht verhindern, ich habe Angst, und mein Gedankenkarussell galoppiert davon. Unauffällig atme ich ein und rutsche ein Stück von Jesse fort, der es sofort bemerkt und mich ansieht. Einen Augenblick sieht er verletzt aus, dann legt er seine warme Hand auf meine Schulter.

»Alles gut, Bambi. Du brauchst keine Angst zu haben, ich würde dir nie etwas tun.« Er schüttelt den Kopf, als würde er sich über sich selbst ärgern. »Ich bin einfach so wütend, weil er …«

Jesse seufzt und vergräbt den Kopf in seinen Händen, bevor er sich die Haare zurückstreicht und flucht. »Er verdient Caroline nicht.«

Ich entspanne mich ein wenig. Wie oft habe ich meinem Erzeuger den Tod an den Hals gewünscht, ohne es ernsthaft umsetzen zu wollen, geschweige es so zu meinen. Obwohl die Welt ohne ihn bestimmt ein besserer Ort wäre.

»Ja«, stimme ich ihm zu. Ich sehe den blauen Schatten unter ihrem Auge am Besuchstag noch vor mir. »Und sie ist immer noch mit ihm zusammen?«

»Sie sagt, sie liebt ihn.« Ruckartig stößt er Luft aus.

»Kommt mir bekannt vor«, sage ich leise.

»Ich dachte, Dylan wäre harmlos?« Seine Stimme klingt noch energischer.

»Das ist auch so«, beschwichtige ich ihn. »Aber meine Mom ... sie hat meinen Erzeuger auch geliebt, obwohl er ihr Leben ruiniert hat. Und meins.« Es fühlt sich seltsam an, diese Wahrheiten auszusprechen. Nicht, weil ich sie verdrängt habe, sondern weil ich nie offen darüber rede. Nur Dylan und Susan kennen meine Geschichte.

Jesse sieht mich voller Mitgefühl an. »Hat er euch geschlagen?«

»Mich nicht«, antworte ich und wende den Blick ab. »Aber er hätte es lieber tun sollen, als Mom auf Drogen zu setzen und für ihn arbeiten zu lassen.« Ein schmerzhafter Kloß bildet sich in meinem Hals, und ich nestle an meinem Schutzengel.

»Shit«, entfährt es ihm. »Aber glaub mir, deine Mom wäre mit deiner Alternative auf keinen Fall einverstanden gewesen.«

Ich will etwas erwidern, aber ich kann nicht. Tränen bilden sich in meinen Augen, und egal, wie oft ich schlucke, der Schmerz wird nicht weniger.

Jesse zieht mich an sich, einen Arm um meine Schulter geschlungen. Er sagt nichts, hält mich einfach nur fest, und endlich brechen die Dämme. Mit jedem Schluchzer wird der Druck auf meiner Brust weniger, ich weine, bis ich leer bin, und ohne mir Gedanken zu machen, wie es auf Jesse wirken muss. Aus irgendeinem Grund weiß ich, dass er meinen Schmerz versteht und meinen Gefühlsausbruch als das erkennt, was er ist. Ein Vertrauensbeweis.

Kapitel 49

Erin

Nachdem meine Tränen versiegt sind, löse ich mich aus der Umarmung, und Jesse sieht mich an. »Es tut mir so leid, was du mitmachen musstest.«

Ich nicke. »Du hast es offenbar auch nicht gut getroffen.«

»Meine Familie ist okay. Mom ist zwar abgehauen, als ich sechzehn war, aber mein Dad macht das alles wieder wett.«

»Ja, ich hab gesehen, wie er dich begrüßt hat«, sage ich und lächle. »Er liebt dich, das hab ich sogar auf die Entfernung gespürt.«

Ein trauriges Lächeln umspielt seine Lippen. »Dabei hab ich ihm so viel Kummer gemacht.« Er rupft einen vertrockneten Grashalm ab und zerlegt ihn in Einzelteile.

Ich widerspreche ihm nicht, hake nicht nach. Jesse soll seine Geschichte erzählen, wenn er bereit dafür ist. Tief in meinem Herzen weiß ich, dass er ein guter Mensch ist. Egal, was er auch getan hat, er hatte seine Gründe dafür.

»Irgendwann konnte ich es nicht mehr ertragen, was Mike meiner Schwester antut. Immer wieder hatte sie Prellungen, blaue Flecken überall und musste ins Krankenhaus. Natürlich hatte sie alle möglichen Ausreden parat: Treppe heruntergefallen, vom Fahrrad gestürzt, gegen eine Tür gelaufen. Was auch immer.« Er atmet tief aus und nimmt einen Schluck von seiner Cola. »Auf Mike ließ sie nichts kommen. Aber das ist keine Liebe. Das ist so was wie selbstzerstörerisches Verhalten.«

»Sie hat das Gefühl, es nicht wert zu sein«, flüstere ich, weil ich es zu gut kenne und weiß, wie es ist.

Er nickt. »Mike macht sich einen Spaß daraus, mich zu provozieren. Er hat vor mir schlecht über sie geredet, abfällige Bemerkungen gemacht und war grob zu ihr.«

Ich schüttle stöhnend den Kopf. Die Vorstellung ist schwer zu ertragen.

»Einmal hat er mir seine Waffe in die Hand gedrückt und gemeint, ich solle ihn doch einfach abknallen. Dann wäre das Problem gelöst und Caroline frei.« Jesse rauft sich die Haare. »Glaub mir, ich wollte es tun. Ihr zuliebe. Aber ich konnte nicht. Ich habe in die Luft geschossen. Und er hat gelacht.«

»So ein Arschloch«, rutscht es mir heraus.

»Du sagst es.«

»Warum hat dein Dad nichts unternommen?«, will ich wissen.

»Er hat einen leichten Gehirnschaden. Nichts Dramatisches, eine Folge von einem Schlaganfall. Aber er braucht viel länger, um zu reagieren. Wenn ihm eine passende Antwort über die Lippen kommt, ist sein Gegenüber schon auf dem Weg nach Hause. Kaum jemand nimmt ihn ernst. Und Mike erst recht nicht.« Er wirft die Reste des Grashalms davon und pflückt einen neuen.

»Das ist furchtbar.« Ich berühre Jesse an der Schulter.

»Mike wurde immer dreister, als er merkte, dass wir nichts unternehmen. Eines Tages hat er mit Caroline an seinem Auto gestanden, und die beiden haben sich gestritten. Er hat sie geschlagen, und zwar so heftig, dass sie gegen sie Seitentür prallte. Da sind bei mir die Sicherungen durchgebrannt. Ich bin auf ihn los und …« Er schluckt hart und betrachtet seine Hände von beiden Seiten, als könnte er nicht glauben, was er damit getan hat. »… da war so viel Blut.« Er sieht mir direkt in die Augen. »Beinahe hätte ich ihn totgeschlagen.«

Manchmal weiß das Herz so viel mehr als der Verstand. Im Grunde genommen habe ich Jesse am allerersten Tag im Camp schon für einen guten Menschen gehalten. Bis ich erfuhr, dass er einer der Strafgefangenen ist. Immer wieder hat mich mein Verstand gewarnt, während alles, was Jesse mir entgegenbrachte, Fürsorge und Menschlichkeit war. Wieso fiel es mir so schwer, das zu sehen? Und warum sehe ich es jetzt so deutlich, während wir uns gegenseitig an unseren schlimmsten Momenten im Leben teilhaben lassen und uns den Horizont auf einem Hügel mit Blick über eine Mandelfarm ansehen?

Hand in Hand und ohne ein Wort darüber zu verlieren, was diese Geste zu bedeuten hat, gehen wir den Trampelpfad zurück zu meinem Wagen. Der Himmel ist in ein kräftiges Blau getaucht, und es ist mild, aber nicht mehr warm. Als wir meinen Chevy erreichen und ich gerade die Tür öffnen will, blockiert Jesse mich. Er steht ganz nah hinter mir.

»Erin«, raunt er, und sein warmer Atem streift mein Ohr. Meine Sinne sind sofort sensibilisiert, mein Herz pocht in meiner Brust.

»Was?« Langsam drehe ich mich zu ihm um. Das war ein Fehler. In seinen strahlend blauen Augen lodert ein dunkles Feuer der Leidenschaft, und das trifft mich tief in meiner Seele.

»Ich will dich.«

Ich schnappe nach Luft. Die Worte brennen sich mit einer Wucht in mein Nervensystem, und ich kann nicht mehr klar denken. Mein Verstand hat sich verabschiedet. Stattdessen fokussiert sich meine Wahrnehmung nur noch auf Empfindungen. Den Geruch von Jesse nach Holz und die Wärme, die von seinem Körper ausgeht, der sich gegen meinen presst. Aber er sieht mich nur an, wartet auf eine Antwort oder meine Erlaubnis.

»Ja«, hauche ich, greife in seinen Nacken und ziehe ihn zu mir herunter. Er legt seine Stirn an meine, sein Mund ist nur noch wenige Zentimeter von meinem entfernt.

»Bist du dir sicher?« Seine Stimme klingt dunkel und rau und geht mir unter die Haut.

Ich beiße mir auf die Unterlippe und nicke.

»Mein Gott, Erin.« Jesse atmet schwer aus. Dann nimmt er mein Gesicht in seine Hände, hebt meinen Kopf ein Stück an, und endlich berühren seine Lippen meine. Ich kann ein Stöhnen nicht unterdrücken, als seine Zunge in mich vordringt und meine Sicherungen zum Schmelzen bringt. Mich hält nichts mehr, ich erwidere seinen Kuss mit einer Leidenschaft, die ich noch nie empfunden habe. Da ist ein Feuer zwischen uns, das mich von innen verbrennt, und ich kann, will mich nicht wehren. Jesse drängt sich dicht gegen mich, der Türgriff des Wagens bohrt sich in meinen Rücken. Ich keuche auf, als ich seine Erregung an meiner Mitte spüre.

»Ich will dich so sehr.« Seine Lippen suchen sich einen Weg über mein Kinn zu meinem Hals, und ein Schauer rast über meinen Rücken. Mein Körper drängt sich ihm entgegen, als wenn das seine einzige Bestimmung sei. Jesse hebt mich hoch, und ich schlinge die Beine um ihn. Da sind keine Zweifel mehr in mir, keine Wenn, keine Aber, ich will nur noch fühlen, was mein Herz schon die ganze Zeit wollte, aber mein Verstand nicht zugelassen hat. Jetzt, endlich, kann ich ihm mit allem, was ich bin, vertrauen.

Kapitel 50

Jesse

»Oh … Jesse …«, stöhnt Erin.

Ich bin absolut verloren. Das hier ist kein harmloses Spotfire, sondern ein Flächenbrand, der komplett außer Kontrolle geraten ist. Wie das passieren konnte? Ich weiß es nicht. Entgegen aller guten Vorsätze hat sich Bambi in mein Herz geschlichen. Schon mit dem ersten Kuss hat sie mich angefixt. Am liebsten möchte ich nie wieder aufhören, sie zu küssen. Erin ist wie eine Droge für mich – noch nie hat es sich so angefühlt, einer Frau nah zu sein. Intensiv, echt, rau. Ich habe keine Ahnung, warum das so ist.

Atemlos halten wir uns fest, eng umschlungen, mein Gesicht in ihrem Haar, das wunderbar duftet, ein bisschen nach Kokos und Vanille. Als sie sich bewegt, streiche ich ihr das Haar zurück und betrachte ihr Gesicht. Ein verschmitztes Funkeln in den Augen, der Mund vom Küssen leicht geschwollen und halb geöffnet … Diese Frau macht mich wahnsinnig. Ich lege meine Hände an ihre Wangen und berühre ihre Lippen mit meinen. Ein letztes Mal, bevor wir zu unseren Familien aufbrechen.

Zum Glück sind Caroline und Mike nicht mehr da, als ich gegen Nachmittag die Tür zu unserem Haus aufschließe. Im Wohnzimmer brennt Licht. Dad sitzt in seinem Lieblingssessel und liest laut einen Artikel aus der Fernsehzeitung vor, in dem es um Hämorrhoiden geht.

»Ernsthaft? Warum gerade dieser Text?« Ich bleibe im Türrahmen stehen und verschränke die Arme vor der Brust.

Dad wirkt einen Moment irritiert, dann lächelt er. Trotzdem braucht er noch vier Sekunden, um mir zu antworten. »Damit ich dir in Zukunft einen Rat geben kann.«

Ich lache. Seinen Humor hat er nicht verloren, nur die Zündung ist nicht mehr so schnell. Auch wenn es wirklich besser geworden ist, seit er viel Zeit in seine Übungen investiert. Briefe schreiben, vorlesen, telefonieren. Letzteres macht er nicht gern, weil ihn die Pausen und das angestrengte Warten in der Leitung stressen. Dass Caroline Mike mit hierherschleppt und Dad so einer Situation wie heute aussetzt, geht mir tierisch gegen den Strich. Sie weiß genau, dass Mike auf Dad keine Rücksicht nimmt und ihn unterbuttert. Nur weil sie sich das von ihm gefallen lässt, kann sie es nicht von Dad erwarten.

»Wo hast du dich herumgetrieben, Partner?«, fragt Dad und faltet die Zeitung zusammen.

»Weit genug weg von Mike.« Ich rolle mit den Augen.

»Hast du gut gemacht.« Er nickt, den Blick auf den Boden gerichtet. Wenn es nach ihm ginge, dürfte Caroline sich nicht mehr mit Mike treffen, und der Kerl hätte Hausverbot. Aber dann würde sie sich noch mehr zurückziehen, und wir würden den Kontakt ganz verlieren. So sind Dad und ich gezwungen, hilflos zuzusehen – gegen häusliche Gewalt kann nur das Opfer etwas unternehmen. Und da Caroline Mike leidenschaftlich in Schutz nimmt und sich selbst die Schuld gibt für alles, was er tut, sind uns die Hände gebunden.

Aber im Gegensatz zu Dad konnte ich meine Hände nicht still halten. Ganz und gar nicht. Ich krümme meine Finger zur Faust. Dieser Moment, an dem sich die jahrelange Hilflosigkeit in grenzenlose Wut verwandelt und Mike als Ziel gefunden hat – ich weiß, es war nicht richtig, aber es hat sich so verdammt gut angefühlt, ihn dafür büßen zu lassen, was er unserer Familie angetan hat. Und immer noch tut, weil meine Schwester es zulässt.

Ich lasse mich auf das durchgesessene Sofa plumpsen. »Was ist, wenn ich entlassen werde? Ich kann nicht ständig abhauen, nur weil Caroline nicht wahrhaben will, dass ihr Kerl ein Arschloch ist.«

Es vergehen ein paar Sekunden. »Ich weiß.« Dad seufzt. »Sie ist blind vor Liebe.«

»Das ist keine Liebe. Das ist krank.« Ich kann nicht verhindern, dass ich laut werde. Lauter, als Dad ertragen kann. Er zuckt zusammen. »Sorry, ich …«

»Alles gut, Partner.« Er legt mir eine Hand auf die Schulter. »Wir finden eine Lösung. Aber du darfst nicht mehr ausrasten. Ich will dich nicht auch noch verlieren.«

Die Trauer in seinen Augen brennt wie ein heißer Granatsplitter in meiner Brust. »Wirst du nicht«, presse ich hervor. »Versprochen.«

Obwohl ich ein bequemes Bett habe, mich keine Campgeräusche stören, kein schnarchender Garcia mich nervt und ich das erste Mal seit Monaten ausschlafen könnte, liege ich wach und starre an die Decke meines Zimmers.

Die Zeit mit Erin war das Schönste, was ich seit Langem erlebt habe, und die letzten Stunden mit ihr … Ich glaube, ich bin einer Frau noch nie so nah gewesen. Körperlich natürlich schon, aber das zwischen uns ist so viel mehr. Und gerade das macht mir zu schaffen. Wenn ich sie in mein Leben lasse, wird sie womöglich Mike begegnen. Er ist die Art Mann, vor dem Erin zu Recht Angst hat. Seit er mit Caroline zusammen ist, will er mich loswerden, und weil mir die Nerven durchgegangen sind, hat er es beinahe geschafft. Er wird Erins Angst wittern – wie ein Haifisch das Blut im Wasser – und sie nutzen, um alles zu bekommen, was er will. Schlimm genug, dass er Macht über meine Schwester hat und ich sie nicht aus seinen Fängen befreien kann. Erin wird er nicht bekommen, das schwöre ich. Niemals werde ich sie mit zu mir nach Hause nehmen.

Am nächsten Morgen wache ich gerädert und genauso früh auf wie im Camp. Aber das Joggen spare ich mir. Ich stehe auf, um Kaffee zu machen, und während er durchläuft, hole ich die Zeitung rein. Auf dem Rückweg begegne ich Dad, der in einen alten gestreiften Bademantel gehüllt ist.

»Morgen«, murmelt Dad. »Du bist früh.«

»Hm. Konnte nicht pennen.« Ich werfe die Zeitung auf den kleinen Küchentisch, krame zwei Tassen aus dem Schrank und fülle sie mit Kaffee. Für Dad kommt ein Würfel Zucker und ein Schuss Milch dazu, ich trinke ihn lieber schwarz.

Dad nimmt den Becher entgegen und setzt sich an den Tisch. »Danke.«

Ich geselle mich zu ihm, schlage die Zeitung auf und will gerade einen Schluck trinken, als es mir den Atem verschlägt. »What the f…?« Sekundenlang starre ich auf die Schlagzeile und das Foto darunter. Das kann doch nicht wahr sein.

»Was ist los?«, fragt Dad irritiert.

»Der Brand im Camp ist in der Zeitung.« Ich schüttle den Kopf. Peyton ist auf dem Bild zu sehen. Sie strahlt in die Kamera und wirkt, als hätte sie einen verdammten Heiligenschein über sich schweben. Darüber die Schlagzeile: *Feuerwehrfrau rettet Zivilistin aus brennendem Wohnwagen.*

»Aber das ist doch nicht ungewöhnlich, oder?« Dad mustert mich über den Rand seiner Kaffeetasse und nimmt einen weiteren Schluck.

»Was?« Natürlich ist es nicht ungewöhnlich, wenn eine Feuerwehrfrau jemanden rettet, ist schließlich ihr Job. Aber wie kann es sein, dass aus dem Camp berichtet wird und Peyton im Mittelpunkt steht?

»Alles okay, Partner?«

Erst jetzt merke ich, dass Dad mir überhaupt nicht folgen kann. »Ja, schon gut.« Ich atme tief ein und aus, trinke meinen Kaffee, aber lasse die Zeitung nicht aus den Augen. »Es ist nur eigenartig, dass die Feuerwehrfrau auf dem Titelblatt ist.«

»Warum?«, will Dad wissen.

»Sie ist nicht echt, ich spüre das schon lange. Keine Ahnung, wie ich es anders beschreiben soll.« Von den konkreten Hinweisen, die Erin mir gezeigt hat, sage ich lieber nichts. Ich will Dad nicht beunruhigen.

Dad braucht wie immer einen Moment, um darüber nachzudenken und die richtigen Worte zu finden. Aber wir haben alle Zeit der Welt. »Du traust ihr nicht.«

»Genau. In der einen Minute ist sie nett und zuvorkommend, und in der nächsten hat sie Haare auf den Zähnen.«

Ein Grinsen breitet sich auf Dads Gesicht aus, und ich kann mir denken, was jetzt kommt. »Wie deine Mutter.«

»Zum Glück sind nicht alle Frauen so, Dad«, sage ich bestimmt. Auch wenn ich weiß, dass es schwierig ist, ihn davon zu überzeugen. Mom hat ihn zu sehr enttäuscht. Als er sie am meisten gebraucht hätte, ist sie gegangen.

Er nickt widerwillig und leert seine Tasse.

Nach dem viel zu frühen Morgenkaffee helfe ich Dad im Haus, auch wenn er mich anfangs davon abhalten will, weil er zu stolz ist. Er kann schließlich noch alles, es dauert eben nur länger. Aber ich muss sowieso etwas tun, denn meine Gedanken wandern immer wieder zu Bambi. Wie sie sich angefühlt hat, wie sie geschmeckt und wie sie meinen Namen gestöhnt hat. Fuck. Wenn ich mich nicht ablenke, bekomme ich ein Problem.

Gegen Mittag machen wir eine Pause auf der Veranda. Schweigend lassen wir uns von der Sonne wärmen und betrachten die karge Landschaft hinter dem Haus. Diese Jahreszeit ist Gift für die Natur, immer wieder kommt es zu Bränden, die sich rasch ausbreiten und eine Spur der Verwüstung hinter sich lassen. Aber der Brand im Camp – das hatte nichts mit der Jahreszeit zu tun, da bin ich mir sicher. Die Stelle mit dem Benzingeruch und die beiden Explosionen sprechen eine andere Sprache. Ich hoffe, dass Joe inzwischen weitergekommen ist.

Ein Motorengeräusch reißt mich aus meinen Gedanken. Dad wirft mir einen vielsagenden Blick zu. Ich hatte es befürchtet. Mike würde die Möglichkeit, mich weiter zu provozieren, nicht einfach verstreichen lassen. Das ist seine Chance, mich für eine lange Zeit loszuwerden. Aber da wird nichts draus. Ich stehe auf, nicke Dad zu und mach mich vom Acker.

Kapitel 51

Erin

To-do-Liste Sonntag 11. 06.

5:00   Daily Walk ✔

5:30   Morgenroutine

6:30   Frühstück

7:30   Arbeit an der Dissertation NEU

18:00   Abendessen mit Susan NEU

19:00   Bullet-Journal aktualisieren NEU

»Du bist unverbesserlich.« Susan schüttelt grinsend den Kopf, als ich von meinem Morning Walk zurückkomme. »Ich dachte, es würde dir nach dem Stress guttun, mal auszuschlafen und es langsam angehen zu lassen.«

»Im Camp war ich gezwungen zu joggen.« Ich zucke mit den Schultern. »Im Gegensatz dazu fand ich den Walk geradezu entspannend.« Und ich musste die ganze Zeit an Jesse denken. Aber das verrate ich Susan lieber nicht. Ich glaube, sie würde durchdrehen. Da sind zu viele Parallelen zu meinem Erzeuger. Dabei hat mein Bauchgefühl bei Jesse bei der ersten Begegnung gut funktioniert. Ich habe ihn für einen Betreuer und nicht für einen Strafgefangenen gehalten, und er hat mich aus der unangenehmen Situation mit Maddox befreit, auch wenn es nicht nötig gewesen wäre. Während der gesamten Zeit bei Crane Fire hat er mir nie einen Anlass gegeben, daran zu zweifeln, dass er es gut meint.

»Na dann«, sagt Susan. »Ich muss gleich zum Frühdienst.« Sie kommt zu mir, nimmt meine Hand und mustert mich ernst. »Wie geht es dir nach dem, was gestern passiert ist?«

Der brennende Trailer. Dunkler, beißender Rauch und laute Rufe. Goldy, der in meinen Wohnwagen hüpft. Lodernde Flammen überall. Ich schlucke. »Ich kann nicht glauben, dass ich da einfach rein bin.« Meine Stimme ist leise und klingt, als wäre ich plötzlich wieder sechs Jahre alt.

»Das fällt mir auch schwer.« Sie zieht mich in eine feste Umarmung. »Ich bin so froh, dass dir nichts passiert ist. Das hätte ich mir nie verzeihen können.«

»Du bist doch nicht verantwortlich für das, was ich tue«, widerspreche ich ihr. »Auch wenn ich es nicht begreifen kann, aber ich habe das Richtige getan.« Das ist genau das, was ich empfinde. Vielleicht hat es das Schicksal so gewollt und mich dieser Situation ausgesetzt, damit ich endlich damit abschließe. Es muss einmal heftig wehtun, damit es heilen kann.

»Ja, ich weiß.«

Sie küsst mich auf die Stirn, und ihre Lippen hinterlassen ein warmes Gefühl auf meiner Haut.

»Kann ich dich allein lassen, kommst du zurecht?« Susan schiebt mich ein Stück von sich, um mich aufmerksam zu betrachten. »Emma kann für mich einspringen, dann bleibe ich hier.«

»Nein, schon gut. Ich komme klar.« Ich nicke. »Danke.«

»Immer, mein Schatz.« Ein Lächeln huscht über ihr Gesicht, aber es hat etwas Melancholisches. Als würde sie begreifen, dass ich mich weiterentwickle und weniger auf sie angewiesen bin. »Bis später.«

»Ich melde mich, wenn was ist«, schiebe ich hinterher.

»Gut.«

Nachdem Susan gegangen ist, mache ich es mir mit meinem geliebten Kaffee am Schreibtisch gemütlich. Der hat mir im Camp wirklich gefehlt, auch wenn ich mich inzwischen einigermaßen an die Alternative gewöhnt hatte.

»Hallo, Vera.« Zärtlich berühre ich die Blätter meiner Aloe-Pflanze. Sie hat mir ebenfalls gefehlt, auch wenn sie nur eine Pflanze ist. Susan hat sie in meiner Abwesenheit gut gepflegt, sie leuchtet in einem beeindruckenden Grün.

Da für heute keine festen Termine anstehen, mache ich mich nach meinem üblichen Programm an die Doktorarbeit. Ich sortiere die Unterlagen, notiere Gedanken und Ideen, skizziere eine Gliederung der Punkte, die ich bearbeiten will. Irgendwann knurrt mein Magen und treibt mich in die Küche, wo ich mir ein Sandwich mit Avocado, Käse und Gurke zubereite. Während ich esse, checke ich mein Handy. Peyton hat mir geschrieben.

> Hey, hast du schon die Zeitung gelesen? :-O
> Ich hoffe, dass es dir trotz allem gut geht. Melde dich
> doch mal. Die Aufbauarbeiten am Camp sind fast fertig,
> vielleicht kannst du morgen schon wieder arbeiten.
> Liebe Grüße, Peyton <3

Nicht nur die Anspielung löst ein unheilvolles Gefühl in meinem Bauch aus, sondern auch der Gedanke an das Foto von ihr und Maddox. Bevor ich antworte, laufe ich in die Küche, um nach der Zeitung zu sehen. Aber dort ist sie nicht. Schließlich finde ich sie im Flur auf dem kleinen Tischchen, das als Ablage für Schlüssel, Einkaufszettel und Zeitschriften dient. Offenbar hat Susan sie ebenfalls noch nicht gelesen. Ich falte sie auf, und mein verbranntes Zuhause bei Crane Fire springt mir ins Auge. Daneben ein Foto von Peyton mit blonder Mähne in ihrer Uniform und der Überschrift: *Feuerwehrfrau rettet Zivilistin aus brennendem Wohnwagen.* Für einen Moment lang bin ich wieder der Teenager, der vor sich den Inhalt eines Schuhkartons ausgebreitet hat, den ich unter Susans Bett gefunden habe. Ein Stoffhund, der nach Rauch riecht, Geburtstagskarten, vergilbte Fotos und der Schlüssel unseres Trailers mit dem Herzanhänger liegen um mich herum verteilt. Ich starre auf den Zeitungsartikel, in dem Mom als die Rabenmutter des Jahres betitelt wird, weil ihre kleine Tochter beinahe verbrannt wäre. Übelkeit steigt in mir auf wie eine Welle, und sie droht zu brechen. Ich hole tief Luft und schließe die Augen, atme aus, bevor ich erneut auf die Zeitung blicke. Das ist Peyton, nicht Mom. Und der verkohlte Wohnwagen aus dem Camp und nicht der Trailer aus meiner Kindheit.

Trotzdem klopft mein Herz laut in meiner Brust, während ich den Artikel lese. Immer wieder schieben sich die Zeilen des damaligen Textes vor mein inneres Auge. Aber diesmal sehe ich etwas vollkommen anderes. Dort steht kein einziges Wort über meinen Erzeuger, der meine Mutter auf Drogen gesetzt hat, um sie gefügig zu machen und alles von ihr zu bekommen, was er wollte. Kein Wort darüber, dass sie nicht mehr bei klarem Verstand war, als sie mit mir Marshmallows über dem Feuer rösten wollte. Obwohl sie vollkommen benebelt war, ist sie in den Trailer gekrochen, um mich zu retten. Mom war keine Rabenmutter. Sie war das Opfer eines üblen Mannes, und die Medien haben aus ihr eine Täterin gemacht. Genau wie Caroline konnte sie sich nicht von ihm lösen. Tränen steigen mir in die Augen. Moms Brief. Sie hatte recht. Das Beste, was sie damals für mich tun konnte, war, mich in Sicherheit zu bringen. Zu ihrer Schwester Susan. Mom hat mich davor bewahrt, hilflos zusehen zu müssen, wie sie sich misshandeln lässt. Das, was Jesse die ganze Zeit ertragen musste. Ich verstehe seine Wut, denn sie wohnt auch in mir. Aber ich habe sie auf die falsche Person gerichtet. Ich schließe die Lider, lege den Kopf in den Nacken und richte den Blick schließlich erneut auf die Zeitung. Peyton als Heldin. Wenn sie nicht gewesen wäre … Ich werfe die Zeitung zurück auf die Ablage, gehe in mein Zimmer und bin froh, dass ich mich mit meiner Arbeit ablenken kann. Gerade will ich mich wieder an den Schreibtisch setzen, da ertönt unter meinem geöffneten Fenster eine vertraute Stimme. Der Songtext jagt mir augenblicklich ein wunderbares Prickeln durch den Körper.

You're just a bambi out on your own
You need protection when you're all alone
And this feeling only grows
when I'm next to you

My heart is tongue-tied love
With the fire inside us
Flame to ash
Back to an ember
What is going on?

Ich lehne mich über die Fensterbank und schau hinunter. Jesse. Er hat den Kopf zur Seite geneigt und lächelt, als er mich entdeckt.

»Du hättest auch klingeln können«, rufe ich.

»Das kann ja jeder.« Er zuckt mit den Schultern. »Außerdem wusste ich nur die Straße.«

Ich erkläre ihm, wie er zum Haupteingang kommt, und laufe ihm entgegen – nicht ohne vorher einen hastigen Blick in den Spiegel zu werfen.

Ich öffne die Tür zu unserer Wohnung. Für einige Sekunden vergesse ich zu atmen, weil mich die Tiefe in Jesses ozeanblauen Augen versinken lässt.

»Hey, Bambi«, sagt er mit rauer Stimme.

»Was machst du hier?« Ich merke selbst, wie komisch das klingt, und schüttle den Kopf. »Also …«

»Mike ist wieder bei uns aufgetaucht. Und ich dachte …«

»Komm rein.« Ich weiche zur Seite, und im nächsten Moment steht er im Flur. Die Tür fällt hinter ihm dumpf ins Schloss, und wir stehen so dicht voreinander, dass ich seinen Atem auf meinem Gesicht spüre. Bilder von letzter Nacht fluten mein Gehirn und lösen das unbändige Verlangen in mir aus, ihm wieder nah zu sein. Stattdessen betrachte ich ausgiebig meine Füße in den grauen Kuschelsocken, bis seine Hände meine berühren.

»Bist du okay?«

Ich richte meinen Blick wieder auf ihn. Er lächelt warm und vertraut, streicht zärtlich eine verirrte Haarsträhne aus meinem Gesicht. Mehr als zu nicken, schaffe ich nicht. Seine Hand findet ihren Platz an meiner Wange, und ich kann nicht anders. Ein Seufzen entfährt mir, und ich fixiere seinen Mund.

»Fuck.« Mit Daumen und Zeigefinger umschließt er mein Kinn, beugt sich wie in Zeitlupe näher über mich. Seine Lippen sind nur noch wenige Zentimeter von meinen entfernt. Hitze steigt in mir auf, brennt sich durch meine Adern und versetzt mich in eine prickelnde Erwartungshaltung.

»Tu es«, flüstere ich.

Ein dunkles Verlangen leuchtet in seinen Augen auf, und für einen quälenden Atemzug lässt er mich zappeln. Dann endlich berührt sein Mund meinen mit so einer Leidenschaft, dass es mir fast den Boden unter den Füßen wegreißt. Jesse presst mich gegen die Wand, sein Körper dicht an meinem, seine Zunge in meinem Mund. Er hebt mich hoch, und ich schlinge stöhnend meine Beine um seine Mitte. Neben uns fällt etwas krachend zu Boden.

»Shit.« Jesse löst sich von mir. Das Tischchen ist umgestürzt. Er nimmt es hoch, untersucht, ob es Schaden genommen hat. »Sorry.« Dann stellt er es zurück an seinen Platz.

»Schon gut«, sage ich, aber er reagiert nicht. Stattdessen starrt er auf die Zeitung und das Bild von Peyton, das uns vom Boden des Flurs entgegenspringt. »Was ist?«

»Peyton ist …« Jesse schnappt sich den Artikel und hält ihn mir vor die Nase. »Ich weiß, du magst sie. Aber …« Er holt tief Luft. »Findest du nicht, dass sie ein bisschen zu glücklich aussieht?«

Nachdenklich betrachte ich das Foto. Ihre Uniform, die offene blonde Mähne, die leuchtenden Augen und das strahlende Lächeln. »Sie hat einen guten Job gemacht. Da kann sie doch auch stolz drauf sein, oder?«

»Klar.« Er seufzt und lehnt sich rückwärts an die Wand, an der wir eben noch heftig geknutscht haben. »Trotzdem. Denkst du, dass du so aussehen würdest, wenn du gerade deine Freundin aus einem brennenden Wohnwagen gezogen hättest?«

»Wahrscheinlich nicht. Allerdings bin ich auch keine professionelle Feuerwehrfrau.« Ich zucke mit den Schultern.

»Professionell.« Er spuckt das Wort aus, als würde es bitter schmecken. »Das ist vor allem ihre Selbstdarstellung.«

Ich weiß nicht, was ich davon halten soll. Peyton ist hübsch und zeigt das gern. Außerdem kann sie sich gut behaupten und legt ein unglaubliches Selbstwertgefühl an den Tag. Nur ein einziges Mal habe ich sie verunsichert und beinahe kindlich erlebt – als ihr Vater nicht wie versprochen aufgetaucht ist.

»Kann schon sein, dass sie gern im Mittelpunkt steht. Trotzdem bin ich froh, dass sie mich da rausgeholt hat.« Ich grinse.

»Ja, ich auch.« Jesse legt den Kopf in den Nacken und starrt an die Decke. »Aber was, wenn sie diejenige ist, die dich überhaupt erst in Gefahr gebracht hat?«

Einen Moment lang habe ich das Gefühl, als hätte ich eine Treppenstufe verpasst und würde fallen. Das ist total absurd. »Goldy ist in den Wohnwagen gehüpft. Nur deshalb bin ich da rein.«

»Ja, damit hatte sie nichts zu tun«, entgegnet Jesse und mustert mich nachdenklich. »Davon mal abgesehen – hat es so viele Feuer gegeben in der letzten Zeit. Immer in unmittelbarer Umgebung, nicht weit weg vom Camp. Und bei dem Brand gestern … habe ich eine Benzinspur entdeckt. Nicht weit von deinem Wohnwagen.«

Übelkeit breitet sich in meinem Magen aus. »Das kann nicht sein. Hast du Joe davon erzählt?«

»Ja. Als ich ihm die Stelle zeigen wollte, war da nichts mehr.« Jesse wirft den Artikel auf die Ablage und schüttelt den Kopf. »So wie jedes Mal, wenn ich denke, ich kann etwas beweisen.«

»Was meinst du mit *beweisen*?« Meine Stimme nimmt einen schrillen Tonfall an. Ich kann einfach nicht fassen, was er da von sich gibt. »Du denkst ernsthaft, jemand hat das Feuer im Camp absichtlich gelegt? Und warum sollte das ausgerechnet Peyton sein?«

»Ich hatte von Anfang an ein schlechtes Gefühl bei ihr. Wie bei einem Instrument, was nur einen kleinen Hauch verstimmt ist. Falsch. Es klingt falsch.«

Kopfschüttelnd greife ich nach der Zeitung, in der Hoffnung, dort irgendwas zu sehen, was diese Situation verändert. Aber da ist nur das strahlende Lächeln der Frau, der ich von Anfang an vertraut habe. Die ich statt Jesse in der Wildnis gern an meiner Seite gehabt hätte. Und doch – mir fallen einige Momente ein, wo ich mir nicht sicher war und ich meine wahren Gefühle und Gedanken vor ihr verborgen habe. Und diese neu entdeckten Heimlichkeiten mit Maddox beunruhigen mich.

»Erin. Vielleicht täusche ich mich auch.« Jesse berührt mich an der Schulter. »Ich wollte dich nicht erschrecken, glaub mir. Aber dieser Zeitungsartikel geht mir nicht mehr aus dem Kopf.«

»Ja«, murmle ich. »Wäre bestimmt nicht ungewöhnlich, wenn unter den Insassen jemand Feuer für seine Zwecke nutzt.«

Es vergehen ein paar Sekunden, in denen wir schweigen und unseren Gedanken nachhängen. Jedenfalls scheint es mir so.

»Ich bin froh, dass dir nichts passiert ist.« Jesse nimmt meine Hand und zieht mich an sich. »Du warst verdammt mutig, in den Wohnwagen reinzulaufen.«

»Verrückt trifft es eher. Aber ich konnte Goldy nicht den Flammen überlassen.« Ich lehne meine Stirn gegen Jesses Brust, atme den warmen Duft seines Körpers ein und seufze.

»Wenn das keine Schocktherapie war, dann weiß ich auch nicht.« Er lacht. »Stell dir vor, ich hätte dir beim ersten Treffen gesagt, du würdest bald in einen brennenden Wohnwagen laufen. Du hättest mir einen Vogel gezeigt.«

Ich stimme in sein Gelächter ein. »Einen Diademhäher, um genau zu sein.«

Kapitel 52

Jesse

Der Besuch bei Erin hat mir zwei Dinge klargemacht: Ich bin hoffnungslos in sie verliebt. Und – ich will genauso mutig sein wie sie. Aus diesem Grund und weil ihre Tante jeden Moment von der Frühschicht zurück sein würde, hab ich mich auf den Heimweg gemacht. Mike hat es nicht verdient, Macht über mich und meine Familie zu haben. Ich werde mich nicht mehr von ihm provozieren lassen.

Einen Teil der Strecke bin ich getrampt – ein durchgeknallter Typ mit raspelkurzen Haaren und runden Brillengläsern, die aussahen wie Bierflaschenböden, hat mich bis zur großen Kreuzung in Springtown mitgenommen. Nur noch wenige Minuten zu Fuß, bis ich unser kleines Haus erreiche. Von Weitem sehe ich schon die Karre von Mike. Ein fetter Ford F-250 King in Knallrot. Keine Ahnung, wie er an das Teil gekommen ist. Ganz astrein war die Sache sicher nicht. Dieser Prolet. Ich bleibe kurz stehen, konzentriere mich auf meinen Atem. Wie soll ich gleich ruhig bleiben, wenn ich mich jetzt schon über den Kerl aufrege, nur weil ich sein Auto sehe?

Wenig später betrete ich den Flur und lasse die Tür ins Schloss fallen. Es vergehen einige Sekunden, in denen absolute Stille herrscht.

»Jesse?« Die Stimme meiner Schwester klingt ängstlich und unterwürfig. Ich hasse es, was Mikes Nähe mit ihr macht. Früher war sie immer frech und selbstbewusst, hat sich von niemandem etwas sagen lassen. Warum sich das so verändert hat, werde ich wohl nie kapieren.

»Wer sonst.« Ich straffe die Schultern und gehe ins Wohnzimmer, wo Mike breitbeinig auf dem Sofa sitzt. Einen Arm hat er um Caroline gelegt und dreht sich eine ihrer Haarsträhnen lässig um den Zeigefinger.

»Reizend, dass du uns mit deiner Anwesenheit beglückst.« Er grinst süffisant. »Du hast den perfekten Zeitpunkt abgepasst. Ich wollte deinen Vater gerade etwas Wichtiges fragen.«

»Hallo, Partner.« Dad sitzt in dem Sessel mit der Patchworkdecke und sieht alles andere als glücklich aus. Ich nicke ihm zu und sehe fragend zu Caroline. Ein angespanntes Lächeln huscht über ihr Gesicht, und ein kalter Schauder erfasst mich. Das kann nichts Gutes bedeuten.

»Na dann.« Ich lächle in die Runde, und es kostet mich alle Kraft, die ich habe. »Möchte noch jemand ein Bier?«

»Logo«, sagt Mike. Die anderen schütteln betreten den Kopf.

Ich gehe in die Küche, ziehe zwei Flaschen Bud Light aus dem Kühlschrank, schließe die Tür und lehne meine Stirn dagegen. Ruhig bleiben, Jesse. Du musst dich zusammenreißen. Ich erinnere mich an die Atemübung, die ich mit Erin in der Hütte gemacht habe. Ein paar Minuten nehme ich mir Zeit, sie durchzuziehen, dann ruft Mike schon aus dem Wohnzimmer, ob ich zu dumm bin, den Weg zurückzufinden. Es hat keinen Sinn, mich vor der Konfrontation zu drücken. Ich bin hier, Mike provoziert mich, aber das Wichtigste ist, dass ich ruhig bleibe, um ihm zu zeigen, dass er mir nichts anhaben kann. Betont lässig schlendere ich zurück ins Wohnzimmer.

»Ein Kerl wie du hat ja wohl keine Angst zu verdursten, oder?« Ich halte ihm das geöffnete Bier hin. Caroline sieht mich erschrocken an und nimmt es entgegen. Dann reicht sie es Mike.

»Im Gegensatz zu dir habe ich vor nichts Angst. Nicht wahr, mein Engelchen?« Er klopft meiner Schwester klatschend auf den Oberschenkel und nimmt einen tiefen Schluck aus seiner Flasche. Ein Tropfen rinnt über die Stoppeln seines schwarzen Dreitagebarts, und mit dem Handrücken wischt er ihn fort. Klirrend stellt er die Flasche auf den Tisch und sieht mich provozierend an. Ich sage nichts, setze mich ihm gegenüber neben meinen Vater und trinke ebenfalls mein Bier.

»Raymond Davis«, sagt Mike in einem übertrieben feierlichen Tonfall. »Ich bitte hiermit offiziell um die Hand deiner Tochter Caroline.«

Das kann nicht sein fucking Ernst sein!

Mein Vater hebt in Zeitlupe seinen Kopf und sieht Mike an. Lange. Die beiden fechten ein Duell aus, nur mit Blicken. Meine Schwester hingegen pult an ihren Fingernägeln und bemüht sich, alles auszublenden. Und ich – ich versuche zu atmen und meinen Verstand beisammenzuhalten. Nein, ich werde nicht ausflippen, Mike nicht anfassen, ihn nicht aus dem Haus jagen. Das führt nur dazu, dass Caroline von Mike fertiggemacht wird, nicht mehr hierherkommt und ich eine noch längere Strafe absitzen muss. Es wird schlimmer, auch wenn sich eine kurze Befriedigung einstellen würde.

»Nein.« Dads Stimme ist laut und fest.

»Nein?« Mike klingt wie ein Papagei. Schrill, blechern. Caroline gibt ein Geräusch von sich, das sich anhört, als hätte sich ein kleiner Vogel an einem zu großen Kern verschluckt.

»Nein«, antwortet Dad mit Nachdruck. Durch seine verlangsamte Art und die Schwäche, die vom Schlaganfall zurückgeblieben sind, hat er dem Kerl nichts entgegenzusetzen. Genau deswegen bewundere ich ihn. Im Gegensatz zu Mom steht er für seine Kinder ein, egal, was das für ihn bedeuten könnte.

Die Hölle ist zugefroren. Zumindest fühlt es sich so an. Niemand sagt etwas, nur das Knistern der Kohlensäure, die aus den Bierflaschen entweicht, ist zu hören.

Plötzlich lacht Mike schallend los, als hätte jemand einen irrsinnig komischen Witz erzählt. Er klopft auf den Tisch, zeigt auf meinen Vater und kriegt sich nicht mehr ein. Caroline starrt ihn erst mit offenem Mund an, lacht dann unsicher mit, bis Mike kopfschüttelnd sein Bier in einem Zug leert und laut rülpst.

»Pass mal auf, alter Mann«, sagt Mike. »Denkst du wirklich, ich würde dich fragen, ob ich deine Tochter heiraten darf? Ich hab mir schon immer genommen, was ich will. Und das werde ich auch diesmal tun. Außerdem will sie es ja. Nicht wahr, Mäuschen?« Er greift Caroline unter das Kinn und zieht sie zu einem langen und intensiven Kuss an sich. Einmal mehr will es nicht in meinen Schädel, warum sie sich das gefallen lässt. Sie küsst ihn sogar zurück. Und als er sich von ihr löst, lächelt sie, als hätte er ihr gerade die schönste Liebeserklärung aller Zeiten gemacht.

Dad und ich sehen uns an. In seinem Blick spiegelt sich genau das wider, was ich denke. Mike muss weg.

Kapitel 53

Erin

Nachdem Jesse unerwartet aufgetaucht ist, hab ich etwas getan, was ich sonst nie freiwillig mache – meinen Plan umgeschmissen. Aber das, was er über den Brand im Camp und Peytons fröhliches Gesicht gesagt hat, lässt mich nicht mehr los. Kurzerhand habe ich alle Unterlagen zur Doktorarbeit zur Seite geräumt und mich an meinen Laptop gesetzt. Ich kenne Peytons Nachnamen nicht, deshalb suche ich bei Google nach ihrem Vornamen und gebe zusätzlich Feuerwehrfrau ein. Es ploppen jede Menge Ergebnisse auf, viel mehr, als ich erwartet hätte. Mit zunehmend ungutem Gefühl lese ich die Beiträge. Meistens handelt es sich um Onlineartikel, aber es gibt auch einige Fotos von lokalen Zeitungsberichten. Ganz oft wird Peyton darin als Heldin gefeiert. Die gut aussehende, toughe Feuerwehrfrau, die mit ihrem beherzten Eingreifen Schlimmeres verhindern konnte. Aber was genau sagt das aus? Feuerwehrleute sind immer Helden, oder?

»Ich bin zu Hause«, ruft Susan in die Wohnung. Schon halb zwei. Ich schüttle den Kopf über die Recherche zu Peyton, die mich nicht wirklich weitergebracht hat, und klappe den Laptop zu.

Susan klopft an die Innenseite des Türrahmens und lächelt. »Noch fleißig?«

»Wollte gerade eine Pause machen. Willst du einen Kaffee mit ins Bad nehmen?« Ich zwinkere meiner Tante zu, weil ich weiß, wie sehr sie es liebt, nach der anstrengenden Frühschicht in unserer Minibadewanne zu entspannen. Ehrlich gesagt ist mein Vorschlag nicht uneigennützig. Nach allem, was passiert ist, brauche ich eins unserer Klogespräche ganz dringend.

»Das wäre ein Traum, mein Schatz.« Sie drückt mich an sich, und ihre Haarspitzen kitzeln mein Gesicht.

»Vera sieht übrigens toll aus. Danke.« Sanft berühre ich die Blätter von meiner Aloepflanze.

»Natürlich«, entgegnet Susan.

Wenig später rauscht das Wasser durch die Leitungen und füllt die Wanne im Bad, während ich unseren Spezial-Kaffee zubereite: Das gute Kaffeepulver von Starbucks, das ich auf meiner Abschiedsparty im Rescue-Center geschenkt bekommen habe und nun in einer French Press mit kochendem Wasser übergieße. Der Duft breitet sich intensiv in der Küche aus und weckt meine Lebensgeister. In einem Topf schäume ich die Vanillemilch auf, verteile sie auf zwei große Gläser und fülle den Rest mit dem Kaffee auf. Obendrauf kommt eine ordentliche Prise Zimt und für Susan noch ein Karamellbonbon. Fertig. Vorsichtig balanciere ich die Gläser ins Badezimmer, wo Susan bereits in der Wanne liegt. Ihre Knie schauen raus, ausstrecken können sich in dieser Wanne nur Kinder oder sehr kleine Personen. Aber meiner Tante ist das unwichtig. Hauptsache, sie kann baden. Ich reiche ihr das Glas mit dem Löffel, das sie dankbar lächelnd entgegennimmt, und setze mich mit meinem auf den Klodeckel.

Ein feiner nach Lavendel duftender Nebel hängt unter der

Decke, und ich atme tief ein. Wir prosten uns zu, nippen an unserem Kaffee und schweigen ein paar Minuten.

»Nun sag schon, was dich quält.« Susan fischt den Rest ihres Bonbons aus dem Glas und schiebt ihn sich in den Mund. »Ist es der hübsche Gruppenleiter, der Stress mit der Langhaarigen hatte?«

Vor Schreck rutscht mir beinahe das Glas aus der Hand. »Woher weißt du …?« Bevor ich den Satz beenden kann, lacht sie und macht eine wegwerfende Handbewegung.

»Schatz. Auch wenn du nicht mein eigenes Kind bist, kenne ich dich gut genug. Schon als du klein warst, hast du diesen einen ganz bestimmten Gesichtsausdruck gehabt, wenn du etwas unbedingt wolltest. Und ebendiesen Ausdruck hattest du auch im Camp.« Sie deutet mit ihrem Glas auf mich.

»Du spinnst«, entgegne ich, kann aber ein ungläubiges Lachen nicht unterdrücken.

»Nein, wirklich! Erinnerst du dich noch an Rocky? Der Hund, der im Trailerpark gelebt hat. Ihr wart ein Herz und eine Seele.«

Bilder von einem zotteligen schwarzen Hund tauchen vor meinem inneren Auge auf. Rocky. Wie er mich überallhin begleitet und mir meinen Teddy bringt, bevor er genüsslich mein Gesicht abschleckt. Das hatte ich ganz vergessen. Ein Kloß bildet sich in meinem Hals, weil die Erinnerungen zu den wenigen positiven gehören, die ich an den Trailerpark habe. Die meisten Bilder sind von meiner desorientierten, überforderten Mom und meinem Erzeuger, der herumbrüllt. »Ja«, flüstere ich.

»Du wolltest Rocky so gern mitnehmen, aber es ging nicht. Deinen Blick werde ich nie vergessen.« Susan schluckt. »So ähnlich hast du den jungen Mann angesehen.«

Ich schüttle den Kopf.

»Ja, natürlich nicht wie einen Hund. Aber wie etwas sehr Wertvolles«, ergänzt sie.

»Hunde sind wertvoll«, sage ich erbost.

Susan lacht. »Für dich sind das alle Lebewesen, ich weiß.«

Sie denkt ein paar Sekunden nach, bevor sie weiterspricht. »Er ist es also nicht?«

»Doch.« Ich grinse verlegen. »Aber das ist nicht, was mich beschäftigt.«

Susan stellt den fast leeren Kaffeebecher auf den Fußboden und lehnt sich zurück. Ein bisschen Wasser schwappt dabei über den Rand und verteilt sich auf den hellblauen Fliesen. »Was dann?«

»Mom.« Eigentlich wollte ich Susan von Peyton erzählen, nur ein bisschen reden. Aber der Brand, meine Rettungsaktion und der Zeitungsartikel haben etwas viel tiefer Sitzendes aufgewühlt. »Sie hat wirklich alles für mich getan, oder?«

Ein trauriger Schleier legt sich über Susans Augen. »Ja. Alles, was sie tun konnte.«

»Ich hab nie verstanden, warum sie mich nicht genug geliebt hat, um von ihm und den Drogen loszukommen.« Plötzlich sind die Gedanken raus, haben sich zu Worten geformt und stehen jetzt wie alte Geister in unserem kleinen Badezimmer.

»Erin, Schatz.« Susan setzt sich auf, und eine noch viel größere Menge Wasser flutet den Boden. »Sie war abhängig. Von ihm und den Drogen. Das ist eine Krankheit, die man nicht mit Liebe heilen kann.«

Tränen laufen mir übers Gesicht, tropfen von meinem Kinn und vermischen sich mit dem Badewasser auf den Fliesen. Ich fühle mich wie ein Kind, und in diesem Moment bin ich es auch. Das sechsjährige Mädchen, das nicht versteht, warum seine Mutter es weggibt. Dabei weiß ich jetzt, dass genau das Liebe war. Sie hat mich so geliebt, dass sie mich vor sich selbst und ihrer Abhängigkeit beschützen wollte, auch wenn es ihr das Herz gebrochen hat.

»Ich weiß.« Trotzdem dringt ein schluchzender Laut aus meinem Mund.

Susan steht auf, wickelt sich in ihren Bademantel und zieht mich im nächsten Moment in eine tröstende Umarmung.

»Deine Mom liebt dich. Sie hat versucht, ihre Fehler wiedergutzumachen. Für dich ist sie in den Trailer gekrochen. Sie hätte ihr Leben für dich gegeben.« Beim letzten Satz schiebt sie mich leicht von sich fort, um mich anzusehen. »Und du hast es für ein Hörnchen getan.«

»Goldy ist ein Goldmantelziesel.« Sofort muss ich an Jesse denken. Ein Lächeln zupft an meinen Mundwinkeln. »Nur wegen mir war es so zahm, dass es in meinen Wohnwagen gehüpft ist. Ich konnte es nicht sich selbst überlassen.«

Meine Tante nickt. »Und das ist nur einer der Gründe, warum du ein unglaublich liebenswerter Mensch bist. Vergiss das nie.«

»Danke«, flüstere ich und umarme Susan. »Für alles. Besonders für unsere Klogespräche.«

Kapitel 54

Jesse

So ein respektloses Arschloch. Dad als *alten Mann* zu bezeichnen und ihm zu vermitteln, dass sein Wort nicht zählt, während er es sich in seinem Haus bequem macht, ist an Dreistigkeit kaum zu überbieten. Ich habe nur noch einen Wunsch – Mike vom Sofa hochzerren, ihn am Nacken gepackt vor mir her durchs Haus treiben und mit seinem Kopf aus Versehen an jeden Türrahmen stoßen. Statt mir den Wunsch zu erfüllen, betrachte ich meine Bierflasche. Fest drücke ich meine Hand zu, stelle mir vor, dass es nicht kaltes Glas ist, sondern Mikes Kehle. Meine Knöchel zeichnen sich weiß ab, im nächsten Moment könnte die Flasche zerspringen.

»Du wirst bestimmt ein hübsches Blumenmädchen abgeben, was meinst du?« In Mikes Augen leuchtet es amüsiert.

Mir egal, was er über mich sagt. Ich kann damit leben, wenn er mich demütigt, solange er meine Familie aus dem Spiel lässt.

»Schatz, bitte«, fleht Caroline.

Ein Fehler. Mikes Gesichtsausdruck wird hart und kalt.

»Engel. Was hatte ich gesagt?« Er streicht meiner Schwester über die Wange, und seine Hand wandert weiter bis zu ihrem Hals.

Caroline öffnet den Mund, aber es kommt kein Ton heraus. Ihre Lippen zittern.

»Misch dich nicht ein, klar?« Seine Hand schließt sich um ihren Hals, und sie gibt einen erschrockenen Laut von sich.

Dünnes Eis, ganz dünnes Eis. Keine Ahnung, wie lange ich mich noch zusammenreißen kann.

»Raus.« Dad steht auf und fixiert Mike.

»Was?« Mike spielt den Verständnislosen, aber wenigstens nimmt er seine dreckigen Pfoten von Caroline.

»Ver-schwin-de.« Dad betont jede einzelne Silbe und strahlt dabei eine Ruhe aus, die nicht von dieser Welt ist. Auch Mike scheint zu spüren, dass er diesmal zu weit gegangen ist.

»Hat denn keiner von euch Humor? Wenigstens ein bisschen?« Mike schnaubt.

Ich beiße die Zähne zusammen. Warum kann er nicht einfach aus unserem Leben verschwinden?

Ein Klingeln an der Tür unterbricht die angespannte Situation. Dad dreht sich um und geht. Mike schüttelt genervt den Kopf, wendet sich zu Caroline, die ihn unsicher anlächelt. Ich kann es nicht mehr ertragen und stehe ebenfalls auf. Inzwischen hat Dad die Tür erreicht, Stimmen dringen gedämpft zu uns ins Wohnzimmer, und ich traue meinen Ohren nicht. Das ist Erin!

Ich stelle die Flasche ab und eile in den Flur. Bambi steht vor Dad, lächelt ihn freundlich an, während er nach Worten sucht.

»Was tust du hier?« Ich fasse Erin am Oberarm, ziehe sie ein Stück mit aus dem Haus und sehe mich um. Mike ist mir zum Glück nicht gefolgt.

Sie musterte mich erschrocken. »Wir können zurück ins Camp. Joe hat sich bei mir gemeldet. Ich dachte, du willst mitfahren.«

Dad sieht verwirrt zwischen uns beiden hin und her.

»Sorry, Dad. Das ist Erin, sie ist Verhaltensbiologin, wir kennen uns aus dem Camp.«

»Ja«, sagt er und nickt. »Hat sie gesagt, bevor du dazwischengeplatzt bist.«

»Hast du denn die Nachricht nicht bekommen?«, fragt Erin.

»Keine Ahnung, hab nicht aufs Handy geguckt.« Ich zucke mit den Schultern. »Seit fast zwei Jahren habe ich keins mehr gehabt, nur bei Freigängen. Bin das nicht mehr gewohnt.«

»Verstehe.« Erin sieht mich unschlüssig an.

Normalerweise würde ich sie reinbitten. Aber das geht auf keinen Fall. »Kannst du bitte im Auto warten? Ich komme gleich.«

»Okay.« Erin reicht meinem Vater die Hand. »War schön, Sie kennenzulernen, Mr. Davis.«

Dad nickt lächelnd.

Dann verschwindet Bambi, und ich atme erleichtert auf. Das war passend.

»Hübsches Mädchen.« Dad klopft mir auf die Schulter. »Sehr höflich.«

»Ja«, entgegne ich. Bisher hat sich Dad jeden Kommentar zu meinen weiblichen Bekanntschaften verkniffen. Wahrscheinlich weil er merkt, dass dies hier mehr ist. »Sie ist einzigartig. Deswegen wollte ich auch nicht, dass sie unserem *Besuch* in die Arme läuft.« Ich setze das Wort in imaginäre Anführungszeichen.

Sofort verfinstert sich Dads Miene. »Zeit, dass er verschwindet.«

Zwanzig Minuten später steige ich in Erins Chevy. Joe hatte mir ebenfalls die Nachricht geschickt, dass ich wieder im Camp anzutreten habe. In weniger als sechsunddreißig Stunden haben sie Crane Fire wiederhergerichtet. Respekt. Aber glücklicherweise war der Schaden auch nicht so groß wie zunächst angenommen. Mein

Rucksack ist schnell gepackt, länger brauchte ich, um mich von Dad und Caroline zu verabschieden. Mike hatte es sich nicht nehmen lassen, mir »wir sehen uns bei der Hochzeit« hinterherzurufen. Ich konnte gerade noch verhindern, dass ich meine Gedanken laut ausspreche: »Eher auf deiner Beerdigung.«

»Alles okay?« Erin sieht mich an, bevor sie den Motor startet und Gas gibt.

»Ja. Tut mir leid. Mike war da, und ich wollte nicht, dass du ihm begegnest.«

»Oh.« Es vergehen einige Minuten, in denen sie sich auf den Verkehr konzentriert. Übelste Rushhour in Livermore. »Gab es Stress?«

»Ja und nein«, antworte ich. »Er will Caroline heiraten, hat meinen Dad beleidigt, mich provoziert und es fast geschafft. Aber du hast zum perfekten Zeitpunkt an der Tür geklingelt und mich gerettet. Danke.« Ich lege meine Hand auf ihren Oberschenkel und drücke sanft.

»Gern geschehen.« Sie lächelt. »Aber für die Selbstbeherrschung bist du zuständig. Das war lediglich ein glücklicher Zufall.«

»Ich weiß. Und ich bin froh, dass ich nicht ausgerastet bin. Ist schließlich genau das, was er will. Aber es war verdammt hart.«

»Glaub ich dir.« Erin seufzt. »Wie geht es jetzt weiter?«

»Wenn es nach Dad und mir ginge, würde Mike einfach im Nirwana verschwinden. Aber Caroline ist ihm hörig. Es ist ätzend, mitansehen zu müssen, was sie sich alles gefallen lässt.« Ich lehne den Kopf gegen die Nackenstütze und hole tief Luft. Langsam atme ich aus, und der Druck wird weniger. Es tut gut, dem absurden *Familientreffen* entkommen zu sein und mit Erin darüber zu reden.

»Gibt es denn nicht irgendeine Möglichkeit, ihn aufzuhalten?«

Sie sieht meine hochgezogenen Augenbrauen, bevor sich ihr Blick wieder auf die Straße richtet. »Legal, meine ich.«

»Der Typ hat genug Dreck am Stecken, aber absolut loyale Freunde. Sieht eher schlecht aus.« Maddox kommt mir in den Sinn. Ich hab immer versucht, ihn nicht zu verurteilen, aber wie er mit einem Kerl wie Mike befreundet sein kann, habe ich nie verstanden. »Das ist auch der Grund, warum Maddox nicht gerade mein Lieblingsmensch ist.«

»Er hat mit dem Freund deiner Schwester zu tun?« Ihre Stimme klingt geschockt.

»Hm.«

»Wundert mich nicht. Mir war er von Anfang an suspekt.«

»Aber das war ich dir auch.« Ich knuffe sie in den Oberarm, und sie lacht.

»Wieso war?«

»Hey!« Ich schnaube gespielt verärgert. »Du willst doch nicht sagen, dass es immer noch so ist?«

Erin antwortet nicht. Stattdessen setzt sie grinsend den Blinker und fährt in eine kleine Nebenstraße, wo sie den Wagen stoppt. Ohne auf meine Frage zu antworten, schnallt sie sich ab, klettert rittlings auf meinen Schoß und greift mit beiden Händen in meine Haare. Ihr Duft nach Vanille und Kokos steigt mir in die Nase, und ich kann nicht anders, als sie fest an mich zu ziehen. Ihre braunen Augen funkeln frech, bevor sie ihren warmen Mund auf meinen presst. Und in der nächsten Sekunde vergesse ich, was ich sie gefragt habe.

Kapitel 55

Jesse

Einer der Ranger bringt uns vom Yosemite Valley, wo Erin ihren Chevy zurücklassen musste, ins Camp. Bevor wir aus dem Wagen aussteigen, berühren sich unsere Hände unauffällig, und ich vermisse es jetzt schon, sie einfach anzufassen. Es wird schwer, sich voneinander fernzuhalten, wenn man sich so nah gekommen ist. Aber wir dürfen nicht riskieren, dass auffliegt, was sich zwischen Erin und mir entwickelt hat. Auch wenn Nolan mich jetzt nicht mehr in der Hand hat.

»Erin!« Peyton kommt auf uns zu und schließt Bambi in eine herzliche Umarmung, während sie mich keines Blickes würdigt. Gut so. Ich nicke Erin kurz zu und mache mich direkt auf den Weg zu Joes Bürocontainer, um mich zurückzumelden.

»Ah, gut, du bist auch da«, reagiert Joe auf mein Klopfen gegen den Türrahmen. »Wir müssen noch mal über den Brand reden. Die feuchte Stelle, die du mir gezeigt hast, weißt du noch?«

»Natürlich.«

»Setz dich.« Er zeigt auf den Klappstuhl vor dem Tisch, und ich folge seiner Aufforderung.

»Also. Ganz von vorn. Lass uns das einmal rekonstruieren«, sagt Joe und notiert Uhrzeit und Datum auf einem Blatt Papier. »Das Feuer ist etwa um neunzehn Uhr dreißig ausgebrochen. Kurz nach dem Abendessen.«

»Ja.«

Joe notiert alles, an was wir beide uns erinnern, und skizziert so den Brandhergang. Mit den anderen Firefighters hat er bereits gesprochen, nur meine Eindrücke haben noch gefehlt.

»Wann ist dir der Fleck in der Erde aufgefallen?« Joe dreht den Kugelschreiber zwischen seinen Fingern.

»Nachdem wir den Brand in den Griff bekommen haben. So gegen halb neun. Ich wollte mich an den Aufräumarbeiten beteiligen, aber ich hatte ein komisches Gefühl und bin dem auf den Grund gegangen.«

Joe notiert die genannte Uhrzeit. »Und du bist dir sicher, dass es Benzin war?«

»Hundertpro.«

»Hm.«

»Da waren doch auch zwei Explosionen. Habt ihr herausgefunden, woher die kamen?« Ich rutsche mit dem Stuhl näher an den Tisch, um einen Blick auf die bisherigen Aufzeichnungen zu werfen.

»Nein, leider nicht. Aber der Brandherd ist ganz in der Nähe von Erins Wohnwagen gewesen«, sagt Joe. »Eine Brandursache konnten wir nicht feststellen.«

»Was hat Peyton gesagt?« Ich weiß, Joe kann es nicht leiden, wenn ich etwas über seine beste Mitarbeiterin sage, aber ich habe es inzwischen satt. Trotzdem bin ich mir noch nicht sicher, ob ich ihm das mit ihr und Maddox erzählen soll.

»Dass wir froh sein können, dass Erin nichts passiert ist.«

»Oh, ja. Natürlich. Steht ja auch in dem tollen Zeitungsartikel.«
Die Bemerkung kann ich mir nicht verkneifen.

»Stimmt«, antwortet er. »Und da kann ich ihr nur recht geben.
Ich selbst habe nämlich für Erins Sicherheit gebürgt.«

»Irgendwas stimmt mit Peyton nicht. Sie war so schnell bei
Erin. Das stinkt doch bis zum Himmel.« Ich reibe mir genervt
über die Stirn.

»Bei einem Brand im Camp sind *alle* schnell vor Ort, Davis.
Das ist keine Kunst. Keine Ahnung, was da zwischen dir und Peyton vorgefallen ist. Interessiert mich auch nicht. Sie macht einen
guten Job.«

»Glaubst du den Leuten alles, wenn sie einen guten Job machen?« Ich weiß, es steht mir nicht zu, so mit Joe zu reden. Er hat
mich immer absolut fair behandelt und oft ein Auge zugedrückt.
Aber seine Gutmütigkeit wird ihm bei Peyton noch zum Verhäng-
nis. »Ich mach auch einen guten Job als Gruppenleiter.«

»Lehn dich nicht zu weit aus dem Fenster.« Er mustert mich
lange und nachdenklich. »Bring mir Beweise, dann können wir
weiterreden. Das war's fürs Erste.«

Jedes weitere Wort wäre zu viel, und so stehe ich auf und verlasse den Container. Beweise. Ich denke an die Plastikreste, die
irgendwo sein müssten, wenn ein Benzinkanister in die Luft gegangen ist. Wenn es Brandstiftung war, hat sich jemand bemüht,
alle Hinweise verschwinden zu lassen. Ein Leichtes, wenn man
direkt bei den Aufräumarbeiten dabei war. Leider gilt das für das
gesamte Camp. Was, wenn … Ich folge meiner Eingebung und
steuere die Müllcontainer an. Sie werden nur einmal die Woche
geleert, und das war gerade erst einen Tag vor dem Brand. Vielleicht habe ich Glück. Unauffällig sehe ich mich um. Niemand
scheint in der Nähe zu sein, bald ist Zeit für das Abendessen.

Die meisten sind entweder noch draußen oder gerade zurück und unter der Dusche. Der Deckel des Metallbehälters quietscht, als ich ihn öffne. Drinnen sind jede Menge blaue Mülltüten, gefüllt mit Abfällen aus der Küche. Shit. Die kann ich unmöglich alle aufreißen und durchwühlen. Aber möglicherweise hat der Brandstifter auch nicht extra einen Beutel aufgemacht, um Plastikreste oder Ähnliches wegzuwerfen.

Und tatsächlich. Unter dem dritten Müllbeutel liegen Plastikstücke. Ich schnappe mir ein handtellergroßes und schnuppere daran. Bingo!

»Hast du zu Hause nichts Vernünftiges zu essen bekommen, Davis?« Den arroganten Tonfall erkenne ich sofort.

»Doch, schon.« Ich drehe mich um und lächle Peyton ins Gesicht. »Aber ich dachte, du hast mir vielleicht einen Nachtisch hinterlassen.« Ich halte das Plastikstück hoch.

»Was redest du für einen Schwachsinn? Ist dir der Freigang nicht gut bekommen?« Sie wirkt vollkommen ruhig und entspannt. Nicht die Reaktion, die ich erwartet hätte. Allerdings ist sie auch eine gute Schauspielerin.

»Vergiss es.« Ich stecke das Stück Plastik ein, drehe mich um und gehe einfach. Ich hab, was ich will. Es ist zwar kein Beweis dafür, dass Peyton am Brand schuld ist, aber dennoch ein Hinweis, dass es Brandstiftung war.

Kapitel 56

Erin

»Er ist zwar nicht nagelneu, aber genauso eingerichtet wie der davor.« Peyton öffnet die Tür zu meiner neuen Unterkunft.

Ungläubig sehe ich mich noch einmal um, bevor ich hineinsteige. Nur ein paar wenige schwarze Stellen an den Bäumen in der Nähe erinnern an den Brand vor zwei Tagen. Ich rechne fest mit einer Panikattacke, aber sie kommt nicht. Das fühlt sich seltsam an. Vielleicht ist es so, wie Jesse sagt. Ich habe freiwillig eine Konfrontationstherapie gemacht. Erst mit der Übernachtung in der Hütte mit einem brennenden Kaminfeuer, dann mit Goldys Rettungsaktion. Mir ist nichts passiert, ich bin immer noch da und am Leben.

»Geht es dir gut?« Peyton berührt mich am Rücken und holt mich ins Hier und Jetzt zurück. Irgendwie schaffe ich es, meine Abneigung gegen ihre Berührung zu überspielen.

»Ja. Danke.«

»Okay. Wir sehen uns nachher beim Abendessen.« Sie verabschiedet sich, und ich mache mich daran, meine Sachen auszupacken. Ich kann froh sein, dass weder mein Bullet-Journal noch mein Laptop dem Feuer zum Opfer gefallen sind. Nur mein grüner Lieblingstextmarker hat es nicht geschafft. Aber besser er als Goldy. Das Goldmantelziesel wird nach dem Schreck wahrscheinlich nicht so schnell wieder hier auftauchen.

Beim Abendessen sitze ich neben Peyton, die mir von den Aufräumarbeiten und den Reportern berichtet, die kurz darauf im Camp waren und alles gefilmt haben. Mit Stolz in der Stimme erzählt sie, dass ihr Dad den Artikel gelesen und sich bei ihr gemeldet hat. Ihre blauen Augen leuchten wie bei einem kleinen Mädchen, das gerade ein Prinzessinnenkleid geschenkt bekommen hat. Und plötzlich fällt mir ein, was sie mir ganz am Anfang über sich und ihre Familie erzählt hat – ihre Brüder haben alle langweilige Bürojobs. Nur sie, *das Nesthäkchen will lieber mit dem Feuer spielen*, hat ihr Dad immer gesagt. Eine Gänsehaut bildet sich auf meinen Armen. Was, wenn Peyton wirklich gern mit dem Feuer *spielt*? Aber was hat das Ganze dann mit Maddox zu tun? Stecken die beiden da gemeinsam drin? Ich sehe zu Jesse, der mir gegenübersitzt. Unsere Blicke treffen sich, und ich weiß, dass er auch etwas herausgefunden hat, das er mir sagen will.

Später am Abend klopft es an meinem Wohnwagen. Eigentlich sitze ich um diese Zeit an meiner Recherche, aber ich habe entgegen meiner Gewohnheit keine feste To-do-Liste für den heutigen Abend gemacht. Ich springe auf und öffne die Tür.

»Hey, Bambi«, sagt Jesse mit dunkler Stimme, und ein Prickeln jagt mir über den Rücken. »Wir müssen vorsichtig sein, okay?«

Ich nicke, gehe zur Seite und lass ihn hinein. Bevor ich die Tür wieder schließe, sehe ich mich kurz um. Aber der Platz scheint leer zu sein.

Als wir endlich vor fremden Blicken geschützt sind, legt Jesse seine Hände an mein Gesicht. »Hab dich vermisst.« Er sieht mir tief in die Augen, was mein Herz zu Höchstleistungen antreibt.

»Ich dich auch«, flüstere ich, und im nächsten Moment liegen seine Lippen auf meinen. Seufzend erwidere ich seinen intensiven Kuss. Es ist wirklich schwer, ihn im Camp zu sehen, aber ihm nicht zu nahe kommen zu dürfen. Auch diese Aktion in meinem Wohnwagen ist verdammt riskant.

Jesse löst sich von mir. »Wir müssen aufhören, sonst kann ich für nichts garantieren.« Er grinst, und in seinen Augen blitzt es frech. Am liebsten würde ich vergessen, dass wir nicht entdeckt werden dürfen, und meinen Gefühlen freien Lauf lassen. Aber das wäre unvernünftig. So verboten unvernünftig. Ich fluche leise und unterbreche unseren Körperkontakt. Nachdem ich uns beide mit Getränken versorgt habe, setzen wir uns an den kleinen Tisch.

»Mir ist eingefallen, was Peyton mir mal erzählt hat.«

Jesse sieht mich aufmerksam an.

»Ihr Vater scheint nie viel von ihrem Berufswunsch gehalten zu haben und hat gemeint: Sein Nesthäkchen spielt lieber mit dem Feuer.« Ich drehe mein Glas in der Hand. »Weiß nicht, ob es was zu bedeuten hat, aber sie hat ganz stolz erzählt, dass ihr Vater sich wegen dem Artikel bei ihr gemeldet hat.«

»Hm.« Jesse nickt. »Ich hab Plastikreste im Müllcontainer gefunden.« Er kramt ein blaues Stück Kunststoff aus seiner Hosentasche und schiebt es zu mir. Die Ränder sind ausgefranst, und es riecht nach Benzin.

»Hast du es Joe gezeigt?«

»Nein. Er sagt, ich soll Beweise bringen und nicht haltlose Beschuldigungen aussprechen. Das ist zwar ein Hinweis, aber es beweist gar nichts.« Jesse legt den Kopf in den Nacken und reibt sich übers Gesicht.

»Was willst du jetzt tun?«

Ein Klopfen lässt uns zusammenfahren. Jesse schnappt sich das Plastikteil, und ich schlage schnell mein Journal auf, dann öffne ich die Tür.

»Oh«, sagt Peyton. »Störe ich gerade?«

Mein Herz schlägt mir bis zum Hals. »Nein. Wir besprechen die morgige Tour. Willst du reinkommen?«

Peyton wirft Jesse einen feindseligen Blick zu. »Lieber, wenn du allein bist. Wie lange *besprecht* ihr euch noch?«

Ich schlucke gegen die Trockenheit in meinem Hals an. Ob sie an der Tür gelauscht hat?

»Wenn du in zehn Minuten wiederkommst, wird dich meine Anwesenheit nicht mehr belästigen«, antwortet Jesse.

»Klingt gut, Davis.« Die Feuerwehrfrau lächelt, als gäbe es kein Problem zwischen den beiden. »Bis gleich.« Mit den letzten Worten zwinkert sie mir zu und verschwindet so schnell, wie sie aufgetaucht ist.

Fuck, formt Jesse lautlos mit seinen Lippen.

Ich nicke. »Du solltest jetzt besser gehen.«

»Ja. Morgen überlegen wir uns was, okay?« Er nimmt meine Hand und streicht zärtlich mit seinem Daumen darüber.

»Machen wir.« Ein warmes Gefühl breitet sich in meinem Bauch aus. Jesse und ich sind ein *Wir.*

Er will gerade gehen, da dreht er sich noch mal um. »Hier, fast vergessen. Für dich.« Er gibt mir einen flachen Umschlag. »Damit du schlafen kannst.« Bevor ich etwas sagen kann, ist er schon weg. Mit dem Umschlag setze ich mich aufs Bett und öffne ihn und kann nicht glauben, was ich darin finde. Es ist ein Sternenhimmel zum Aufkleben.

Dass Jesse sich die Mühe gemacht hat, mir für den Bezug des Ersatzwohnwagens einen neuen Sternenhimmel zu besorgen, rührt mich. Ich denke sogar, dass mir niemand bisher ein persönlicheres Geschenk gemacht hat, und kann es kaum abwarten, ihm dafür zu danken. Aber erst als wir nach dem Frühstück, das diesmal verständlicherweise ohne einen Besuch von Goldy verläuft, weit genug entfernt vom Camp auf dem Weg zu den Hirschen sind, traue ich mich, ihn zu umarmen.

»Gern geschehen, Bambi.« Er streicht mir die Haare aus dem Gesicht und drückt mir einen Kuss auf die Stirn. »Lass uns lieber weitergehen, okay? Nicht, dass Peyton uns gefolgt ist.«

Ich sehe mich um. Keine Ahnung, ob ich ihr das wirklich zutraue, aber die Begegnung gestern war wirklich merkwürdig.

Während wir weiter in Richtung des Beobachtungspostens gehen, sprechen wir über alles. Die zwei Gesichter von Peyton, die Jesse kennengelernt hat, als er nicht auf ihre Avancen eingegangen ist, die vielen Brände in der letzten Zeit und vor allem der Brand nach dem Besuchstag, an dem Peyton so enttäuscht gewesen ist, weil ihr Dad sie nicht besucht hat. Peytons Interesse an Maddox und das heimliche Treffen, das ich beobachtet habe. Schließlich auch das Stück eines Plastikkanisters, den Jesse im Müllcontainer gefunden hat. Zusammen mit meiner Recherche im Internet ergibt sich ein Bild. Leider eins mit noch fehlenden Puzzleteilen, und vor allem: ohne Beweise.

»Wir müssen mit Maddox reden«, stellt Jesse fest.

»Wir?« Ich lache ungläubig, denn mit seinem Erzfeind wird die Hyäne bestimmt nicht freiwillig ins Gespräch kommen. Schon gar nicht, wenn er sich selbst damit belasten würde.

»Besser gesagt: du.« Jesse zieht die Augenbrauen in die Höhe. »Er steht auf dich, so viel ist klar. Und mit mir wird er niemals reden.«

»Stimmt.« Mir ist nicht wohl bei der Vorstellung, Maddox zur Rede zu stellen.

»Aber nur, wenn ich in der Nähe bin.« Jesses Kiefermuskulatur spannt sich an. »Er ist kein schlechter Mensch, aber …«

»Du traust niemandem, der mit dem Kerl deiner Schwester befreundet ist«, ergänze ich.

»Richtig.«

Als wir beim Beobachtungsposten ankommen, erwartet uns eine Überraschung: In unserer Abwesenheit hat White Zwillinge zur Welt gebracht. Beide Hirschkälber sind wohlauf und toben mit Chaos um die Wette. Ich schreibe die Namen Mary und Ashley, die Olsen-Twins, in meine Aufzeichnungen. Jesse sitzt wie üblich ein paar Meter entfernt und summt eine neue Melodie, die sich wunderschön anhört. Ab und zu notiert er Textzeilen.

Die Sonne hat es heute schwer, sich durch die Wolkendecke zu kämpfen, aber dafür ist es auch besser auszuhalten als sonst. Der Tag bei der Herde geht genauso schnell vorbei wie das anschließende Abendessen im Camp. Ehe ich mich's versehe, bin ich sogar mit meinem letzten Punkt auf der To-do-Liste fertig, als ich ein neues Lied von Jesse in meinen Wohnwagen dringen höre. Es ist die Melodie von heute Nachmittag. Ich stehe auf, werfe mir eine Strickjacke über und mache mich auf den Weg zur Feuerschale. Niemals hätte ich gedacht, dass ich mich dem brennenden Holz freiwillig nähern würde, aber ich habe es tatsächlich geschafft, meine Angst zu bekämpfen.

Ein paar Leute sitzen dort, lauschen der Musik, trinken etwas und unterhalten sich. Jesse sieht hoch, entdeckt mich und lächelt. Dann stimmt er mit sanfter Stimme das neue Lied an, das er heute bei der Herde geschrieben hat.

You Are The Perfect Drug

You're like a drug to me …
The first kiss got me hooked
Flooded my nervous system like a tsunami
Everything from before you washed away
You are the only thing left

You are the perfect drug
You are the perfect drug
for me

You're like a drug to me …
Our bodies together are like a high
    without a limit
Intense and rough and real and indescribable
Makes me forget who I am
And at the same time I am myself like
    never before

You are the perfect drug
You are the perfect drug
for me

You're like a drug to me …
Being on it is the most beautiful feeling I know
A look, a touch, a gesture, a word from you
And I'm high for hours
Never want to be without you again

You are the perfect drug
You are the perfect drug
for me

You are like a drug to me ...
There is no antidote for this feeling
Nothing that will get me clean again
But that's a good thing,
    because you're the perfect drug for me
Without side effects
You're everything I've always wanted

You are the perfect drug
You are the perfect drug
for me

Die Töne der Gitarre verklingen. Jesses Blick trifft meinen, und ich weiß sofort, dass dieser Song für mich ist. Am liebsten würde ich der ganzen Welt zeigen, dass wir zusammengehören, stattdessen schaue ich in den aufsteigenden Rauch des Lagerfeuers, damit niemand merkt, was ich für Jesse empfinde.

»Cooles Lied, Alter.« Garcia klopft seinem Bettnachbarn anerkennend auf die Schulter.

»Ja, nicht schlecht, Davis.« Dylan taucht unerwartet hinter Jesse auf, bei ihm ist Joe. Ich sitze zwar das erste Mal wirklich mit am Lagerfeuer, aber in der Vergangenheit konnte ich von meinem Wohnwagen aus gut beobachten, wer sich meistens hier aufhält. Weder Joe noch Dylan habe ich gesehen.

»Deine Gitarre, Jesse«, sagt Joe mit ernster Stimme.

»Was?« Ungläubig mustert Jesse den Campleiter.

»Gib mir die Gitarre. Ich will sie kontrollieren«, erklärt Joe und streckt seine Hand aus.

Immer mehr Männer tauchen beim Feuer auf, um zu sehen, was vor sich geht. Nolan, Maddox, Carter, und da ist auch Peyton. Überrascht zieht sie die Augenbrauen hoch, als sie mich am Feuer sitzen sieht.

Jesse wirft mir einen Blick zu, den ich nicht deuten kann, dann steht er auf und reicht Joe seine Gitarre. Der Campleiter greift durch die Saiten ins Innere, tastet und nestelt angestrengt und holt schließlich ein Päckchen hervor. »Was ist das?«

Jesses Augen weiten sich. »Keine Ahnung.«

Joe seufzt. Es wirkt, als würde er das nicht zum ersten Mal erleben und es aus tiefster Seele hassen. Er reicht Dylan die Gitarre, der sie wie eine Trophäe entgegennimmt und gespannt zusieht, wie der Campleiter das Päckchen auswickelt. Was zum Teufel passiert hier gerade?

Ein Raunen geht durch die Menge, und Dylan stößt einen triumphierenden Laut aus, bevor er mich mit einem *Ich-habe-es-dir-doch-gesagt*-Blick ansieht. Joe hält einen durchsichtigen Beutel hoch, in dem sich eine nicht unerhebliche Menge weißes Pulver befindet. Drogen. Drogen, wie bei Mom.

Neinneinneinneinnein … Bitte. Das kann nicht sein!

Nicht Jesse. Nicht Jesse! Der Boden unter meinen Füßen bricht weg, und ich falle. Stürze in einen Abgrund, vor dem mich meine Angst immer gewarnt hat. Aber ich habe nicht auf sie gehört. Meine Kehle ist eng, meine Knie werden weich, und ich will nur noch weg.

»Das ist nicht von mir«, ruft Jesse. Aber er sieht nur mich dabei an. Ich kann seinen Blick nicht ertragen und drehe mich um.

»Ja, ja. Sagen sie alle.« Dylan stößt ein Schnauben aus.

»Tut mir leid, Erin«, flüstert Peyton mir ins Ohr. »Ich hab dir gesagt, dass er gefährlich ist.«

Keine Sekunde länger ertrage ich das. Hastig dränge ich mich an den anderen vorbei, stolpere und stürze. Maddox hilft mir auf. Maddox? Er bringt keinen blöden Spruch, sondern sieht mich nur mitfühlend an. Ich muss das alles träumen. Die Wirklichkeit hat sich verschoben, ich bin in einer Parallelwelt gelandet oder so.

In meinem Wohnwagen angekommen, laufe ich hin und her, kämpfe mit der Panik, die mich zu überrollen droht. Das Klopfen an der Tür ignoriere ich. Bestimmt ist es Peyton, aber ich kann jetzt niemanden ertragen. Irgendwann sinke ich erschöpft aufs Bett. Tränen laufen mir über die Wangen. Ich kann nicht glauben, was eben passiert ist. Jesse hat sich mit jedem gemeinsamen Tag ein Stückchen mehr meines Vertrauens erobert, und ich habe mich auf ihn eingelassen. Hab ihm seine Geschichte geglaubt und hinter ihm gestanden, obwohl mich Peyton von Anfang an gewarnt hat. Jesse und Drogen. Wie mein verdammter Erzeuger. Ich fasse es nicht.

Kapitel 57

Erin

To-do-Liste Montag, 12.06.

~~05:00 Joggen mit Jesse~~ Gestrichen!

05:30 Morgenroutine

~~06:30 Frühstück mit Jesse~~ Allein frühstücken NEU

~~07:00 ins Gelände, Herde suchen und beobachten~~

07:00 mit Joe sprechen, danach neuen Plan machen NEU

Fast die ganze Nacht habe ich wach gelegen und gegrübelt. Obwohl mir meine Routine sonst Sicherheit gibt, konnte ich nicht allein joggen gehen. Selbst an einen Spaziergang war nicht zu denken. Seit fünf Uhr sitze ich mit einem Becher Kaffee über meinem Bullet-Journal und versuche, klarzukommen mit dem, was gestern passiert ist.

Jesse ist weg. Aus dem Fenster meines Wohnwagens habe ich gesehen, wie er noch gestern Abend von der Polizei abgeholt wurde. Immer wieder hat er Joe angefleht, ihm zu glauben, bis er schließlich mit hängenden Schultern den Aufforderungen der zwei Officer nachgekommen und in das Fahrzeug gestiegen ist.

Gestern Abend sind meine Gefühle mit mir durchgegangen. Die alten Ängste, Erinnerungen an Mom und ihre Drogeneskapaden und meinen Erzeuger, der die Situation eiskalt für sich ausgenutzt hat. Eine schreckliche Vorstellung, ich könnte genau dort landen, wo Mom war, weil ich mich in den falschen Mann verliebt habe. Aber ich glaube es nicht. Jesse war ehrlich zu mir. Es kann nicht anders sein.

Um sieben Uhr klopfe ich bei Joe an die Tür. Er sieht müde und erschöpft aus, genauso, wie ich mich fühle.

»Hallo, Erin. Wie geht's?«

Ich setze mich vor seinen Schreibtisch und komme sofort zur Sache. »Warum hast du die Gitarre kontrolliert?«

»Es ist mein Job, Hinweisen nachzugehen, wenn ich welche bekomme.« Er nimmt einen Schluck aus dem Becher, der vor ihm steht, und bemerkt meinen Blick. »Willst du auch noch einen Kaffee?«

»Nein, danke.« Mit einer schnellen Bewegung streiche ich mir die Haare hinters Ohr. »Ich will herausfinden, wer das Jesse angehängt hat.«

Joe lacht freudlos. »Da wären wir schon zwei.«

»Du glaubst auch nicht, dass es Jesses Drogen waren?« Hoffnungsvoll richte ich mich auf.

»Auf keinen Fall.« Er schüttelt den Kopf. »Jesse kann manchmal ein Hitzkopf sein, aber er hat noch nie was mit Drogen am Hut gehabt.«

»Von wem kam dann der Hinweis?« Ich habe das ungute Gefühl, die Antwort schon zu kennen.

»Dylan.«

Yes. Sein Beschützerinstinkt geht eindeutig zu weit. »Das muss ein Missverständnis sein. Ich rede mit ihm.«

»Wenn du glaubst, dass es weiterhilft …«

Wenig später fange ich Dylan ab, der gerade auf dem Weg zum Küchencontainer ist.

»Guten Morgen, E…«

»Lass das, Dylan«, falle ich ihm ins Wort. »Wie bist du drauf gekommen, dass Jesse mit Drogen dealt?«

»Ich glaube nicht, dass dich das was angeht«, erwidert er.

»Dylan, ich meine es ernst. Jemand spielt ein falsches Spiel, und du willst bestimmt nicht, dass Jesse unschuldig verurteilt wird.«

Ein paar Sekunden hält er meinem Blick stand, dann senkt er die Lider. »Ich hasse Ungerechtigkeit, das weißt du genau.«

»Ja.« Versöhnlich lächle ich ihn an. »Sag mir nur eins – kommt der Verdacht von Peyton?«

Seine Augen werden groß. »Woher weißt du das?«

»Ist nicht so wichtig. Danke, Dylan.« Bevor er noch etwas erwidern kann, laufe ich zurück zu meinem Wohnwagen.

Ein weiteres Puzzleteil fügt sich in das Bild. Jesse hat mir von dem Plastikteil im Müll erzählt, ich war dabei, als Peyton ihn damit gesehen hat. Und nur einen Tag später muss Jesse ins Gefängnis. Somit ist der Einzige, der ihr auf der Spur war, aus dem Weg geräumt. Aber sie hat ihre Rechnung ohne mich gemacht.

Ich nehme mein Handy und öffne das Foto, das ich in meinen Mails gefunden habe. Peyton und Maddox sind darauf zu sehen. Und es gibt nur zwei Personen, die mir zu diesem Foto etwas sagen können. Ich werde genau das durchziehen, was ich mit Jesse geplant hatte. Mit Maddox sprechen. Allerdings ohne Sicherheitsnetz und doppelten Boden. Immerhin hab ich noch das Bärenspray von Peyton. Ironie des Schicksals.

Zum Glück ist es immer noch früh und die Männer noch nicht unterwegs zu ihren Arbeiten im Yosemite. Ich komme mir vor wie eine Detektivin, als ich mich möglichst unauffällig in der Nähe von Maddox' Container herumdrücke und hoffe, dass mir Peyton nicht über den Weg läuft. Sie hat am gestrigen Abend noch ein paarmal bei mir geklopft, bis ich ihr gesagt habe, dass ich lieber allein sein will. Ich wollte sie einfach nicht sehen.

Maddox teilt sich seinen Container mit Jax, der gerade in voller Arbeitsmontur herausmarschiert. Mein Puls beschleunigt sich. Das ist meine Chance. Aber mit Maddox allein in einem geschlossenen Raum? Die Hyäne könnte mich zerfetzen. Ich nehme einen tiefen Atemzug, drehe meinen Schutzengel zwischen den Fingern und husche zur Tür. Ohne zu klopfen, trete ich ein.

»Aber, hallo … wenn das nicht das süße Bambi ist«, begrüßt mich Maddox mit rauer Stimme. Er trägt lediglich eine noch geöffnete Arbeitshose. Was für ein Timing.

»Hör auf mit dem Machogetue«, stoße ich angestrengt hervor. So ganz gelingt mir der autoritäre Tonfall von Joe oder Peyton nicht. Aber wenigstens kann ich verhindern, dass meine Stimme zittert.

»Du hast dich doch zu mir reingeschlichen, Süße.« Er streicht seine noch feuchten Haare zurück. »Da musst du dich nicht wundern.«

»Maddox, bitte, ich meine es ernst.« Ich fixiere seinen Blick.

Er sieht mich neugierig an. »Was willst du?«

Ich halte mein Handy hoch. »Das könnte dich interessieren.«

Maddox kommt näher, bis er dicht vor mir steht. »Willst du mir dein Handy für krumme Geschäfte anbieten, oder was soll das?«

»Quatsch.« Ich tippe auf dem Display, und das Foto von ihm

und Peyton erscheint. »Was läuft da mit dir und der Feuerwehrfrau?«

»Woher hast du das?«, zischt er bedrohlich.

Ich weiche einen Schritt zurück und stoße mit dem Rücken gegen die geschlossene Tür. Shit. »Das war in meinem Postausgang, jemand hat es an seinen Anwalt geschickt. Keine Ahnung, wer das war.«

»Kapiere ich nicht.« Maddox sieht mich verständnislos an, bleibt aber weiter dicht vor mir stehen.

»Mein Handy wurde doch geklaut. Irgendjemand hat Fotos damit gemacht und sie an seinen Anwalt weitergeleitet. Ich denke, du steckst in Schwierigkeiten«, erkläre ich.

»Und was genau willst du jetzt von mir?« Endlich weicht er einen Schritt zurück und verschränkt die Arme vor der Brust.

»Noch hast du die Möglichkeit, deinen Arsch zu retten, wenn du die Wahrheit sagst. Peyton hat dich erpresst, richtig? Wenn du gegen sie aussagst, kann es noch gut für dich enden.« Ich spiele mit dem Feuer, so wie Peyton es tut. Denn in Wirklichkeit habe ich keine Ahnung, was zwischen Maddox und Peyton abgelaufen ist. Aber nach dem, was Jesse mir über ihre zwei Gesichter erzählt hat, glaube ich es zu wissen.

Maddox sieht mich mit einem undurchdringlichen Blick an. Dann seufzt er. »Peyton hat mich an den Eiern.«

»Womit?«, hake ich nach.

Er geht ein paar Schritte zurück, macht seine Hose zu und zieht sich weiter an. »Ich komm nicht mit dem Druck hier klar. Und Peyton besorgt mir ab und zu was von draußen. Zum Runterkommen.«

Ich hab mich wohl verhört. Maddox ist zu sensibel für das Camp? Sein überhebliches Auftreten, das Machogehabe – alles nur Show. »Und dann hat sie das benutzt, damit du ihr hilfst?«

»Jepp. Was hätte ich sonst machen sollen?«

Ich nicke. »Verstehe. Aber du musst jetzt das Richtige tun. Schaffst du das?«

»So eine verfickte Scheiße!« Er tritt gegen sein Bett, sodass es scheppert. Ich zucke unmerklich zusammen. Machogehabe. Das ist nur Machogehabe.

»Maddox!«, rufe ich. »Was sagst du?«

»Ich stehe mit dem Arsch an der Wand, okay? Siehst du doch.« Er schlägt sich mit der geballten Faust in die Handfläche.

»Das gibt bestimmt ein paar Karmapunkte für dich.« Ich weiß nicht, woher der Spruch gerade kommt und warum ich mich traue, ihn gegenüber der Hyäne auszusprechen.

Maddox sieht mich ebenso überrascht an, bevor er sagt: »Bist echt in Ordnung, Bambi.«

»Wenn das so ist, hätte ich da noch eine Bitte …«

Am Nachmittag bin ich wieder bei Joe im Büro und berichte ihm nicht ohne Stolz, was ich herausgefunden habe. Dabei war es eigentlich Jesse, doch niemand wollte auf ihn hören. Sicher, Beweise sind wichtig, aber wenn Joe Jesse ernst genommen hätte – hätten einige der Brände womöglich verhindert werden können. Ich leite ihm das Foto weiter und bitte ihn, mit Maddox zu sprechen, der sein Wort tatsächlich hält.

Fast genauso schnell, wie Jesse im Gefängnis gelandet ist, kommt er wieder zurück ins Camp. Am Abend fährt ein Geländewagen der Polizei vor. Joe begrüßt die beiden Officer, die sich daranmachen, einen Strafgefangenen hinauszulassen. Mein Herz hüpft vor Freude, als Jesse aus dem Wagen steigt und mit einem Schulterklopfen von Joe in Empfang genommen wird.

»Was ist denn hier los?«, fragt Carter neben mir.

»Das ist Jesse«, ruft Garcia fröhlich.

Und auch Peyton beobachtet die Szene, allerdings mit versteinerter Miene.

»Peyton Baker«, sagt der größere der beiden Officer. »Ich verhafte Sie wegen des Verdachts auf Brandstiftung und schwere Brandstiftung. Außerdem wegen der Anstiftung zum Drogenhandel und dem Missbrauch Schutzbefohlener.«

»Ach du Scheiße.« Garcia hält sich die Hand vor den Mund.

Peytons Blick trifft mich wie ein Pfeil in die Brust. Da ist keine Wut, keine Angst, kein Vorwurf in ihren Augen. Nur tiefe Traurigkeit und Resignation. Tränen laufen ihr über die Wangen, und sie formt das Wort *Sorry* mit ihren Lippen. Dann wird sie abgeführt.

Im nächsten Moment werden bei Jesse die Handschellen gelöst, und ohne zu zögern, stürzt er auf mich zu, umarmt mich und wirbelt mich herum. »Danke, dass du an mich geglaubt hast.«

Es fällt mir sehr schwer, ihn nicht einfach zu küssen, hier vor all den Menschen. Aber dann könnte er direkt wieder in den Wagen einsteigen. Und so reiße ich mich zusammen und löse mich von ihm. Die letzten Wochen werden wir auch noch schaffen.

Kapitel 58

Erin

To-do-Liste Donnerstag 31. 08.
(letzter Tag im Camp)

5:00   Joggen mit Jesse

5:30   Morgenroutine

6:30   Frühstück mit Jesse

7:00   Ins Gelände, Herde suchen und beobachten

16:00   Rückkehr zum Camp

17:00   Frisch machen, umziehen, Sachen packen

18:30   Abreise mit Maggie

Die Nacht war ziemlich kurz. Ich habe noch lange den aufgeklebten Sternenhimmel in meinem Wohnwagen betrachtet und konnte nicht glauben, dass die Zeit im Camp nun wirklich zu Ende geht. Aber es ist so. Heute ist der letzte Tag. Ein letztes Mal mache ich mich auf den Weg zu Jesses Container, um mit ihm joggen zu gehen.

»Morgen, Bambi«, flüstert er und schließt leise die Tür hinter sich, um Garcia nicht zu stören. Seine Haare sind zerzaust, und so richtig wach wirkt er ebenfalls noch nicht. Nur seine Augen – anerkennend lässt er den Blick über meinen Körper wandern, der in engen Sportleggins und einem kurzen Top steckt.

»Das geht gar nicht«, brummt er. »Ich frage Joe, ob er kurze Sportklamotten als Verbot mit auf die Liste der Campregeln setzt.«

Ich lache leise. »Lohnt sich nicht. Ab morgen werde ich dich mit dem Anblick nicht mehr belästigen.«

»Ja«, seufzt er. »Leider.«

Gemeinsam laufen wir die übliche Runde, und ich habe kein Problem mehr, Jesses Tempo zu halten. Ich überlege sogar, zu Hause mit dem Joggen weiterzumachen, denn ich fühle mich sehr viel fitter, seit ich es gezwungenermaßen zu meiner Routine machen musste.

Später beim Frühstück setzt sich Maggie zu mir und Jesse. »Ach, Herzchen. Du wirst mir fehlen«, sagt sie. Jesse nickt unwillkürlich, und ein verschmitztes Grinsen huscht über das Gesicht der Köchin. Aber die spart sich einen Kommentar.

»Schau mal.« Sie hält mir ihr Handy hin. Ein zufrieden kauender Ziegenbock in Gesellschaft von drei tobenden Zicklein ist als Hintergrundbild eingestellt. »Herbie geht es hervorragend.«

»Oh, wie schön«, rufe ich aus.

»Schhhh, erschrick ihn nicht«, flüstert Jesse neben mir.

Ich drehe mich um, und da ist es: mein Goldmantelziesel. Ich kann nicht verhindern, dass meine Augen feucht werden, so sehr habe ich gehofft, Goldy würde an meinem letzten Tag noch einmal auftauchen. Mit einer Nuss von meinem Frühstückstablett locke ich ihn an. Er hebt sein Näschen, schnuppert in der Luft, sieht sich hektisch um. Schließlich huscht er zu mir, nimmt sich die Nuss und verschwindet mit ihr im nächsten Gebüsch. Ich seufze.

»Mach dir keine Sorgen. Ich werde Goldy gut mit Nüssen versorgen und dir ab und zu ein Foto schicken, Herzchen. Versprochen«, sagt Maggie.

Als Antwort umarme ich sie halb über den Tisch gebeugt und drücke sie so fest, dass sie anfängt zu lachen. »Danke.«

»Genieß deinen letzten Tag in der Wildnis. Ich nehme dich nachher mit ins Valley.« Maggie nimmt ihren Becher und eilt zurück in den Küchencontainer, wo sich inzwischen immer mehr Männer versammeln und auf ihr Frühstück warten.

Der Yosemite-Park begrüßt uns mit einem traumhaften Sonnenaufgang, und Jesse lässt es sich nicht nehmen, mich wie an unserem ersten Tag einen Hang hochzuscheuchen, um die leuchtenden Farben und die unendliche Weite für eine Weile zu beobachten. Wolken, die über den Himmel wie Tupfen versprengt sind, werden vom Licht angestrahlt und in warme Rosa-, Orange- und Rottöne getaucht. Die dunklen Baumwipfel bilden dazu einen Kontrast und wirken wie ein Yin und Yang der Natur. Gegensätze, die nur zusammen existieren können. Mein Blick wandert zu Jesse, und ich nehme lächelnd seine Hand in meine.

Kaum zu glauben, dass ich während meiner Vorbereitung auf die Zeit im Yosemite nie an all die positiven Dinge gedacht habe, die hier auf mich warten. Dafür weiß ich es jetzt umso mehr zu schätzen.

Der letzte Tag bei der Herde rauscht nur so an mir vorbei. Ich mache noch einmal Bilder von allen Herdenmitgliedern, vervollständige meine Aufzeichnungen und kühle mich mit Jesse ein letztes Mal im Fluss ab – diesmal beschränken wir uns aber auf die Füße, während wir den Proviant essen, den Maggie uns eingepackt

hat. Eine Stunde bevor es an der Zeit ist, zurück zum Camp aufzubrechen, setzt sich Jesse neben mich.

»Bist du inzwischen so flexibel, dass du eine Stunde früher
Schluss machen kannst?« Er grinst.

»Kommt auf den Grund an«, antworte ich.

»Ich dachte, du willst dich vielleicht auch von unserer Wanderhütte verabschieden …« Er zuckt mit den Schultern und sieht sich
gespielt gelangweilt um.

Ohne zu antworten, stehe ich auf und packe das Equipment
zusammen. Ich werde in der letzten Stunde mit Sicherheit keine
bahnbrechenden Beobachtungen mehr machen, und ich kann mir
nicht vorstellen, die nächsten vier Wochen auf Jesse zu verzichten, ohne ihm wenigstens noch ein einziges Mal nahe gewesen zu
sein. Wir brauchen nicht lange, bis wir angekommen sind und
von dem fast vertrauten Geruch nach Stroh und leicht muffigen
Decken empfangen werden. Hier hat alles angefangen. Jesse lässt
seinen Rucksack zu Boden sinken und streift mir meinen von den
Schultern. Dann nimmt er mein Gesicht in die Hände und legt
seine Stirn gegen meine.

»Ich werde dich unglaublich vermissen, Bambi«, flüstert er. Sein
Atem berührt sanft mein Gesicht. Mein Bauch fühlt sich an, als
würden sich Unmengen von Brausebonbons darin auflösen.

»Ich dich auch.«

Seine Lippen berühren meine, und wir sinken in einen tiefen
Kuss, der all das ausdrückt, was wir noch nicht sagen können.

Maggie wartet bereits bei ihrem Pick-up, als ich eine letzte Runde
ums Camp drehe und mich verabschiede. Nicht zu allen hatte ich
einen Bezug, und nicht alle habe ich gemocht, aber das gesamte
Camp hat Respekt verdient. Ich umarme Joe, Anna aus der Küche,

Black, der inzwischen wieder fit ist und Dylan abgelöst hat, Garcia und nach einem kurzen Zögern auch Maddox. Er hat einen Fehler gemacht, ja. Aber er war mutig genug, dafür den Kopf hinzuhalten. Mit seiner Hilfe wird Caroline die Chance bekommen, sich endlich aus ihrer Abhängigkeit zu lösen. Nachdem ich ihm erzählt habe, was sein Freund Mike mit ihr macht, hat er nicht lang gezögert und ihn wegen eines großen Drogendeals ans Messer geliefert. Das rechne ich ihm hoch an. Seine Belohnung war zwar keine Strafminderung, aber er darf den Rest seiner Strafe weiter im Camp absitzen.

»Danke für alles«, rufe ich winkend und gehe in Begleitung von Jesse, der meine Taschen trägt, zu Maggie. Vorsichtig hievt er alles auf die Ladefläche, reibt sich die Hände und sieht mich an.

»Okay, Bambi. Pass gut auf dich auf, hörst du?« Sorge tritt in seine blauen Augen, als er mich ansieht.

»Natürlich.« Ich schlinge meine Arme um seinen Nacken, atme tief seinen typischen Duft ein, dem sich von unserem Ausflug in die Wanderhütte nun auch ein bisschen Stroh untergemischt hat, und schmiege mich an ihn. Nur kurz. Ganz unauffällig. Wie Freunde das eben tun würden. Bevor ich mich von ihm löse, flüstert er mir ins Ohr: »In vier Wochen sehen wir uns bei dir.«

»Danke für alles, Ted Bundy.« Ich zwinkere ihm zu, und er lacht. Es kostet mich fast übermenschliche Anstrengung, endlich zu Maggie in den Wagen zu klettern, aber ich schaffe es. Ich winke noch ein letztes Mal Jesse zu, der im Rückspiegel immer kleiner wird und schließlich ganz verschwindet.

Epilog

Erin

To-do-Liste Montag 25. 03.

17:00   Termin mit Goliath beim Hundefriseur

20:00 Jesses erster Auftritt im Creeks, danach mit Jesse feiern

Sissi hat sich gut erholt, sie springt mit zwei anderen Hirschkälbern im Jungtiergehege umher und freut sich des Lebens. Zum Glück wurde sie von den richtigen Menschen am Straßenrand gefunden und zu uns gebracht. Ich sitze mit einem Kaffeebecher in der Hand, meinem Journal auf dem Schoß auf der Bank, die uns die Uni gespendet hat. Goliath liegt im Gras und streckt seinen Bauch der Mittagssonne entgegen. Ich lasse den Kopf in den Nacken sinken, schaue in den Himmel und kann immer noch nicht fassen, was für ein Glück ich gehabt habe. Die Arbeit im Forschungsprogramm ist großartig, ich kann mein ganzes Wissen nutzen und es zum Wohl der Tiere einsetzen. Und als sich dann noch herausstellte, dass es kein Problem ist, einen Hund mit an den Arbeitsplatz zu nehmen, gab es für mich kein Halten mehr. Kelly ist vor Freude fast ausgeflippt, als ich im Rescue-Center einen Adoptionsantrag für Goliath gestellt habe. Es gibt Momente, da denke ich, dass nicht ich Goliaths Leben gerettet habe, sondern er meins. Liebevoll betrachte ich das weiße Fell, das in der Sonne strahlt, und die kleinen dunklen Flecken auf seinem ansonsten rosafarbenen Bauch. Er blinzelt kräuselt die Nase und bekommt einen Niesanfall, der sich anhört, als würde ein winziges Propellerflugzeug starten. Lachend beuge ich mich zu ihm, kraule ihn an seiner liebsten Stelle hinter dem rechten Ohr. »Nicht abheben, hörst du?«, flüstere ich.

Mein Handy piept. Es ist Jesse.

Spontan Lust auf einen Frischkäsebagel zum Mittag, Bambi? Oder bringe ich damit deine Struktur durcheinander? ;-)

Für dich mache ich mal eine Ausnahme, antworte ich.

Bin in fünf Minuten da!

Seit der Zeit im Yosemite-Park habe ich gelernt, flexibler zu sein, brauche nicht mehr die engen Grenzen meines Bullet-Journals und bin dankbar dafür. Ich fühle mich viel freier und gelöster, und Jesse hat einiges dazu beigetragen.

Wenig später taucht er in voller Feuerwehrmontur im Außenbereich der Yokuts-Valley-Wildlife-Rescue-Station auf, in der Hand eine große braune Papiertüte, aus der es verführerisch duftet. Goliath steht auf, streckt sich genüsslich und fängt dann mit seinem Begrüßungsritual an: Er umkreist Jesse, während er dabei seinen gesamten Körper hin- und herschwingt, wobei es aussieht, als würde er Lambada tanzen. Jedes Mal, wenn Jesse ihn berühren will, weicht er ihm aus. Und es endet wie jedes Mal. Jesse schnappt sich den Kleinen, nimmt ihn auf den Arm und knuddelt ihn ausgiebig, bevor er ihn wieder auf den Boden setzt.

»Und was ist mit mir?« Gespielt eifersüchtig stemme ich meine Hände in die Hüfte und ziehe einen Schmollmund.

»Das Beste kommt immer zum Schluss«, haucht er und zieht mich in eine innige Umarmung. Seine weichen Lippen berühren meine, und augenblicklich wird mir ganz heiß. Ich kann es nicht lange aushalten und löse mich von ihm, schließlich bin ich bei der Arbeit und kann nicht einfach über ihn herfallen. Er seufzt, versteht es aber. Wir setzen uns, und Jesse packt das mitgebrachte Essen aus. Ein paar Minuten essen wir schweigend, die Bagels sind wirklich verdammt lecker.

»Hat Peyton sich bei dir gemeldet?« Jesse sieht mich fragend an.

»Sie schreibt mir Briefe, genau wie Mom«, antworte ich. Seit Peyton als Feuerteufel überführt wurde und wegen Unzurechnungsfähigkeit in einer psychiatrischen Einrichtung untergekommen ist, bekomme ich regelmäßig Briefe. Auch wenn sie alle und vor allem mich in Gefahr gebracht hat, tut sie mir leid. Die Liebe und Anerkennung, die sie so sehr von ihrer Familie gebraucht hat, hat sie nie bekommen. Natürlich ist es keine Entschuldigung für ihr Verhalten, aber der Versuch einer Erklärung. Ab und zu antworte ich ihr.

»Und was schreibt sie so?« Jesse rollt mit den Augen. Er kann nicht vergessen, dass sie ihm einen Drogendeal anhängen wollte, weil er dabei war, ihr auf die Schliche zu kommen, und ich verstehe das.

»Dass es ihr leidtut.«

»Hm. Vielleicht sollte sie das noch ein bisschen öfter schreiben.« Er beißt erneut von seinem Bagel ab, und ich grinse.

»Das wird sie.«

»Und deine Mom? Willst du sie kennenlernen?«

»Ja …«, antworte ich. Ihre Briefe füllen inzwischen eine Schublade in meinem Zimmer bei Susan, und den ersten, den sie mir geschrieben hat, trage ich mit mir herum. Er ist vom häufigen Lesen schon ganz verknittert. Noch konnte ich den Mut nicht aufbringen, ihr gegenüberzutreten, aber ich will es tun, um mit meiner Vergangenheit abschließen zu können.

»Du schaffst alles, was du willst, Bambi.« Jesse beugt sich vor und küsst mich auf die Stirn. »Denk dran. Du bist eine Überlebenskünstlerin.«

»Davis, bitte kommen. Ein Brand am Big Creek«, tönt es aus dem Funkgerät, das an Jesses Hüfte hängt.

Entschuldigend sieht er mich an. Aber ich lächle, denn ich bin stolz auf ihn. Er hat es geschafft, sein Leben umzukrempeln und alles zum Positiven zu wenden. Sogar seine Musik spielt darin endlich eine Rolle.

»Hier Davis, bin unterwegs.« Er steht auf, wirft den Rest des Bagels zurück in die Tüte und umarmt mich kurz. Dann geht er ein paar schnelle Schritte rückwärts. »Heute Abend treffen wir uns im Creeks, nicht vergessen. Dad und Caroline kommen auch.« Er dreht sich um und läuft los.

»Ich freue mich schon«, rufe ich ihm hinterher. Sein erster Auftritt als Sänger in einer kleinen Bar in Mariposa. Ich weiß nicht, wer von uns aufgeregter ist. Aber eins weiß ich genau: Caroline hat ihrem Bruder einiges zu verdanken und wird deshalb in der ersten Reihe stehen, um ihn anzufeuern. Dank Jesse und der Hilfe von Maddox konnte Mike verhaftet werden. Ich hoffe, er wird lange genug weggesperrt sein, damit sich Caroline von dieser toxischen Beziehung befreien und endgültig lösen kann.

Das sanfte Gitarrenspiel von »The Fire Inside Us« ist zu hören. Unser Lied und mein Handyklingelton. Ich nehme den Anruf von Jesse entgegen.

»Hast du noch was vergessen?«

»Ja. Das Wichtigste. Ich liebe dich.«

Danksagung

Ich kann es kaum glauben, dass die Reise durch den Yosemite-Park mit Erin und Jesse nun zu Ende ist – ich bin erleichtert und stolz, dass ich es geschafft habe, denn dieses Buch war nicht leicht für mich. Viele von euch haben mitbekommen, dass mir das Leben einige große Brocken in den Weg geworfen hat, die mir das Schreiben unglaublich schwer gemacht haben. Der Erscheinungstermin musste verschoben werden, ständig gab es Chaos in meinem privaten Umfeld, und mir schwirrte der Kopf. Dass ihr dieses Buch trotzdem in den Händen haltet und es lesen konntet, habe ich einigen wunderbaren Menschen zu verdanken:

Ricarda – dir habe ich dieses Buch gewidmet, weil du mich durch so viele Krisen begleitet hast, nie von meiner Seite gewichen bist und mir immer den Rücken stärkst oder mir in den Hintern trittst, je nachdem, was ich gerade brauche. Du bist die beste Freundin, die ich mir wünschen kann, und eine großartige Autorin und Künstlerin. Ich bin schon gespannt, was wir beide noch alles zusammen erleben werden. Danke für dich, du bist ein wundervoller Mensch!

Tom und Enya – euch kennenzulernen, hat mein gesamtes Leben total auf den Kopf gestellt und mir gezeigt, was mir bisher immer gefehlt hat. Ich freue mich auf all die Abenteuer, die wir zusammen erleben werden. Ich liebe euch beide sehr und will nie wieder ohne euch sein! @Tom – du bist mein Traummann, das wusste ich schon bei unserem ersten Date. Ich bin so dankbar, dass wir uns gefunden haben. @Enya – siehst du – die Story funktioniert auch ohne Köpfen als Strafe :-) und wenn du noch ein bisschen übst, wirst du die nächste große *Buchschreiberin*.

Meine »Schreibmädels« – Ricarda, Claudia und Charlotte. Danke euch für konstruktive Anmerkungen und Ideen, tolles Essen, regelmäßige Lachanfälle und die wunderbare Zeit mit euch! Freu mich auf alle weiteren Treffen und auf das, was wir alles erreichen und feiern werden!

Charlie @lifelikecharlie – I stumbled across your account on TikTok and Instagram and completely fell in love with your dogs and the way you treat them with so much love and respect. When I found out that you are a professional songwriter, I just had to text you and tell you about my book, Jesse and Erin. I was thrilled that you said yes to writing a song for me. No words can describe, what this song means to me. You are such a great artist, your voice is stunning and the way you brought my characters to life is just amazing. Thank you so much, Charlie. I hope we will meet someday.

Lisa Krämer – deinem Engagement, deiner Zuversicht, deinen tollen Ideen, deinem uneingeschränkten Verständnis und deiner Unterstützung habe ich zu verdanken, dass dieses Buch das Licht der Welt erblickt hat.

Eva Sterzelmaier – vielen Dank, dass du mich und *The Fire Inside Us* in Lisas Abwesenheit genauso kompetent und engagiert begleitet und immer ein offenes Ohr für mich gehabt hast.

Das gesamte Team vom Goldmann Verlag – von Anfang an habe ich mich so gut aufgehoben und begleitet gefühlt!

Lisa Wolf – ich habe mich so gefreut, dass du auch beim zweiten Projekt an meiner Seite bist, trotz der Terminverschiebung. Du hast dieses Buch so viel besser gemacht und die Essenz herausgekitzelt, genau wie beim letzten Mal. Danke für deine großartige Arbeit.

Franziska Hoffmann – ich bin so dankbar, dich an meiner Seite zu haben, du bist die weltbeste Agentin, und ich kann mir keine bessere wünschen. Ohne dich wäre ich nicht da, wo ich heute bin!

Das Team von Buchmädchen – für die großartige Zusammenarbeit, die beiden wunderschönen Farbschnitte der Yosemite-Love-Reihe und die tollen Goodies. Ich danke euch sehr!

Meine Familie und meine Freunde – ihr seid immer da, wenn alles zusammenbricht, und ich kann mir sicher sein, dass ich aufgefangen werde. Ich liebe euch und kann mir ein Leben ohne euch nicht vorstellen!

Mama – danke für die Schreibtage bei dir, inklusive Verpflegung, aufmunternde Worte, Spaziergänge am Meer und dass ich von deiner Kreativität so eine große Portion abbekommen habe.

Monia – schon für den ersten Band der Yosemite-Love-Reihe hast du wunderschöne Illustrationen erschaffen, die mich und so viele LeserInnen begeistert haben. Auch Erin und Jesse hast du wunderbar getroffen, ich bin so stolz auf meine kleine Schwester!

Lilly Lucas – auch für den zweiten Band hast du mir einen wundervollen Blurb geschrieben, für den ich dir unendlich dankbar bin. Ist einfach irre, wenn die Lieblingsautorin die Bücher von einem mag – eine größere Ehre kann ich mir nicht vorstellen!

Ann-Kathrin Falkenberg – ich danke dir für deine tolle Hilfe bei den englischen Texten und freue mich sehr, dass mit dir eine liebe Goldmann-Kollegin ganz in meiner Nähe wohnt! Bin schon sehr gespannt auf dein Debüt!

All die wunderbaren Menschen aus der Buchbranche: AutorInnen, LektorInnen, BuchbloggerInnen und LeserInnen, mit denen ich verbunden bin: David Niele, Leonie Werdenfels, Nadine Kerger, Maiken Brathe, Sabine Hirschfeld, Ayla Dade, Josi Wismar, Anna Augustin, Maike Voss, Kristina Moninger, Hannah Juli, Maren Vivien Haase, Geneva Lee, Amelia Cadan, Nena Tramountani, Julia Hausburg, Emilia Schilling, Fritz Fassbinder, Lucie Flebbe, Daniel Dawn, Isabel @ijl_books, Ronja @rou_books, Josi @wildes_lebenszeichen, Katharina @pagesandicedcoffee, Ina @taktmeinesherzens, Cat @Sternenstaubkönigin, Leni @lenisworldofbooks, Laura @buch_welten_reisende, Mariya @Lesegruppe, Nina @Lesekränzchen, Claudia @claudiasbuecherregal, Sabrina @sabrinas_books92, Stefanie @stefanies_kleine_buecherwelt, Vanessa @vannireads, Anna @annaliebsterblog, Kim @kimbaos_fairytale, Saskia @inlove.with.books.and.coffee, Janina @janinas.books, Jolien @wortchroniken, Jessica @_bibliojess, Lydia @buch.blogger23, Nina @onetruebooknerd, Jacki @jackisbookaddiction und so viele mehr … Danke!

Und zu guter Letzt natürlich auch ein großes Dankeschön an euch, liebe LeserInnen, die ihr schon *The Sky Above Us* gelesen und geliebt habt – danke für eure vielen Rezensionen, die lieben Privatnachrichten, aufbauenden Worte und Begeisterung für meine Bücher. Ich hoffe, die Geschichte von Erin und Jesse konnte euch genauso packen wie Band eins, und ihr freut euch mit mir auf meine zukünftigen Projekte!

Unsere Leseempfehlung

368 Seiten
Auch als E-Book erhältlich

384 Seiten
Auch als E-Book erhältlich

Für Emma geht ein Traum in Erfüllung: Ein Job in der Kanzlei Donovan & Thompson in New York! Als es zwischen ihr und ihrem charismatischen Chef funkt, schwebt Emma auf Wolke sieben – bis sie hinter sein schmutziges Geheimnis kommt. Die Freundschaft zu ihrem Mitbewohner Nick ist jetzt ihr Anker. Nur eines sollte sie besser nicht: sich in ihn verlieben ...

Isy startet in L.A. ihre Anwaltskarriere und könnte glücklicher nicht sein. Doch dann trifft sie dort auf Lucas, der ihr vor Jahren das Herz gebrochen hat. Zum Glück ist da der Surf-Star Connor, der sein Image aufbessern möchte und ihr einen Deal vorschlägt: Sie spielen für eine Weile ein Paar. Es gibt nur eine Regel: Echte Gefühle dürfen nicht ins Spiel kommen ...

Unsere Leseempfehlung

336 Seiten
Auch als E-Book
erhältlich

Am Morgen nach einem One-Night-Stand wird Hallie Piper klar: Es ist Zeit, erwachsen zu werden. Und weil dazu eine Beziehung gehört, meldet sie sich bei einer Dating-App an. Diese schlägt Hallie ausgerechnet Jack Marshall vor, mit dem sie besagte Nacht verbracht hat. Also gibt sie ihm via App eine Abfuhr. Aber die beiden schließen trotzdem Freundschaft, und es kommt zu einer Wette: Wer zuerst die Liebe findet, gewinnt. Blöd nur, dass sie ihre Zeit lieber miteinander verbringen als mit der Suche nach ihren Traumpartnern…

Unsere Leseempfehlung

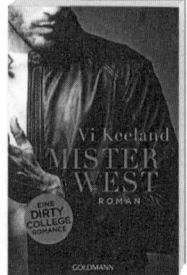

384 Seiten Auch als E-Book erhältlich	384 Seiten Auch als E-Book erhältlich	368 Seiten Auch als E-Book erhältlich	384 Seiten Auch als E-Book erhältlich

400 Seiten Auch als E-Book erhältlich	368 Seiten Auch als E-Book erhältlich	400 Seiten Auch als E-Book erhältlich	416 Seiten Auch als E-Book erhältlich

Dirty & Romantic:

Die prickelnden Liebesromane von Bestsellerautorin Vi Keeland.